LES
LES FEU

Paru dans Le Livre de Poche :

VICTOR HUGO

Les Orientales
Les Feuilles d'automne

PRÉSENTATION, NOTES ET DOSSIER PAR FRANCK LAURENT

LE LIVRE DE POCHE
Classiques

Cette ouvrage a été publié sous la direction de Michel Zink et Michel Jarrety.

Spécialiste de Victor Hugo auquel il a consacré sa thèse, Franck Laurent est maître de conférences à l'Université du Maine. Parmi d'autres travaux, il a publié chez Hatier *Le Drame romantique*, en collaboration avec Michel Viegnes.

© Librairie Générale Française, 2000, pour la présente édition.

ISBN : 978-2-253-16059-5 – 1ʳᵉ publication – LGF

PRÉSENTATION

LES ORIENTALES

À certains moments de l'histoire de la culture, certains
sujets de représentation, certains domaines d'étude
acquièrent une nature particulière, offrent des potentia-
lités incomparables, sont l'occasion de spectaculaires
renouvellements. Au moins autant que le Moyen Âge
l'Orient fut, au début du XIXᵉ siècle, l'une de ces occa-
sions : un cheval de Troie de ce qu'on a pu nommer
la révolution romantique. Encore faut-il saisir l'occasion,
savoir lui faire rendre tout ce qu'elle peut donner. Ce
que Delacroix avait réussi en peinture dès 1824, avec *Les
Massacres de Scio*, aucun écrivain, aucun poète n'y était
vraiment parvenu avant le Hugo des *Orientales*. L'actualité de la guerre d'indépendance grecque avait pu offrir
quelques accents nouveaux à des versificateurs de talent
comme Béranger[1] ou Casimir Delavigne[2], sans que le
classicisme foncier de leur esprit et de leur art en fût
vraiment écorné. Mérimée avec *La Guzla* faisait entendre
l'écho supposé des chants populaires d'une Europe balka-
nique sauvage et méconnue, naïve, poétique et rude. Mais
il y trouvait surtout l'attrait d'une mystification littéraire
habillée d'archéologie, et ne revenait pas pour autant sur

---

1. Libéral et bonapartiste, connu surtout pour ses chansons, il fut sans
doute le poète le plus populaire de la première moitié du siècle. Voir en
particulier son « Psara ou chant de guerre des Ottomans ».   **2.** Lui
aussi poète libéral et patriote, il conquit la célébrité surtout au théâtre
avec des drames historiques (*Les Vêpres siciliennes*). Mais ses poésies
héroïques et politiques furent également très renommées durant toute
la Restauration. Le troisième livre de ses *Messéniennes* s'inspire de la
guerre de Grèce.

l'idée de l'épuisement de la poésie dans les vieilles
sociétés occidentales (idée chère aux philosophes des
Lumières comme aux romantiques libéraux de la Restauration). Les romantiques de l'ultra-royalisme, d'où viendront les grands bouleversements poétiques, eux-mêmes
n'avaient pas osé cueillir tous les fruits du jardin oriental :
Chateaubriand dans son *Itinéraire de Paris à Jérusalem*,
et encore dans ses *Aventures du dernier Abencérage*,
Vigny dans son *Héléna*, Lamartine dans son *Dernier
Chant du pèlerinage d'Harold* comme dans la veine
biblique qui parcourt son œuvre des *Méditations* aux *Harmonies*, tous semblent s'arrêter en chemin. Tous regardent l'Orient musulman du haut de certitudes chrétiennes
ranimées à moindres frais par ce spectacle, tous (Lamartine moins que d'autres) cherchent dans la Grèce moderne
d'abord le souvenir mélancolique des vieux héros et des
vieux dieux dont on apprend les noms au collège. Si
l'Orient déteint sur leur langue, c'est grâce aux psaumes
bibliques plutôt qu'aux épopées sanscrites ou au lyrisme
arabe. Si l'amour et la guerre hantent leur univers, c'est
encore le plus souvent à travers le souvenir sublimé de la
chevalerie des Croisades. Quant à l'aide étrangère, principalement anglaise, elle est déterminante mais demeure
ambiguë. Certes les sultanes de Moore [1] et surtout l'héroïsme aventureux, ombrageux et éclatant du *Corsaire*,
du *Giaour*, de *Childe Harold* (et de Byron lui-même, qui
meurt en 1824 aux côtés des insurgés grecs) alimentent
le désir d'Orient, et laissent entrevoir le regain de vitalité
que pourrait y puiser la poésie occidentale. Il n'empêche,
cet orientalisme est mal servi de ce côté de la Manche
par les traductions, exactes mais pesantes, d'Amédée
Pichot, et peut-être davantage encore par son option de
poésie narrative, de roman lyrico-épique en vers, que les
poètes français finiront par abandonner après bien des
tentatives peu probantes. Bref, sur cette « mer de poésie [2] »
qu'est l'Orient, jusqu'en 1829 on s'est limité au cabotage.

---

1. Le romantique irlandais Thomas Moore était célèbre notamment
pour son grand poème oriental *Lalla-Rookh* (1817).   **2.** [Première]
Préface des *Orientales*.

Il fallait bien que vaisseaux et pilotes s'aguerrissent. Et surtout, pour que l'Orient puisse prendre toute sa place dans la révolution romantique, il fallait que les temps soient mûrs. Or cette maturation fut longue en France, trente ans au moins, depuis les premiers lendemains de la Révolution française marqués par Chateaubriand — le *Génie du christianisme* et *René* (1802) — et par Germaine de Staël — *De la littérature* (1800) et *Corinne* (1807). L'orientalisme romantique a suivi cette évolution lente : l'*Itinéraire de Paris à Jérusalem* date de 1811, le jeune Vigny écrit *Héléna* en 1822, Mérimée *La Guzla* en 1827... En cette matière, Hugo n'a rien d'un précurseur, et ses *Orientales* sont tardives. Mais, venues à temps, décisives.

Avec ce recueil, la poésie française renoue avec les fastes et les joies de la couleur, qu'elle avait quelque peu dédaignés depuis les Baroques. Encore ceux-ci préféraient-ils généralement l'émeraude au vert et l'or au jaune. *Les Orientales* sont souvent bâties d'ébène, de jaspe et de porphyre, mais plus souvent encore Hugo emprunte directement sa palette à Delacroix et juxtapose hardiment les couleurs pures et les tons sombres. La nuée céleste dont la course farouche ouvre le livre sera noire et rouge, « splendide à voir » ; le maïs sera « jaune » (p. 153), et la bouche du supplicié, « violette » (p. 156). Les nocturnes eux-mêmes, si nombreux dans ce livre, vibrent de couleur, de « dômes bleus, pareils au ciel qui les colore », de « blancs minarets » (p. 76), de fanaux sur les flots, de lames d'argent sur les vagues, du vert noir des cyprès, de toute cette intensité visuelle, plus palpitante que voilée, des nuits méditerranéennes. La critique fut unanime à s'effaroucher de cette crudité chromatique : *Le Figaro* regrette « l'abus [...] de ces coups de pinceaux *rouges, bleus, verts, violets*, etc., [qui] donne à certaines strophes l'aspect d'une palette de couleurs » ; et il finit par conseiller au poète « d'être avare de ce moyen forcé, s'il n'y renonce entièrement ». Mais l'irrespectueux Musset, avant de s'en moquer dans *Namouna* [1], avait immé-

---

1. I, 24 ; paru dans *Un spectacle dans un fauteuil* (1832).

diatement saisi le parti poétique et rêveur, plus encore
que strictement pittoresque, qu'on pouvait en tirer. Ses
Contes d'Espagne et d'Italie, parus l'année suivante
(1830), en portent la marque : « Venise la rouge » sut
avoir ses « blancs escaliers » et ses « masques noirs ».
Après lui Gautier, Leconte de Lisle, Rimbaud et bien
d'autres s'en souviendront. À côté du paysage lamartinien, à la fois vague et dépouillé, savamment suave et
presque abstrait, aux allures japonaises ou chinoises, le
paysage romantique en poésie eut, grâce aux *Orientales*,
l'option d'un visible plus éclatant, situé quelque part aux
confins des univers de Véronèse, de Delacroix, de Turner
ou de Matisse.

Après l'œil, l'oreille. Hugo, rapportant d'Orient ces
mots si audacieusement simples que *rouge, bleu* ou *jaune*,
n'a pas oublié pour autant l'étrangeté luxuriante ou rocailleuse des mots nés dans cet autre monde. *Mufti, icoglan,
heiduque, vizir, semoun, timariots, spahis*... Jamais la
poésie n'en avait tant entendu. Et si certains de ces
vocables étaient francisés depuis longtemps, nombreux
sont ceux que les dictionnaires font naître en 1829 ou peu
avant — et ils citent *Les Orientales*. Mais aussi, quelle
occasion ! quel bonheur pour un poète de pouvoir écrire
ce mot : *palikare*... Certains offrent des séries phonétiques
à peu près sans exemple dans notre langue, comme ce
rude et somptueux *klephte*. Et ces noms de femmes,
comme elles inquiétants et désirables, éclatants et mélancoliques : *Albaydé, Nourmahal*... Les éternels puristes de
la langue française éternelle, policiers sévères, douaniers
scrupuleux, ne manquaient pas de s'inquiéter, criant à
l'invasion dénaturante. Hugo n'était pas seul en cause : le
prodigieux mouvement de traduction des textes orientaux
(arabes, sanscrits, persans...) qui parcourt le premier
XIXe siècle, avait opposé les « fleuristes », tenants d'une
élégante adaptation, et ceux qui s'efforçaient à l'exactitude. Le sinologue Abel Rémusat, déplorant cette aide
offerte au romantisme par l'orientalisme, s'indignait
qu'on se soit mis à écrire en français *radjah, paria*, et
même *calife* (pourtant intégré dès le XIIe siècle) ; et il pro-
posait qu'on traduisît, par exemple, *yogi* par religieux ou

pénitent. Hugo n'était pas de ce bord, lui qui dès 1827 affirmait dans la préface de *Cromwell* qu'une langue figée a tôt fait de devenir langue morte.

Monde étrange et pittoresque, mer de poésie et terre de symboles, l'Orient invite encore à renouveler le régime poétique de l'image. C'est à bon escient que le critique Pierre Leroux saisit l'occasion des *Orientales* pour définir la nouveauté majeure de la littérature romantique, qu'il nomme « style symbolique [1] » et définit comme une tendance systématique à penser par images, — une propension à l'emballement et à la radicalisation des figures de l'analogie, l'extension démesurée de leur portée, et leur prédilection pour tous les procédés qui tendent à les autonomiser, à les délivrer du bon sens et du bon goût : métaphores *in abstentia* ou comparaisons avec élision du motif. Car en ce domaine la poésie orientale, qu'elle soit biblique (dans les Psaumes ou le Cantique des cantiques), ou arabe ou persane — cette poésie dont Hugo délivre complaisamment en note une petite anthologie [2], offrait de nombreux exemples sinon des modèles. C'est cette référence qui « autorise » le développement sur tout un poème de douze quatrains (XXII) de cette image étrangement poétique d'un amant métamorphosé en feuille, et que le vent fait voler par-delà les montagnes pour le déposer au front de sa belle (« comme une perruche au pied leste / Dans le blé jaune », comme « Un fruit vert sur un arbre d'or », ou comme « l'aigrette blanche / Au front étoilé des sultans »). C'est aussi là que Hugo a pu apprécier la grâce surprenante de ces images « naïves », très étrangères à la rhétorique classique par le caractère précisément concret et brutalement prosaïque des comparants. Cette inspiration a pu lui faire « trouver » non seulement ces perles-sultanes ornant le poignard-sultan (XII), mais surtout cette ville maudite assaillie par le feu céleste et qui « fond [...] comme un glaçon froid » (I). Ou ce tyran qui brille sur le front de ses sujets « comme une faulx dans l'herbe », et fait « un ciment à [son] palais superbe

---

1. *Le Globe* du 8 avril 1829 ; voir notre Dossier p. 407.   2. Voir p. 225 et suivantes.

/ De leurs os broyés dans leur sang » (XIII). Lamartine, déjà, avait dès les *Méditations poétiques* entrevu toute la vitalité d'images de cette sorte, dont il puisait l'inspiration dans la seule Bible. Mais le Hugo des *Orientales* est bien moins parcimonieux que son aîné.

Encore fallait-il couler ces étrangetés dans le moule prosodique français. Certes les *Odes* ou tout au moins certaines d'entre elles, davantage peut-être les *Ballades*, avaient déjà montré les capacités virtuoses du jeune poète. Rien de comparable cependant avec l'aisance et la profusion métrique, strophique et rythmique, le sens de la symétrie et de la surprise (pour reprendre les catégories de Baudelaire [1]) dont fait preuve ce recueil, et dont « Les djinns » (XXVIII) sont le célèbre emblème. *Les Orientales* sont bien le premier titre de Hugo à sa future oraison funèbre par Mallarmé : « Il était le vers personnellement » [2]. Variété prosodique et, tout autant, générique. L'*ode* hugolienne ne connaissait guère que deux variantes tonales, héroïco-politique ou intime ; la *ballade*, genre à la fois très ancien et tout neuf, était déjà plus accueillante. L'*orientale*, genre romantique, sans définition préalable, sans tradition pesante, est apte à tout : au fragment dramatique comme à l'ode héroïque, à l'élégie rêveuse comme à la chanson soldatesque et grivoise, au gracieux et au terrible, au pathétique et au fantastique, au narratif, au pittoresque ou à la contemplation visionnaire, — comme cette « Extase » (XXVII) qui préfigure le dernier livre des *Contemplations* : « Au bord de l'infini ».

Au demeurant, on trouve dans ce livre bon nombre de motifs traditionnels de l'exotisme orientalisant, déjà vivace à l'âge classique. Le lecteur aura son compte de sultanes enlevées, de sultans cruels, de luxe et d'érotisme, de peaux de tigre et de parfums puissants. Mais comme toujours quand Hugo reprend des recettes éprouvées (dans d'autres cas celles du mélodrame, ou celles du roman populaire), ce n'est pas sans leur imprimer sa

---

1. Voir le premier projet de préface aux *Fleurs du Mal*.   **2.** « Crise de vers », dans *Variations sur un sujet*.

marque propre, jusqu'à les modifier profondément et les miner de l'intérieur.

L'Orient, au moins depuis la traduction par Galland des *Mille et Une Nuits* (1704), est pour l'Occident l'espace privilégié de son rêve érotique. *Les Orientales* ne rompent certes pas avec cette tradition, et des poèmes comme « La captive », « La sultane favorite », et surtout « Sara la baigneuse » ont inspiré les peintres et donné lieu à de multiples variations picturales sur des belles plus ou moins dénudées, vaguement mélancoliques ou franchement aguicheuses. De fait, l'Orient a fourni à la poésie hugolienne l'occasion (et comme la permission) de la sensualité et du désir charnel, — à peu près absents des précédents recueils mais désormais appelés régulièrement à reparaître sous sa plume. D'ailleurs, à peu près à cette date (mai 1829), Vigny déplore dans son *Journal d'un poète* l'abandon par son ancien ami de sa chasteté de « jeune fille », et son goût récent pour « les propos grivois ». Mais l'éros des *Orientales* déborde des cadres dorés et gracieux de l'orientalisme du XVIIIᵉ siècle, façon Diderot ou Crébillon[1], comme de celui, hispano-mauresque, de Chateaubriand dans le *Dernier Abencérage*. Moins souvent léger ou chevaleresque et davantage travaillé par la mort (XXVI), l'effroi (XXVII), ou le brûlant désir de liberté (XXI). En tous les cas plus proche de Delacroix, à nouveau, que de Tassaert[2], ou même d'Ingres. Car dans ce recueil la beauté, troublante et trouble, du corps féminin, n'est guère séparable de l'ardeur lourde et enivrée du corps du guerrier, du cavalier surtout, et de son énergie sanglante (IV, VI, XV, XXXIV...). « Feu, feu, sang, sang », comme le proclame l'épigraphe de « La ville prise ». Amour et meurtre, en somme. Il y a quelque chose de la levée d'inhibition dans ce détour oriental.

---

1. *Les Bijoux indiscrets* pour le premier, *Le Sopha* pour le second.
2. Peintre français très en vogue au XIXᵉ siècle, célèbre surtout pour ses imitations de la peinture galante du siècle précédent. Il est l'auteur d'une « Sarah la baigneuse », réalisée pour l'Exposition Universelle de 1855.

L'exotisme est fondamentalement spectaculaire : il aime donner à voir, offrir au regard une somptueuse image étrangère, inaccessible ou interdite, flottante, désarrimée comme tout fantasme, — tableau fascinant mais dans lequel on n'entre pas. Cette dimension est bien présente dans *Les Orientales*, et explicite. « La voyez-vous passer, la nuée au flanc noir ? », tels sont les premiers mots du livre. « Comme elle court ! Voyez », ainsi commence « Lazzara ». Même l'appel de la guerre se fait désir de voir avant que désir d'agir :

Je veux *voir* des combats, toujours au premier rang !
Voir comment les spahis s'épanchent en torrent
        Sur l'infanterie inquiète ;
Voir comment leur damas, qu'emporte leur coursier,
Coupe une tête au fil de son croissant d'acier

Aussi pourrait-on considérer comme l'une des principales dispositions du recueil le voyeurisme qui anime le poème « Sara la baigneuse » : « Reste ici caché : demeure ! / Dans une heure, / D'un œil ardent tu verras / Sortir du bain l'ingénue ». Des phrases de ce genre, plus ou moins clairement assumées par *le poète*, en font avant tout un *montreur*, et semblent autoriser les jugements qui firent des *Orientales* une poésie « pittoresque », « extérieure », une « poésie pour les yeux ».

Soit, mais le tableau bouge beaucoup, et le pittoresque est fort dramatisé[1]. Au moins autant que peintre et montreur, le poète se fait metteur en scène et passeur de parole. Le *je*, dans ce recueil, est instable jusqu'au vertige. Référé de loin en loin au poète et/ou à l'homme d'Occident (IV, XXXIII, XXXVI, XL, XLI), parfois commentateur extérieur (III, V, XVII), il est bien plus souvent assumé par des *personnages* de l'Orient. Car tout parle dans *Les Orientales*, sultans et sultanes, captives et fellahs, guerriers et muftis, pirates et enfants, Grecs et

---

1. Ludmila Charles-Wurtz a montré l'importance du modèle dramatique dans *Les Orientales* : voir *Poétique du sujet lyrique dans l'œuvre de Victor Hugo*, III, l, Champion, 1998.

Turcs, hommes et femmes, riches et pauvres, bourreaux et victimes, tyrans et révoltés, — et Dieu, et la nuée (I), et le Danube (XXXV), et la mer et les étoiles (XXXVII). Tout cela parle, rêve, se plaint ou s'exalte, tout cela se répond et se contredit, s'invective ou cherche à s'entendre, se désire ou se hait, s'aime ou se tue. Polyphonie qui étoile les vérités, — et peut-être y a-t-il comme un souvenir des *Lettres persanes* dans cet usage du recueil poétique qui, au moins autant que le recueil épistolaire, se prête ici à la dynamique du renversement et à la multiplication des points de vue. Toujours est-il que ce monde bruit, bouge et vit peut-être un peu trop pour n'apparaître au lecteur que comme une image, somptueuse, pittoresque, exotique, de l'ailleurs et de l'autre.

Est-il au reste si lointain, si profondément étranger, cet Orient de poésie ? Certes, aux deux extrémités du recueil, « Enthousiasme » (IV), ou « Rêverie » (XXXVI) et surtout « Novembre » (XLI) opposent un *ici* brumeux, paisible et familier à un *là-bas* éclatant, sonore, magnifique. Cependant, même dans ces trois poèmes, l'opposition de l'Orient et de l'Occident n'est pas si tranchée qu'il y paraît au premier abord : l'automne occidental de « Rêverie » est illuminé par un coucher de soleil rouge et or, alors que la ville orientale rêvée se découpe « brumeuse » sur cet horizon ; dans « Enthousiasme » et surtout dans « Novembre », la liste des émotions et souvenirs familiers du poète, appelés à devenir les motifs privilégiés des *Feuilles d'automne*, n'oublie pas de mentionner les souvenirs d'Espagne, — et « l'Espagne, c'est encore l'Orient » (Préface). Ailleurs, des poèmes se répondent par couples, faisant circuler un même thème entre les deux mondes. La déploration de la jeune fille morte a sa version orientale avec « Les tronçons du serpent », et sa version occidentale avec « Fantômes ». Plus nettement encore, les deux poèmes napoléoniens de la fin du recueil font communier dans une semblable admiration pour le grand homme « un Arabe du Caire » et le poète d'Occident. Quant à cette « ombre » qui, dans « Rêverie », « s'amasse au fond du corridor » tandis que le poète rêve d'Orient à sa fenêtre, n'est-elle pas d'une nature au moins analogue à celle qui submerge la maison assaillie par le vol des djinns, cette « ombre de la rampe, / Qui le long du mur rampe, / Monte jusqu'au plafond » (XXVIII) ? Enfin, certains motifs, pittoresques ou culturels, apparaissent volontairement déplacés, transplantés d'un espace à l'autre. Ainsi, on peut s'étonner de trouver dans « Les djinns », *a priori* une des pièces les plus spécifiquement orientales du recueil, un couvent, une vieille porte rouillée, le souffle froid de l'aquilon, une forêt de grands chênes, motifs plutôt occidentaux voire nordiques, — de même que vampires, dragons et autres bruits de chaînes relèvent davantage du folklore médiéval chrétien que du merveilleux arabo-persan.

Mais c'est la figure du poète qui peut-être autorise le mieux ce rapprochement, parfois presque cette indistinction de l'Orient et de l'Occident. Cette figure apparaît d'abord toute occidentale : dans « Enthousiasme » le rêve d'Orient, identifié au rêve d'action belliqueuse, est opposé à l'activité poétique, liée à *l'ici* jusque dans ses motifs d'inspiration, tout au moins la plupart d'entre eux. Mais à l'autre extrémité du recueil, « Rêverie » de ce point de vue renverse « Enthousiasme », faisant du rêve oriental le moteur d'une inspiration poétique menacée par la mélancolie automnale. L'Orient, au moins l'Orient rêvé, *s'intimise*, dans, par et pour la poésie. Entre-temps, le poète s'est fait personnage lyrique de l'Orient, dans « Les tronçons du serpent » ou dans « Le poète au calife », et l'Ukrainien Mazeppa a été constitué en symbole du génie poétique. L'énonciation suit un mouvement analogue, d'*orientalisation* du *je*, pourrait-on dire. Non seulement, on l'a vu, bien des poèmes sont *dits*, au moins en partie, par des *personnages* de l'Orient, déterminés par leur fonction souvent dès le titre (mufti, pirates, captive, hôtesse arabe, etc.), mais certains poèmes très orientaux, qui apparaissent durant un temps plus ou moins long comme de simples descriptions extérieures, inscrivent soudain le peintre dans le tableau par le surgissement d'un *je* indéterminé, qui n'est pas présenté ni spécifié par une qualité particulière, ce qui incite à l'identifier au *poète*. C'est le cas des « djinns », dont le régime bascule à la sixième strophe seulement (au moment de la nomination des démons), de la description extérieure au discours affolé :

> Dieu ! la voix sépulcrale
> Des Djinns !... Quel bruit ils font !
> Fuyons sous la spirale
> De l'escalier profond.
> Déjà s'éteint *ma* lampe

Et dans « Nourmahal la Rousse », ce *je* n'apparaît qu'à la dernière strophe, quand surgit la femme et que tout le reste du poème acquiert rétrospectivement un statut de comparaison :

> Eh bien ! seul et nu sur la mousse,
> Dans ce bois-là *je* serais mieux
> Que devant Nourmahal-la-Rousse,
> Qui parle avec une voix douce
> Et regarde avec de doux yeux.

Comme si le poète devenait la première victime de son rêve oriental, travaillant à rendre infiniment poreuse la limite de l'identité et de l'altérité, de l'évocation pittoresque et du lyrisme intime.

Car *Les Orientales* disent et répètent, sous diverses formes, un même propos : l'Orient n'est pas si loin. Et s'il est l'autre de l'Occident, c'est un autre qui nous regarde de près, — de si près que nous ne nous en distinguons pas très nettement. Portons un instant attention à la géographie du recueil. Si bien des poèmes évoquent un espace explicitement oriental mais non localisé, la plupart situent plus précisément leur cadre. En se limitant à ces poèmes ancrés dans un lieu spécifique, on s'aperçoit que l'Orient géographique du recueil n'est pas Bagdad ou Ispahan, ni même Alger, mais qu'il est, bien plus proche, grec (douze poèmes), espagnol (cinq poèmes), danubien (« Le Danube en colère ») ou russo-ukrainien (« Mazeppa »). Cet Orient est donc... européen. L'espace privilégié, tout au moins l'espace géographiquement spécifié du recueil, ce sont les marges, — ou pour mieux dire les marches, ces territoires frontières qui à la fois séparent et unissent.

Cette proximité fait écho à une double actualité : actualité politique de la guerre d'indépendance grecque et de la « question d'Orient » ; actualité culturelle du développement prodigieux des études orientales. Depuis le XVᵉ siècle, la Grèce faisait partie de l'Empire turc. Empire vaste et composite, peu soucieux d'unitarisme, et dans lequel cohabitèrent, longtemps plutôt convenablement, de nombreuses communautés dotées de statuts spécifiques. À la fin du XVIIIᵉ siècle la décadence de l'Empire, les ambitions des puissances voisines (Autriche et Russie surtout), puis les contrecoups directs de l'aventure napoléonienne [1] remettent en cause l'équilibre antérieur et favorisent l'émergence d'un sentiment national grec. L'insurrection éclate en 1821. Encadrée notamment par la bourgeoisie maritime et commerçante de l'archipel, elle affiche très tôt, à côté des traditionnels brigands engagés dans la lutte pour l'indépendance (les fameux « klephtes »), et des représentants de l'Église orthodoxe (souvent plus circonspects), une composante libérale et moderniste : convocation d'une Assemblée nationale, rédaction d'une constitution, etc. Les insurgés remportent d'abord de brillants succès ; mais les Turcs se reprennent et, avec l'aide de l'Égypte, infligent de lourdes défaites aux Grecs : massacres de Chio (ou Scio) en 1822 (vengés par Canaris qui incendie la flotte turque dans le détroit) ; chute de Missolonghi en 1826, puis d'Athènes en 1827. Les horreurs se multiplient, n'épargnant pas les populations civiles, au reste souvent elles-mêmes combattantes. Mais très vite, il apparaît que l'issue du conflit dépendra des puissances européennes.

L'attitude des gouvernements a longtemps été fort négative à l'égard de l'insurrection. C'est que le système

---

1. Depuis sa campagne d'Égypte, Napoléon avait toujours porté grande attention à l'Orient musulman. Et le rattachement de la Dalmatie puis des provinces illyriennes (côte adriatique face à l'Italie) à l'Empire français en 1806-1810 mit celui-ci aux portes mêmes de l'Empire ottoman. Son influence s'y fit sentir.

international mis en place au Congrès de Vienne après
les défaites napoléoniennes (1815) vise avant tout à maintenir le *statu quo*, et à décourager toute subversion,
— qu'elle travaille à modifier les frontières des États ou
à libéraliser les régimes politiques (à peu près tous des
monarchies absolues à l'exception majeure de l'Angleterre et de la France). Mais bientôt, surtout à partir des
premiers revers des Grecs, les États vont devoir compter
avec leurs opinions publiques. Partout en Europe, et surtout en Angleterre et en France, des comités de soutien à
la cause grecque se multiplient, récoltant des fonds, diffu-
sant l'information, mobilisant journalistes et artistes. Des
« philhellènes » plus engagés encore partent s'enrôler
dans les milices grecques : le poète anglais Byron, le
Français Fabvier, le Suisse Mayer sont parmi les plus
connus (et sont célébrés par Hugo dans *Les Orientales*).
Ils obtiendront gain de cause avec l'intervention, en 1827,
de l'Angleterre, de la France et de la Russie, — alors
que l'Autriche conserve sa neutralité, plutôt favorable au
sultan. La destruction le 20 octobre 1827 de la flotte
égypto-turque par les escadres anglaise, française et russe
dans le port de Navarin (près de Pylos, sur la côte occidentale du Péloponnèse) scelle la défaite de l'Empire
ottoman et est suivie d'un armistice prévoyant l'autonomie de la Grèce.

Parues en février 1829, *Les Orientales* ne relèvent donc
pas strictement de ce mouvement de production artistique
engagée dans l'actualité de la cause philhellène. Dans sa
préface, Hugo parle de la guerre de Grèce au passé. Mais
certaines pièces du recueil ont été écrites (et parfois
publiées) « à chaud », notamment « La ville prise », « Les
têtes du sérail », ou « Navarin ». D'ailleurs la Grèce, en
ce début de 1829, n'a pas encore tout à fait quitté l'actualité : les Français ont débarqué en Morée un corps expéditionnaire qui doit faire respecter l'armistice, Russes et
Turcs sont aux prises dans les Balkans, et la pleine souveraineté du jeune État grec ne sera reconnue qu'en février
1830. Inversement, l'essentiel de la carrière tumultueuse
du vizir de Janina, cet Ali-Pacha auquel font écho plusieurs poèmes ainsi que la préface, est antérieur à la

guerre de Grèce. Elle ne constitue donc pas l'objet unique du recueil. Mais elle est traitée par Hugo comme un événement déclencheur, comme le meilleur révélateur de l'importance désormais acquise par l'Orient dans les destins de l'Occident. La composition du livre, qui s'ouvre sur la guerre d'indépendance avant d'approfondir et de diversifier son évocation orientale, le confirme. Et la fin de la préface de l'édition originale est explicite :

> Au reste, pour les empires comme pour les littératures, avant peu peut-être l'Orient est appelé à jouer un rôle dans l'Occident. Déjà la mémorable guerre de Grèce avait fait se retourner tous les peuples de ce côté. Voici maintenant que l'équilibre de l'Europe paraît prêt à se rompre ; le *statu quo* européen, déjà vermoulu et lézardé, craque du côté de Constantinople. Tout le continent penche à l'Orient. Nous verrons de grandes choses.

L'Orient ne se réduit donc pas, en 1829, à un prétexte facile de « poésie pure » et de fantaisie exotique ; l'Orient n'est pas un simple ailleurs littéraire. Il apparaît au poète comme le lieu d'où sortira l'Europe nouvelle, et d'abord parce qu'il est le lieu où se prouve la caducité de l'ordre européen instauré à Vienne. Outre l'importance géopolitique et économique de la course aux dépouilles de l'Empire ottoman (dans laquelle se lancent alors les puissances européennes rivales), les modifications apportées à la carte de l'Europe du Sud-Est montrent l'impuissance de la Sainte-Alliance à imposer son idéal stationnaire, à garantir éternellement toutes les légitimités de fait. De ce point de vue, ce qui se passe « du côté de Constantinople » concerne au premier chef l'Europe entière. Et la guerre de Grèce fut bien la première expression dramatique de certaines des forces nouvelles qui allaient travailler le continent durant tout le premier XIXe siècle : puissance montante des « nationalités » contre les vieux empires, articulation des revendications nationales et libérales, importance croissante du rôle de l'opinion publique jusque dans les affaires internationales.

À cette actualité géopolitique de l'Orient s'ajoute une actualité culturelle, celle des « études orientales »[1]. Depuis la fin du XVIIIᵉ siècle, les progrès en ce domaine sont fulgurants. Avec le déchiffrement du sanscrit, du haut-persan, puis de l'égyptien, les premières traductions des monuments littéraires indiens et iraniens, le regain d'intérêt pour la littérature arabe musulmane ou antéislamique, ce sont des pans entiers de l'histoire et de la culture humaine qui sont brutalement révélés à l'Occident. Ces découvertes ouvrent des horizons nouveaux, relativisant les origines strictement judéo-chrétiennes et gréco-romaines de la civilisation occidentale. Bientôt Edgar Quinet parlera de « Renaissance orientale », comparant les apports de l'orientalisme à ceux de l'humanisme des XVᵉ et XVIᵉ siècles. Car il n'est pas rare alors d'entendre dire que la révélation des épopées indiennes a autant d'importance pour l'Occident qu'en eut, trois siècles plus tôt, la redécouverte de Platon ; ou que le sanscrit, véritable langue mère, doit être étudié au collège comme le grec. Et qu'on ne croie pas que l'enthousiasme pour cet « humanisme intégral » se limite alors à quelques spécialistes disséminés dans les universités européennes : il touche au contraire tout « le grand public cultivé » du temps. On s'arrache les traductions, on parle épopées indo-persanes, poésie arabe ou mythologie égyptienne dans les journaux et dans les salons, on se presse aux cours de Sacy ou de Burnouf. Hugo partage comme tout un chacun cet engouement (qui ne retombera que dans la seconde moitié du siècle), et est informé des travaux orientalistes un peu mieux que tout un chacun, par quelques spécialistes (de second rang) qui comptent parmi ses intimes : principalement le baron d'Eckstein et Ernest Fouinet. Il fait sienne leur conviction : l'Orient ne nous est pas si étranger, et nous devons apprendre à lire ses monuments littéraires comme nous lisons l'*Iliade* et la Bible. Parlant des poésies arabes, Hugo écrit dans ses notes aux *Orientales* : « C'est beau autrement que Job et Homère, mais c'est aussi beau » (p. 229). Cette proximité du lointain va de pair avec la modernité neuve, toute

---

1. Voir Raymond Schwab, *La Renaissance orientale*, Payot, 1950.

romantique, de l'archaïque. L'Orient contribue à repousser dans l'espace et dans le temps notre perception des origines, mouvement qui minore prioritairement la double référence classique, louis-quatorzienne et gréco-romaine. Sur ce point aussi, la Préface est explicite :

> Jusqu'ici on a beaucoup trop vu l'époque moderne dans le siècle de Louis XIV, et l'antiquité dans Rome et la Grèce ; ne verrait-on pas de plus haut et de plus loin, en étudiant l'ère moderne dans le Moyen Âge et l'antiquité dans l'Orient ?

Mais parer l'Orient des prestiges de l'origine, ce peut être aussi l'enterrer magnifiquement. On a souvent remarqué que l'orientalisme romantique, fasciné par les langues et les littératures archaïques qu'il mettait au jour, n'éprouvait guère d'intérêt pour la réalité contemporaine des pays orientaux[1]. Même en limitant l'Orient originaire à la Grèce et à la Palestine, le voyage en Orient prend souvent les allures d'une promenade mélancolique au pays des ruines, d'une déploration de la décadence et de la mort, d'un rappel désespérant des moments glorieux d'une histoire enfouie dans les sables. Chateaubriand écrit sur ce mode son *Itinéraire de Paris à Jérusalem.* Rien de tel dans *Les Orientales.* S'il ne faut pas y chercher une description précise de la réalité contemporaine des pays d'Orient, on n'y trouvera pas non plus la litanie des ruines et des grandeurs déchues. L'image poétique de l'Orient n'est pas celle d'un désert mort hanté par le passé, mais celle d'un monde ardent, rempli de bruit et de couleurs, de désir, de haine et d'énergie, — image poétique d'un monde vivant. Aussi le préfacier peut-il suggérer que « La vieille barbarie asiatique n'est peut-être pas aussi dépourvue d'hommes supérieurs que notre civilisation le veut croire ».

L'évocation hugolienne de la guerre de Grèce est tout aussi originale, au moins négativement, par les motifs qu'elle refuse ou n'utilise guère, alors qu'ils sont omniprésents ailleurs. Au premier chef le cliché des « Deux

---

1. Voir Edward W. Saïd, *L'Orientalisme*, Seuil, 1978-1997.

Grèces », qui voit dans l'insurrection une résurrection de
la Grèce antique, et compare les hauts faits de Canaris à
ceux de Léonidas. À part peut-être dans « Les têtes du
sérail », Hugo n'éprouve pas le besoin, pour célébrer ces
héros, de fouiller dans ses souvenirs de collège, — et il
refuse ainsi de faire de l'Antiquité classique la norme de
l'héroïsme, comme il refuse de réduire l'autonomie, l'originalité de l'événement contemporain. Plus lourd encore
de conséquences idéologiques, le motif de la Croisade,
très souvent appliqué au conflit gréco-turc, — et qui au
passage s'efforce d'oublier que les Grecs sont orthodoxes
et non pas catholiques. Dans *Les Orientales*, la guerre
de Grèce n'est que rarement présentée comme un nouvel
épisode de la rivalité armée de Christ et de Mahomet.
Et en fin de recueil « Le Danube en colère » condamne
âprement la justification religieuse de la guerre, et avec
elle le fanatisme des religions révélées :

> Une croix, un croissant fragile,
> Changent en enfer ce beau lieu.
> Vous échangez la bombe agile
> Pour le koran et l'évangile ?
> C'est perdre le bruit et le feu :
> Je le sais, moi qui fus un dieu !

C'est que, malgré l'âpreté du conflit gréco-turc, ce livre
s'efforce de ne pas constituer l'Orient en repoussoir, barbare et cruel, d'un Occident paré de toutes les vertus de
la civilisation. Le territoire des valeurs n'est pas fixe, et
la multiplicité des points de vue complique plus qu'elle
ne la confirme l'image « en miroir » des deux mondes,
des deux civilisations. Passe encore que le fanatique mufti
dénonce « Ces chancelants soldats qui s'enivrent de vin,
/ Ces hommes qui n'ont qu'une femme ! » (VI) ; ou
qu'inversement la captive succombe au charme de la
nature orientale (IX). Mais les pirates n'ont peut-être pas
tort de lancer ce blasphème à la nonne qu'ils enlèvent :
« Le harem vaut le monastère » (VIII) : à l'autre extrémité du recueil (XXXII), la jolie paysanne andalouse
aimée du roi catholique subira un destin que la sultane
sans le vouloir n'envierait sans doute pas : « Un cloître

sur ses jours troublés / De par le roi ferma ses grilles ».
L'Espagne constitue d'ailleurs le lieu privilégié de ce flottement dans la répartition des valeurs. Dans « Romance
mauresque » le roi chrétien Don Rodrigue (dernier roi
wisigoth avant l'invasion arabe) est le traître infanticide,
quand le bâtard maure Mudarra, fils d'une renégate, est
« le vengeur et le juge ». Et pour faire gémir un pacha
turc vaincu par les Grecs (XVI), Hugo s'inspire d'une
romance où le même Rodrigue pleure sa défaite devant
les Maures. Enfin, surtout, l'Orient des *Orientales* est un
univers qui n'a rien de monolithique. Si le mufti consi-
dère l'usage du vin comme le signe distinctif et dégradant
des soldats chrétiens, le cavalier turc reconnaît un brave
guerrier musulman dans celui qui boit du vin « au grand
jour », « laissant les imans qui prêchent aux mosquées »
en boire « la nuit » (XV).

Quant au despotisme oriental, fameux au moins depuis
les analyses de Montesquieu, on le retrouvera, bien sûr
(dans « Les têtes du sérail » surtout). Mais il est loin de
recouvrir de son ombre tout l'Orient du recueil. Même
les figures du pouvoir y échappent parfois. Ali-Pacha est
un tyran, mais il n'a rien du despote « classique »,
monstre infantile et efféminé, lui-même prisonnier du
sérail et de la crainte qu'il inspire. C'est « le seul colosse
que ce siècle puisse mettre en regard de Bonaparte »,
c'est « un homme de génie » (Préface). Et, à quelques
exceptions près, cet Orient n'est pas une terre d'esclaves.
On y sent bien souvent souffler la liberté, ardente ou gracieuse, incarnée dans tout un *personnel* poétique populaire : la généreuse hôtesse arabe et ses pareilles (XXIV),
le cavalier « libre et pauvre » du Caire (XXXIX), la
farouche Lazzara, et son amant le klephte qui a « pour
tous biens l'air du ciel, l'eau des puits, / Un bon fusil
bronzé par la fumée, et puis / La liberté sur la montagne »
(XXI). Certes, ces deux-là sont Grecs ; mais les héros de
l'indépendance, pas plus qu'ils ne revêtent chez Hugo les
défroques des héros antiques, ne figurent clairement de
modernes Occidentaux. Les pratiques guerrières du « bon
Canaris » sont d'ailleurs, dès le second poème, radicalement distinguées de celles des États, y compris et surtout

des États d'Occident. Quant à ces héros de l'Ouest brumeux, qui tel Byron vont prêter main-forte aux insurgés, sont-ils d'abord animés par le désir de défendre la civilisation européenne contre la barbarie asiatique ? N'est-ce pas aussi un rêve d'Orient, de liberté orientale, qui les pousse ? Le poète le laisse croire, qui s'écrie dans un accès d'enthousiasme : « En Grèce, ô mes amis ! vengeance ! *liberté* ! / *Ce turban sur mon front* ! » (IV). Expression d'un flottement dans les certitudes européocentriques, image d'un Orient fascinant aussi par son ambivalence, ce livre est bien du siècle qui vit tant de voyageurs inquiets, de Byron à Rimbaud, chercher pour le meilleur ou pour le pire de l'autre côté de la Méditerranée ce que l'Europe moderne ne pouvait leur offrir.

LES FEUILLES D'AUTOMNE

Vous ne l'y verrez plus, couché à l'abri de la tente des pachas, errant avec le klephte du désert sur les flancs de la montagne, fumant de la poudre et du sang des batailles [...]. Vous l'y verrez dans l'intérieur d'un ménage riant, pressé d'un cercle d'artistes et de poètes, qui l'embrassent comme une riche ceinture, et livré, comme nous, aux simples penchants d'une vie simple. Vous l'y avez attendu, peut-être, à son retour des mondes qu'il vient de parcourir. — Et moi aussi.

C'est ainsi que le vieil ami Charles Nodier salue le nouveau recueil de Hugo dans son article de la *Revue de Paris*[1]. À bien des égards il donne le ton de toute la réception critique des *Feuilles d'automne*. Autant le recueil de 1829 avait heurté, autant celui de 1831 jouit dans les colonnes littéraires de la presse d'un accueil presque unanimement favorable. Au-delà du jugement de valeur, on s'accorde à voir dans le passage des *Orientales* aux *Feuilles d'automne* un passage massif du pittoresque au sentiment, de l'extérieur à l'intérieur, de l'altérité à

---

1. Décembre 1831. Voir notre Dossier p. 416.

l'intimité. Thèse qui a notamment l'avantage de justifier les attaques portées contre le précédent livre tout en faisant l'éloge du nouveau, lequel apparaît alors comme l'expression d'un repentir du poète heureusement éclairé par la critique.

Qu'il nous soit permis de douter de la pertinence de cette thèse. Certes, d'un recueil à l'autre, la différence de tonalité est nette, presque brutale. Pour autant, *Les Feuilles d'automne* ne renient pas leurs sœurs aînées. D'abord parce que plusieurs poèmes, écrits durant cette année 1828 qui voit éclore la plupart des *Orientales*, émigrent de ce recueil vers le suivant et conservent des marques évidentes de leur origine. Il s'agit, par exemple, de « *Contempler dans son bain...* », dont l'érotisme voyeur et rêveur nous fait souvenir de « Sara la baigneuse » ; ou de « *Parfois lorsque tout dort...* », cette rêverie sous la voûte étoilée qui pourrait être une suite d'« Extase » ; ou encore des « Soleils couchants », nés de cette tendance à la confusion du descriptif et du visionnaire, du pittoresque et de l'intimisation du mystère des choses, tendance puissamment à l'œuvre dans *Les Orientales* et que *Les Feuilles d'automne* reprennent à leur manière, l'approfondissant. En fait, le recueil prend acte du précédent. De son accueil par la critique, sans doute, mais d'abord de son existence même, de son caractère de projet traversé, mené à bien, une fois pour toutes. Hugo ne renie rien et intègre tout, animé depuis toujours et jusqu'à sa mort par cette passion de l'œuvre *complète*, toujours non pas à achever mais à tenir en vie, de ce *work in progress* dont il désigne à chaque nouvelle publication la variété et l'unité. Œuvre à la fois toujours déjà totale et toujours ouverte sur l'avenir, adéquate à ces imaginaires d'artistes hantés davantage par la fécondité harmonieuse de la forêt, que par la pureté régulière du cristal.

Et puis Hugo fait partie de ces auteurs qui refusent la spécialisation. Baudelaire l'a bien vu : il « possède non seulement la grandeur, mais l'universalité. Que son répertoire est varié ! et, quoique toujours *un* et compact,

comme il est multiforme ! [1] » Mais ce qui pouvait apparaître avec quelque netteté en 1861 restait à imposer
trente ans plus tôt. Après les *Odes* qui l'avaient illustré
dans le registre du lyrisme héroïco-politique, les *Ballades*
et surtout *Les Orientales* l'avaient consacré grand maître
de ce qu'on appelait alors l'ode pittoresque et fantaisiste.
On pouvait contester la dignité du genre, on n'en consta-
tait pas moins l'autorité de Hugo en la matière. Mais ce
n'était encore qu'une spécialité jointe à une autre. Un
article de Sainte-Beuve, paru au moment des *Orientales*
et qui raisonnait en ces termes, dut avoir quelque
influence, sans doute involontaire, sur le projet des
Feuilles d'automne :

> Pour nous résumer sur le talent lyrique de Victor Hugo, nous
> dirons que, l'ode politique étant close par lui, l'ode rêveuse
> lui étant commune avec d'illustres rivaux, et en particulier
> avec Lamartine, sa spécialité la plus propre et la plus glo-
> rieuse est l'ode pittoresque ou d'imagination, dont *Les
> Orientales* lui assurent le sceptre parmi les contemporains [2].

À cette date, le diagnostic ne manquait pas de pertinence. Mais c'était mal connaître Hugo que de croire,
comme le laissait entendre l'article, qu'il allait désormais
jouir des rentes de sa situation acquise, et continuer à
faire ce qu'on admettait qu'il savait faire mieux que personne. Cette « ode rêveuse », ce lyrisme intime et personnel qu'on ne reconnaissait guère alors, dans son œuvre
poétique, que dans les deux derniers livres de ses *Odes*,
ce genre dont le maître était, même pour l'ami Sainte-
Beuve et certes à juste tire, Lamartine, — ce lyrisme-là
devait lui aussi porter le nom Hugo. D'ailleurs la dernière
pièce des *Orientales*, « Novembre », avait annoncé que le
prochain combat se livrerait sur ce terrain. Sans doute le
drapeau « Lamartine » y flottait-il depuis trop longtemps
plusieurs coudées au-dessus de tous les autres et le jeune
Hugo ne pouvait guère s'y résigner. Nulle perfidie dans

---

1. *Réflexions sur quelques-uns de mes contemporains.* Voir notre
Dossier (p. 421).   2. *Prospectus pour la souscription aux œuvres
complètes de Victor Hugo.* Voir notre Dossier (p. 405).

cette émulation : Hugo eut toujours une grande estime d'artiste pour son illustre rival. *Les Feuilles d'automne* connaissent le nom de Lamartine, qui sonne haut et clair dans le long et beau poème qui lui est adressé (IX), tandis que de multiples *lacs, vallons* et autres *automnes* semblent autant de clins d'œil et d'hommages quasi subliminaux aux *Méditations* les plus célèbres (voir notamment l'ouverture de « Bièvre »). Car malgré le grand succès des *Harmonies poétiques et religieuses*, parues en 1830, Lamartine demeure avant tout pour Hugo comme pour bien des lecteurs, poètes ou non, l'auteur des *Méditations poétiques* : celui qui, en 1820, sut ouvrir la voie nouvelle. Le recueil de 1831 peut être compris ainsi, comme l'ambition du poète trentenaire de réécrire le chef-d'œuvre inaugural et encore incontesté de 1820, de faire ses propres *Méditations poétiques*, en y portant sa marque, en y imposant une irréductible originalité, — dont les *Odes* intimes n'avaient pas fait la preuve.

Une autre entreprise poétique incitait alors à ce retour, dix ans plus tard, vers le moment originaire du lyrisme romantique. Une entreprise perçue alors comme profondément novatrice et qui l'était dans son esprit, quelle que fût au demeurant la valeur intrinsèque de ses réalisations. Elle avait Sainte-Beuve pour maître d'œuvre. Le futur auteur des *Lundis* était déjà critique influent, notamment au *Globe* ; son *Tableau de la poésie française au XVIᵉ siècle* (1828), qui fit relire Ronsard et Du Bellay, l'avait posé comme un de ceux qui ouvraient la voie à l'histoire littéraire, discipline alors toute neuve. Mais en 1831 on pouvait voir en Sainte-Beuve, aussi et peut-être avant tout, un poète. *Vie, Poésies et Pensées de Joseph Delorme* en 1829, puis l'année suivante *Les Consolations* lui en donnaient le titre. Ces recueils, qui rencontrèrent un vif succès (le premier surtout), inauguraient un lyrisme intime qui se voulait résolument moderne, teinté de prosaïsme, marqué par la vie urbaine. Sur une tonalité doloriste parfois proche du misérabilisme, ils représentaient une poésie actuelle et bourgeoise face au lyrisme lamartinien, plus ou moins clairement assimilé à une poésie aristocratique et tendue vers l'intemporel. Hugo, alors très

proche de Sainte-Beuve, a suivi pas à pas cette entreprise
et l'a encouragée (au reste, il encouragea toujours les
poètes débutants). C'est bien d'abord au *poète* Sainte-
Beuve que s'adressent les pièces XXVII et XXVIII des
Feuilles d'automne. Et sans doute il y eut, là aussi, une
part d'émulation poétique dans le choix de certains sujets,
ne serait-ce que ceux qui touchaient à leur existence
d'amis longtemps fraternels : l'hommage à un membre
du Cénacle comme David d'Angers (« À David, statuaire », dans *Joseph Delorme* ; « À M. David, statuaire », dans *Les Feuilles d'automne*) ; ou, sujet plus
intime et douloureux, plus ambigu aussi, la mélancolie de
l'épouse et mère (« Il me prend des accès de soupirs et
de larmes », dans « À Madame V. H. », *Les Consolations* ; *« Oh ! pourquoi te cacher ? Tu pleurais seule
ici... »*, dans *Les Feuilles d'automne*). Sur ce terrain aussi
il fallait porter sa marque : ce qui pouvait apparaître
comme un nouveau lyrisme ne devait pas laisser Victor
Hugo de côté. D'ailleurs, l'intime était dans l'air du
temps : tout le monde faisait des « vers intimes », même
l'orientaliste Fouinet, qui les infligeait à qui voulait bien
les entendre [1]. Et en matière d'art, Hugo était trop de son
temps pour négliger ces phénomènes de mode.

Et puis l'intimité du poète reconnu, du jeune père de
famille entrant dans sa première maturité, cette intimité
se faisait sombre. Littérairement, les années 1829-1830
l'ont bien consacré, pour l'essentiel, premier des romantiques, — mais à quel prix ! Combien d'anciens cama-
rades de combat, combien d'anciens amis devenus
seulement désormais des « rivaux », et qu'on « croyai[t]
meilleurs » (p. 295). La bataille d'*Hernani* surtout fut
usante : trois mois durant l'auteur dut soutenir le combat,
contre le public des loges, contre la presse, contre des
acteurs bientôt découragés, contre l'institution littéraire
dans son ensemble, ou presque. La solidarité active de
« la jeunesse », de la nouvelle génération romantique

---

1. « Le disloqué Fouinet vient me voir et me lit force vers intimes
pendant que je me rase » (Alexandre Fontaney, *Journal intime*, 15 avril
1832, Les Presses françaises, 1925, p. 130).

menée par Gautier ou Nerval et tout entière acquise au
« maître » comme à la justesse de la cause, n'empêchait
pas de sentir la violence des attaques. D'ailleurs elle-
même était éprouvante, entretenant toutes les nuits et jusqu'à l'aube une atmosphère électrique de veillée d'armes,
dans le petit logement de la rue Notre-Dame-des-Champs.
Depuis quelques années l'amitié avec Vigny s'était considérablement refroidie (pour ne pas dire plus) ; celle de
Nodier, longtemps familier patriarche, pour des raisons
politiques et littéraires donnait des signes de faiblesse. Et
Sainte-Beuve, le frère aimé, devenait le rival intime : à
partir de 1830 leurs relations s'assombrissaient et s'aigris-
saient mais perduraient, de plus en plus sourdement
conflictuelles autour de Madame Hugo. L'auteur de
Joseph Delorme en était venu à l'aimer (il l'avoue à son
ami en décembre 1830) et, un temps, elle lui répondit.
Adèle adorée jalousement et passionnément dix ans plus
tôt par le tout jeune Victor, Adèle qui lui avait donné cinq
enfants, et qui, après la naissance de la petite dernière en
1830, interdisait sa couche au poète, — pratique alors
courante dans les meilleurs ménages. Ajoutez les soucis
d'argent, les démêlés avec l'éditeur Gosselin. Et puis les
morts qui s'accumulaient, finissant par boucher la vue :
mort de la mère en 1821 ; mort du premier-né, à l'âge de
trois mois, en 1823 ; mort de la mère d'Adèle en 1827 ;
mort du général Hugo enfin, en 1828, qui brisait les
récentes retrouvailles avec un fils longtemps ennemi.
Sans parler d'Eugène, le frère fou depuis 1822, interné à
Charenton, — et dont effectivement on ne parlait guère.
Non, l'existence n'était pas légère à cet homme quittant
sa première jeunesse et qu'on imaginait souvent comblé,
adulé, victorieux.

Heureusement, outre le travail (mais le travail lui-
même se faisait lourd parfois : la rédaction de *Notre-
Dame de Paris* avait exigé cinq mois de réclusion mona-
cale), il y avait les enfants. Avant de devenir le célèbre
grand-père libertaire et « gâteau », Hugo fut un jeune père
attentif, affectueux et drôle. En homme qui avait eu à
souffrir de la désunion parentale, dont l'enfance avait été
ballottée à tous vents, il fut de ceux qui crurent au bon-

heur enfantin comme à une valeur fondamentale. Chose rare à cette époque (quel que pût être par ailleurs le succès des discours rousseauistes), le couple Hugo suivait de près l'éducation de ses enfants, ne s'empressant pas de les envoyer dans des casernes vaguement déguisées en pensionnat. Plus rare encore, le père ne croyait pas déchoir en jouant avec eux, leur confectionnant toutes sortes d'objets drolatiques, dessinant pour eux de grotesques et très anticonformistes caricatures que les bambins trouvaient sur leur lit au réveil et qui les faisaient rire. Oui, le travail de l'œuvre et les jeux des enfants, voilà ce qui éclaircissait l'horizon intime en ces années 1829-1831. Et, s'il faut en croire la pièce « *Laissez.* — *Tous ces enfants...* », les jeux, loin de gêner le travail le confortaient, le rechargeaient de fraîcheur et d'énergie, — assumant en quelque sorte la fonction qui était celle du rêve oriental dans le précédent recueil [1] :

Je les vois reverdir dans leurs jeux éclatants,
Mes hymnes parfumés comme un champ de printemps.
     Ô vous, dont l'âme est épuisée,
Ô mes amis ! l'enfance aux riantes couleurs
Donne la poésie à nos vers, comme aux fleurs
     L'aurore donne la rosée !

Près d'un demi-siècle plus tard, dans son article du *Figaro* sur *L'Art d'être grand-père* (1877), Théodore de Banville se souviendra des *Feuilles d'automne* quand il écrira : « Il est vrai qu'en art et qu'en poésie l'Enfant date de lui et n'a commencé à vivre que dans ses œuvres. »

Ces joies fugaces, cette tristesse diffuse, persistante et pénétrante comme une pluie d'automne, sans doute tout cela demandait-il à être dit, à trouver sa place dans l'œuvre. Encore fallait-il la manière. Car à comprendre le lyrisme, et surtout le lyrisme romantique, comme une « expression des sentiments personnels », comme un simple « épanchement de l'âme », on finit souvent par oublier l'essentiel : rien n'est plus délicat que la transfor-

---

1. Voir « Rêverie ».

mation d'une confidence en œuvre d'art. Certes, les
romantiques eux-mêmes ont contribué à cet oubli de l'*artifice* lyrique, de la *construction* complexe nécessaire à
cette poésie. Lamartine se faisait gloire d'avoir été « le
premier qui ait fait descendre la poésie du Parnasse, et qui
ait donné à ce qu'on nommait la muse, au lieu d'une lyre
à sept cordes de convention, les fibres mêmes du cœur de
l'homme »[1]. La Préface des *Feuilles d'automne* annonce
« des vers comme tout le monde en fait ou en rêve », des
« élégies comme le cœur du poète en laisse sans cesse
couler par toutes les fêlures que lui font les secousses de
la vie ». Mais on sait bien que la référence au naturel et à
l'immédiateté est toujours l'arme favorite de ceux qui partent en guerre contre une convention ancienne, un régime
périmé et devenu stérile de l'artifice, — comme l'était
devenu celui de la poésie classique. Pour les romantiques,
cette référence était d'autant plus nécessaire qu'elle justifiait une conviction neuve : la poésie est strictement et
idéalement l'apanage de tous, chaque être vivant détient
la *capacité* poétique. Idée force qui, bien qu'elle entre en
tension avec la promotion du génie et du poète sacré, travaille constamment et profondément le romantisme (et est
appelée, comme on sait, à lui survivre).

Il n'empêche : un poète lyrique doit inventer sa *voix*. Et
pour ce faire, d'abord s'inventer un *je*. Pas de lyrisme sans
sujet lyrique, et celui-ci n'est pas donné au préalable.
Chaque grand poète doit construire sa propre *figure du
sujet lyrique*[2]. À bien des égards c'est avec *Les Feuilles
d'automne* que Hugo trouve définitivement la sienne,
appelée par la suite, et surtout pendant l'exil, à s'approfondir et se complexifier encore, mais sans rupture majeure[3].
Et cette trouvaille, il la doit sans doute à l'expérience des

---

1. Préface de 1849 aux *Méditations poétiques* (édition dite « des souscripteurs »). Voir les analyses de Jean-Marie Gleize dans *Poésie et Figuration* (« Lamartine »), Seuil, 1983.   **2.** D'après le titre de l'ouvrage
collectif dirigé par Dominique Rabaté, P.U.F., 1996.   **3.** La compréhension du *je* hugolien, et surtout du *je* lyrique, a été considérablement
renouvelée depuis trente ans, depuis les deux articles fondateurs de Pierre
Albouy : « Hugo et le Je éclaté » et « Hugo fantôme » (voir la Bibliographie, p. 430).

Orientales. Certes le *je* est dans *Les Feuilles d'automne*
éminemment plus stable que dans le recueil précédent : fort
rares sont les poèmes *parlés* par un personnage déterminé
et distingué clairement du *poète* (ce qui au reste contribue
à désigner l'importance d'une pièce comme « Pan »). Mais
dans son rêve d'Orient, Hugo s'est habitué à l'éclatement
des voix comme à l'intimisation de l'altérité. Le *sujet* des
Feuilles d'automne se ressent de cette aptitude acquise :
unique et stable en apparence, il est en fait profondément
complexe, creusé, hétérogène.

Sa première caractéristique, dans de nombreux poèmes
et d'abord dans le premier, est d'assumer explicitement
l'autobiographie. Entendons bien l'*écriture autobiographique* (ses formes, ses passages obligés, son rapport au
lecteur) et non la *lecture biographique* car celle-ci, qui
s'efforce de rapporter une œuvre aux éléments de la vie
réelle de son auteur, est l'affaire des érudits et des journalistes plus que de l'écrivain lui-même. Sainte-Beuve avait
inventé en 1829 une solution neuve : les *Poésies de
Joseph Delorme* étaient précédées de sa *Vie*, notice biographique assumée par « l'éditeur » et intégrant des morceaux de journal intime. Mais la juxtaposition même des
deux textes et leur différence formelle exhibaient la distinction maintenue entre lyrisme et (auto)biographie. En
outre, ce Joseph Delorme, mort de misère et dont on
publiait l'œuvre posthume, n'était qu'un personnage fictif, un prête-nom, mystification littéraire dont peu furent
dupes et qui n'était pas faite pour être crue (Sainte-Beuve,
précurseur de Fernando Pessoa et de ses hétéronymes...).
Le poème liminaire des *Feuilles d'automne* abandonne
ces précautions. « *Ce siècle avait deux ans* » peut fort
incomplètement mais sans trahison notoire être résumé
ainsi : je suis né en 1802 à Besançon d'un père lorrain,
soldat de la Révolution et de l'Empire, et d'une mère
bretonne (ou vendéenne) et royaliste. Suit l'évocation des
premières années, de l'enfance, de la jeunesse, jusqu'au
présent de l'écriture. Toutes les données impératives de
l'autobiographie sont là, son mode énonciatif, ses passages narratifs imposés, son « pacte » d'authenticité passé

avec le lecteur[1] sur la foi au moins de quelques vérités
objectives, vérifiables, et souvent déjà connues (1802,
Besançon). D'ailleurs cette pièce, publiée d'abord dans la
Revue des Deux Mondes[2], y introduisait une biographie
de Hugo par Sainte-Beuve.

Par bien des points le reste du recueil confirme ce
choix initial. Des lieux chargés de souvenirs intimes sont
précisément nommés : Blois, où le père du poète vécut
les dernières années de sa vie (II) ; Bièvre, où les amis
Bertin avaient une villégiature et où ils recevaient l'été la
famille Hugo (XXXIV)... Sauf quelques rares exceptions,
les poèmes sont très précisément datés, datation qui bien
souvent renvoie autant à l'événement évoqué par le
poème qu'à sa composition, comme c'est généralement
le cas dans le journal intime (par exemple « Rêverie d'un
passant à propos d'un roi »). Cette utilisation de l'écriture
autobiographique dans le lyrisme hugolien, chacun sait
qu'elle est appelée à durer : que le « 4 septembre 1843 »,
date exacte de la mort de Léopoldine, coupe en deux *Les
Contemplations* ; que les poèmes de l'exilé consacrés à
l'exil sont légion ; que « Georges » et « Jeanne », pré-
noms des petits-enfants *réels* du poète sont aussi ceux des
principaux *personnages* de *L'Art d'être grand-père*, etc.
Mais peut-être croit-on trop souvent que ce trait relève du
régime général du lyrisme romantique, « poésie personnelle », alors que force est de constater qu'il s'agit d'une
des spécificités du lyrisme de Hugo, qu'on ne retrouve ni
chez Lamartine, ni chez Vigny, ni chez Musset.

Pour autant, *Les Feuilles d'automne* ne sont pas une
autobiographie en vers (si tant est qu'un tel genre soit
possible). Leur lyrisme intègre des éléments fondamen-
taux de l'écriture autobiographique mais tout autant la
limite, la déborde et la pervertit. Ainsi l'individualisation
précise dont, par elle, est parfois affecté le *je*, ne porte
jamais sur le *tu*. Le voyageur de la pièce VI ou le trappiste
de La Meilleraye dont l'anonymat est exhibé par trois

---

1. Voir Philippe Lejeune, *Le Pacte autobiographique*, Seuil, 1975.
2. Le 1ᵉʳ août 1831.

astérisques (XXXIII), jamais identifiés avec certitude, n'ont peut-être pas d'autre réalité que celle de fictions poétiques. Aucun des nombreux poèmes adressés à l'épouse ne fait apparaître le prénom « Adèle », ni quelque autre pseudonyme. On peut si l'on y tient voir se profiler la charmante Marie, fille de Charles Nodier, dans les pièces (« À une femme » et « *Madame, autour de vous...* »), — mais rien dans le texte n'y contraint, et Hugo montre ainsi sa résistance à l'usage mondain de la poésie galante. Plus explicite, « À Madame Marie M. » (Marie Nodier avait épousé Jules Mennessier) demeure néanmoins au seuil de l'identification nette, de l'individualisation complète de la destinataire. Cette individualisation semble en fait inversement proportionnelle à l'intimité que le poème établit entre le *je* et le *tu*, au caractère privé des relations qu'il désigne. C'est très net pour les destinataires artistes. Sainte-Beuve et Louis Boulanger sont « S.-B. », « L. B. », « Louis B. », dans des poèmes (XXVII, XXVIII, II) où ils sont construits en amis intimes au moins autant qu'en artistes reconnus. En revanche, David (d'Angers) et Lamartine ont droit à leur nom en toutes lettres, mais il s'agit de poèmes (VIII et IX) exclusivement consacrés à l'art, dans lesquels les destinataires ne sont donc aucunement des individus privés, mais des représentants du génie : des « choses publiques » selon l'expression que Hugo emploiera plus tard pour lui-même[1].

Aussi peut-on évoquer une sorte de désindividualisation de l'intime. Certains thèmes privilégiés du recueil y invitent. Poésie « de la famille, du foyer domestique, de la vie privée [...], sur la vanité des projets et des espérances, sur l'amour à vingt ans, sur l'amour à trente ans, sur ce qu'il y a de triste dans le bonheur, sur cette infinité de choses douloureuses dont se composent nos années » (Préface), son « contenu » peut bien être référé à l'individu Victor Hugo mais certes pas à lui seul. Volontairement banals, ces thèmes intimes n'ont rien d'individualisant, et une

---

1. « Ce que j'écris n'est pas à moi. Je suis une chose publique » (*Carnets*, 27 novembre 1870, *Voyages*, Robert Laffont, p. 1068).

autobiographie qui relaterait principalement ces sortes de choses n'aurait guère de chances de trouver un éditeur. Mais le lyrisme romantique aime cette matière, qui renvoie moins à l'universalité abstraite de la nature humaine qu'à une communauté concrète d'existence. Il travaille à révéler combien les épreuves les plus profondément intimes (le deuil d'un être cher par exemple) sont en même temps les plus communes, au sens strict du terme, en rien réservées à un individu particulier. C'est par ce biais notamment que *Les Feuilles d'automne* tendent à devenir une « autobiographie du *vous* », selon la formule de Ludmila Charles-Wurtz [1]. « Insensé qui crois que je ne suis pas toi ! » écrira plus tard Hugo [2]. Mais le recueil de 1831 sait déjà qu'il n'est de « poésie personnelle » viable, que celle qui échappe à l'autosuffisance de l'individu particulier.

Même ce qui semblait devoir ancrer le *sujet lyrique* des *Feuilles d'automne* dans une singularité individuelle, sa construction autobiographique, le fait déborder vers une identité collective : celle du siècle. « *Ce siècle avait deux ans* » substitue à une datation pure une périphrase qui situe la naissance individuelle dans le cadre temporel du destin collectif, — et l'enfant n'entre en scène qu'après la figure colossale du héros de l'histoire contemporaine : Napoléon. Plus profondément, plus *intimement* encore, c'est l'ascendance individuelle, c'est le couple parental qui condamne le sujet à sa dimension historique et minore d'autant l'individu *privé*. Dire : je suis le fils d'un « père vieux soldat » et d'une « mère vendéenne », c'est en 1831 dire : je suis le fils de l'histoire contemporaine, — en tant que cette histoire est celle du conflit politique et de la guerre civile. Ce thème de l'enfant du siècle n'est pas propre à Hugo et traverse tout le romantisme. Mais rarement il est allé aussi loin dans l'intimisation, rarement, sauf peut-être chez Nerval, il a été si étroitement et profondément articulé au mythe personnel, et d'abord familial. Dans ce recueil, l'enfance du *je*, loin d'apparaître

---

1. *Poétique du sujet lyrique dans l'œuvre de Victor Hugo*, III, 2, Champion, 1998.   2. Dans la Préface des *Contemplations*.

comme la quintessence et le refuge de l'intimité individuelle et privée, est tout entière subordonnée aux grands
faits sublimes et terribles de l'histoire collective, que ce
soit dans le poème liminaire (l'enfant poussé aux quatre
vents de l'espace par l'épopée impériale), ou dans « Souvenir d'enfance », pièce consacrée au souvenir de...
Napoléon. Pourtant annoncés dans la conclusion des
Orientales, ni le jardin bucolique, sauvage et protégé des
Feuillantines, ni le thème des amours enfantines n'ont
leur place dans ce livre.

Mais la particularité la plus étrange (et la plus féconde)
du *je* des *Feuilles d'automne*, c'est son clivage, son
dédoublement. Là encore la pièce liminaire, reprenant et
précisant la Préface, jette les bases du *système lyrique*
hugolien. Une fois achevée l'évocation de l'enfance, le
poème juxtapose deux descriptions du *je* au présent, tellement différentes, si manifestement opposées terme à
terme, qu'il faut conclure à l'« existence » d'un sujet
double, *Hugo duplex*. La première construit l'image d'un
individu précocement vieilli, mélancoliquement marqué
par la pesanteur de l'existence réelle, la fatalité de l'usure
et de l'échec (« Tout ce que j'ai souffert, tout ce que j'ai
tenté, / Tout ce qui m'a menti comme un fruit avorté ») ;
un sujet littéralement achevé par une plénitude négative
bouchant toute ouverture, interdisant tout avenir, et qui
constate que « le livre de [son] cœur » est « à toute page
écrit ». La seconde dresse le portrait énergique d'un écrivain plein de sève, d'un *producteur* littéraire tout entier
porté par le mouvement, l'expansion, la puissance et l'en-
vol, — et le poème trouve alors des accents éclatants, qui
contrastent avec la mélodie voilée et comme funèbre qui
les précède immédiatement :

Si j'ébranle la scène avec ma fantaisie,
Si j'entrechoque aux yeux d'une foule choisie
D'autres hommes comme eux, vivant tous à la fois
De mon souffle et parlant au peuple avec ma voix ;
Si ma tête, fournaise où mon esprit s'allume,
Jette le vers d'airain qui bouillonne et qui fume

> Dans le rythme profond, moule mystérieux
> D'où sort la strophe ouvrant ses ailes dans les cieux ;

Semble ainsi annoncé, sinon *expliqué*, ce balancement qui rythme pour une grande part le recueil, entre les poèmes mélancoliques et intimes, tout proches d'exprimer l'impuissance au bonheur et à la vie (II, XII, XIV, XVIII...), et ceux qui exaltent la grandeur, la vigueur, l'héroïque et sublime fécondité du poète et de l'artiste (VII, VIII, IX, X, XI...). Dès 1831 apparaît ainsi ce qui deviendra une constante de la poésie hugolienne, s'approfondissant et s'enrichissant dans les grands recueils de l'exil (*Châtiments* et *Les Contemplations* surtout) : la position exceptionnelle du génie, du « mage », n'est assumée par « Hugo » qu'en tant qu'elle se détache sur le fond d'une figure individuelle soumise au sort commun, marquée par la faiblesse, le découragement, la culpabilité, — et constituant l'autre pôle d'un *même* sujet lyrique. Au reste, ces deux pôles entretiennent des rapports très différents à l'identité personnelle. Le *je* intime de « *Ce siècle avait deux ans...* » a pour centre une « âme » figurée « comme un gouffre dans l'onde », objet d'introspection profonde et dangereuse pour une « pensée » qui l'« habite comme *un monde* », substitué à l'autre. À cette personnalité introvertie et menacée d'engloutissement répond, sur l'autre versant du sujet, une « âme » tout entière soumise et réceptive à tous les influx inépuisables du vaste monde extérieur, et qui donne au poète, l'arrachant au *moi* même creusé en gouffre, la chance d'un être multiple :

> Tout souffle, tout rayon, ou propice ou fatal,
> Fait reluire et vibrer mon âme de cristal,
> Mon âme aux mille voix, que le dieu que j'adore
> Mit au centre de tout comme un écho sonore !

Cette âme-écho orchestre la polyphonie du recueil, moins éclatante que dans *Les Orientales*, mais non moins essentielle à sa dynamique. Tout parle dans *Les Feuilles d'automne*, et le poète lyrique y est souvent non pas celui qui se chante, mais celui qui traque les voix multiples et confuses du tout, pour les traduire et les faire entendre. Voix de la nature et de l'humanité (V), voix des morts (II, VI, XXXVII), voix de la ville (XXXV), voix du peuple (III, XXXV), etc. Cette écoute donne l'occasion de figurer le poète en diverses postures. Certaines sont attendues, comme celles qui relèvent de l'élévation : poète-prophète « Monté sur la montagne, en présence des cieux », et « l'océan aux pieds » (V) ; ou poète-veilleur rêvant d'être emporté sur « quelque tour sublime », non pour s'isoler mais pour mieux entendre la voix de la grande ville « qui semble un cri de veuve, / Et qui, le jour, gémit plus haut que le grand fleuve » (XXXV, 2). D'autres sont plus étonnantes, comme celle qui, la nuit, couche sur la terre du cimetière le poète et le voyageur, afin qu'ils entendent « Ces millions de morts, moisson du fils de l'homme, / Sourdre confusément dans leurs sépulcres, comme / Le grain dans le sillon ! » (VI). Ou encore cette figure, très « moderne », du poète-passant (III), noyé dans la foule et la suivant « comme l'onde suit l'onde », à la fois rêveur et attentif aux propos d'une « vieille, en haillons », aux réflexions du peuple, aux insinuations malfaisantes des courtisans, à la grande rumeur de l'Histoire, — et renvoyant avec la sienne toutes ces paroles aux rois, dans une adresse qui les distingue du *nous* de la communauté politique dans laquelle le poète, lui, s'inclut : « Ô rois, veillez, veillez ! tâchez d'avoir régné. / Ne nous reprenez pas ce qu'on avait gagné ».

À cette variété des discours et des situations de discours s'ajoute la variété des notations visuelles. Hugo peut compter parmi les plus précisément *descriptifs* des poètes français, très précisément attentif au réel visible. En 1861 Baudelaire se souvient : « Sans cesse, en tous lieux, sous la lumière du soleil, dans les flots de la foule, dans les sanctuaires de l'art, le long des bibliothèques poudreuses exposées au vent, Victor Hugo, pensif et calme, avait l'air de dire à la nature extérieure : "Entre bien dans mes yeux pour que je me souvienne de toi." » [1].

---

1. *Réflexions sur quelques-uns de mes contemporains.* Voir notre Dossier p. 421.

Les Feuilles d'automne portent la marque de cette disposition. Les spectacles sublimes de la nature y sont peints
puissamment (« Ce qu'on entend sur la montagne »,
« Dicté en présence du glacier du Rhône »...). On trouvera
peut-être plus symptomatiques d'une manière neuve certains paysages beaucoup moins somptueux, dont la description tend vers la notation objective pour déboucher
soudain sur la surprise d'une métaphore inattendue. Ainsi
dans ces vers de « Bièvre » :

> Des carrés de blé d'or ; des étangs au flot clair ;
> Dans l'ombre, un mur de craie et des toits noirs de suie ;
> Les ocres des ravins, déchirés par la pluie ;
> Et l'aqueduc au loin qui semble un pont de l'air.

Mais la nature, bucolique ou sublime, n'est déjà plus
la seule matière à paysages. La ville, la grande ville est
entrée en poésie, et sur ce point aussi *Les Feuilles d'automne* se souviennent de *Joseph Delorme*. Le traitement
du motif par Hugo est cependant beaucoup plus riche et
varié qu'il ne l'est chez Sainte-Beuve. Il y a la ville
épique, ce Paris des Révolutions appelé désormais à revenir dans presque tous les recueils suivants : c'est une
géante couchée (XXXIV et XXXV, 2), c'est « la ville
fatale, / Du monde en fusion ardente capitale », c'est un
« Vésuve d'hommes » dans lequel bouillonne « La lave
des événements » (XXXIV). C'est aussi un paysage
étrange, oppressant, dont l'architecture monumentale
(« cathédrale », « palais », « prison »), dont la dureté
minérale semblent engagées dans un réseau de luttes
sourdes : « Posée au bord du ciel comme une longue scie,
/ La ville aux mille toits découpe l'horizon », — et l'on
y voit « Le grand fleuve irrité, luttant contre les ponts » et
« serpenter le peuple en l'étroit carrefour », « Avec mille
bruits sourds d'océan et de foule » (XXXV, 2). C'est
encore l'espace banal de la rue et de ses badauds (III),
appelant des notations prosaïques et strictement référen-
tielles (la place du Carrousel, ses guichets, son horloge)
— mais toujours susceptible de basculer vers l'univers
épique évoqué plus haut. C'est un monde enfin qui
appelle une esthétique neuve, privilégiant la perception

fragmentaire et fluctuante, un monde qui a sa beauté propre, — et Hugo invite les artistes à ne pas dédaigner « le carrefour bruyant et fréquenté » (XXXVI).

> — Car Paris et la foule ont aussi leur beauté,
> Et les passants ne sont, le soir, sur les quais sombres,
> Qu'un flux et qu'un reflux de lumières et d'ombres ; —[1]

Ainsi, cette poésie intime est saturée de « choses vues ». *Les Feuilles d'automne* travaillent à déborder les cadres dans lesquels même l'ami Sainte-Beuve, soumis au démon critique des classifications, s'efforçait d'enfermer la production poétique. « Ode rêveuse » contre « ode pittoresque », poésie intérieure contre poésie extérieure — on dira plus tard personnelle ou impersonnelle, subjective ou objective... Ces distinctions ont sans doute leur pertinence, y compris pour Hugo, mais elles ne sauraient se constituer en limites infranchissables. Il reviendra au dieu du Tout, dans cet art poétique que constitue la pièce antépénultième du recueil (XXXVIII), d'affirmer la complémentarité nécessaire des deux pôles, du microcosme et du macrocosme, reprenant d'autre manière la topique élaborée dans le poème d'ouverture. S'adressant aux « poètes sacrés », le grand Pan les exhorte :

> Si vous avez en vous, vivantes et pressées,
> Un monde intérieur d'images, de pensées,
> De sentiments, d'amour, d'ardente passion,
> Pour féconder ce monde, échangez-le sans cesse
> Avec l'autre univers visible qui vous presse !
> Mêlez toute votre âme à la création.

D'autant que cet « univers visible » n'est pas pure surface, laissant la profondeur au « monde intérieur ». Tout est profond, et *Les Feuilles d'automne* affirment pour la première fois clairement cette thèse, à la fois ontologique et

---

1. En fait, cette nouvelle esthétique urbaine sera surtout exploitée par les poètes de la génération suivante, Baudelaire en tête. Hugo quant à lui la déploie moins franchement dans sa poésie que dans ses romans : dans *Les Misérables* bien sûr, mais déjà dans *Notre-Dame de Paris*.

méthodologique, sur laquelle reviendra sans cesse l'œuvre
ultérieure : le visible est l'antichambre de l'invisible, le
songe est l'approfondissement nécessaire de l'observation,
la Vision est le creusement de la simple vue. Ce n'est pas
en tournant le dos au réel qu'on aperçoit le monde du rêve,
c'est en l'embrassant avec avidité, en le fouaillant des sens
et de la pensée. Il n'y a pas *deux* mondes : « Aucun surnaturalisme, diront *Les Travailleurs de la mer* ; mais la continuation occulte de la nature infinie » (I, I, 7). « La pente de
la rêverie » dit la même chose : « Une pente insensible / Va
du monde réel à la sphère invisible ». Et le poème part de
l'humble spectacle d'un printemps pluvieux observé par la
fenêtre, pour se muer *progressivement* en vision cosmique,
— trouvant à cette occasion les formes stylistiques d'une
représentation de l'irreprésentable dans sa variante
immense, qui n'avaient encore été qu'ébauchées auparavant (dans « Le feu du ciel » par exemple), et dont se souviendra « La Vision d'où est sorti ce livre » (*La Légende
des siècles — Nouvelle Série*). Même moins vertigineuses,
de nombreuses pièces, comme la série des « Soleils couchants », procèdent de manière analogue. Baudelaire,
encore lui, fut le premier à comprendre combien cet attrait
pour le monde sensible, que la critique contemporaine
taxait volontiers de « matérialisme poétique », constituait
l'une des principales dispositions qui firent de « Victor
Hugo [...], dès le principe, l'homme le mieux doué, le plus
visiblement élu pour exprimer par la poésie [...] le *mystère
de la vie* »[1].

Elle semble décidément parée de bien des prestiges,
pourvue de bien vastes puissances, cette poésie qui disait
vouloir se vouer à la mélancolie automnale, à l'usure de
toutes choses, à la fatigue de vivre. Oui, — mais il y a
les morts. Les morts hantent ce livre. Il ne s'agit pas tant
ici de cette fascination parfois comme amoureuse, de ce
désir de mort qui travaille l'imaginaire romantique. Il
s'agit moins de la mort que des morts, du lien qui unit
les vivants et les morts. *Les Feuilles d'automne* font ce

---

1. *Réflexions sur quelques-uns de mes contemporains*. Voir notre
Dossier p. 421.

constat douloureux, entêtant : nous ne savons plus quel est le *bon rapport* aux morts. Entre l'oubli culpabilisant (VI, XVII) et le sentiment d'absence qui à la fois vous dénude tel un enfant et vous pousse vers la vieillesse (II), nous oscillons. Les morts sont toujours trop lointains ou trop proches. Il se pourrait fort que Hugo exprime ici une nouveauté historique, celle d'une modernité dont les rites mortuaires sont devenus fondamentalement inefficaces, et dans laquelle tout mort est fantôme. De fait, la plupart des écrivains romantiques qui s'engagèrent dans des tentatives de refondation religieuse furent taraudés par le désir d'un nouveau culte des morts (qu'on songe à Nerval, à Michelet...). Le renouveau de la poésie lyrique y avait trouvé une puissante justification : Lamartine avait montré comment l'espace du poème était apte à faire résonner la voix de la morte (*cf.* « Le lac »), et plus généralement que la parole lyrique pouvait s'opposer aux forces de séparation. La morte des *Méditations* fit beaucoup pour rappeler que la poésie et la prière, voire l'invocation magique, entretenaient quelque ressemblance, quelque parenté. Combien de poèmes romantiques s'adressent ainsi à ceux qui, hors de la poésie, ne sauraient plus répondre, — convoquant à la présence, par la magie du *tu* lyrique, l'absence radicale ! Aussi s'étonnera-t-on de constater que dans ce recueil, dont tant de poèmes parlent *des* morts, pas un seul ne *leur* parle. Les morts des *Feuilles d'automne* restent des *ils*, des non-personnes, comme si cette poésie ne trouvait pas en elle le pouvoir de nouer avec eux le lien sacré de la parole lyrique. Et ce n'est pas oubli fortuit, car « La Prière pour tous » enjoint à l'enfant, à la fille, de prier pour eux, affirmant le pouvoir de la parole entendue dans la tombe. Mais le père avoue, quant à lui, son impuissance :

> Ce n'est pas à moi, ma colombe,
> De prier pour tous les mortels,
> Pour les vivants dont la foi tombe,
> Pour tous ceux qu'enferme la tombe,
> Cette racine des autels !

Ce n'est pas moi, dont l'âme est vaine,
Pleine d'erreurs, vide de foi,
Qui prierais pour la race humaine,
Puisque ma voix suffit à peine,
Seigneur, à vous prier pour moi !

Sainte-Beuve n'avait certes pas tort de voir dans ce poème, en apparence si pieux, le symptôme d'une profonde crise religieuse, d'un doute rongeur que tout le livre à ses yeux confirmait[1]. Mais il se pourrait que ce doute affecte autant le poète que le croyant. Si tant de pièces font entendre la sourde réclamation des morts, pas une seule ne sait leur répondre, pas une ne s'érige en parole apaisante, — laissant ce soin, hors texte, hors poème, à la prière de l'enfant. Il faut croire qu'elle ne fut pas donnée aisément à Hugo cette puissance de la poésie qui lui permit, un jour, d'adresser à celle qui autrefois priait pour les morts et qui désormais reposait sous la terre, ces paroles apaisantes de la douleur vive, ces vers familiers et magiques, magiques par cette familiarité même qui tend à dissoudre l'irrémédiable absence : « Demain, dès l'aube, à l'heure où blanchit la campagne, / Je partirai. Vois-tu, je sais que tu m'attends »[2]...

Ainsi, il se pourrait fort que *Les Feuilles d'automne* révèlent un doute profond sur les pouvoirs sacrés de la poésie, — et un tel doute est dangereux pour un poète comme Hugo. Ne serait-ce pas pour conjurer cette faiblesse intime de la lyre que le recueil y ajoute *in extremis*, dans son poème ultime, « une corde d'airain » (XL) ? La « Muse indignation » a dans ce livre quelque chose d'éminemment roboratif : cette longue dénonciation du despotisme européen qui constitue l'essentiel d'« *Amis, un dernier mot* !... » est précédée d'un congé donné à la mélancolie, d'un regard lancé vers l'avenir, d'une réaffirmation des puissances de la jeunesse et du progrès, personnel et historique. Comme si la perspective des combats à venir allégeait l'âme, et comme si le poète se

---

1. *Revue des Deux Mondes* du 15 décembre 1831. Voir notre Dossier (p. 413).   2. *Les Contemplations*, IV, 14.

réjouissait à l'avance d'y éprouver la valeur de ses armes. Impuissante encore, peut-être, à apaiser les ombres des morts, cette poésie se dit prête à affronter le mal politique. Presque tout le Hugo de *Châtiments* est déjà là, — où, certes, on ne l'attendait guère. Mais, qu'on l'admire ou qu'on le déplore, Hugo est de ces poètes dont les « rêves » ne s'épanouissent jamais longtemps loin des « luttes »[1].

Franck LAURENT

---

1. D'après le titre du troisième livre des *Contemplations* : « Les luttes et les rêves ».

Note sur cette édition

Les Orientales ont paru le 24 janvier 1829, à Paris, chez l'éditeur Gosselin ; une seconde édition, plus luxueuse et illustrée par Louis Boulanger, sort le mois suivant, toujours chez Gosselin.

Les Feuilles d'automne ont paru le 1er décembre 1831, à Paris, chez l'éditeur Renduel.

Pour les deux recueils nous reproduisons ici le texte des *Œuvres complètes* de Hugo, parues chez Furne en 1840. Lorsque les dates figurant sur cette édition ne correspondent pas à celles du manuscrit, nous ajoutons celles-ci entre crochets.

LES ORIENTALES

Victor Hugo, *Fantaisie orientale*,
février 1837, plume et lavis.

PRÉFACE DE L'ÉDITION ORIGINALE

L'auteur de ce recueil n'est pas de ceux qui reconnaissent à la critique le droit de questionner le poète sur sa fantaisie, et de lui demander pourquoi il a choisi tel sujet, broyé telle couleur, cueilli à tel arbre, puisé à telle source. L'ouvrage est-il bon ou est-il mauvais ? Voilà tout le domaine de la critique. Du reste, ni louanges ni reproches pour les couleurs employées, mais seulement pour la façon dont elles sont employées. À voir les choses d'un peu haut, il n'y a, en poésie, ni bons ni mauvais sujets, mais de bons et de mauvais poètes. D'ailleurs, tout est sujet ; tout relève de l'art ; tout a droit de cité en poésie. Ne nous enquérons donc pas du motif qui vous a fait prendre ce sujet, triste ou gai, horrible ou gracieux, éclatant ou sombre, étrange ou simple[1], plutôt que cet autre. Examinons comment vous avez travaillé, non sur quoi et pourquoi.

Hors de là, la critique n'a pas de raison à demander, le poète pas de compte à rendre. L'art n'a que faire des lisières[2], des menottes, des bâillons ; il vous dit : Va ! et vous lâche dans ce grand jardin de poésie, où il n'y a pas de fruit défendu. L'espace et le temps sont au poète. Que le poète donc aille où il veut, en faisant ce qui lui plaît ; c'est la loi. Qu'il croie en Dieu ou aux dieux, à Pluton[3]

---

1. Raturé sur le manuscrit « étrange ou commun ».   **2.** Cordons attachés au vêtement d'un jeune enfant pour le soutenir quand il marche. Mais le sens de limite (lisière d'une forêt) n'est pas non plus sans pertinence : *cf. infra* le refus des « limites de l'art ».   **3.** Dieu romain des Enfers.

ou à Satan, à Canidie [1] ou à Morgane [2], ou à rien, qu'il
acquitte le péage du Styx [3], qu'il soit du Sabbat [4] ; qu'il
écrive en prose ou en vers, qu'il sculpte en marbre ou
coule en bronze ; qu'il prenne pied dans tel siècle ou dans
tel climat ; qu'il soit du midi, du nord, de l'occident, de
l'orient ; qu'il soit antique ou moderne ; que sa muse soit
une Muse [5] ou une fée, qu'elle se drape de la colocasia [6]
ou s'ajuste la cotte-hardie [7]. C'est à merveille. Le poëte
est libre. Mettons-nous à son point de vue, et voyons.

L'auteur insiste sur ces idées, si évidentes qu'elles
paraissent, parce qu'un certain nombre d'*Aristarques* [8]
n'en est pas encore à les admettre pour telles. Lui-même,
si peu de place qu'il tienne dans la littérature contemporaine, il a été plus d'une fois l'objet de ces méprises de
la critique. Il est advenu souvent qu'au lieu de lui dire
simplement : Votre livre est mauvais, on lui a dit : Pourquoi avez-vous fait ce livre ? Pourquoi ce sujet ? Ne

---

1. Sorcière évoquée par le poète latin Horace, dans une *satire* à la
tonalité grotesque (I, 8). En 1818, le jeune Hugo avait traduit cette satire
en vers français.   2. Fée des légendes celtiques consacrées au roi
Arthur et à ses chevaliers. *Cf.* la première *ballade* de Hugo.   3. Un des
fleuves qui coulait aux Enfers, dans la mythologie gréco-romaine.
4. Réunion de diables et de sorcières. Voir la quatorzième *ballade* de
Hugo « La Ronde du Sabbat » (1825). La définition du mot dans le *Dictionnaire de la fable* de Fr. Noël, publié en 1803 mais qui fut le manuel
de mythologie de plusieurs générations de collégiens, donne une idée de
la résistance culturelle à cette intrusion, opérée par les romantiques, du
folklore populaire dans la grande littérature : « SABBAT, prétendue assemblée où l'imagination des démonographes [...] a réuni les diables, les sor-
ciers et les sorcières, fantômes hideux qui n'ont jamais existé que dans
des cerveaux blessés ou malades. [...] fiction sotte et dégoûtante [...] différente des fictions de l'antiquité ».   5. *Les* Muses, dans la mythologie gréco-romaine, sont les neuf déesses des arts, présidant à autant de
genres ou de disciplines. *La* Muse romantique se distingue donc des
Muses classiques par son individualisation et son refus de la division ins-
tituée des genres et des arts.   6. Plante d'origine égyptienne. Son assimilation à un vêtement rend dubitatifs les commentateurs, qui y voient le
plus souvent une « faute de latin ». Mais, outre que certaines statues du
dieu égyptien Harpocrate sont ornées d'une couronne de colocasia (Noël,
Dictionnaire de la fable), l'image d'une muse qui voilerait sa nudité
d'un feuillage oriental convient bien à un recueil contenant la célèbre
pièce « Sara la baigneuse ».   7. Vêtement médiéval : jupe courte.
8. Nom d'un grammairien antique célèbre pour ses travaux sur Homère,
et qui signifie : qui commande aux très forts. Par extension, critique
éclairé et sévère. L'ironie justifie ici les italiques.

voyez-vous pas que l'idée première est horrible, grotesque, absurde (n'importe !), et que le sujet chevauche
hors des *limites de l'art* ? Cela n'est pas joli, cela n'est
pas gracieux. Pourquoi ne point traiter des sujets qui nous
plaisent et nous agréent ? les étranges caprices que vous
avez là ! etc., etc. À quoi il a toujours fermement
répondu : que ces caprices étaient ses caprices ; qu'il ne
savait pas en quoi étaient faites les *limites de l'art*, que
de géographie précise du monde intellectuel il n'en
connaissait point, qu'il n'avait point encore vu de cartes
routières de l'art, avec les frontières du possible et de
l'impossible tracées en rouge et en bleu ; qu'enfin il avait
fait cela, parce qu'il avait fait cela.

Si donc aujourd'hui quelqu'un lui demande à quoi bon
ces *Orientales* ? qui a pu lui inspirer de s'aller promener
en Orient pendant tout un volume ? que signifie ce livre
inutile de pure poésie [1], jeté au milieu des préoccupations
graves du public et au seuil d'une session [2] ? où est l'opportunité ? à quoi rime l'Orient ?... Il répondra qu'il n'en
sait rien, que c'est une idée qui lui a pris ; et qui lui a
pris d'une façon assez ridicule, l'été passé, en allant voir
coucher le soleil.

Il regrettera seulement que le livre ne soit pas meilleur.

Et puis, pourquoi n'en serait-il pas d'une littérature
dans son ensemble, et en particulier de l'œuvre d'un
poète, comme de ces belles vieilles villes d'Espagne, par
exemple, où vous trouvez tout : fraîches promenades
d'orangers le long d'une rivière ; larges places ouvertes
au grand soleil pour les fêtes ; rues étroites, tortueuses,
quelquefois obscures, où se lient les unes aux autres mille

---

1. Noter que cette caractérisation du recueil, souvent comprise
comme une revendication de « l'Art pour l'Art », intervient dans
un discours rapporté (« Si... quelqu'un... demande... que signifie ce
livre inutile, etc. »). Elle n'est donc pas pleinement assumée par
Hugo.   2. La première session parlementaire de 1829 allait être
déterminante. Le ministère Martignac, « modéré », ne satisfaisait vraiment ni les ultra-royalistes ni les libéraux, vainqueurs des élections de
la fin de 1827. Le 8 août 1829, Charles X le remplaça par un ministère
ultra, dirigé par Polignac, situé aux antipodes politiques de la majorité
de la Chambre. Ce défi royal, rendu possible par l'échec du ministre
modéré, allait déboucher sur la révolution de Juillet 1830.

maisons de toute forme, de tout âge, hautes, basses,
noires, blanches, peintes, sculptées ; labyrinthes d'édifices dressés côte à côte, pêle-mêle, palais, hospices, cou-
vents, casernes, tous divers, tous portant leur destination
écrite dans leur architecture ; marchés pleins de peuple et
de bruit ; cimetières où les vivants se taisent comme les
morts ; ici, le théâtre [1] avec ses clinquants, sa fanfare et
ses oripeaux ; là-bas, le vieux gibet permanent, dont la
pierre est vermoulue, dont le fer est rouillé, avec quelque
squelette qui craque au vent ; — au centre, la grande
cathédrale gothique avec ses hautes flèches tailladées en
scies, sa large tour du bourdon [2], ses cinq portails brodés
de bas-reliefs, sa frise à jour comme une collerette, ses
solides arcs-boutants si frêles à l'œil ; et puis, ses cavités
profondes, sa forêt de piliers à chapiteaux [3] bizarres, ses
chapelles ardentes, ses myriades de saints et de châsses [4],
ses colonnettes en gerbes, ses rosaces, ses ogives, ses lan-
cettes qui se touchent à l'abside [5] et en font comme une
cage de vitraux, son maître-autel aux mille cierges ; merveilleux édifice, imposant par sa masse, curieux par ses
détails, beau à deux lieues et beau à deux pas ; — et
enfin, à l'autre bout de la ville, cachée dans les sycomores
et les palmiers, la mosquée orientale, aux dômes de cuivre
et d'étain, aux portes peintes, aux parois vernissées, avec
son jour d'en haut, ses grêles arcades, ses cassolettes [6] qui
fument jour et nuit, ses versets du Koran [7] sur chaque
porte, ses sanctuaires éblouissants, et la mosaïque de son

---

1. Depuis *Cromwell* (1827), Hugo prépare sa carrière théâtrale, un
moment retardée par l'échec d'*Amy Robsart* (1828) puis l'interdiction
de *Marion de Lorme* (1829) ; *Le Dernier Jour d'un condamné* sort le
3 février 1829, le mois suivant, donc ; *Notre-Dame de Paris*, qui paraî-
tra en mars 1831, est déjà en projet. L'évocation de ces « belles vieilles
villes d'Espagne » permet à Hugo d'affirmer la variété et la cohérence
de son œuvre, et d'annoncer indirectement la première édition de ses
œuvres complètes, entreprise sans précédent de la part d'un auteur
si jeune.　　**2.** La plus grosse des cloches d'une église.　　**3.** Têtes de
colonnes, de piliers, souvent ornées de figures monstrueuses ou grotesques dans l'architecture gothique.　　**4.** Grand coffret, le plus souvent richement orné, qui contient les reliques d'un saint.　　**5.** Partie
arrière d'une église, située derrière l'autel.　　**6.** Réchaud de métal où
l'on fait brûler les parfums.　　**7.** Livre saint de l'islam ; orthographe
usuelle au XIXe siècle.

pavé et la mosaïque de ses murailles ; épanouie au soleil comme une large fleur pleine de parfums.

Certes, ce n'est pas l'auteur de ce livre qui réalisera jamais un ensemble d'œuvres auquel puisse s'appliquer la comparaison qu'il a cru pouvoir hasarder. Toutefois, sans espérer que l'on trouve dans ce qu'il a déjà bâti même quelque ébauche informe des monuments qu'il vient d'indiquer, soit la cathédrale gothique, soit le théâtre, soit encore le hideux gibet ; si on lui demandait ce qu'il a voulu faire ici, il dirait que c'est la mosquée.

Il ne se dissimule pas, pour le dire en passant, que bien des critiques le trouveront hardi et insensé de souhaiter pour la France une littérature qu'on puisse comparer à une ville du moyen-âge. C'est là une des imaginations les plus folles où l'on se puisse aventurer. C'est vouloir hautement le désordre, la profusion, la bizarrerie, le mauvais goût. Qu'il vaut bien mieux une belle et correcte nudité, de grandes murailles toutes *simples*, comme on dit, avec quelques ornements sobres et de *bon goût :* des oves et des volutes[1], un bouquet de bronze pour les corniches, un nuage de marbre avec des têtes d'anges pour les voûtes, une flamme de pierre pour les frises, et puis des oves et des volutes ! Le château de Versailles, la place Louis XV[2], la rue de Rivoli[3], voilà. Parlez-moi d'une belle littérature tirée au cordeau[4] !

Les autres peuples disent : Homère, Dante, Shakespeare. Nous disons : Boileau[5].

Mais passons.

---

1. Ornements d'architecture en forme d'œuf et de spirale, qui caractérisent ici le style classique et néoclassique, et dont la froideur monotone s'oppose à la variété de la cathédrale gothique comme au luxe éclatant de la mosquée orientale. **2.** Aujourd'hui place de la Concorde. En 1829 elle s'appelait officiellement place Louis XVI. **3.** Trois symboles, respectivement du XVIIe, du XVIIIe et du XIXe siècle, de la persistance de l'architecture classique en France. **4.** Voir la préface de 1826 des *Odes et Ballades*, dans laquelle Hugo oppose de manière analogue les forêts vierges d'Amérique et les jardins à la française. **5.** L'intelligence et le talent du grand théoricien du classicisme français ne sont pas forcément en cause. Mais son autorité, celle d'un critique, d'un docte, d'un édicteur de règles, est illégitime face à celle des vrais créateurs, des grands génies profonds et profus de la littérature européenne. Le romantisme apparaît bien comme ce moment

En y réfléchissant, si cela pourtant vaut la peine qu'on y réfléchisse, peut-être trouvera-t-on moins étrange la fantaisie qui a produit ces *Orientales*. On s'occupe aujourd'hui, et ce résultat est dû à mille causes qui toutes ont amené un progrès, on s'occupe beaucoup plus de l'Orient qu'on ne l'a jamais fait. Les études orientales n'ont jamais été poussées si avant[1]. Au siècle de Louis XIV on était helléniste, maintenant on est orientaliste. Il y a un pas de fait. Jamais tant d'intelligences n'ont fouillé à la fois ce grand abîme de l'Asie. Nous avons aujourd'hui un savant cantonné dans chacun des idiomes de l'Orient, depuis la Chine jusqu'à l'Égypte.

Il résulte de tout cela que l'Orient, soit comme image, soit comme pensée, est devenu, pour les intelligences autant que pour les imaginations, une sorte de préoccupation générale à laquelle l'auteur de ce livre a obéi peut-être à son insu. Les couleurs orientales sont venues comme d'elles-mêmes empreindre toutes ses pensées, toutes ses rêveries ; et ses rêveries et ses pensées se sont trouvées tour à tour, et presque sans l'avoir voulu, hébraïques, turques, grecques, persanes, arabes, espagnoles même, car l'Espagne c'est encore l'Orient[2] ; l'Espagne est à demi africaine, l'Afrique est à demi asiatique.

Lui s'est laissé faire à cette poésie qui lui venait. Bonne ou mauvaise, il l'a acceptée et en a été heureux. D'ailleurs il avait toujours eu une vive sympathie de poète, qu'on lui pardonne d'usurper un moment ce titre, pour le monde oriental. Il lui semblait y voir briller de loin une haute poésie. C'est une source à laquelle il désirait depuis longtemps se désaltérer. Là, en effet, tout est grand, riche, fécond, comme dans le moyen-âge, cette autre mer de poésie. Et, puisqu'il est amené à le dire ici en passant, pourquoi ne le dirait-il pas ? il lui semble que jusqu'ici on a beaucoup trop vu l'époque moderne dans le siècle

où ce qui fondait jusqu'au XVIIIe siècle la prééminence de la culture française (le goût classique et ses règles) devient un frein à sa vitalité comme à son audience internationale.
1. Sur le prodigieux développement des études orientales, notamment en France, au début du XIXe siècle, voir notre Présentation. **2.** *Topos* romantique, justifié en particulier par l'attrait exercé par les traces, notamment architecturales, de la présence arabe.

de Louis XIV, et l'antiquité dans Rome et la Grèce ; ne verrait-on pas de plus haut et plus loin, en étudiant l'ère moderne dans le moyen-âge et l'antiquité dans l'Orient[1] ?

Au reste, pour les empires comme pour les littératures, avant peu peut-être l'Orient est appelé à jouer un rôle dans l'Occident. Déjà la mémorable guerre de Grèce[2] avait fait se retourner tous les peuples de ce côté. Voici maintenant que l'équilibre de l'Europe paraît prêt à se rompre ; le *statu quo* européen[3], déjà vermoulu et lézardé, craque du côté de Constantinople. Tout le continent penche à l'Orient. Nous verrons de grandes choses[4]. La vieille barbarie asiatique n'est peut-être pas aussi dépourvue d'hommes supérieurs que notre civilisation le veut croire. Il faut se rappeler que c'est elle qui a produit le seul colosse que ce siècle puisse mettre en regard de Bonaparte, si toutefois Bonaparte peut avoir un pendant ; cet homme de génie, turc et tartare à la vérité, cet Ali-Pacha[5], qui est à Napoléon ce que le tigre est au lion, le vautour à l'aigle.

Janvier 1829.

_____

1. Cette alliance du Moyen Âge européen et de l'Orient antique, reprise notamment d'Eckstein (voir notre Présentation), permet de justifier le passage des *Ballades* (d'inspiration médiévale) aux *Orientales*.   2. La guerre d'indépendance des Grecs contre les Turcs (voir notre Présentation).   3. Établi en 1815 au Congrès de Vienne, qui organisait l'Europe post-napoléonienne sur le double principe de la prééminence de l'absolutisme monarchique et de l'intangibilité des frontières d'État. Hugo, comme beaucoup d'autres, s'opposera régulièrement à ces traités.   4. L'intégrité du territoire de l'Empire ottoman, puissance européenne dans les Balkans, avait été garantie par le traité de Vienne. Mais la décadence de l'Empire, la montée des nationalismes balkaniques et les appétits rivaux des grandes puissances tendaient à le dépecer. Les traités étaient donc remis en cause au sud-est de l'Europe, et l'on pouvait croire que, de proche en proche, tout l'équilibre européen devrait être revu.   5. Né en 1741, vizir de Janina, ce potentat local albanais devint l'un des hommes les plus importants de l'Empire ottoman, et fut finalement mis à mort en 1822 par le sultan. Sa vie aventureuse et cruelle fascina durablement l'opinion romantique. Hugo lui consacre les poèmes XIII et XIV des *Orientales*. Les poèmes XXXIX et XL sont consacrés à Napoléon.

Eugène Delacroix, *Feuille d'étude de personnages orientaux
et de nus féminins pour* La mort de Sardanapale,
vers 1827, plume et encre brune, lavis brun.

PRÉFACE DE FÉVRIER 1829 [1]

Ce livre a obtenu le seul genre de succès que l'auteur puisse ambitionner en ce moment de crise et de révolution littéraire : vive opposition d'un côté, et peut-être quelque adhésion, quelque sympathie de l'autre.

Sans doute, on pourrait quelquefois se prendre à regretter ces époques plus recueillies ou plus indifférentes, qui ne soulevaient ni combats ni orages autour du paisible travail du poète, qui l'écoutaient sans l'interrompre et ne mêlaient point de clameurs à son chant [2]. Mais les choses ne vont plus ainsi. Qu'elles soient comme elles sont.

D'ailleurs tous les inconvénients ont leurs avantages. Qui veut la liberté de l'art doit vouloir la liberté de la critique ; et les luttes sont toujours bonnes. *Malo periculosam libertatem* [3].

L'auteur, selon son habitude, s'abstiendra de répondre ici aux critiques dont son livre a été l'objet. Ce n'est pas que plusieurs de ces critiques ne soient dignes d'attention et de réponse ; mais c'est qu'il a toujours répugné aux plaidoyers et aux apologies. Et puis, confirmer ou réfuter des critiques, c'est la besogne du temps.

Cependant il regrette que quelques censeurs, de bonne foi d'ailleurs, se soient formé de lui une fausse idée, et se soient mis à le traiter sans plus de façon qu'une hypothèse, le construisant *a priori* comme une abstraction, le refaisant de toutes pièces, de manière que lui, poète, homme de fantaisie et de caprice, mais aussi de conviction et de probité, est devenu sous leur plume un être de

---

1. Une deuxième édition était parue, plus luxueuse, et illustrée par Boulanger. 2. Thème repris, orienté différemment, dans la préface des *Feuilles d'automne*. 3. « Je préfère la liberté avec ses dangers. »

raison, d'étrange sorte, qui a dans une main un système pour faire ses livres, et dans l'autre une tactique pour les défendre. Quelques-uns ont été plus loin encore, et, de ses écrits passant à sa personne, l'ont taxé de présomption, d'outrecuidance, d'orgueil, et, que sais-je ? ont fait de lui une espèce de jeune Louis XIV entrant dans les plus graves questions, botté, éperonné et une cravache à la main [1].

Il ose affirmer que ceux qui le voient ainsi le voient mal.

Quant à lui, il n'a nulle illusion sur lui-même. Il sait fort bien que le peu de bruit qui se fait autour de ses livres, ce ne sont pas ces livres qui le font, mais simplement les hautes questions de langue et de littérature qu'on juge à propos d'agiter à leur sujet. Ce bruit vient du dehors et non du dedans. Ils en sont l'occasion et non la cause. Les personnes que préoccupent ces graves questions d'art et de poésie ont semblé choisir un moment ses ouvrages comme une arène, pour y lutter. Mais il n'y a rien là qu'ils doivent à leur mérite propre. Cela ne peut leur donner tout au plus qu'une importance passagère, et encore est-ce beaucoup dire. Le terrain le plus vulgaire gagne un certain lustre à devenir champ de bataille. Austerlitz et Marengo [2] sont de grands noms et de petits villages.

Février 1829.

---

1. En 1655, le jeune Louis XIV s'était présenté devant le Parlement de Paris en costume de chasse et avait ordonné aux parlementaires de cesser leurs discussions sur un édit royal. **2.** Victoires napoléoniennes. Si la référence à Louis XIV est refusée, celle à Napoléon est bienvenue.

I

LE FEU DU CIEL

> 24. Alors le Seigneur fit descendre du ciel sur Sodome et sur Gomorrhe[1] une pluie de soufre et de feu.
>
> 25. Et il perdit ces villes avec tous leurs habitants, tout le pays à l'entour avec ceux qui l'habitaient, et tout ce qui avait quelque verdeur sur la terre.
>
> (*Genèse*[2].)

I

La voyez-vous passer, la nuée au flanc noir ?
Tantôt pâle, tantôt rouge et splendide à voir[3],
   Morne comme un été stérile ?
On croit voir à la fois, sur le vent de la nuit,
5 Fuir toute la fumée ardente et tout le bruit
   De l'embrasement d'une ville.

---

1. Villes bibliques dont les habitants s'étaient détournés du vrai dieu pour se livrer à l'idolâtrie et à des pratiques sexuelles réprouvées (l'homosexualité, masculine à Sodome, féminine à Gomorrhe). Dieu les détruisit sous une pluie de feu, n'épargnant que Loth et ses filles, — dont on remarquera l'absence dans le poème de Hugo.   **2.** Genèse, XIX, 24-25, dans la traduction de Lemaistre de Sacy, dont sont tirées toutes les citations bibliques du recueil.   **3.** D'emblée apparaît un des traits de l'esthétique des *Orientales* qui frappa le plus les contemporains : l'importance accordée à la couleur, souvent pure et violente.

D'où vient-elle ? des cieux, de la mer ou des monts ?
Est-ce le char de feu qui porte des démons
        À quelque planète prochaine ?
10   Ô terreur ! de son sein, chaos mystérieux,
D'où vient que par moments un éclair furieux
        Comme un long serpent se déchaîne ?

                    II

La mer ! partout la mer ! des flots, des flots encor.
L'oiseau fatigue en vain son inégal essor.
        Ici les flots, là-bas les ondes ;
Toujours des flots sans fin par des flots repoussés ;
5   L'œil ne voit que des flots dans l'abîme entassés
        Rouler sous les vagues profondes.

Parfois de grands poissons, à fleur d'eau voyageant,
Font reluire au soleil leurs nageoires d'argent,
        Ou l'azur de leurs larges queues.
10   La mer semble un troupeau secouant sa toison :
Mais un cercle d'airain ferme au loin l'horizon ;
        Le ciel bleu se mêle aux eaux bleues.

— Faut-il sécher ces mers ? dit le nuage en feu.
— Non ! — Il reprit son vol sous le souffle de Dieu.

                    III

        Un golfe aux vertes collines
        Se mirant dans le flot clair ! —
        Des buffles, des javelines,
        Et des chants joyeux dans l'air ! —
5   C'était la tente et la crèche,
        La tribu qui chasse et pêche,
        Qui vit libre, et dont la flèche
        Jouterait avec l'éclair.

Pour ces errantes familles
10 Jamais l'air ne se corrompt.
Les enfants, les jeunes filles,
Les guerriers dansaient en rond,
Autour d'un feu sur la grève
Que le vent courbe et relève,
15 Pareils aux esprits qu'en rêve
On voit tourner sur son front.

Les vierges aux seins d'ébène,
Belles comme les beaux soirs,
Riaient de se voir à peine
20 Dans le cuivre des miroirs ;
D'autres, joyeuses comme elles,
Faisaient jaillir des mamelles
De leurs dociles chamelles
Un lait blanc sous leurs doigts noirs.

25 Les hommes, les femmes nues,
Se baignaient au gouffre amer. —
Ces peuplades inconnues,
Où passaient-elles hier ? —
La voix grêle des cymbales,
30 Qui fait hennir les cavales,
Se mêlait par intervalles
Aux bruits de la grande mer.

La nuée un moment hésita dans l'espace.
— Est-ce là ? — Nul ne sait qui lui répondit :
                                        [— Passe !

IV

L'Égypte ! — Elle étalait, toute blonde d'épis,
Ses champs, bariolés comme un riche tapis,
    Plaines que des plaines prolongent ;
L'eau vaste et froide au nord, au sud le sable ardent
5 Se disputent l'Égypte : elle rit cependant
    Entre ces deux mers qui la rongent.

Trois monts bâtis par l'homme au loin perçaient les cieux
D'un triple angle de marbre [1], et dérobaient aux yeux
     Leurs bases de cendre inondées [2] ;
10 Et, de leur faîte aigu jusqu'aux sables dorés,
Allaient s'élargissant leurs monstrueux degrés,
     Faits pour des pas de six coudées.

Un sphinx de granit rose, un dieu de marbre vert [3],
Les gardaient, sans qu'il fût vent de flamme au désert
15   Qui leur fît baisser la paupière.
Dix vaisseaux au flanc large entraient dans un grand port.
Une ville géante, assise sur le bord,
     Baignait dans l'eau ses pieds de pierre.

On entendait mugir le semoun [4] meurtrier,
20 Et sur les cailloux blancs les écailles crier
     Sous le ventre des crocodiles.
Les obélisques gris s'élançaient d'un seul jet.
Comme une peau de tigre, au couchant s'allongeait
     Le Nil jaune, tacheté d'îles.

25 L'astre-roi [5] se couchait. Calme, à l'abri du vent,
La mer réfléchissait ce globe d'or vivant,
     Ce monde, âme et flambeau du nôtre ;
Et dans le ciel rougeâtre et dans les flots vermeils,
Comme deux rois amis, on voyait deux soleils
30   Venir au-devant l'un de l'autre.

---

    1. Les pyramides de Gizeh (près de l'actuelle ville du Caire), originellement revêtues de marbre selon la tradition.   **2.** Cendre prend ici le sens tout classique de poussière, et plus précisément de sable. Mais le sens moderne est intéressant étant donné le propos général du poème. Comme le sphinx tout proche, les pyramides étaient si profondément ensablées qu'on ne pouvait évaluer leur hauteur véritable.   **3.** Le sphinx de Gizeh n'est pas de granit rose, mais Hugo peut songer à ceux du Louvre. Le dieu de marbre vert semble imaginaire. Noter l'alliance des matières et surtout des couleurs, au luxe à la fois gracieux et étrange dans un tel contexte.   **4.** Vent violent du désert, soulevant des tempêtes de sable. Mot arabe (on écrit aujourd'hui simoun), alors très récent en français.   **5.** Rê (ou Râ), le dieu-soleil, devint le principal dieu de la mythologie égyptienne ; les pharaons se proclamaient « fils de Rê ».

— Où faut-il s'arrêter ? dit la nuée encor.
— Cherche ! dit une voix dont trembla le Thabor[1].

V

Du sable, puis du sable !
Le désert ! noir chaos
Toujours inépuisable
En monstres, en fléaux !
5 Ici rien ne s'arrête.
Ces monts à jaune crête,
Quand souffle la tempête,
Roulent comme des flots !

Parfois, de bruits profanes
10 Troublant ce lieu sacré,
Passent les caravanes
D'Ophir ou de Membré[2].
L'œil de loin suit leur foule
Qui sur l'ardente houle
15 Ondule et se déroule
Comme un serpent marbré.

Ces solitudes mornes,
Ces déserts sont à Dieu ;
Lui seul en sait les bornes,
20 En marque le milieu.
Toujours plane une brume
Sur cette mer qui fume
Et jette pour écume
Une cendre de feu.

---

1. Mont de Palestine, représenté comme très haut dans l'Ancien Testament.   2. Dans la Bible, Ophir est un lieu où l'on va chercher l'or et d'autres matières précieuses ; mais la vallée de Membré n'y est pas mentionnée comme un lieu de commerce. Le mot est généralement orthographié Mambré, et notamment par Lemaistre de Sacy : amusant lapsus hugolien.

25 — Faut-il changer en lac ce désert ? dit la nue.
— Plus loin ! dit l'autre voix du fond des cieux venue.

VI

Comme un énorme écueil sur les vagues dressé,
Comme un amas de tours, vaste et bouleversé,
    Voici Babel [1], déserte et sombre.
Du néant des mortels prodigieux témoin,
5 Aux rayons de la lune, elle couvrait au loin
    Quatre montagnes de son ombre.

L'édifice écroulé plongeait aux cieux profonds.
Les ouragans captifs sous ses larges plafonds
    Jetaient une étrange harmonie.
10 Le genre humain jadis bourdonnait à l'entour,
Et sur le globe entier Babel devait un jour
    Asseoir sa spirale infinie.

Ses escaliers devaient monter jusqu'au zénith.
Chacun des plus grands monts à ses flancs de granit
15   N'avait pu fournir qu'une dalle ;
Et des sommets nouveaux d'autres sommets chargés
Sans cesse surgissaient aux yeux découragés
    Sur sa tête pyramidale.

Les boas monstrueux, les crocodiles verts,
20 Moindres que des lézards sur ses murs entr'ouverts,
    Glissaient parmi les blocs superbes [2] ;

---

1. Dans la Genèse (11), les hommes, après le Déluge, sont encore groupés et parlent une même langue. Ils se lancent dans la construction d'une ville et d'une tour immense « dont le sommet touche[rait] le ciel ». « Rien de ce qu'ils projetteront de faire ne leur sera inaccessible, dit alors le Seigneur. Allons, descendons et brouillons ici leur langue, qu'ils ne se comprennent plus les uns les autres. » Les hommes alors se divisent en diffé-rents peuples, abandonnant la ville et la tour inachevées. Ce mythe de l'or-gueil et du désir de toute-puissance de l'humanité, une et industrieuse, a été évoqué et retravaillé maintes fois par Hugo tout au long de son œuvre. **2.-**
Sens moderne et sens classique de l'adjectif (orgueilleux) se cumulent ici.

Et, colosses perdus dans ses larges contours,
Les palmiers chevelus, pendant au front des tours,
    Semblaient d'en bas des touffes d'herbes.

25 Des éléphants passaient aux fentes de ses murs ;
Une forêt croissait sous ses piliers obscurs
    Multipliés par la démence ;
Des essaims d'aigles roux et de vautours géants
Jour et nuit tournoyaient à ses porches béants,
30   Comme autour d'une ruche immense.

— Faut-il l'achever ? dit la nuée en courroux.
— Marche ! — Seigneur, dit-elle, où donc m'emportez-
                            [vous ?

VII [1]

Voilà que deux cités, étranges, inconnues,
Et d'étage en étage escaladant les nues,
Apparaissaient, dormant dans la brume des nuits,
Avec leurs dieux, leur peuple, et leurs chars, et leurs
                       [bruits.
5 Dans le même vallon c'étaient deux sœurs couchées.
L'ombre baignait leurs tours par la lune ébauchées ;
Puis l'œil entrevoyait, dans le chaos confus,
Aqueducs, escaliers, piliers aux larges fûts [2],
Chapiteaux évasés ; puis un groupe difforme
10 D'éléphants de granit portant un dôme énorme [3] ;
Des colosses debout, regardant autour d'eux

---

    1. Amorcé dans les parties IV et VI, le motif architectural se déploie dans celle-ci. Gigantisme des formes et monstruosité des figures caractérisent cette architecture à la fois orientale et archaïque, popularisée par la découverte de l'Inde, de l'Assyrie et surtout de l'Égypte antiques ; elle est étudiée au même moment par Hegel dans son *Esthétique*, où elle constitue l'exemple canonique de l'art symbolique.   **2.** Caractéristique de l'architecture égyptienne.   **3.** De l'art égyptien à l'art indien. Dans un mythe de l'Inde, le monde est représenté soutenu par huit éléphants.

    Ramper des monstres nés d'accouplements hideux ;
    Des jardins suspendus [1], pleins de fleurs et d'arcades
    Et d'arbres noirs penchés sur de vastes cascades ;
15 Des temples, où siégeaient sur de riches carreaux
    Cent idoles de jaspe [2] à têtes de taureaux ;
    Des plafonds d'un seul bloc couvrant de vastes salles [3],
    Où, sans jamais lever leurs têtes colossales,
    Veillaient, assis en cercle, et se regardant tous,
20 Des dieux d'airain, posant leurs mains sur leurs genoux.
    Ces rampes, ces palais, ces sombres avenues
    Où partout surgissaient des formes inconnues,
    Ces ponts, ces aqueducs, ces arcs, ces rondes tours,
    Effrayaient l'œil perdu [4] dans leurs profonds détours [5] ;
25 On voyait dans les cieux, avec leurs larges ombres,
    Monter comme des caps ces édifices sombres,
    Immense entassement de ténèbres voilé !
    Le ciel à l'horizon scintillait étoilé,
    Et, sous les mille arceaux du vaste promontoire,
30 Brillait comme à travers une dentelle noire.

    Ah ! villes de l'enfer, folles dans leurs désirs !
    Là, chaque heure inventait de monstrueux plaisirs,
    Chaque toit recélait quelque mystère immonde,
    Et, comme un double ulcère, elles souillaient le monde.

35 Tout dormait cependant ; au front des deux cités,
    À peine encor glissaient quelques pâles clartés,
    Lampes de la débauche, en naissant disparues,

---

    1. Souvenir des Jardins suspendus de Babylone, une des Sept Mer-
veilles du monde antique.   **2.** Pierre à base de quartz colorée en vert,
rouge, brun, noir. Un de ces termes dont la richesse (notamment chromatique) du signifié s'allie à la plénitude phonique du signifiant.   **3.** Les plafonds faits d'une seule pierre sont célèbres depuis
l'Antiquité comme une des merveilles de l'architecture égyptienne.
4. Cet œil impersonnel et effrayé est caractéristique d'une certaine
« vision » hugolienne.   **5.** Rappelle la réaction des voyageurs décou-
vrant les sites archéologiques de Haute Égypte : « on est épouvanté à
la pensée d'une telle conception ; on ne peut croire, même après l'avoir
vu, à la réalité de l'existence de tant de constructions réunies sur un
même point, à leur dimension, à la constance obstinée qu'a exigée
leur fabrication, aux dépenses incalculables de tant de somptuosités »
(Vivant Denon, *Voyage dans la basse et haute Égypte*, I, 18).

Derniers feux des festins oubliés dans les rues.
De grands angles de mur, par la lune blanchis,
40 Coupaient l'ombre, ou tremblaient dans une eau réfléchis.
Peut-être on entendait vaguement dans les plaines
S'étouffer des baisers, se mêler des haleines;
Et les deux villes sœurs, lasses des feux du jour,
Murmurer mollement d'une étreinte d'amour ;
45 Et le vent, soupirant sous le frais sycomore,
Allait tout parfumé de Sodome à Gomorrhe.
C'est alors que passa le nuage noirci,
Et que la voix d'en haut lui cria : — C'est ici !

VIII

La nuée éclate !
La flamme écarlate
Déchire ses flancs,
L'ouvre comme un gouffre,
5 Tombe en flots de soufre
Aux palais croulants,
Et jette, tremblante,
Sa lueur sanglante
Sur leurs frontons blancs !

10 Gomorrhe ! Sodome !
De quel brûlant dôme
Vos murs sont couverts !
L'ardente nuée
Sur vous s'est ruée,
15 Ô peuple pervers !
Et ses larges gueules
Sur vos têtes seules
Soufflent leurs éclairs !

Ce peuple s'éveille,
20 Qui dormait la veille
Sans penser à Dieu.
Les grands palais croulent.
Mille chars qui roulent

Heurtent leur essieu ;
25   Et la foule accrue
Trouve en chaque rue
Un fleuve de feu.

Sur ces tours altières,
Colosses de pierres
30   Trop mal affermis,
Abondent dans l'ombre
Des mourants sans nombre
Encore endormis.
Sur des murs qui pendent
35   Ainsi se répandent
De noires fourmis !

Se peut-il qu'on fuie [1]
Sous l'horrible pluie ?
Tout périt, hélas !
40   Le feu qui foudroie
Bat les ponts qu'il broie,
Crève les toits plats,
Roule, tombe, et brise
Sur la dalle grise
45   Ses rouges éclats !

Sous chaque étincelle
Grossit et ruisselle
Le feu souverain.
Vermeil et limpide,
50   Il court plus rapide
Qu'un cheval sans frein ;
Et l'idole infâme,
Croulant dans la flamme,
Tord ses bras d'airain !

55   Il gronde, il ondule,
Du peuple incrédule
Rompt les tours d'argent ;
Son flot vert et rose,

---

1. Comment serait-il possible de fuir ?

      Que le soufre arrose
60   Fait, en les rongeant,
      Luire les murailles
      Comme les écailles
      D'un lézard changeant.

      Il fond comme cire
65   Agate, porphyre[1],
      Pierres du tombeau,
      Ploie, ainsi qu'un arbre,
      Le géant de marbre
      Qu'ils nommaient Nabo[2],
70   Et chaque colonne
      Brûle et tourbillonne
      Comme un grand flambeau !

      En vain quelques mages[3]
      Portent les images
75   Des dieux du haut lieu ;
      En vain leur roi penche
      Sa tunique blanche
      Sur le soufre bleu ;
      Le flot qu'il contemple
80   Emporte leur temple
      Dans ses plis de feu !

      Plus loin il[4] charrie
      Un palais, où crie
      Un peuple à l'étroit ;
85   L'onde incendiaire
      Mord l'îlot de pierre
      Qui fume et décroît,
      Flotte à sa surface,

---

1. Roche volcanique rouge foncé mêlée de cristaux blancs.   **2.** Idole babylonienne évoquée dans la Bible (Isaïe, 46, 1). Avouons que ce « géant » porte un drôle de nom. Ces traits d'humour discrets, au niveau du signifiant, ne sont pas rares chez Hugo, même dans les moments les plus « élevés ».   **3.** Prêtre astrologue babylonien, assyrien ou persan. **4.** Toujours le « feu souverain ».

Puis fond et s'efface
90   Comme un glaçon froid[1] !

Le grand prêtre arrive
Sur l'ardente rive
D'où le reste a fui.
Soudain sa tiare[2]
95   Prend feu comme un phare,
Et pâle, ébloui,
Sa main qui l'arrache
À son front s'attache,
Et brûle avec lui.

100 Le peuple, hommes, femmes,
Court... Partout les flammes
Aveuglent ses yeux ;
Des deux villes mortes
Assiégeant les portes
105 À flots furieux,
La foule maudite
Croit voir, interdite,
L'enfer dans les cieux !

IX

On dit qu'alors, ainsi que pour voir un supplice
Un vieux captif se dresse aux murs de sa prison,
On vit de loin Babel, leur fatale complice,
Regarder par-dessus les monts de l'horizon.
5   On entendit, durant cet étrange mystère,
Un grand bruit qui remplit le monde épouvanté,
Si profond qu'il troubla, dans leur morne cité,
Jusqu'à ces peuples sourds qui vivent sous la terre.

---

1. Prosaïsme presque brutal dans un tel contexte, accentué par le pléonasme et sa position en fin de strophe.   **2.** Couvre-chef de forme conique porté par certains dignitaires de l'Orient antique.

X

Le feu fut sans pitié ! Pas un des condamnés
Ne put fuir de ces murs croulants et calcinés.
  Pourtant, ils levaient leurs mains viles,
Et ceux qui s'embrassaient dans un dernier adieu,
5 Terrassés, éblouis, se demandaient quel dieu
  Versait un volcan sur leurs villes.

Contre le feu vivant, contre le feu divin,
De larges toits de marbre ils s'abritaient en vain.
  Dieu sait atteindre qui le brave.
10 Ils invoquaient leurs dieux ; mais le feu qui punit
Frappait ces dieux muets, dont les yeux de granit
  Soudain fondaient en pleurs de lave.

Ainsi tout disparut sous le noir tourbillon,
L'homme avec la cité, l'herbe avec le sillon !
15 Dieu brûla ces mornes campagnes.
Rien ne resta debout de ce peuple détruit,
Et le vent inconnu qui souffla cette nuit
  Changea la forme des montagnes.

XI

Aujourd'hui le palmier qui croît sur le rocher
Sent sa feuille jaunir et sa tige sécher
  À cet air qui brûle et qui pèse.
Ces villes ne sont plus ; et, miroir du passé,
5 Sur leurs débris éteints s'étend un lac glacé,
  Qui fume comme une fournaise [1] !

Octobre 1828.

----

1. Ce poème de la monstruosité, du hors-norme, s'achève sur une figure oxymorique particulièrement forte. La fournaise rappelle la Bible (Genèse, 19, 27-28) ; la désolation actuelle du paysage de la mer Morte est décrite par Chateaubriand dans l'*Itinéraire de Paris à Jérusalem* (III, *Œuvres romanesques et voyages* II, « La Pléiade », p. 998 et suivantes).

II

CANARIS [1]

> Faire sans dire.
> *Vieille devise.*

Lorsqu'un vaisseau vaincu dérive en pleine mer ;
    Que ses voiles carrées
Pendent le long des mâts, par les boulets de fer
    Largement déchirées ;

5 Qu'on n'y voit que des morts tombés de toutes parts,
    Ancres, agrès [2], voilures,
Grands mâts rompus, traînant leurs cordages épars
    Comme des chevelures ;

Que le vaisseau, couvert de fumée et de bruit,
10   Tourne ainsi qu'une roue ;
Qu'un flux et qu'un reflux d'hommes roule et s'enfuit
    De la poupe à la proue ;

---

1. Ce marin de l'archipel fut l'un des héros de l'indépendance grecque les plus populaires en France. Il incendiait les vaisseaux ennemis en lançant contre eux des *brûlots*, petits navires chargés de matières combustibles. Il fit après la guerre une longue carrière politique. Voir également « Les Têtes du sérail » (III), « Navarin » (V), et les deux poèmes qui lui sont adressés dans *Les Chants du crépuscule* (1835). On passe donc sans transition du plus archaïque (la Genèse, l'architecture symbolique) au plus actuel (la guerre d'indépendance grecque). Mais le thème du châtiment par le feu se poursuit : « Le feu céleste s'incarne dans le combat de Canaris pour la liberté » (Meschonnic). Titre raturé sur le manuscrit : « Chant grec ».   2. Cordages et autres objets et appareils liés à la voilure.

Lorsqu'à la voix des chefs nul soldat ne répond ;
　　　　Que la mer monte et gronde ;
15 Que les canons éteints nagent dans l'entre-pont,
　　　　S'entre-choquant dans l'onde ;

Qu'on voit le lourd colosse ouvrir au flot marin
　　　　Sa blessure béante,
Et saigner, à travers son armure d'airain,
20 　　　　La galère géante ;

Qu'elle vogue au hasard, comme un corps palpitant,
　　　　La carène entr'ouverte,
Comme un grand poisson mort, dont le ventre flottant
　　　　Argente l'onde verte ;

25 Alors gloire au vainqueur ! Son grappin noir s'abat
　　　　Sur la nef qu'il foudroie ;
Tel un aigle puissant pose, après le combat,
　　　　Son ongle sur sa proie !

Puis, il pend au grand mât, comme au front d'une tour,
30 　　　　Son drapeau[1] que l'air ronge,
Et dont le reflet d'or dans l'onde, tour à tour,
　　　　S'élargit et s'allonge.

Et c'est alors qu'on voit les peuples étaler
　　　　Les couleurs les plus fières,
35 Et la pourpre, et l'argent, et l'azur[2] onduler
　　　　Aux plis de leurs bannières.

Dans ce riche appareil[3] leur orgueil insensé
　　　　Se flatte et se repose,
Comme si le flot noir, par le flot effacé,
40 　　　　En gardait quelque chose !

---

1. Le vainqueur, prenant possession du navire vaincu, lui impose son propre drapeau. **2.** C'est-à-dire le rouge, le blanc (en terme de blason) et le bleu. Pour évoquer la fierté dérisoire (voir strophe suivante) des États vainqueurs, Hugo choisit donc les trois couleurs de la France républicaine et impériale. En 1828, le drapeau français est le drapeau royal, blanc semé de lys d'or ; le tricolore ne sera rétabli qu'après la révolution de Juillet 1830. **3.** Apparence spectaculaire, cérémonial.

Malte arborait sa croix ; Venise, peuple-roi,
        Sur ses poupes mouvantes,
L'héraldique [1] lion qui fait rugir d'effroi
        Les lionnes vivantes [2].

45 Le pavillon de Naple est éclatant dans l'air,
        Et quand il se déploie
On croit voir ondoyer de la poupe à la mer
        Un flot d'or et de soie.

Espagne peint aux plis des drapeaux voltigeant
50   Sur ses flottes avares [3],
Léon aux lions d'or, Castille aux tours d'argent,
        Les chaînes des Navarres [4].

Rome a les clefs ; Milan, l'enfant qui hurle encor
        Dans les dents de la guivre [5] ;
55 Et les vaisseaux de France ont des fleurs de lys d'or
        Sur leurs robes de cuivre.

Stamboul la turque autour du croissant abhorré [6]
        Suspend trois blanches queues [7] ;

---

1. Relatif au blason, aux armoiries.   **2.** L'île de Malte, au centre de
la Méditerranée, fut du XVIe au XVIIIe siècle régie par un ordre de moines-
soldats, dont l'insigne était la croix ; depuis 1800 elle dépendait de l'Angleterre. La république aristocratique de Venise avait perdu son indépendance en 1797 ; depuis 1815 elle relevait de l'Empire autrichien.
L'énumération s'ouvre sur deux anciennes puissances maritimes qui
reprirent aux Arabes puis aux Turcs le contrôle de la Méditerranée.
3. Sens classique : qui a la passion des richesses. Allusion aux galions
espagnols qui rapportaient à la métropole l'or et l'argent des colonies
américaines.   **4.** Léon, Castille et Navarre, trois des anciens royaumes
dont la réunion constitua le royaume d'Espagne.   **5.** Terme héraldique et archaïque pour serpent. Telles sont bien les armoiries, d'une
cruauté fantastique et barbare, de la famille des Visconti et du duché de
Milan.   **6.** Stamboul est l'orthographe alors admise d'Istanbul, nom
turc de Constantinople, et capitale de l'Empire ottoman. Le croissant est
l'emblème de l'islam, comme la croix l'est de la chrétienté. L'adjectif
« abhorré » (haï) lance le thème de la guerre sainte, plus ou moins développé dans les poèmes consacrés à la guerre de Grèce, et radicalement
congédié en fin de recueil, avec notamment « Le Danube en colère »
(XXXV).   **7.** Queues de cheval, symbole turc des distinctions politiques et militaires.

L'Amérique enfin libre¹ étale un ciel doré
60   Semé d'étoiles bleues.

L'Autriche a l'aigle étrange, aux ailerons dressés,
        Qui, brillant sur la moire,
Vers les deux bouts du monde à la fois menacés
        Tourne une tête noire².

65 L'autre aigle au double front, qui des czars suit les lois,
        Son antique adversaire,
Comme elle regardant deux mondes à la fois,
        En tient un dans sa serre³.

L'Angleterre en triomphe impose aux flots amers
70   Sa splendide oriflamme,
Si riche qu'on prendrait son reflet dans les mers
        Pour l'ombre d'une flamme⁴.

C'est ainsi que les rois⁵ font aux mâts des vaisseaux
        Flotter leurs armoiries,
75 Et condamnent les nefs conquises sur les eaux
        À changer de patries.

---

   1. Allusion non seulement aux États-Unis, mais surtout aux républiques issues des anciennes colonies espagnoles et qui venaient de
conquérir leur indépendance.   **2.** L'aigle autrichienne (en héraldique
ce mot est féminin) est bicéphale.   **3.** Czar est l'orthographe alors
admise de Tsar, déformation de César. La rivalité de l'Autriche et de
la Russie dans les Balkans était déjà active, et durera jusqu'à la Première Guerre mondiale. L'ampleur et l'expansionnisme de l'Empire
russe impressionnait l'Europe depuis le XVIIIᵉ siècle. L'aigle russe tient
dans une serre un sceptre et dans l'autre un globe, symbole impérial.   **4.** L'Angleterre est maîtresse des mers, et pour un siècle
encore. Sa prééminence politique est fondée sur une avance économique sensible (« Si riche... ») et sur un empire colonial d'ampleur
mondiale. Le tableau géopolitique se clôt sur les deux puissances impériales du moment : Russie et Angleterre. Monstruosité, violence et luxe,
cette description des drapeaux étatiques peut rappeler celle des splendeurs effrayantes de Sodome et Gomorrhe. La rime oriflamme/flamme,
qui transgresse la règle classique interdisant de faire rimer un mot avec
son dérivé, réactive une métaphore usée et relance le motif de l'incendie.   **5.** Et non plus les peuples (voir strophe 9).

Ils traînent dans leurs rangs ces voiles dont le sort
                    Trompa les destinées,
Tout fiers de voir rentrer plus nombreuses au port
80   Leurs flottes blasonnées.

Aux navires captifs toujours ils appendront
                    Leurs drapeaux de victoire,
Afin que le vaincu porte écrite à son front
                    Sa honte avec leur gloire !

85 Mais le bon Canaris, dont un ardent sillon
                    Suit la barque hardie,
Sur les vaisseaux qu'il prend, comme son pavillon [1],
                    Arbore l'incendie [2] !

                                        Novembre 1828.

---

1. Drapeau déployé sur un navire.   **2.** Le héros grec, le guérillero maritime, se distingue radicalement de tous les États, chrétiens et musulmans, orientaux et occidentaux, anciens et modernes. Contrairement à l'interprétation alors dominante, et à ce que laissent parfois entendre certains poèmes du recueil, la guerre de Grèce n'est donc pas réductible au simple affrontement de deux religions, de deux civilisations.

III

LES TÊTES DU SÉRAIL [1]

> O horrible ! O horrible ! most
> horrible !
>
> SHAKESPEARE. *Hamlet* [2].

I

Le dôme obscur des nuits, semé d'astres sans nombre,
Se mirait dans la mer resplendissante et sombre ;
La riante Stamboul [3], le front d'ombres voilé,
Semblait, couchée au bord du golfe qui l'inonde,
5   Entre les feux du ciel et les reflets de l'onde,
    Dormir dans un globe étoilé.

On eût dit la cité dont les esprits nocturnes
Bâtissent dans les airs les palais taciturnes,
À voir ses grands harems [4], séjours des longs ennuis,
10 Ses dômes bleus, pareils au ciel qui les colore,

---

1. Publié pour la première fois dans le *Journal des Débats* le 13 juin 1826 (voir la note de Hugo, p. 220). Assiégée depuis un an, au terme d'une résistance héroïque la ville de Missolonghi était tombée aux mains des Turcs le 22 avril 1826, et sa prise donna lieu à d'affreux massacres. **2.** Acte I, sc. 5. Discours du spectre, père de Hamlet. Ne figure ni dans le texte de 1826, ni dans le manuscrit. **3.** Voir note 6, p. 72. **4.** Transcription d'un mot arabe signifiant « ce qui est défendu, sacré » : appartement des femmes (et par métonymie, ses occupantes). Souvent confondu par les Occidentaux avec le « sérail », palais du chef politique et religieux de l'Empire ottoman (le Sultan), dont le harem n'est évidemment qu'une partie — mais la plus fascinante.

Et leurs mille croissants[1], que semblaient faire éclore
　　　Les rayons du croissant des nuits.

L'œil distinguait les tours par leurs angles marquées,
Les maisons aux toits plats, les flèches des mosquées,
15　Les moresques[2] balcons en trèfles découpés[3],
Les vitraux se cachant sous des grilles discrètes,
Et les palais dorés, et comme des aigrettes
　　　Les palmiers sur leur front groupés.

Là, de blancs minarets dont l'aiguille s'élance
20　Tels que des mâts d'ivoire armés d'un fer de lance ;
Là, des kiosques[4] peints ; là, des fanaux[5] changeants ;
Et sur le vieux sérail, que ses hauts murs décèlent,
Cent coupoles d'étain, qui dans l'ombre étincellent
　　　Comme des casques de géants.

II

Le sérail !... Cette nuit il tressaillait de joie.
Au son des gais tambours, sur des tapis de soie,
Les sultanes dansaient sous son lambris sacré,
Et, tel qu'un roi couvert de ses joyaux de fête[6],
5　Superbe, il se montrait aux enfants du prophète[7],
　　　De six mille têtes paré[8] !

---

1. Voir note 6, p. 72.　**2.** Du nom anciennement donné aux Arabes et autres peuples islamisés d'Afrique du Nord et d'Espagne : les Mores (ou Maures).　**3.** Également caractéristiques de l'architecture gothique : Orient et Moyen Âge occidental se rapprochent dans la filiation architecturale (voir la Préface de l'édition originale).　**4.** Mot d'origine turque désignant un pavillon de jardin ouvert.　**5.** Lanternes, notamment pour guider les navires.　**6.** L'alliance de la fête nocturne et de la mort violente hante l'œuvre de Hugo, notamment son théâtre (voir Anne Ubersfeld, *Le Roi et le Bouffon*, José Corti, 1974).　**7.** Le prophète Mahomet ; ses « enfants » sont les musulmans.　**8.** « Nous venons de voir exposées à la porte du Sultan 900 têtes [...]. Parmi ces tristes débris étalés sous les yeux des légations chrétiennes, on reconnaît à leurs longues chevelures et à leurs barbes vénérables les têtes d'une trentaine de prêtres et de religieux, et environ 600 chevelures de femmes, qu'on distingue à leurs longues tresses, ainsi que plusieurs qui sont celles d'enfants. » (*Journal des Débats*, 23 avril 1826.)

Livides, l'œil éteint, de noirs cheveux chargées,
Ces têtes couronnaient, sur les créneaux rangées,
Les terrasses de rose et de jasmin en fleur ;
10   Triste comme un ami, comme lui consolante,
La lune, astre des morts, sur leur pâleur sanglante
        Répandait sa douce pâleur.

Dominant le sérail, de la porte fatale
Trois d'entre elles marquaient l'ogive orientale [1] ;
15   Ces têtes, que battait l'aile du noir corbeau,
Semblaient avoir reçu l'atteinte meurtrière,
L'une dans les combats, l'autre dans la prière,
        La dernière dans le tombeau.

On dit qu'alors, tandis qu'immobiles comme elles
20   Veillaient stupidement les mornes sentinelles,
Les trois têtes soudain parlèrent ; et leurs voix
Ressemblaient à ces chants qu'on entend dans les rêves,
Aux bruits confus du flot qui s'endort sur les grèves,
        Du vent qui s'endort dans les bois.

III

LA PREMIÈRE VOIX

« Où suis-je ?... Mon brûlot [2] ! à la voile ! à la rame !
» Frères, Missolonghi fumante nous réclame,
» Les turcs ont investi ses remparts généreux.
» Renvoyons leurs vaisseaux à leurs villes lointaines,
5   » Et que ma torche, ô capitaines !
» Soit un phare pour vous, soit un foudre [3] pour eux !

---

1. Voir p. 76, note 3.   **2.** Voir p. 70, note 1. Il s'agit donc de
Canaris, dont les journaux avaient annoncé par erreur la mort devant
Missolonghi (voir la note de Hugo, p. 220). Mort parlant dans ce
poème, présent effectivement dans la seule dernière strophe du précédent, absent à la bataille de Navarin (V), oublié de l'Europe dans *Les
Chants du crépuscule*, le Canaris de Hugo a décidément quelque chose
de fantomatique.   **3.** Ce masculin très classique, qui rappelle l'attri-
but de Zeus-Jupiter, annonce le thème des « deux Grèces », l'antique
et la moderne, la seconde retrouvant l'héroïsme de la première après
des siècles d'esclavage.

» Partons ! Adieu Corinthe et son haut promontoire,
» Mers dont chaque rocher porte un nom de victoire [1],
» Écueils de l'Archipel sur tous les flots semés,
10   » Belles îles, des cieux et du printemps chéries,
» Qui le jour paraissez des corbeilles fleuries,
» La nuit, des vases parfumés.

» Adieu, fière patrie, Hydra, Sparte nouvelle [2] !
» Ta jeune liberté par des chants se révèle ;
15   » Des mâts voilent tes murs, ville de matelots.
» Adieu ! j'aime ton île où notre espoir se fonde,
» Tes gazons caressés par l'onde,
» Tes rocs battus d'éclairs et rongés par les flots [3].

» Frères, si je reviens, Missolonghi sauvée,
20   » Qu'une église nouvelle au Christ soit élevée.
» Si je meurs, si je tombe en la nuit sans réveil,
» Si je verse le sang qui me reste à répandre,
» Dans une terre libre allez porter ma cendre,
» Et creusez ma tombe au soleil !

25   » Missolonghi ! — Les Turcs ! — Chassons, ô
[camarades,
» Leurs canons de ses forts, leurs flottes de ses rades.
» Brûlons le capitan [4] sous son triple canon.
» Allons ! que des brûlots l'ongle ardent se prépare.
» Sur sa nef, si je m'en empare,
30   » C'est en lettres de feu que j'écrirai mon nom [5].

» Victoire ! amis... — Ô ciel ! de mon esquif agile
» Une bombe en tombant brise le pont fragile...

---

1. Victoires des Grecs antiques ou des insurgés modernes.
2. Canaris était en fait originaire de Psara (ou Ipsara) ; mais Hydra, autre
île de la mer Égée, était plus connue pour ses marins et leur rôle dans la
lutte contre les Turcs. L'assimilation à Sparte, cité antique célèbre pour
sa valeur militaire, poursuit le thème des deux Grèces.   **3.** Ces deux
vers juxtaposent assez brutalement l'idylle et le sublime, la douceur et la
violence de la nature.   **4.** Ou capitan-pacha : équivalent turc d'amiral.
Canaris s'était rendu célèbre en incendiant un navire amiral (juin
1822).   **5.** « La flamme est le drapeau qu'arbore Canaris » dans la
version des *Débats*. Voir la fin de « Canaris » (II).

» Il éclate, il tournoie, il s'ouvre aux flots amers !
» Ma bouche crie en vain, par les vagues couverte !
35 » Adieu ! je vais trouver mon linceul d'algue verte,
    » Mon lit de sable au fond des mers.

» Mais non ! je me réveille enfin !... Mais quel mystère ?
» Quel rêve affreux !... mon bras manque à mon
                            [cimeterre.
» Quel est donc près de moi ce sombre épouvantail ?
40 » Qu'entends-je au loin ?... des chœurs... sont-ce des
                           [voix de femmes ?
    » Des chants murmurés par des âmes ?
» Ces concerts !... suis-je au ciel ?... — Du sang !...
                           [c'est le sérail ! »

IV

LA DEUXIÈME VOIX

« Oui, Canaris, tu vois le sérail, et ma tête
» Arrachée au cercueil pour orner cette fête.
» Les turcs m'ont poursuivi sous mon tombeau glacé.
» Vois ! ces os désséchés sont leur dépouille opime [1].
5 » Voilà de Botzaris [2] ce qu'au sultan sublime
    » Le ver du sépulcre a laissé !

» Écoute : Je dormais dans le fond de ma tombe,
» Quand un cri m'éveilla : *Missolonghi succombe !*
» Je me lève à demi dans la nuit du trépas ;
10 » J'entends des canons sourds les tonnantes volées,
    » Les clameurs aux clameurs mêlées,
» Les chocs fréquents du fer, le bruit pressé des pas.

» J'entends, dans le combat qui remplissait la ville,
» Des voix crier : « Défends d'une horde servile [3],

---

1. Armes, équipement d'un chef ennemi défait que les généraux de la Rome antique s'appropriaient en signe de victoire. Ironie sanglante, ici.   2. Marcos Botzaris fut avec Canaris le plus connu des chefs grecs insurgés. Il avait été tué lors d'une bataille en 1823, et enterré à Missolonghi. Voir la note de Hugo, p. 221.   3. Les armées turques étaient pour partie composées d'esclaves. À comparer aux « hordes

15 » Ombre de Botzaris, tes Grecs infortunés ! »
 » Et moi, pour m'échapper, luttant dans les ténèbres,
 » J'achevais de briser sur les marbres funèbres
   » Tous mes ossements décharnés [1].

 » Soudain, comme un volcan, le sol s'embrase et
                                        [gronde... —
20 » Tout se tait ; — et mon œil, ouvert pour l'autre monde,
 » Voit ce que nul vivant n'eût pu voir de ses yeux.
 » De la terre, des flots, du sein profond des flammes,
   » S'échappaient des tourbillons d'âmes
 » Qui tombaient dans l'abîme ou s'envolaient aux cieux !

25 » Les Musulmans vainqueurs dans ma tombe fouillèrent ;
 » Ils mêlèrent ma tête aux vôtres qu'ils souillèrent.
 » Dans le sac du Tartare [2] on les jeta sans choix.
 » Mon corps décapité tressaillit d'allégresse ;
 » Il me semblait, ami, pour la Croix et la Grèce
30   » Mourir une seconde fois.

 » Sur la terre aujourd'hui notre destin s'achève.
 » Stamboul, pour contempler cette moisson du glaive,
 » Vile esclave, s'émeut du Fanar aux Sept-Tours [3] ;
 » Et nos têtes, qu'on livre aux publiques risées,
35   » Sur l'impur sérail exposées,
 » Repaissent le sultan, convive des vautours !

 » Voilà tous nos héros ! Costas le palicare [4] ;
 » Christo, du mont Olympe [5] ; Hellas, des mers d'Icare [6] ;

---

disciplinées » du poème suivant.
  1. Lexique et tours classiques voisinent dans ces strophes avec des notations d'une concrétude horrible et fantastique, dignes du romantisme « fré-
nétique » de *Han d'Islande*. **2.** Terme générique désignant Turcs et
Mongols ; figure du barbare cruel. **3.** Respectivement quartier grec de
Stamboul et château de la même ville, célèbre pour servir de prison aux
ambassadeurs occidentaux en temps de guerre. **4.** Un des tout premiers
emplois de cette francisation d'un mot du grec moderne signifiant gaillard,
brave, et désignant un insurgé grec (on écrit aussi palikare). L'orientalisme
élargit la langue autant que l'imaginaire, — l'un ne va pas sans l'autre.
5. Montagne de Grèce. Séjour des dieux pour les Grecs antiques, et ici patrie
d'un héros au prénom éminemment chrétien : toujours les deux Grèces.
6. Dans la mythologie grecque, ce fils de Dédale échappé du labyrinthe cré-
tois grâce aux ailes confectionnées par son père s'abîma dans la mer qui

» Kitzos, qu'aimait Byron[1], le poète immortel ;
40 » Et cet enfant des monts, notre ami, notre émule,
   » Mayer[2], qui rapportait aux fils de Thrasybule[3]
      » La flèche de Guillaume Tell[4] !

   » Mais ces morts inconnus, qui dans nos rangs stoïques
   » Confondent leurs fronts vils à des fronts héroïques,
45 » Ce sont des fils maudits d'Eblis[5] et de Satan,
   » Des turcs, obscur troupeau, foule au sabre asservie,
      » Esclaves dont on prend la vie
   » Quand il manque une tête au compte du sultan !

   » Semblable au Minotaure[6] inventé par nos pères,
50 » Un homme est seul vivant[7] dans ces hideux repaires,
   » Qui montrent nos lambeaux aux peuples à genoux ;
   » Car les autres témoins de ces fêtes fétides,
   » Ses eunuques impurs, ses muets homicides[8],
      » Ami, sont aussi morts que nous.

----

depuis porte son nom. La rime, plus que riche, rapproche un néologisme et un souvenir classique, offrant ainsi au thème des deux Grèces une de ses réalisations poétiques.   **1.** Le grand poète romantique anglais s'engagea aux côtés des insurgés grecs. Mort de la peste en 1824 à Missolonghi, il connut alors sa plus grande gloire européenne. Les deux Grèces s'élargissent à l'Europe romantique et libérale, voire « libertaire ».   **2.** Philhellène suisse, engagé aux côtés des Grecs (il avait reçu le grade de général), mort de ses blessures à Missolonghi. Le *Journal des Débats* avait publié le 6 juin 1826 une lettre dans laquelle il évoquait les souffrances des assiégés et rendait hommage à l'héroïsme de ses compagnons, abandonnés par les puissances européennes : « Je suis fier de penser que le sang d'un Suisse, d'un enfant de Guillaume Tell, va se confondre avec celui des héros de la Grèce. »   **3.** Renversa la tyrannie et rétablit la démocratie à Athènes (Ve siècle av. J.-C.).   **4.** Héros médiéval et légendaire de l'indépendance suisse, à l'honneur chez les romantiques.   **5.** Le Démon, pour les musulmans.   **6.** Dans la mythologie grecque, monstre à tête d'homme et à corps de taureau, enfermé au cœur d'un labyrinthe par le roi de Crète Minos, et qu'on nourrissait de chair humaine.   **7.** Trait de définition du despote (Musset l'appliquera à Napoléon dans *La Confession d'un enfant du siècle*, ch. II). La suite va compléter ce tableau du système despotique, tel que Montesquieu l'a analysé, et que Chateaubriand l'a repris dans son *Itinéraire*.   **8.** Les assassinats politiques étaient confiés à des esclaves muets.

55 » Quels sont ces cris ?... — C'est l'heure où ses plaisirs
[infâmes
» Ont réclamé nos sœurs, nos filles et nos femmes.
» Ces fleurs vont se flétrir à son souffle inhumain.
» Le tigre impérial, rugissant dans sa joie,
    » Tour à tour compte chaque proie,
60 » Nos vierges cette nuit, et nos têtes demain ! »

V

LA TROISIÈME VOIX

« Ô mes frères, Joseph, évêque[1], vous salue.
» Missolonghi n'est plus ! À sa mort résolue,
» Elle a fui la famine et son venin rongeur.
» Enveloppant les turcs dans son malheur suprême,
5 » Formidable victime, elle a mis elle-même
    » La flamme à son bûcher vengeur.

» Voyant depuis vingt jours notre ville affamée,
» J'ai crié : « Venez tous, il est temps, peuple, armée !
» Dans le saint sacrifice il faut nous dire adieu.
10 » Recevez de mes mains, à la table céleste[2],
    » Le seul aliment qui nous reste,
» Le pain qui nourrit l'âme et la transforme en dieu ! »

» Quelle communion ! Des mourants immobiles,
» Cherchant l'hostie offerte à leurs lèvres débiles[3],
15 » Des soldats défaillants, mais encor redoutés,
» Des femmes, des vieillards, des vierges désolées,
» Et sur le sein flétri des mères mutilées,
    » Des enfants de sang allaités !

» La nuit vint, on partit ; mais les Turcs dans les ombres
20 » Assiégèrent bientôt nos morts et nos décombres.

---

1. *Cf.* la note de Hugo, p. 221.   **2.** L'autel où le prêtre sert l'eucharistie et où les fidèles viennent communier. Aucune différence n'apparaît ici entre les rituels orthodoxe et catholique.   **3.** Extrêmement affaiblies.

» Mon église s'ouvrit à leurs pas inquiets :
» Sur un débris d'autel, leur dernière conquête,
    » Un sabre fit rouler ma tête...
» J'ignore quelle main me frappa : je priais.

25 » Frères, plaignez Mahmoud[1] ! Né dans sa loi barbare,
» Des hommes et de Dieu son pouvoir le sépare[2].
» Son aveugle regard ne s'ouvre pas au ciel.
» Sa couronne fatale, et toujours chancelante,
» Porte à chaque fleuron une tête sanglante[3] ;
30   » Et peut-être il n'est pas cruel !

» Le malheureux, en proie aux terreurs implacables,
» Perd pour l'éternité ses jours irrévocables.
» Rien ne marque pour lui les matins et les soirs.
» Toujours l'ennui ! Semblable aux idoles qu'ils dorent,
35   » Ses esclaves de loin l'adorent,
» Et le fouet d'un spahi[4] règle leurs encensoirs.

» Mais pour vous tout est joie, honneur, fête, victoire.
» Sur la terre vaincus, vous vaincrez dans l'histoire.
» Frères, Dieu vous bénit sur le sérail fumant.
40 » Vos gloires par la mort ne sont pas étouffées ;
» Vos têtes sans tombeaux deviennent vos trophées ;
     » Vos débris sont un monument !

» Que l'apostat[5] surtout vous envie ! Anathème
» Au chrétien qui souilla l'eau sainte du baptême !
45 » Sur le livre de vie en vain il fut compté :
» Nul ange ne l'attend dans les cieux où nous sommes ;
     » Et son nom, exécré des hommes,
» Sera, comme un poison, des bouches rejeté !

---

1. Mahmoud II régna sur l'Empire ottoman de 1808 à 1839. Son règne fut marqué à la fois par de nombreuses révoltes et défaites qui amputèrent l'empire, et par un début de modernisation de l'État turc. 2. Autre trait de définition du despote. 3. Pour assurer son pouvoir contre les janissaires (armée d'élite qui faisait et défaisait les sultans), Mahmoud au début de son règne avait dû exterminer tous ses parents mâles, demeurant ainsi le seul souverain légitime possible. 4. Mot turc d'usage alors très récent en français ; cavalier de l'armée turque, soldé par le sultan et non renté de terres à la différence des timariots. 5. Celui qui a abandonné la foi chrétienne pour une autre (l'islam, ici).

» Et toi, chrétienne Europe, entends nos voix
                                         [plaintives.
50 » Jadis, pour nous sauver, saint Louis vers nos rives
» Eût de ses chevaliers guidé l'arrière-ban[1].
» Choisis enfin, avant que ton Dieu ne se lève,
» De Jésus et d'Omar[2], de la croix et du glaive,
    » De l'auréole et du turban. »

VI

Oui, Botzaris, Joseph, Canaris, ombres saintes,
Elle[3] entendra vos voix, par le trépas éteintes ;
Elle verra le signe empreint sur votre front ;
Et, soupirant ensemble un chant expiatoire,
5 À vos débris sanglants portant leur double gloire,
Sur la harpe et le luth[4] les deux Grèces diront :

« Hélas ! vous êtes saints et vous êtes sublimes,
» Confesseurs, demi-dieux, fraternelles victimes !
» Votre bras aux combats s'est longtemps signalé ;
10 » Morts, vous êtes tous trois souillés par des mains viles.
» Voici votre Calvaire[5] après vos Thermopyles[6] ;
» Pour tous les dévouements votre sang a coulé.

» Ah ! si l'Europe en deuil, qu'un sang si pur menace,
» Ne suit jusqu'au sérail le chemin qu'il lui trace,
15 » Le Seigneur la réserve à d'amers repentirs.

---

1. Convoquer le ban et l'arrière-ban, c'était appeler l'ensemble des vassaux à suivre le roi à la guerre. Allusion aux deux croisades de Saint-Louis. L'assimilation de la guerre de Grèce à une nouvelle croisade était fréquente dans les milieux ultra-royalistes et catholiques : en 1826, et moins encore en 1829, il n'est pas sûr que Hugo fasse absolument siennes ces paroles d'un évêque.   2. Successeur de Mahomet, sous le règne duquel (633-644) s'effectua l'expansion impériale de l'islam.   3. L'Europe.   4. Instruments de musique caractéristiques respectivement de la Grèce antique et du Moyen Âge chrétien.   5. Nom de la colline où Jésus fut crucifié.   6. Défilé montagneux de Grèce centrale où Léonidas à la tête de trois cents Spartiates tenta héroï-quement d'arrêter l'invasion des Mèdes (480 av. J.-C.).

» Marin, prêtre, soldat, nos autels vous demandent,
» Car l'Olympe et le Ciel à la fois vous attendent,
» Pléiade[1] de héros ! trinité de martyrs ! »

Juin 1826.

---

1. Constellation, et nom d'un groupe de sept poètes de l'Alexandrie hellénistique (IIIᵉ s. av. J.-C.).

IV

ENTHOUSIASME [1]

> Allons, jeune homme ! allons,
> marche !...
>
> ANDRÉ CHÉNIER [2].

En Grèce ! en Grèce ! adieu, vous tous ! il faut partir !
   Qu'enfin, après le sang de ce peuple martyr,
      Le sang vil des bourreaux ruisselle !
En Grèce, ô mes amis ! vengeance ! liberté !
5   Ce turban [3] sur mon front ! ce sabre à mon côté !
      Allons ! ce cheval, qu'on le selle !

Quand partons-nous ? Ce soir ! demain serait trop long.
   Des armes ! des chevaux ! un navire à Toulon !
      Un navire, ou plutôt des ailes !
10 Menons quelques débris de nos vieux régiments [4],
   Et nous verrons soudain ces tigres ottomans
      Fuir avec des pieds de gazelles !

---

   1. Rappelons que ce mot signifie étymologiquement « transport divin » et a, parmi d'autres sens, celui d'inspiration poétique.   **2.** Détournement d'un vers de « Lycoris » dans *Les Amours*, où il s'agit de rendre visite à une « belle maîtresse » ; mais l'articulation de l'érotique et du guerrier est fréquente dans *Les Orientales*. André Chénier (1762-1794) était alors considéré comme le précurseur de la poésie romantique en France.   **3.** Dans le poème précédent, cette coiffure typiquement orientale était opposée à « l'auréole » des martyrs grecs. Le thème des deux Grèces, qui occidentalise la Grèce en occultant son histoire byzantine et sa religion orthodoxe, laisse ici place à une Grèce elle-même orientale, et qui incite à « l'orientalisation » les meilleurs des Occidentaux (Byron, Fabvier...).   **4.** Allusion aux armées de la République et de l'Empire, pour l'essentiel démobilisées depuis 1815.

Commande-nous, Fabvier[1], comme un prince invoqué !
Toi qui seul fus au poste où les rois ont manqué,
    Chef des hordes disciplinées[2],
Parmi les grecs nouveaux ombre d'un vieux romain,
Simple et brave soldat, qui dans ta rude main
    D'un peuple as pris les destinées !

De votre long sommeil éveillez-vous là-bas,
Fusils français ! et vous, musique des combats,
    Bombes, canons, grêles cymbales !
Éveillez-vous, chevaux au pied retentissant,
Sabres, auxquels il manque une trempe[3] de sang,
    Longs pistolets gorgés de balles !

Je veux voir des combats, toujours au premier rang !
Voir comment les spahis[4] s'épanchent en torrent
    Sur l'infanterie inquiète ;
Voir comment leur damas[5], qu'emporte leur coursier,
Coupe une tête au fil de son croissant d'acier !
    Allons !... — mais quoi, pauvre poète,

Où m'emporte moi-même un accès belliqueux ?
Les vieillards, les enfants m'admettent avec eux.
    Que suis-je ? — Esprit qu'un souffle enlève.
Comme une feuille morte, échappée aux bouleaux,
Qui sur une onde en pente erre de flots en flots,
    Mes jours s'en vont de rêve en rêve.

---

1. Ancien officier de Napoléon, il avait refusé de servir sous Louis XVIII et défendit en 1823 les libéraux espagnols contre l'intervention française qui visait à rétablir la monarchie absolue. Il s'engagea ensuite aux côtés des Grecs et défendit Athènes. Sa popularité fut alors grande, et il devint Pair de France sous la monarchie de Juillet, comme Victor Hugo. On passe ainsi d'un philhellénisme plutôt royaliste et catholique à un autre, franchement libéral et internationaliste.   **2.** En 1826, dans l'avant-propos de sa « Note sur la Grèce », Chateaubriand avait dénoncé la menace que faisait peser sur la civilisation la « barbarie disciplinée » de l'armée égyptienne, qui s'équipait et s'organisait à l'européenne. Hugo paraît ici reprendre l'idée et presque l'expression, mais il en inverse l'application, le sens et la valeur.   **3.** Procédé qui consiste à plonger un métal brûlant dans un liquide froid pour le durcir.   **4.** Voir p. 83, note 4.   **5.** Sabre d'acier moiré.

Tout me fait songer : l'air, les prés, les monts, les bois.
J'en ai pour tout un jour des soupirs d'un hautbois,
　　　D'un bruit de feuilles remuées ;
40　Quand vient le crépuscule, au fond d'un vallon noir,
J'aime un grand lac d'argent, profond et clair miroir
　　　Où se regardent les nuées.

J'aime une lune, ardente et rouge comme l'or,
Se levant dans la brume épaisse, ou bien encor
45　　　Blanche au bord d'un nuage sombre ;
J'aime ces chariots lourds et noirs, qui la nuit,
Passant devant le seuil des fermes avec bruit,
　　　Font aboyer les chiens dans l'ombre [1].

1827.

---

1. Cette dernière partie du poème semble annoncer, comme « Novembre », la tonalité des *Feuilles d'automne*. Mais l'évocation finale des chariots bruyants ramène secrètement à « l'Orient » : ce motif, plusieurs fois repris par Hugo, naît d'un souvenir du voyage en Espagne de 1811.

V

NAVARIN [1]

’Ιὴ, ἰὴ, τρισκάλμοισιν,
ἰὴ Ἰὴ, βάρισιν ὀλόμενοι.

ESCHYLE. *Les Perses.*

Hélas ! hélas ! nos vaisseaux,
Hélas ! hélas ! sont détruits [2].

I

Canaris [3] ! Canaris ! pleure ! cent vingt vaisseaux !
Pleure ! Une flotte entière ! — Où donc, démon des eaux,
    Où donc était ta main hardie ?
Se peut-il que sans toi l'Ottoman succombât ?
5   Pleure ! comme Crillon exilé d'un combat [4],
    Tu manquais à cet incendie !

---

1. Le 6 juillet 1827, l'Angleterre, la France et la Russie s'étaient enfin accordées pour exiger de l'Empire ottoman un cessez-le-feu. Les combats continuant, les flottes des trois puissances bloquèrent la flotte égypto-turque dans le port de Navarin et, le 20 octobre, l'anéantirent. Hugo écrivit ce poème dans le mois qui suivit. **2.** Avant-dernier discours de Xerxès, qui pleure la perte de ses hommes après l'expédition désastreuse contre Athènes. La traduction que donne Hugo est très inexacte, mais elle n'est pas très différente de celle de La Porte du Theil (1794). **3.** *Cf.* p. 70, note 1 et p. 77, note 2. **4.** Lettre de Henri IV, après la bataille d'Arques : « Pends-toi, brave Crillon : nous avons vaincu à Arques et tu n'y étais pas. »

Jusqu'ici, quand parfois la vague de tes mers
Soudain s'ensanglantait, comme un lac des enfers,
    D'une lueur large et profonde,
10 Si quelque lourd navire éclatait à nos yeux,
Couronné tout à coup d'une aigrette de feux,
    Comme un volcan s'ouvrant dans l'onde ;

Si la lame roulait turbans, sabres courbés,
Voiles, tentes, croissants des mâts rompus tombés,
15   Vestiges de flotte et d'armée,
Pelisses de vizirs [1], sayons [2] de matelots,
Rebuts stigmatisés [3] de la flamme et des flots,
    Blancs d'écume et noirs de fumée ;

Si partait de ces mers d'Égine ou d'Iolchos [4]
20 Un bruit d'explosion, tonnant dans mille échos
    Et roulant au loin dans l'espace,
L'Europe se tournait vers le rouge Orient ;
Et, sur la poupe assis, le nocher [5] souriant
    Disait : — C'est Canaris qui passe !

25 Jusqu'ici, quand brûlaient au sein des flots fumants
Les capitans-pachas [6] avec leurs armements,
    Leur flotte dans l'ombre engourdie,
On te reconnaissait à ce terrible jeu ;
Ton brûlot [7] expliquait tous ces vaisseaux en feu ;
30   Ta torche éclairait l'incendie [8] !

Mais pleure aujourd'hui, pleure, on s'est battu sans toi !
Pourquoi, sans Canaris, sur ces flottes, pourquoi
    Porter la guerre et ses tempêtes ?

---

1. Ministres du sultan. **2.** Espèce de casaque ouverte, portée autrefois par les gens de guerre et par les paysans. **3.** Marqués horriblement par. **4.** Respectivement île au sud-ouest d'Athènes, une des plus anciennes puissances maritimes du monde grec antique, et ville de Thessalie où naquit Jason et où se réunirent les Argonautes. **5.** Pilote d'une embarcation ; terme classiquement « poétique ». **6.** *Cf.* p. 78, note 4. **7.** *Cf.* p. 70, note 1. **8.** Éclairer au sens d'expliquer ; limite du jeu de mots.

Du Dieu qui garde Hellé[1] n'est-il plus le bras droit ?
35 On aurait dû l'attendre ! Et n'est-il pas de droit
    Convive de toutes ces fêtes ?

II

    Console-toi : la Grèce est libre.
    Entre les bourreaux, les mourants,
    L'Europe a remis l'équilibre ;
    Console-toi : plus de tyrans !
5   La France combat : le sort change.
    Souffre que sa main qui vous venge
    Du moins te dérobe en échange
    Une feuille de ton laurier.
    Grèces de Byron[2] et d'Homère,
10   Toi, notre sœur, toi, notre mère[3],
    Chantez ! si votre voix amère
    Ne s'est pas éteinte à crier.

    Pauvre Grèce, qu'elle était belle,
    Pour être couchée au tombeau !
15   Chaque vizir de la rebelle
    S'arrachait un sacré lambeau.
    Où la fable mit ses ménades[4],
    Où l'amour eut ses sérénades,
    Grondaient les sombres canonnades

---

1. Hugo semble confondre le nom de cette princesse de Thèbes qui, pour fuir sa belle-mère, se noya en voulant traverser la mer sur le dos d'un bélier à toison d'or, et *Hellas* ou *Hellade*, nom donné aux provinces centrales de la Grèce antique, puis à la Grèce en général. **2.** *Cf.* p. 81, note 1. **3.** Les romantiques sont d'autant plus enclins à admettre cette filiation qu'Homère n'est pas pour eux un modèle classique, mais un génie primitif, excessif et profus, plus proche de Dante, de Shakespeare ou des grands poètes épiques indiens, que de Virgile, de Racine ou de Boileau (voir la Préface de l'édition originale). **4.** Dans la mythologie (la « fable »), autre nom des Bacchantes, suivantes de Dionysos-Bacchus qui entraient dans une fureur sacrée lorsqu'elles célébraient ses mystères.

20 Sapant les temples du vrai Dieu ;
Le ciel de cette terre aimée
N'avait, sous sa voûte embaumée,
De nuages que la fumée
De toutes ses villes en feu.

25 Voilà six ans qu'ils l'ont choisie !
Six ans qu'on voyait accourir
L'Afrique[1] au secours de l'Asie
Contre un peuple instruit à mourir[2].
Ibrahim, que rien ne modère,
30 Vole de l'Isthme au Belvédère[3],
Comme un faucon qui n'a plus d'aire[4],
Comme un loup qui règne au bercail ;
Il court où le butin le tente,
Et lorsqu'il retourne à sa tente,
35 Chaque fois sa main dégouttante[5]
Jette des têtes au sérail !

III

Enfin ! — C'est Navarin, la ville aux maisons peintes,
La ville aux dômes d'or, la blanche Navarin,
Sur la colline assise entre les térébynthes[6],
Qui prête son beau golfe aux ardentes étreintes[7]
5 De deux flottes heurtant leurs carènes d'airain.

---

1. L'Égypte, appartenant en principe à l'Empire ottoman, en fait déjà
à peu près indépendante, mais qui aidait la Turquie dans sa lutte contre
les Grecs.   2. Qui a appris de longue date à mourir héroïquement.
3. Ibrahim-Pacha, fils du maître de l'Égypte Méhémet-Ali, dévastait
la Morée (Péloponnèse) qu'il parcourait de part en part : de l'isthme de
Corinthe (à l'est) au Belvédère (à l'ouest).   4. Nid des oiseaux de
proie.   5. De sang.   6. Pistachier résineux, toujours vert, caractéristique de la flore grecque (aujourd'hui avec un i).   7. Nouvel exemple
d'érotisation de la guerre, particulièrement sensible du fait du rejet.

Les voilà toutes deux ! — La mer en est chargée,
Prête à noyer leurs feux, prête à boire leur sang.
Chacune par son dieu semble au combat rangée ;
L'une s'étend en croix sur les flots allongée,
10   L'autre ouvre ses bras lourds et se courbe en croissant[1].

Ici, l'Europe : enfin ! l'Europe qu'on déchaîne,
Avec ses grands vaisseaux voguant comme des tours.
Là, l'Égypte des turcs, cette Asie africaine,
Ces vivaces forbans, mal tués par Duquesne[2],
15   Qui mit en vain le pied sur ces nids de vautours.

IV.

Écoutez ! — Le canon gronde.
Il est temps qu'on lui réponde.
Le patient est le fort.
Éclatent donc les bordées[3] !
5   Sur ces nefs intimidées,
Frégates[4], jetez la mort !
Et qu'au souffle de vos bouches[5]
Fondent ces vaisseaux farouches,
Broyés aux rochers du port !

10   La bataille enfin s'allume.
Tout à la fois tonne et fume.
La mort vole où nous frappons.
Là, tout brûle pêle-mêle.
Ici, court le brûlot frêle
15   Qui jette aux mâts ses crampons,

---

1. *Cf.* p. 72, note 6.   **2.** L'amiral Duquesne lutta contre les pirates d'Afrique du Nord et bombarda Alger en 1682 et 1683. Ce souvenir était d'actualité en 1827 : la lutte contre la piraterie continuait, et sera le principal prétexte de la prise d'Alger par les Français en 1830.   **3.** Décharges de tous les canons situés sur le même bord d'un navire.   **4.** Navire de guerre à trois mâts, plus petit que le vaisseau.   **5.** Bouches à feu : canons.

Et, comme un chacal dévore
L'éléphant qui lutte encore,
Ronge un navire à trois ponts.

    — L'abordage ! l'abordage ! —
20 On se suspend au cordage,
On s'élance des haubans.
La poupe heurte la proue.
La mêlée a dans sa roue
Rameurs courbés sur leurs bancs,
25 Fantassins cherchant la terre,
L'épée et le cimeterre,
Les casques et les turbans [1] !

La vergue [2] aux vergues s'attache ;
La torche insulte à la hache ;
30 Tout s'attaque en même temps.
Sur l'abîme la mort nage.
Épouvantable carnage !
Champs de bataille flottants,
Qui, battus de cent volées,
35 S'écroulent sous les mêlées,
Avec tous leurs combattants !

V

Lutte horrible ! Ah ! quand l'homme, à l'étroit sur la terre,
Jusque sur l'Océan précipite la guerre,
Le sol tremble sous lui, tandis qu'il se débat.
La mer, la grande mer joue avec ses batailles.
5 Vainqueurs, vaincus, à tous elle ouvre ses entrailles.
    Le naufrage éteint le combat.

Ô spectacle ! Tandis que l'Afrique grondante
Bat nos puissants vaisseaux de sa flotte imprudente,
Qu'elle épuise à leurs flancs sa rage et ses efforts,

---

1. *Cf.* p. 86, note 1.   **2.** Pièce de bois fixée au mât et à laquelle est attachée la voile.

10 Chacun d'eux, géant fier, sur ces hordes bruyantes,
Ouvrant à temps égaux ses gueules foudroyantes,
Vomit tranquillement la mort de tous ses bords !

Tout s'embrase : voyez ! l'eau de cendre est semée,
Le vent aux mâts en flamme arrache la fumée,
15 Le feu sur les tillacs[1] s'abat en ponts mouvants.
Déjà brûlent les nefs ; déjà, sourde et profonde,
La flamme en leurs flancs noirs ouvre un passage à
Déjà, sur les ailes des vents,   [l'onde ;

L'incendie, attaquant la frégate amirale,
20 Déroule autour des mâts son ardente spirale,
Prend les marins hurlants dans ses brûlants réseaux[2],
Couronne de ses jets la poupe inabordable,
Triomphe, et jette au loin un reflet formidable
Qui tremble, élargissant ses cercles sur les eaux !

VI[3]

Où sont, enfants du Caire,
Ces flottes qui naguère
Emportaient à la guerre
Leurs mille matelots ?
5 Ces voiles, où sont-elles,
Qu'armaient les infidèles,
Et qui prêtaient leurs ailes
À l'ongle des brûlots ?

---

1. Pont supérieur d'un navire ; terme technique, concret et spécialisé, généralement exclu du « langage poétique ».   **2.** Filets ; terme en revanche tout classique.   **3.** Cette partie, étonnante à bien des égards, plusieurs fois remaniée et amplifiée par Hugo sur le manuscrit, offre une profusion lexicale remarquable, variation sur le registre maritime qui mêle le sombre et le léger, l'Orient et l'Occident, l'ancien et le moderne, le technique et le « poétique », dans l'attention virtuose prêtée à la musicalité et aux suggestions des signifiants. On peut se demander si avec ce dénombrement épique Hugo n'a pas voulu « refaire », non sans fantaisie, le fameux catalogue des vaisseaux d'Homère dans l'*Iliade* (chant II).

Où sont tes mille antennes [1],
10   Et tes hunes [2] hautaines,
Et tes fiers capitaines,
Armada [3] du Sultan ?
Ta ruine commence,
Toi qui, dans ta démence,
15   Battais les mers, immense
Comme Léviathan [4] !

Le capitan qui tremble
Voit éclater ensemble
Ces chébecs [5] que rassemble
20   Alger ou Tetouan [6].
Le feu vengeur embrasse
Son vaisseau dont la masse
Soulève, quand il passe,
Le fond de l'Océan.

25   Sur les mers irritées,
Dérivent, démâtées,
Nefs par les nefs heurtées,
Yachts [7] aux mille couleurs,
Galères capitanes [8],
30   Caïques [9] et tartanes [10]
Qui portaient aux sultanes
Des têtes et des fleurs.

---

1. Pièce de bois longue et mince (vergue) située à l'avant du mât et soutenant une voile latine (de forme triangulaire).   **2.** Plate-forme située au sommet d'un mât.   **3.** Terme qui rappelle l'Invincible Armada, flotte gigantesque rassemblée par le roi d'Espagne Philippe II pour débarquer en Angleterre, et qui fut anéantie par la tempête et les marins anglais (1588).   **4.** Monstre marin dans la Bible ; symbole du chaos et du Mal.   **5.** Mot d'origine arabe : petit trois-mâts à voiles et à rames.   **6.** Ville du Maroc, proche de la Méditerranée.   **7.** Mot d'origine hollandaise : navire d'agrément fin et rapide, à l'usage des souverains puis, à partir du XIXe siècle, des riches amateurs, d'abord anglais.   **8.** Navire qui porte le chef de la flotte.   **9.** Mot d'origine turque : embarcation légère et pointue, fréquente dans les mers grecques.   **10.** Mot d'origine provençale : petit navire à voile utilisé en Méditerranée pour la pêche et le cabotage.

Adieu, sloops [1] intrépides,
Adieu, jonques [2] rapides,
35 Qui sur les eaux limpides
Berçaient les icoglans [3] !
Adieu la goëlette [4]
Dont la vague reflète
Le flamboyant squelette,
40 Noir dans les feux sanglants !

Adieu la barcarolle [5]
Dont l'humble banderolle
Autour des vaisseaux vole,
Et qui, peureuse, fuit,
45 Quand du souffle des brises
Les frégates [6] surprises,
Gonflant leurs voiles grises,
Déferlent à grand bruit !

Adieu la caravelle
50 Qu'une voile nouvelle
Aux yeux de loin révèle ;
Adieu le dogre ailé [7],
Le brick [8] dont les amures [9]
Rendent de sourds murmures,
55 Comme un amas d'armures
Par le vent ébranlé !

---

1. Mot d'origine hollandaise : petit navire rapide à un mât.   **2.** Mot d'origine javanaise qui nous entraîne vers la Chine et l'Extrême-Orient ; ces lourds voiliers ne sont pas spécialement rapides.   **3.** Mot turc : officiers du palais, choisis dès l'enfance parmi les captifs chrétiens et élevés dans le sérail ; ici jeunes et beaux « serviteurs », allusion aux harems masculins (*cf.* « La Captive » et la note de Hugo p. 222).   **4.** Dérivé de goéland : bâtiment léger à deux mâts (aujourd'hui goélette).   **5.** Non pas une barque, mais une chanson de gondolier vénitien ; Hugo le sait sans doute, Venise commençant d'être à la mode. L'allusion à cette poésie populaire, enjouée ou sentimentale, étonne dans un tel contexte.   **6.** *Cf.* p. 93, note 4.   **7.** Petit navire de pêche plutôt lent.   **8.** Mot d'origine anglaise : voilier moderne à deux mâts.   **9.** Cordage qui fixe l'angle inférieur d'une voile du côté du vent.

Adieu la brigantine [1]
Dont la voile latine
Du flot qui se mutine
60   Fend les vallons amers !
Adieu la balancelle [2]
Qui sur l'onde chancelle,
Et, comme une étincelle,
Luit sur l'azur des mers !

65   Adieu lougres difformes [3],
Galéaces [4] énormes,
Vaisseaux de toutes formes,
Vaisseaux de tous climats,
L'yole [5] aux triples flammes,
70   Les mahonnes [6], les prames [7],
La felouque [8] à six rames,
La polacre [9] à deux mâts !

Chaloupes canonnières !
Et lanches marinières [10]
75   Où flottaient les bannières
Du pacha souverain !
Bombardes [11] que la houle,
Sur son front qui s'écroule,
Soulève, emporte et roule
80   Avec un bruit d'airain !

---

1. La brigantine est une voile, non pas latine (triangulaire) mais trapézoïdale ; mot issu de brigantin, ancêtre du brick.   2. Un des premiers emplois en français de ce mot d'origine génoise ou napolitaine : petite embarcation à voile et rames. Le signifiant détermine la description.   3. Petit bâtiment de guerre, fin dans ses formes à l'arrière, renflé à l'avant ; francisation encore récente de l'anglais.   4. Galères surchargées d'artillerie.   5. Mot d'origine nordique ; petit canot à rames.   6. Mot d'origine turque, équivalent de la galéasse.   7. Mot d'origine hollandaise ; lourd navire à fond plat fortement armé pour la défense des côtes.   8. Mot d'origine arabo-espagnole ; petite galère étroite et légère.   9. Mot d'origine italienne ou espagnole ; voilier de commerce en Méditerranée.   10. Petite embarcation de service.   11. Lourd et ancien navire chargé de mortiers à bombes.

Adieu, ces nefs bizarres,
Caraques[1] et gabarres[2],
Qui de leurs cris barbares
Troublaient Chypre et Délos[3] !
85   Que sont donc devenues
Ces flottes trop connues ?
La mer les jette aux nues,
Le ciel les rend aux flots !

VII

Silence ! Tout est fait. Tout retombe à l'abîme.
L'écume des hauts mâts a recouvert la cime.
Des vaisseaux du sultan les flots se sont joués.
Quelques-uns, bricks rompus, prames désemparées[4],
5   Comme l'algue des eaux qu'apportent les marées,
Sur la grève noircie expirent échoués.

Ah ! c'est une victoire ! — Oui, l'Afrique défaite,
Le vrai Dieu sous ses pieds foulant le faux prophète[5],
Les tyrans, les bourreaux criant grâce à leur tour,
10   Ceux qui meurent enfin sauvés par ceux qui règnent,
Hellé[6] lavant ses flancs qui saignent,
Et six ans[7] vengés dans un jour !

Depuis assez longtemps les peuples disaient[8] : « Grèce !
» Grèce ! Grèce ! tu meurs. Pauvre peuple en détresse,
15   » À l'horizon en feu chaque jour tu décroîs.

---

1. Grands navires portugais des XVIᵉ et XVIIᵉ siècles qui servaient aux voyages lointains (Brésil et Indes).   **2.** Vieux mot d'origine grecque (byzantine) : transport de marchandises.   **3.** Deux des plus grandes îles de la mer Égée. **4.** *Cf.* p. 97, note 8 et p. 98, note 7.   **5.** Mahomet. **6.** *Cf.* p. 91, note 1.   **7.** L'insurrection grecque avait commencé en 1821.   **8.** La pression des opinions publiques (française et anglaise surtout) fut en effet pour quelque chose dans l'intervention, tardive, des puissances européennes en faveur de l'indépendance grecque.

» En vain, pour te sauver, patrie illustre et chère,
» Nous réveillons le prêtre endormi dans sa chaire,
» En vain nous mendions une armée à nos rois.

20 » Mais les rois restent sourds, les chaires sont muettes.
» Ton nom n'échauffe ici que des cœurs de poètes.
» À la gloire, à la vie on demande tes droits.
» À la croix grecque, Hellé, ta valeur se confie... —
    » C'est un peuple qu'on crucifie !
    » Qu'importe, hélas ! sur quelle croix !

25 » Tes dieux s'en vont aussi. Parthénon, Propylées[1],
» Murs de Grèce, ossements des villes mutilées,
» Vous devenez une arme aux mains des mécréants.
» Pour battre ses vaisseaux du haut des Dardanelles[2],
» Chacun de vos débris, ruines solennelles,
30 » Donne un boulet de marbre à leurs canons géants ! »

Qu'on change cette plainte en joyeuse fanfare !
Une rumeur surgit de l'Isthme jusqu'au Phare[3].
Regardez ce ciel noir plus beau qu'un ciel serein.
Le vieux colosse turc sur l'Orient retombe,
35   La Grèce est libre, et dans la tombe
    Byron[4] applaudit Navarin.

Salut donc, Albion[5], vieille reine des ondes !
Salut, aigle des czars[6], qui planes sur deux mondes !
Gloire à nos fleurs de lys[7], dont l'éclat est si beau !
40 L'Angleterre aujourd'hui reconnaît sa rivale.
Navarin la lui rend. Notre gloire navale
À cet embrasement rallume son flambeau[8].

---

1. Temple et porte de l'Acropole, deux des plus célèbres monuments antiques d'Athènes. **2.** Détroit de Turquie, séparant l'Europe de l'Asie ; Constantinople en est proche. **3.** De l'isthme de Corinthe à l'île de Pharos, sur laquelle avait été bâti le célèbre phare d'Alexandrie. **4.** *Cf.* p. 81, note 1. **5.** L'Angleterre. **6.** *Cf.* p. 73, note 3. **7.** *Cf.* p. 71, note 2. **8.** Comme l'expédition d'Espagne (1823), Navarin donnait l'impression d'une réconciliation franco-anglaise et d'une réintégration de la France vaincue en 1815 au rang de puissance diplomatique et militaire de premier plan.

Je te retrouve, Autriche ! — Oui, la voilà, c'est elle !
Non pas ici, mais là, — dans la flotte infidèle.
45 Parmi les rangs chrétiens en vain on te chercha.
Nous surprenons, honteuse et la tête penchée,
            Ton aigle au double front [1] cachée
            Sous les crinières d'un pacha !

C'est bien ta place, Autriche ! — On te voyait naguère
50 Briller près d'Ibrahim [2], ce Tamerlan [3] vulgaire ;
Tu dépouillais les morts qu'il foulait en passant ;
Tu l'admirais, mêlée aux eunuques serviles,
Promenant au hasard sa torche dans les villes,
Horrible, et n'éteignant le feu qu'avec du sang.

55 Tu préférais ces feux aux clartés de l'aurore.
Aujourd'hui qu'à leur tour la flamme enfin dévore
Ses noirs vaisseaux, vomis des ports égyptiens,
Rouvre les yeux, regarde, Autriche abâtardie [4] !
            Que dis-tu de cet incendie ?
60   Est-il aussi beau que les siens ?

                                    Novembre 1827.

---

1. *Cf.* p. 73, note 2.   **2.** *Cf.* p. 92, note 3.   **3.** Ou Timour :
conquérant turc qui fonda au XIVᵉ siècle un empire asiatique gigantesque et éphémère.   **4.** « Pendant toute la guerre, l'Autriche fut
sévèrement critiquée en France parce qu'elle tenait à la neutralité européenne et en même temps n'empêchait pas les vaisseaux autrichiens
d'aider les Turcs en transportant pour eux des soldats, des munitions
et des vivres. Au moment de la bataille de Navarin quelques transports
autrichiens se trouvaient parmi les bâtiments turcs, et ils furent détruits
avec les autres » (Barineau). Au moins jusqu'en 1848, l'Autriche de
Metternich est en Europe la gardienne intransigeante des traités de
Vienne, absolutiste, opposée aux réformes libérales comme aux mouvements des nationalités. Écrite quelques mois avant « Navarin », l'ode
« À la colonne de la place Vendôme » est violemment anti-autrichienne
(*Odes et Ballades*, III, 7).

VI

CRI DE GUERRE DU MUFTI[1]

Hierro, despierta te !
Cri de guerre des Almogavares[2].

Fer, réveille-toi !

En guerre les guerriers ! Mahomet ! Mahomet !
Les chiens mordent les pieds du lion qui dormait,
    Ils relèvent leur tête infâme.
Écrasez, ô croyants du prophète divin,
5 Ces chancelants soldats qui s'enivrent de vin,
    Ces hommes qui n'ont qu'une femme !

Meure la race franque et ses rois détestés !
Spahis, timariots[3], allez, courez, jetez
    À travers les sombres mêlées
10 Vos sabres, vos turbans, le bruit de votre cor,
Vos tranchants étriers, larges triangles d'or,
    Vos cavales échevelées !

---

1. Interprète du droit coranique, qui remplit à la fois des fonctions religieuses, civiles et judiciaires. Ce premier cycle consacré à la guerre de Grèce s'achève par une inversion du point de vue, continuée dans les poèmes suivants. **2.** Par ce mot d'origine arabe on désignait au Moyen Âge des aventuriers espagnols (et chrétiens) armés légèrement. Ils participèrent aux XIIIe et XIVe siècles aux expéditions menées par les Catalans contre la Grèce byzantine. Dès son entrée dans le recueil, l'Espagne apparaît ainsi comme un lieu et une histoire qui brouillent les repères et les frontières de civilisation. **3.** *Cf.* p. 83, note 4.

Qu'Othman, fils d'Ortogrul[1], vive en chacun de vous.
Que l'un ait son regard et l'autre son courroux.
15   Allez, allez, ô capitaines !
Et nous te reprendrons, ville aux dômes d'azur,
Molle Setiniah[2], qu'en leur langage impur
      Les barbares nomment Athènes[3] !

Octobre 1828.

---

1. Chefs turcs des XIIIᵉ et XIVᵉ siècles qui fondèrent la puissance
ottomane.   2. « Sétines » est attesté comme nom turc de la capitale
grecque ; mais la forme choisie par Hugo est une quasi-anagramme
d'Athènes.   3. Renversement du *topos* qui déplorait la corruption
des noms grecs sous l'influence barbare du turc.

VII

LA DOULEUR DU PACHA[1]

> Séparé de tout ce qui m'était cher,
> je me consume solitaire et désolé.
>
> BYRON[2].

— Qu'a donc l'ombre d'Allah[3]? disait l'humble
[derviche[4];
Son aumône est bien pauvre et son trésor bien riche!
Sombre, immobile, avare, il rit d'un rire amer.
A-t-il donc ébréché le sabre de son père?
5   Ou bien de ses soldats autour de son repaire
      Vu rugir l'orageuse mer[5]?

— Qu'a-t-il donc le pacha, le vizir[6] des armées?
Disaient les bombardiers, leurs mèches allumées.
Les imans[7] troublent-ils cette tête de fer?
10 A-t-il du ramazan[8] rompu le jeûne austère?
Lui font-ils voir en rêve, aux bornes de la terre,
L'ange Azraël debout sur le pont de l'enfer[9]?

---

1. La construction du poème, avec ses interrogations multiples, semble inspirée par certains *Chants populaires de la Grèce moderne*, traduits et publiés par Fauriel en 1824. Un pacha est un gouverneur de province dans l'Empire ottoman. **2.** *Adieu*, élégie adressée à lady Byron (*cf.* p. 81, note 1). **3.** Une des multiples expressions louangeuses désignant le sultan, représentant de Dieu sur terre. **4.** Religieux, vivant pauvrement, proche du saint (*cf.* XIII). **5.** Allusion aux révoltes militaires, nombreuses dans l'histoire turque. **6.** *Cf.* p. 90, note 1. **7.** Ou imam : chef de prière dans une mosquée. **8.** Orthographe alors usuelle pour ramadan. **9.** *Cf.* la note de Hugo, p. 221.

— Qu'a-t-il donc ? murmuraient les icoglans [1] stupides.
Dit-on qu'il ait perdu, dans les courants rapides,
15 Le vaisseau des parfums qui le font rajeunir ?
Trouve-t-on à Stamboul [2] sa gloire assez ancienne ?
Dans les prédictions de quelque égyptienne
      A-t-il vu le muet [3] venir ?

— Qu'a donc le doux sultan [4] ? demandaient les sultanes.
A-t-il avec son fils surpris sous les platanes
20 Sa brune favorite aux lèvres de corail ?
A-t-on souillé son bain d'une essence grossière ?
Dans le sac du fellah [5], vidé sur la poussière,
Manque-t-il quelque tête attendue au sérail ?

— Qu'a donc le maître ? — Ainsi s'agitent les esclaves.
25 Tous se trompent. Hélas ! si, perdu pour ses braves,
Assis, comme un guerrier qui dévore un affront,
Courbé comme un vieillard sous le poids des années,
Depuis trois longues nuits et trois longues journées,
      Il croise ses mains sur son front ;

30 Ce n'est pas qu'il ait vu la révolte infidèle,
Assiégeant son harem [6] comme une citadelle,
Jeter jusqu'à sa couche un sinistre brandon [7] ;
Ni d'un père en sa main s'émousser le vieux glaive ;
Ni paraître Azraël ; ni passer dans un rêve
35 Les muets bigarrés armés du noir cordon [8].

Hélas ! l'ombre d'Allah n'a pas rompu le jeûne ;
La sultane est gardée, et son fils est trop jeune ;
Nul vaisseau n'a subi d'orages importuns ;

---

1. *Cf.* p. 97, note 3.   **2.** *Cf.* p. 72, note 6.   **3.** *Cf.* p. 81, note 8.   **4.** Le terme est impropre ici, puisqu'il désigne l'empereur lui-même, ou le souverain de certains royaumes musulmans indépendants. **5.** Nom d'origine arabe : paysan.   **6.** *Cf.* p. 75, note 4.   **7.** Torche incendiaire.   **8.** Servait à étrangler les dignitaires condamnés à mort par le sultan.

Le tartare[1] avait bien sa charge accoutumée ;
40 Il ne manque au sérail, solitude embaumée,
          Ni les têtes ni les parfums.

Ce ne sont pas non plus les villes écroulées,
Les ossements humains noircissant les vallées,
La Grèce incendiée, en proie aux fils d'Omar[2],
45 L'orphelin, ni la veuve, et ses plaintes amères,
Ni l'enfance égorgée aux yeux des pauvres mères,
Ni la virginité marchandée au bazar[3] ;

Non, non, ce ne sont pas ces figures funèbres,
Qui, d'un rayon sanglant luisant dans les ténèbres,
50 En passant dans son âme ont laissé le remord.
Qu'a-t-il donc ce pacha, que la guerre réclame,
Et qui, triste et rêveur, pleure comme une femme ?... —
          Son tigre de Nubie est mort[4].

Décembre 1827.

----

1. *Cf.* p. 80, note 2.   **2.** *Cf.* p. 84, note 2.   **3.** Mot d'origine
persane ; marché public en Orient.   **4.** Il est possible que Hugo ait
pensé à Ali-Pacha (*cf.* p. 53, note 5), qui possédait un léopard. Mais ce
thème est fréquent dans la littérature orientaliste.

VIII

CHANSON DE PIRATES[1]

> Alerte ! alerte ! voici les pirates
> d'Ochali qui traversent le détroit.
>
> *Le Captif d'Ochali*[2].

Nous emmenions en esclavage
Cent chrétiens, pêcheurs de corail ;
Nous recrutions pour le sérail
Dans tous les moûtiers[3] du rivage.
5   En mer, les hardis écumeurs !
Nous allions de Fez à Catane[4]...
Dans la galère capitane[5]
Nous étions quatrevingts rameurs[6].

On signale un couvent à terre.
10 Nous jetons l'ancre près du bord.
À nos yeux s'offre tout d'abord
Une fille du monastère.
Près des flots, sourde à leurs rumeurs,

---

1. Tout au long de son œuvre, Hugo affectionnera la forme de la chanson populaire, marquée généralement par l'emploi de vers courts, et par la présence d'un refrain. **2.** Conte anonyme paru dans les *Tablettes romantiques* en 1823 et dont l'auteur est peut-être Eugène Hugo, le frère fou. **3.** Archaïsme médiéval : églises. **4.** Respectivement villes du Maroc et de Sicile (la Sicile fut sous domination arabe du IXe au XIIe siècle). **5.** Galère qui porte le chef d'une flotte. Impropre ici, donc. **6.** Le refrain ne constituant pas une rime autonome, la rime en *-ane* et celle en *-meurs* sont reprises et variées cinq fois : la chanson n'exclut pas la virtuosité.

Elle dormait sous un platane...
15   Dans la galère capitane
     Nous étions quatrevingts rameurs.

     — La belle fille, il faut vous taire,
     Il faut nous suivre. Il fait bon vent.
     Ce n'est que changer de couvent.
20   Le harem vaut le monastère.
     Sa hautesse aime les primeurs[1],
     Nous vous ferons mahométane...
     Dans la galère capitane
     Nous étions quatrevingts rameurs.

25   Elle veut fuir vers sa chapelle.
     — Osez-vous bien, fils de Satan ?
     — Nous osons, dit le capitan.
     Elle pleure, supplie, appelle.
     Malgré sa plainte et ses clameurs,
30   On l'emporta dans la tartane[2]...
     Dans la galère capitane
     Nous étions quatrevingts rameurs.

     Plus belle encor dans sa tristesse,
     Ses yeux étaient deux talismans.
35   Elle valait mille tomans[3] ;
     On la vendit à sa hautesse.
     Elle eut beau dire : Je me meurs !
     De nonne elle devint sultane...
     Dans la galère capitane
40   Nous étions quatrevingts rameurs.

                              Mars 1828.

---

1. Le sultan aime les vierges ; langage irrespectueux et grivois, plus populaire que typiquement oriental.   **2.** Petite embarcation, qui permet aux pirates de rejoindre la galère, mouillée au large.   **3.** Monnaie d'or persane.

IX

LA CAPTIVE[1]

> On entendait le chant des oiseaux
> aussi harmonieux que la poésie.
>
> SADI. *Gulistan*[2].

Si je n'étais captive,
J'aimerais ce pays,
Et cette mer plaintive,
Et ces champs de maïs,
5 Et ces astres sans nombre,
Si le long du mur sombre
N'étincelait dans l'ombre
Le sabre des spahis[3].

Je ne suis point tartare[4]
10 Pour qu'un eunuque noir[5]
M'accorde ma guitare,
Me tienne mon miroir.
Bien loin de ces Sodomes[6],

---

1. Ce poème a inspiré de nombreux peintres et musiciens tout au long du XIXᵉ siècle. On peut voir dans cette captive la « nonne » du poème précédent. Titre raturé sur le manuscrit « La Fille d'Europe ». 2. Œuvre majeure de ce poète lyrique persan du XIIIᵉ siècle. Premier signe direct dans le recueil du vif intérêt porté par les romantiques à la poésie orientale. 3. Cavalier turc. 4. *Cf.* p. 80, note 2. 5. Les eunuques noirs étaient préposés à la garde des femmes du harem ; les eunuques blancs étaient au service du maître. 6. *Cf.* la note de Hugo, p. 222.

Au pays dont nous sommes,
15   Avec les jeunes hommes
On peut parler le soir [1].

Pourtant j'aime une rive
Où jamais des hivers
Le souffle froid n'arrive
20   Par les vitraux ouverts.
L'été, la pluie est chaude,
L'insecte vert qui rôde
Luit, vivante émeraude,
Sous les brins d'herbe verts.

25   Smyrne [2] est une princesse
Avec son beau chapel [3] ;
L'heureux printemps sans cesse
Répond à son appel,
Et, comme un riant groupe
30   De fleurs dans une coupe,
Dans ses mers se découpe
Plus d'un frais archipel.

J'aime ces tours vermeilles,
Ces drapeaux triomphants,
35   Ces maisons d'or, pareilles
À des jouets d'enfants ;
J'aime, pour mes pensées
Plus mollement bercées,
Ces tentes balancées
40   Au dos des éléphants.

Dans ce palais de fées,
Mon cœur, plein de concerts,
Croit, aux voix étouffées
Qui viennent des déserts,

---

1. Lieu commun des comparaisons Orient/Occident, au moins
depuis les *Lettres persanes* de Montesquieu.   2. Ou Izmir ; ce port
turc de la mer Égée était une ville commerçante, riche et cosmopolite,
où coexistèrent jusqu'au XXe siècle Turcs, Grecs, Juifs et Occidentaux.   3. Archaïsme pour chapeau.

45 Entendre les génies
    Mêler les harmonies
    Des chansons infinies
    Qu'ils chantent dans les airs[1] !

    J'aime de ces contrées
50 Les doux parfums brûlants,
    Sur les vitres dorées
    Les feuillages tremblants,
    L'eau que la source épanche
    Sous le palmier qui penche,
55 Et la cigogne blanche
    Sur les minarets blancs.

    J'aime en un lit de mousses
    Dire un air espagnol[2],
    Quand mes compagnes douces,
60 Du pied rasant le sol,
    Légion vagabonde
    Où le sourire abonde,
    Font tournoyer leur ronde
    Sous un rond parasol.

65 Mais surtout, quand la brise
    Me touche en voltigeant,
    La nuit j'aime être assise,
    Être assise en songeant,
    L'œil sur la mer profonde,
70 Tandis que, pâle et blonde,
    La lune ouvre dans l'onde
    Son éventail d'argent[3].

Mars 1828.
[7 juillet 1828.]

---

1. Atmosphère de contes arabes, ou persans (magnificence et merveilleux, présence devinée des mystérieux déserts...).   **2.** L'Espagne vient tout naturellement aux lèvres de cette Occidentale qui éprouve la séduction de l'Orient.   **3.** Cette conclusion fait très précisément transition vers le poème suivant.

X

CLAIR DE LUNE [1]

Per amica silentia lunae.

VIRGILE [2].

La lune était sereine et jouait sur les flots. —
La fenêtre enfin libre est ouverte à la brise,
La sultane regarde [3], et la mer qui se brise,
Là-bas, d'un flot d'argent brode les noirs îlots.

5   De ses doigts en vibrant s'échappe la guitare [4].
Elle écoute... Un bruit sourd frappe les sourds échos.
Est-ce un lourd vaisseau turc qui vient des eaux de Cos [5],
Battant l'archipel grec de sa rame tartare [6] ?

---

1. Autre nocturne oriental, après l'ouverture des « Têtes du sérail ». Le motif de la noyade secrète des femmes du harem a été souvent exploité par les écrivains occidentaux (*cf.* surtout Byron, *Le Giaour*). On racontait qu'Ali-Pacha avait exécuté douze femmes de cette manière.   2. « Sous le silence ami de la lune » (*Énéide*, II, 255). Même quand il « s'orientalise », le romantisme n'a pas pour objectif de bannir de son horizon la culture classique, latine surtout (Virgile et Horace figurent parmi les poètes préférés de Hugo) ; mais il refuse de l'accepter comme système d'autorité esthétique exclusif et intangible.   3. Raturé sur le manuscrit : « La captive regarde ».
4. Autre « signe » espagnol, occidental-oriental.   5. Petite île située près de la côte turque, au nord-ouest de Rhodes.   6. *Cf.* p. 80, note 2.

Sont-ce des cormorans qui plongent tour à tour,
10 Et coupent l'eau, qui roule en perles sur leur aile ?
Est-ce un djinn[1] qui là-haut siffle d'une voix grêle,
Et jette dans la mer les créneaux de la tour ?

Qui trouble ainsi les flots près du sérail des femmes ? —
Ni le noir cormoran, sur la vague bercé,
15 Ni les pierres du mur, ni le bruit cadencé
Du lourd vaisseau, rampant sur l'onde avec des rames.

Ce sont des sacs pesants, d'où partent des sanglots.
On verrait, en sondant la mer qui les promène,
Se mouvoir dans leurs flancs comme une forme
                                        [humaine... —
20 La lune était sereine et jouait sur les flots.

Septembre 1828.

---

1. *Cf.* la note de Hugo, p. 222. Du poème précédent à celui-ci on passe des génies chanteurs aux noirs démons : ambivalence du merveilleux oriental.

XI

LE VOILE[1]

> Avez-vous prié Dieu ce soir,
> Desdemona ?
>
> SHAKESPEARE[2].

LA SŒUR

— Qu'avez-vous, qu'avez-vous, mes frères ?
Vous baissez des fronts soucieux.
Comme des lampes funéraires,
Vos regards brillent dans vos yeux.
5   Vos ceintures sont déchirées.
Déjà trois fois, hors de l'étui,
Sous vos doigts, à demi tirées,
Les lames des poignards ont lui.

LE FRÈRE AÎNÉ

N'avez-vous pas levé votre voile aujourd'hui ?

---

1. Sur le manuscrit « Les quatre frères ». **2.** *Othello*, acte V, sc. 2. Ce jaloux furieux est lui aussi un Oriental, un « More de Venise ». Épigraphe absente sur le manuscrit.

LA SŒUR

10 Je revenais du bain, mes frères,
    Seigneurs, du bain je revenais,
    Cachée aux regards téméraires
    Des giaours [1] et des albanais [2].
    En passant près de la mosquée
15 Dans mon palanquin [3] recouvert,
    L'air de midi m'a suffoquée :
    Mon voile un instant s'est ouvert.

LE SECOND FRÈRE

Un homme alors passait ? un homme en caftan [4] vert ?

LA SŒUR

    Oui... peut-être... mais son audace
20 N'a point vu mes traits dévoilés...
    Mais vous vous parlez à voix basse,
    À voix basse vous vous parlez.
    Vous faut-il du sang ? Sur votre âme,
    Mes frères, il n'a pu me voir.
25 Grâce ! tuerez-vous une femme,
    Faible et nue en votre pouvoir ?

_____

1. Mot turc, popularisé par le conte de Byron, *Le Giaour* ; terme de mépris appliqué aux chrétiens. **2.** Ce peuple de montagnards, vivant au nord-ouest de la Grèce, avait longtemps résisté à l'invasion turque (xvᵉ siècle). Par la suite, les Albanais traitèrent avec les Ottomans, se convertirent à l'islam, et jouirent dans l'empire d'un statut particulier. Souvent utilisés comme soldats ou délégués politiques par le pouvoir de Stamboul. Le plus célèbre des Albanais était alors Ali-Pacha (*cf.* p. 53, note 5). **3.** Mot d'origine indienne ; sorte de chaise ou de litière portée à bras d'hommes. **4.** Francisation du turc ; pelisse d'honneur que les souverains de Turquie ont coutume d'offrir aux personnages de distinction et surtout aux ambassadeurs des puissances étrangères.

LE TROISIÈME FRÈRE

Le soleil était rouge à son coucher ce soir.

LA SŒUR

> Grâce ! qu'ai-je fait ? Grâce ! grâce !
> Dieu ! quatre poignards dans mon flanc !
> Ah ! par vos genoux que j'embrasse...
> Ô mon voile ! ô mon voile blanc !
> Ne fuyez pas mes mains qui saignent,
> Mes frères, soutenez mes pas !
> Car sur mes regards qui s'éteignent
> S'étend un voile de trépas.

30

35

LE QUATRIÈME FRÈRE

C'en est un que du moins tu ne lèveras pas !

Septembre 1828.

XII

LA SULTANE FAVORITE [1]

Perfide comme l'onde.

SHAKESPEARE [2].

N'ai-je pas pour toi, belle juive [3],
Assez dépeuplé mon sérail ?
Souffre qu'enfin le reste vive.
Faut-il qu'un coup de hache suive
5   Chaque coup de ton éventail ?

Repose-toi, jeune maîtresse.
Fais grâce au troupeau qui me suit.
Je te fais sultane et princesse :
Laisse en paix tes compagnes, cesse
10   D'implorer leur mort chaque nuit.

Quand à ce penser tu t'arrêtes,
Tu viens plus tendre à mes genoux ;
Toujours je comprends dans les fêtes
Que tu vas demander des têtes
15   Quand ton regard devient plus doux.

---

1. Ce poème clôt le cycle ouvert par « Chanson de pirates » et consacré à la femme orientale, dans sa version noble et luxueuse. Judicieusement, Hugo montre ici le renversement de l'aliénation en cruauté compensatoire. 2. À nouveau *Othello*, acte V, sc. 2. Épigraphe absente du manuscrit. 3. Autre composante du monde oriental moderne, après l'évocation biblique du « Feu du ciel ».

Ah ! jalouse entre les jalouses !
Si belle avec ce cœur d'acier !
Pardonne à mes autres épouses.
Voit-on que les fleurs des pelouses
20   Meurent à l'ombre du rosier ?

Ne suis-je pas à toi ? Qu'importe,
Quand sur toi mes bras sont fermés,
Que cent femmes qu'un feu transporte
Consument en vain à ma porte
25   Leur souffle en soupirs enflammés ?

Dans leur solitude profonde,
Laisse-les t'envier toujours ;
Vois-les passer comme fuit l'onde ;
Laisse-les vivre : à toi le monde !
30   À toi mon trône, à toi mes jours [1] !

À toi tout mon peuple — qui tremble [2] !
À toi Stamboul qui, sur ce bord
Dressant mille flèches ensemble,
Se berce dans la mer, et semble
35   Une flotte à l'ancre qui dort !

À toi, jamais à tes rivales,
Mes spahis [3] aux rouges turbans,
Qui, se suivant sans intervalles,
Volent courbés sur leurs cavales
40   Comme des rameurs sur leurs bancs !

À toi Bassora, Trébizonde [4],
Chypre où de vieux noms sont gravés [5],

---

1. Le détour oriental fait apparaître au passage les ambiguïtés de l'amour courtois.   2. Selon Montesquieu, la crainte est le principe même du système despotique.   3. *Cf.* p. 83, note 4.   4. Respectivement port situé sur le Tigre, proche du golfe Persique, et ville turque sur la mer Noire ; ces noms éveillent alors le souvenir de splendeurs passées : celle du Califat de Bagdad du VIIIe au XIe siècle, celle de l'Empire byzantin de Trébizonde, au XIIIe siècle.   5. *Cf.* l'*Itinéraire de Paris à Jérusalem* où Chateaubriand, à Rhodes et non à Chypre, décrit des inscriptions, souvenirs des Croisades : « les murs de ces maisons sont parsemés de devises gauloises et des armoiries de nos familles historiques. Je remarquai les Lis

Fez où la poudre d'or abonde,
Mosul où trafique le monde,
45 Erzeroum[1] aux chemins pavés !

À toi Smyrne[2] et ses maisons neuves
Où vient blanchir le flot amer !
Le Gange redouté des veuves[3] !
Le Danube qui par cinq fleuves
50 Tombe échevelé dans la mer !

Dis, crains-tu les filles de Grèce ?
Les lys pâles de Damanhour[4] ?
Ou l'œil ardent de la négresse
Qui, comme une jeune tigresse,
55 Bondit rugissante d'amour ?

Que m'importe, juive adorée,
Un sein d'ébène, un front vermeil !
Tu n'es point blanche ni cuivrée,
Mais il semble qu'on t'a dorée
60 Avec un rayon de soleil.

N'appelle donc plus la tempête,
Princesse, sur ces humbles fleurs,
Jouis en paix de ta conquête,
Et n'exige pas qu'une tête
65 Tombe avec chacun de tes pleurs !

---

de France couronnés, et aussi frais que s'ils sortaient de la main du sculpteur. Les Turcs, qui ont mutilé partout les monuments de la Grèce, ont épargné ceux de la chevalerie : l'honneur chrétien a étonné la bravoure infidèle » (III, *Œuvres romanesques et voyages, II*, « La Pléiade », p. 954). **1.** Fez au Maroc et Mosul sur le Tigre, dans l'actuel Irak, étaient d'importants centres commerciaux ; Erzeroum est une ville turque dont on parlait beaucoup en 1828 parce qu'elle était l'enjeu de combats entre Russes et Ottomans. **2.** *Cf.* p. 110, note 2. **3.** En Inde, le Gange est fleuve sacré et une tradition veut que les veuves se suicident par le feu : Hugo superpose les deux faits. **4.** Ville d'Égypte. L'aire géographique ainsi dessinée déborde les limites politiques officielles de l'Empire ottoman (le Maroc, l'Inde), mais non celle de l'influence culturelle et religieuse de l'Islam.

Ne songe plus qu'aux vrais platanes,
Au bain mêlé d'ambre et de nard[1]
Au golfe où glissent les tartanes[2]...
Il faut au sultan des sultanes ;
70   Il faut des perles au poignard[3] !

Octobre 1828.

1. Parfums précieux, respectivement animal et végétal, tous deux à la fois antiques et orientaux.   2. *Cf.* p. 96, note 10.   3. Cette image, alliant luxe, mort et symboles sexuels évidents, clôt à merveille ce poème de l'érotisation à la fois raffinée et barbare de la violence.

XIII

LE DERVICHE [1]

Ὅταν ἦναι πεπρωμένος,
Εἰς τὸν οὐρανὸν γραμμένος,
Τοῦ ἀνθρώπου ὁ χαμός,
Ὁ τι χάμη, ἀποθνήσχει.
Τὸν χρημνὸν παντοῦ εὑρίσχει.
Καὶ ὁ θάνατος αὐτός
Στὸ χρεββάτι του τὸν φθάνει,
Ὡσὰν βδέλλα τὸν βυζάνει,
Καὶ τὸν θάπτει μοναχός.

PANAGO SOUTZO [2].

Quand la perte d'un mortel est écrite
dans le livre fatal de la destinée, quoi
qu'il fasse il n'échappera jamais à son
funeste avenir ; la mort le poursuit
partout ; elle le surprend même dans
son lit, suce de ses lèvres avides son
sang, et l'emporte sur ses épaules.

Un jour Ali passait : les têtes les plus hautes
Se courbaient au niveau des pieds de ses arnautes [3] ;

---

1. *Cf.* p. 104, note 4. Ce derviche qui cingle un tyran de sa parole
violemment inspirée est un intéressant avatar du poète à la corde d'airain, position plusieurs fois assumée par Hugo (dans *Châtiments* surtout, mais aussi dans la dernière pièce des *Feuilles d'automne*). Poème
inspiré par une anecdote relatée dans les *Mémoires sur la Grèce et
l'Albanie* (1827) d'Ibrahim Manzour-effendi, pseudonyme de Samson
Cerfbeer ; mais la chute, qui complique considérablement le portrait du
tyran, est de l'invention de Hugo.   2. Auteur des *Odes d'un jeune
Grec*, parues à Paris en 1828.   3. Soldats albanais.

Tout le peuple disait : Allah !
Un derviche soudain, cassé par l'âge aride,
5   Fendit la foule, prit son cheval par la bride,
    Et voici comme il lui parla :

« Ali-Tépéléni[1], lumière des lumières,
Qui sièges au divan[2] sur les marches premières,
    Dont le grand nom toujours grandit,
10   Écoute-moi, vizir de ces guerriers sans nombre,
Ombre du padischah[3] qui de Dieu même est l'ombre[4],
    Tu n'es qu'un chien et qu'un maudit !

« Un flambeau du sépulcre à ton insu t'éclaire.
Comme un vase trop plein tu répands ta colère
15   Sur tout un peuple frémissant ;
Tu brilles sur leurs fronts comme une faulx dans l'herbe,
Et tu fais un ciment à ton palais superbe
    De leurs os broyés dans leur sang.

« Mais ton jour vient. Il faut, dans Janina[5] qui tombe,
20   Que sous tes pas enfin croule et s'ouvre la tombe ;
    Dieu te garde un carcan de fer
Sous l'arbre du segjin chargé d'âmes impies
Qui sur ses rameaux noirs frissonnent accroupies,
    Dans la nuit du septième enfer[6] !

25   « Ton âme fuira nue ; au livre de tes crimes
Un démon te lira les noms de tes victimes ;
    Tu les verras autour de toi,
Ces spectres, teints du sang qui n'est plus dans leurs
                      [veines,
Se presser, plus nombreux que les paroles vaines
30   Que balbutiera ton effroi !

---

1. Ville albanaise près de laquelle était né Ali (*cf.* p. 53, note 5).
2. Mot d'origine turque et persane ; conseil du sultan. La salle du conseil
étaient garnie de coussins, d'où le sens usuel moderne. **3.** Mot d'origine persane ; un des titres de l'empereur turc. **4.** *Cf.* p. 104,
note 3. **5.** Ou Ioannina ; capitale de l'Épire, province du nord-ouest de
la Grèce dont Ali était gouverneur. **6.** *Cf.* la note de Hugo, p. 222.

« Ceci t'arrivera, sans que ta forteresse
Ou ta flotte te puisse aider dans ta détresse
    De sa rame ou de son canon ;
Quand même Ali-Pacha, comme le juif immonde,
35 Pour tromper l'ange noir qui l'attend hors du monde,
    En mourant changerait de nom ! »

Ali sous sa pelisse avait un cimeterre,
Un tromblon tout chargé, s'ouvrant comme un cratère,
    Trois longs pistolets, un poignard ;
40 Il écouta le prêtre et lui laissa tout dire,
Pencha son front rêveur, puis avec un sourire
    Donna sa pelisse au vieillard[1].

Novembre 1828.

---

1. Aussi fulgurante soit-elle, la diatribe du derviche (finalement
relégué au rang de vieillard pitoyable) est ainsi désamorcée par la grandeur trouble, indéniable et muette, du tyran Ali. La clémence inattendue est un trait distinctif du grand homme dans l'œuvre hugolienne
d'avant l'exil (Cromwell, don Carlos, Barberousse, Charlemagne...).

XIV

LE CHÂTEAU-FORT [1]

Ἔρρωσο [2] !

À quoi pensent ces flots, qui baisent sans murmure
Les flancs de ce rocher luisant comme une armure ?
Quoi donc ! n'ont-ils pas vu dans leur propre miroir,
Que ce roc, dont le pied déchire leurs entrailles,
5   A sur sa tête un fort, ceint de blanches murailles,
Roulé comme un turban autour de son front noir ?

Que font-ils ? à qui donc gardent-ils leur colère ?
Allons ! acharne-toi sur ce cap séculaire,
Ô mer ! Trêve un moment aux pauvres matelots !
10 Ronge, ronge ce roc ! qu'il chancelle, qu'il penche,
Et tombe enfin, avec sa forteresse blanche,
La tête la première, enfoncé dans les flots !

Dis, combien te faut-il de temps, ô mer fidèle,
Pour jeter bas ce roc avec sa citadelle ?
15 Un jour ? un an ? un siècle ?... au nid du criminel
Précipite toujours ton eau jaune de sable !
Que t'importe le temps, ô mer intarissable ?
Un siècle est comme un flot dans ton gouffre éternel.

Engloutis cet écueil ! que ta vague l'efface
20 Et sur son front perdu toujours passe et repasse !
Que l'algue aux verts cheveux dégrade ses contours !

---

1. Poème lié au précédent, par le thème et par le sens : si la parole inspirée du derviche a échoué en partie à proclamer la justice, la mer, force patiente, naturelle et divine, saura y parvenir. **2.** « Adieu ! »

Que, sur son flanc couché, dans ton lit sombre il dorme !
Qu'on n'y distingue plus sa forteresse informe !
Que chaque flot emporte une pierre à ses tours !

25   Afin que rien n'en reste au monde, et qu'on respire
De ne plus voir la tour d'Ali, pacha d'Épire [1] ;
Et qu'un jour, côtoyant les bords qu'Ali souilla,
Si le marin de Cos [2] dans la mer ténébreuse
Voit un grand tourbillon dont le centre se creuse,
30   Aux passagers muets il dise : c'était là [3] !

Novembre 1828.

---

1. *Cf.* p. 104, note 1 et p. 122, note 5.   **2.** *Cf.* p. 112, note 5.   **3.** La voix populaire et lapidaire du matelot relaie et complète celle, débordante et sacrée, du derviche.

XV

MARCHE TURQUE [1]

> *Là — Allah — Ellàllah !*
>
> KORAN.
>
> Il n'y a d'autre dieu que Dieu.

Ma dague d'un sang noir à mon côté ruisselle,
Et ma hache est pendue à l'arçon de ma selle [2].

J'aime le vrai soldat, effroi de Bélial [3] ;
Son turban évasé rend son front plus sévère,
5   Il baise avec respect la barbe de son père,
Il voue à son vieux sabre un amour filial,
Et porte un doliman [4], percé dans les mêlées
De plus de coups, que n'a de taches étoilées
          La peau du tigre impérial.

10 Ma dague d'un sang noir à mon côté ruisselle,
Et ma hache est pendue à l'arçon de ma selle.

Un bouclier de cuivre à son bras sonne et luit,
Rouge comme la lune au milieu d'une brume.
Son cheval hennissant mâche un frein blanc d'écume ;
15 Un long sillon de poudre en sa course le suit.

---

1. Autre chanson, après « Chanson de pirates » et avant « Les Bleuets ». *Cf.* également « Cri de guerre du mufti ». Nouveau cycle guerrier (jusqu'à « L'Enfant »). **2.** Au plus fort de l'expansionnisme turc, aux XVIᵉ et XVIIᵉ siècles, les cavaliers ottomans faisaient l'admiration et l'effroi des Occidentaux. **3.** Chef des Démons. **4.** Mot d'origine turque ; ici, veste militaire des cavaliers (dolman).

Quand il passe au galop sur le pavé sonore,
On fait silence, on dit : C'est un cavalier maure !
    Et chacun se retourne au bruit.

Ma dague d'un sang noir à mon côté ruisselle,
20 Et ma hache est pendue à l'arçon de ma selle.

Quand dix mille giaours[1] viennent au son du cor,
Il leur répond ; il vole, et d'un souffle farouche
Fait jaillir la terreur du clairon qu'il embouche,
Tue, et parmi les morts sent croître son essor,
25 Rafraîchit dans leur sang son caftan[2] écarlate,
Et pousse son coursier qui se lasse, et le flatte
    Pour en égorger plus encor !

Ma dague d'un sang noir à mon côté ruisselle,
Et ma hache est pendue à l'arçon de ma selle.

30 J'aime, s'il est vainqueur, quand s'est tu le tambour,
Qu'il ait sa belle esclave aux paupières arquées,
Et, laissant les imans[3] qui prêchent aux mosquées
Boire du vin la nuit, qu'il en boive au grand jour[4] ;
J'aime, après le combat, que sa voix enjouée
35 Rie, et des cris de guerre encor tout enrouée,
    Chante les houris[5] et l'amour !

Ma dague d'un sang noir à mon côté ruisselle,
Et ma hache est pendue à l'arçon de ma selle.

Qu'il soit grave, et rapide à venger un affront ;
40 Qu'il aime mieux savoir le jeu du cimeterre
Que tout ce qu'à vieillir on apprend sur la terre ;
Qu'il ignore quel jour les soleils s'éteindront ;
Quand rouleront les mers sur les sables arides ;
Mais qu'il soit brave et jeune, et préfère à des rides
45   Des cicatrices sur son front.

---

1. *Cf.* p. 115, note 1.   **2.** *Cf.* p. 115, note 4.   **3.** *Cf.* p. 104, note 7.   **4.** Voilà qui ne plairait guère au mufti du poème VI : comme l'occidentale, la morale orientale n'est pas monolithique.   **5.** Mot persan d'origine arabe ; femme divinement belle promise au vrai croyant dans le paradis d'Allah.

Ma dague d'un sang noir à mon côté ruisselle,
Et ma hache est pendue à l'arçon de ma selle.

Tel est, comparadgis, spahis, timariots [1],
Le vrai guerrier croyant ! Mais celui qui se vante,
50 Et qui tremble au moment de semer l'épouvante,
Qui le dernier arrive aux camps impériaux,
Qui, lorsque d'une ville on a forcé la porte,
Ne fait pas, sous le poids du butin qu'il rapporte,
        Plier l'essieu des chariots ;

55 Ma dague d'un sang noir à mon côté ruisselle,
Et ma hache est pendue à l'arçon de ma selle.

Celui qui d'une femme aime les entretiens ;
Celui qui ne sait pas dire dans une orgie
Quelle est d'un beau cheval la généalogie ;
60 Qui cherche ailleurs qu'en soi force, amis et soutiens,
Sur de soyeux divans se couche avec mollesse,
Craint le soleil, sait lire, et par scrupule laisse
        Tout le vin de Chypre aux chrétiens ;

Ma dague d'un sang noir à mon côté ruisselle,
65 Et ma hache est pendue à l'arçon de ma selle.

Celui-là, c'est un lâche, et non pas un guerrier.
Ce n'est pas lui qu'on voit dans la bataille ardente
Pousser un fier cheval à la housse pendante,
Le sabre en main, debout sur le large étrier ;
70 Il n'est bon qu'à presser des talons une mule,
En murmurant tout bas quelque vaine formule,
        Comme un prêtre qui va prier !

Ma dague d'un sang noir à mon côté ruisselle,
Et ma hache est pendue à l'arçon de ma selle.

                                        Mai 1828.

---

1. *Cf.* la note de Hugo, p. 222.

XVI

LA BATAILLE PERDUE

> Sur la plus haute colline
> Il monte, et, sa javeline
> Soutenant ses membres lourds,
> Il voit son armée en fuite
> Et de sa tente détruite
> Pendre en lambeaux le velours.
>
> Ém. Deschamps, *Rodrigue pendant la bataille*[1].

« Allah ! qui me rendra ma formidable armée,
Émirs[2], cavalerie au carnage animée,
Et ma tente, et mon camp, éblouissant à voir,
Qui la nuit allumait tant de feux, qu'à leur nombre
5 On eût dit que le ciel sur la colline sombre
           Laissait ses étoiles pleuvoir ?

« Qui me rendra mes beys[3] aux flottantes pelisses ?
Mes fiers timariots[4], turbulentes milices ?
Mes khans[5] bariolés ? mes rapides spahis[6] ?

---

1. *Cf.* la note de Hugo, p. 222. Un poème consacré à un roi espagnol chrétien en lutte contre les Arabes musulmans sert ici de référence à la déploration d'un chef turc : l'Espagne brouille la distinction Orient/Occident. Épigraphe absente sur le manuscrit.   **2.** Mot arabe, titre donné à des princes ou des chefs de guerre.   **3.** Mot turc ; titre porté par des souverains vassaux du sultan ou par de hauts dignitaires de l'Empire.   **4.** *Cf.* p. 83, note 4.   **5.** Chefs de hordes tartares ; mais dans l'Empire ottoman, ce titre n'était porté que par le sultan, en souvenir des origines du peuple turc.   **6.** *Cf.* p. 83, note 4.

10　Et mes bédouins[1] hâlés, venus des Pyramides,
　　Qui riaient d'effrayer les laboureurs timides,
　　Et poussaient leurs chevaux par les champs de maïs ?

　　« Tous ces chevaux, à l'œil de flamme, aux jambes grêles,
　　Qui volaient dans les blés comme des sauterelles,
15　Quoi, je ne verrai plus, franchissant les sillons,
　　Leurs troupes, par la mort en vain diminuées,
　　Sur les carrés pesants s'abattant par nuées,
　　　　　Couvrir d'éclairs les bataillons !

　　« Ils sont morts ; dans le sang traînent leurs belles
　　　　　　　　　　　　　　　　　　　[housses ;
20　Le sang souille et noircit leur croupe aux taches rousses ;
　　L'éperon s'userait sur leur flanc arrondi
　　Avant de réveiller leurs pas jadis rapides,
　　Et près d'eux sont couchés leurs maîtres intrépides
　　Qui dormaient à leur ombre aux haltes de midi !

25　« Allah ! qui me rendra ma redoutable armée ?
　　La voilà par les champs tout entière semée,
　　Comme l'or d'un prodigue épars sur le pavé.
　　Quoi ! chevaux, cavaliers, arabes et tartares[2],
　　Leurs turbans, leur galop, leurs drapeaux, leurs fanfares,
30　　　　C'est comme si j'avais rêvé.

　　« Ô mes vaillants soldats et leurs coursiers fidèles !
　　Leur voix n'a plus de bruit et leurs pieds n'ont plus
　　Ils ont oublié tout, et le sabre et le mors.　　　[d'ailes.
　　De leurs corps entassés cette vallée est pleine.
35　Voilà pour bien longtemps une sinistre plaine.
　　Ce soir, l'odeur du sang : demain, l'odeur des morts.

　　« Quoi ! c'était une armée, et ce n'est plus qu'une ombre !
　　Ils se sont bien battus, de l'aube à la nuit sombre,
　　Dans le cercle fatal ardents à se presser.

---

1. Nomades du désert africain.　**2.** *Cf.* p. 80, note 2.

40 Les noirs linceuls des nuits sur l'horizon se posent.
Les braves ont fini. Maintenant ils reposent,
            Et les corbeaux vont commencer.

« Déjà, passant leur bec entre leurs plumes noires,
Du fond des bois, du haut des chauves promontoires
45 Ils accourent ; des morts ils rongent les lambeaux ;
Et cette armée, hier[1] formidable et suprême,
Cette puissante armée, hélas ! ne peut plus même
Effaroucher un aigle et chasser les corbeaux !

« Oh ! si j'avais encor cette armée immortelle,
50 Je voudrais conquérir des mondes avec elle ;
Je la ferais régner sur les rois ennemis ;
Elle serait ma sœur, ma dame et mon épouse.
Mais que fera la mort, inféconde et jalouse,
            De tant de braves endormis ?

55 « Que n'ai-je été frappé ! que n'a sur la poussière
Roulé mon vert turban avec ma tête altière !
Hier[1] j'étais puissant ; hier[1] trois officiers,
Immobiles et fiers sur leur selle tigrée,
Portaient, devant le seuil de ma tente dorée,
60 Trois panaches ravis aux croupes des coursiers[2].

« Hier[3] j'avais cent tambours tonnant à mon passage ;
J'avais quarante agas[4] contemplant mon visage,
Et d'un sourcil froncé tremblant dans leurs palais.
Au lieu des lourds pierriers[5] qui dorment sur les proues,
65 J'avais de beaux canons roulant sur quatre roues,
            Avec leurs canonniers anglais[6].

---

1. Compte deux syllabes (diérèse).   **2.** *Cf.* p. 72, note 7.
3. Compte une syllabe (synérèse).   **4.** Mot turc ; chef militaire.
5. Archaïque mortier de marine, lançant des boulets de pierre.
6. Le commerce international des armes était déjà florissant, et l'Angleterre dominait ce commerce comme les autres ; la marchandise était parfois accompagnée d'instructeurs.

« Hier[1], j'avais des châteaux, j'avais de belles villes,
Des grecques par milliers à vendre aux juifs serviles ;
J'avais de grands harems et de grands arsenaux.
Aujourd'hui, dépouillé, vaincu, proscrit, funeste[2],
70 Je fuis... De mon empire, hélas ! rien ne me reste.
Allah ! je n'ai plus même une tour à créneaux !

« Il faut fuir, moi, pacha[3], moi, vizir à trois queues !
Franchir l'horizon vaste et les collines bleues,
Furtif, baissant les yeux, presque tendant la main,
75 Comme un voleur qui fuit troublé dans les ténèbres,
Et croit voir des gibets dressant leurs bras funèbres
Dans tous les arbres du chemin ! »

Ainsi parlait Reschid[4], le soir de sa défaite.
Nous eûmes mille Grecs tués à cette fête.
80 Mais le vizir[5] fuyait, seul, ces champs meurtriers.
Rêveur, il essuyait son rouge cimeterre ;
Deux chevaux près de lui du pied battaient la terre
Et, vides, sur leurs flancs sonnaient les étriers.

Mai 1828.

---

1. *Cf.* p. 131, note 3.   2. *Cf.* le vers fameux d'*Hernani*, écrit l'année suivante : « Je suis banni ! je suis proscrit ! je suis funeste ! » (Acte II, sc. 4).   3. *Cf.* p. 104, note 1.   4. Allusion possible à Reschid-el-Pacha, général turc de la guerre de Grèce, qui subit plusieurs revers devant Missolonghi et Athènes.   5. *Cf.* p. 90, note 1.

XVII

LE RAVIN

... *alte fosse*
Che vallan quella terra sconsolata.
DANTE[1].

Un ravin de ces monts coupe la noire crête ;
Comme si, voyageant du Caucase au Cédar[2],
Quelqu'un de ces Titans[3] que nul rempart n'arrête
    Avait fait passer sur la tête
5   La roue immense de son char.

---

   1. « Les fossés profonds qui défendent cette cité de désolation »
(*Enfer*, VIII, 76-77). Ne figure pas sur le manuscrit. Dante, surtout pour
l'*Enfer* de sa *Divine Comédie*, est l'un de ces génies « primitifs » chers
aux romantiques (voir la Préface de l'édition originale).   **2.** Le Caucase est une chaîne montagneuse qui s'étend entre la mer Noire et la mer
Caspienne ; c'est là que Prométhée, sur les ordres de Zeus qu'il avait
défié, fut enchaîné. Le Cédar, contrairement à ce que laisse entendre
Hugo, n'est pas une montagne, mais une ville de la Palestine biblique,
sur le versant occidental du mont Hermon. Géographie mythologique et
biblique se mêlent dans ce vers. *Cf.* Lamartine : « Ce nom ? il est inscrit
en sanglant caractère / Des bords du Tanaïs au sommet du Cédar » (« Bonaparte », dans *Nouvelles Méditations poétiques* [1823]).   **3.** Dieux
grecs archaïques, d'une génération antérieure à celle de Zeus, lequel les
vainquit au terme d'une lutte gigantesque (*cf.* notamment la pièce X des
Feuilles d'automne et, dans la Nouvelle Série de *La Légende des siècles*,
« Le Géant, aux dieux », « Les Temps paniques », « Le Titan »). Une
tradition voit dans ce mythe l'écho de bouleversements géologiques qui
auraient affecté la Thessalie (région montagneuse du nord de la Grèce).
Hugo s'inspirera de cette tradition dans la préface des *Burgraves*.

Hélas ! combien de fois, dans nos temps de discorde,
Des flots de sang chrétien et de sang mécréant,
Baignant le cimeterre et la miséricorde,
Ont changé tout à coup en torrent qui déborde
Cette ornière d'un char géant !

Avril 1828.

XVIII

L'ENFANT[1]

Les Turcs ont passé là. Tout est ruine et deuil.
Chio[3], l'île des vins, n'est plus qu'un sombre écueil,
    Chio, qu'ombrageaient les charmilles,
Chio, qui dans les flots reflétait ses grands bois,
5 Ses coteaux, ses palais, et le soir quelquefois
    Un chœur dansant de jeunes filles.

Tout est désert. Mais non ; seul près des murs noircis,
Un enfant aux yeux bleus, un enfant grec, assis,
    Courbait sa tête humiliée ;
10 Il avait pour asile, il avait pour appui
Une blanche aubépine, une fleur, comme lui
    Dans le grand ravage oubliée.

---

1. Longtemps l'un des poèmes les plus célèbres du recueil, repris dans la plupart des anthologies et manuels scolaires. Titre raturé sur le manuscrit : L'Enfant grec. **2.** Acte II, sc. 3, quand Macduff annonce le meurtre de Duncan : « Ô horreur, horreur, horreur ! la langue ni le cœur ne te peuvent concevoir ni nommer ! » *Cf.* l'épigraphe des « Têtes du sérail ». **3.** Île de la mer Égée, longtemps prospère, ravagée par les Turcs au début de la guerre d'indépendance. Dans les *Massacres de Scio*, toile de Delacroix qui fit beaucoup de bruit au Salon de 1824, toutes les générations sont représentées, y compris un couple d'adolescents. Des enfants grecs avaient été accueillis en France, et l'on savait que de très jeunes gens combattaient parmi les insurgés.

Ah ! pauvre enfant, pieds nus sur les rocs anguleux !
Hélas ! pour essuyer les pleurs de tes yeux bleus
15   Comme le ciel et comme l'onde,
Pour que dans leur azur, de larmes orageux,
Passe le vif éclair de la joie et des jeux,
      Pour relever ta tête blonde,

Que veux-tu ? Bel enfant, que te faut-il donner
20 Pour rattacher gaîment et gaîment ramener
      En boucles sur ta blanche épaule
Ces cheveux, qui du fer n'ont pas subi l'affront,
Et qui pleurent épars autour de ton beau front,
      Comme les feuilles sur le saule ?

25 Qui pourrait dissiper tes chagrins nébuleux ?
Est-ce d'avoir ce lys, bleu comme tes yeux bleus,
      Qui d'Iran borde le puits sombre[1] ?
Ou le fruit du tuba[2], de cet arbre si grand,
Qu'un cheval au galop met, toujours en courant,
30   Cent ans à sortir de son ombre ?

Veux-tu, pour me sourire, un bel oiseau des bois,
Qui chante avec un chant plus doux que le hautbois,
      Plus éclatant que les cymbales ?
Que veux-tu ? fleur, beau fruit, ou l'oiseau merveilleux ?
35 — Ami, dit l'enfant grec, dit l'enfant aux yeux bleus,
      Je veux de la poudre et des balles.

                                        Juin 1828.

---

1. Il semble que Hugo rassemble ici deux souvenirs livresques : les lys bleus des îles grecques décrits par Chateaubriand et la profondeur des puits de Perse, notée par le voyageur Chardin ; pureté merveilleuse et mystère inquiétant se rejoignent en Orient. *Cf.* le poème « *Puits de l'Inde ! tombeaux !...* », dans *Les Rayons et les Ombres* (XIII).   **2.** Arbre merveilleux du Paradis musulman, symbole de bonheur et d'abondance. *Cf.* la note de Hugo, p. 225.

XIX

SARA LA BAIGNEUSE [1]

> Le soleil et les vents, dans ces bocages sombres,
> Des feuilles sur son front faisaient flotter les ombres.
>
> ALFRED DE VIGNY [2].

Sara, belle d'indolence,
    Se balance
Dans un hamac, au-dessus
Du bassin d'une fontaine
    Toute pleine
D'eau puisée à l'Ilyssus [3] ;

Et la frêle escarpolette
    Se reflète
Dans le transparent miroir,
Avec la baigneuse blanche
    Qui se penche,
Qui se penche pour se voir.

---

1. Sans doute l'*Orientale* qui a inspiré le plus de représentations picturales et d'adaptations musicales. À l'adolescent belliqueux dans son champ de ruines répond ici l'adolescente rêveuse et sensuelle dans son écrin de nature idyllique. Cette figure féminine, libre et champêtre, est très différente des sultanes du premier cycle des femmes orientales (poèmes VIII à XII), — mais elle rêve de leur ressembler. **2.** « La Dryade » (divinité des forêts dans la Grèce antique), dans *Poèmes antiques*. Le « cadre » de ce poème flotte en effet entre l'antique et l'oriental. **3.** Rivière d'Athènes, célèbre dans l'Antiquité.

Sara la baigneuse.
Lithographie d'après L. Boulanger.

Chaque fois que la nacelle,
    Qui chancelle,
15 Passe à fleur d'eau dans son vol,
On voit sur l'eau qui s'agite
    Sortir vite
Son beau pied et son beau col.

Elle bat d'un pied timide
20   L'onde humide
Où tremble un mouvant tableau,
Fait rougir son pied d'albâtre,
    Et, folâtre,
Rit de la fraîcheur de l'eau.

25 Reste ici caché : demeure !
    Dans une heure,
D'un œil ardent tu verras
Sortir du bain l'ingénue,
    Toute nue,
30 Croisant ses mains sur ses bras.

Car c'est un astre qui brille
    Qu'une fille
Qui sort d'un bain au flot clair,
Cherche s'il ne vient personne,
35   Et frissonne,
Toute mouillée au grand air.

Elle est là, sous la feuillée,
    Éveillée
Au moindre bruit de malheur ;
40 Et rouge, pour une mouche
    Qui la touche,
Comme une grenade en fleur.

On voit tout ce que dérobe
    Voile ou robe ;
45 Dans ses yeux d'azur en feu,
Son regard que rien ne voile
    Est l'étoile
Qui brille au fond d'un ciel bleu.

L'eau sur son corps qu'elle essuie
50   Roule en pluie,
Comme sur un peuplier ;
Comme si, gouttes à gouttes,
            Tombaient toutes
Les perles de son collier.

55   Mais Sara la nonchalante
            Est bien lente
À finir ses doux ébats ;
Toujours elle se balance
            En silence,
60   Et va murmurant tout bas :

« Oh ! si j'étais capitane,
      » Ou sultane,
» Je prendrais des bains ambrés,
» Dans un bain de marbre jaune,
65   » Près d'un trône,
» Entre deux griffons [1] dorés !

» J'aurais le hamac de soie
      » Qui se ploie
» Sous le corps prêt à pâmer ;
70   » J'aurais la molle ottomane [2]
            » Dont émane
» Un parfum qui fait aimer.

» Je pourrais folâtrer nue,
      » Sous la nue,
75   » Dans le ruisseau du jardin,
» Sans craindre de voir dans l'ombre
            » Du bois sombre
» Deux yeux s'allumer soudain.

---

1. Animal fabuleux, à corps de lion et à tête et ailes d'aigle, que la mythologie grecque situait en Asie centrale. Le mobilier du Premier Empire affectionna cet ornement « barbare ».   **2.** Canapé à dossier arrondi en corbeille ; également très en vogue sous l'Empire.

» Il faudrait risquer sa tête
80   » Inquiète,
» Et tout braver pour me voir,
» Le sabre nu de l'heiduque[1],
       » Et l'eunuque
» Aux dents blanches, au front noir[2] !

85 » Puis, je pourrais, sans qu'on presse
       » Ma paresse,
» Laisser avec mes habits
» Traîner sur les larges dalles
       » Mes sandales
90 » De drap brodé de rubis[3]. »

Ainsi se parle en princesse,
       Et sans cesse
Se balance avec amour,
La jeune fille rieuse,
95   Oublieuse
Des promptes ailes du jour.

L'eau, du pied de la baigneuse
       Peu soigneuse,
Rejaillit sur le gazon,
100 Sur sa chemise plissée,
       Balancée
Aux branches d'un vert buisson.

Et cependant des campagnes
       Ses compagnes
105 Prennent toutes le chemin.
Voici leur troupe frivole
       Qui s'envole
En se tenant par la main.

---

1. Bandit des Balkans, mais aussi domestique des grandes maisons françaises, vêtu d'une livrée « à la hongroise », et portant un sabre au côté.   2. *Cf.* p. 109, note 5.   3. Ce rêve de luxe sensuel au prix de la liberté sera résolument congédié par Lazzara (XXI).

Chacune, en chantant comme elle,
110   Passe, et mêle
Ce reproche à sa chanson :
— Oh ! la paresseuse fille
    Qui s'habille
115 Si tard un jour de moisson !

Juillet 1828.

XX

ATTENTE[1]

Esperaba, desperada[2].

Monte, écureuil, monte au grand chêne,
Sur la branche des cieux prochaine,
Qui plie et tremble comme un jonc.
Cigogne, aux vieilles tours fidèle,
5   Oh ! vole et monte à tire-d'aile
De l'église à la citadelle,
Du haut clocher au grand donjon.

Vieux aigle, monte de ton aire[3]
À la montagne centenaire
10   Que blanchit l'hiver éternel.
Et toi qu'en ta couche inquiète
Jamais l'aube ne vit muette,
Monte, monte, vive alouette,
Vive alouette, monte au ciel !

---

1. Située au centre du recueil, cette romance, qui reprend le mode du rêve et du désir mais infléchit le thème de la sensualité féminine vers celui de la femme amoureuse, fait le lien entre Sara et Lazzara. Église, clocher et donjon ne sont guère orientaux, mais, comme y invite l'épigraphe, on peut les croire espagnols. **2.** « Elle attendait (ou espérait), désespérée » ; jeu sur le double sens de l'espagnol *esperar*. Épigraphe absente sur le manuscrit. **3.** *Cf.* p. 92, note 4.

15 Et maintenant, du haut de l'arbre,
Des flèches de la tour de marbre,
Du grand mont, du ciel enflammé,
À l'horizon, parmi la brume,
Voyez-vous flotter une plume
20 Et courir un cheval qui fume,
Et revenir mon bien-aimé ?

Juin 1828.

XXI

LAZZARA[1]

Et cette femme était fort belle.

Rois, chap. XI, v. 2[2].

Comme elle court ! voyez : — par les poudreux sentiers,
Par les gazons tout pleins de touffes d'églantiers,
    Par les blés où le pavot brille,
Par les chemins perdus, par les chemins frayés,
5 Par les monts, par les bois, par les plaines, voyez
    Comme elle court, la jeune fille !

Elle est grande, elle est svelte, et quand, d'un pas joyeux,
Sa corbeille de fleurs sur la tête, à nos yeux
    Elle apparaît vive et folâtre,
10 À voir sur son beau front s'arrondir ses bras blancs,
On croirait voir de loin, dans nos temples croulants,
    Une amphore aux anses d'albâtre.

Elle est jeune et rieuse, et chante sa chanson,
Et, pieds nus, près du lac, de buisson en buisson,
15   Poursuit les vertes demoiselles.

---

1. Titre rayé sur le manuscrit : Méthana. Le nom finalement choisi permet de rapprocher phoniquement cette nouvelle héroïne de Sara, sa sœur antithétique. Sara rêvait d'être sultane ; Lazzara refuse un pacha pour suivre un bandit (l'année suivante, Hugo s'en souviendra pour son personnage de Doña Sol, dans *Hernani*). **2.** Il s'agit de Bethsabée au bain, désirée par le roi David. Autre invitation à rapprocher ce poème de « Sara la baigneuse ».

Elle lève sa robe et passe les ruisseaux.
Elle va, court, s'arrête, et vole, et les oiseaux
          Pour ses pieds donneraient leurs ailes.

Quand, le soir, pour la danse on va se réunir,
20 À l'heure où l'on entend lentement revenir
          Les grelots du troupeau qui bêle,
Sans chercher quels atours à ses traits conviendront,
Elle arrive, et la fleur qu'elle attache à son front
          Nous semble toujours la plus belle.

25 Certes, le vieux Omer, pacha de Négrepont[1],
Pour elle eût tout donné, vaisseaux à triple pont,
          Foudroyantes artilleries,
Harnois de ses chevaux, toisons de ses brebis,
Et son rouge turban de soie, et ses habits
30   Tout ruisselants de pierreries ;

Et ses lourds pistolets, ses tromblons évasés,
Et leurs pommeaux d'argent par sa main rude usés,
          Et ses sonores espingoles[2],
Et son courbe damas[3], et, don plus riche encor,
35 La grande peau de tigre où pend son carquois d'or,
          Hérissé de flèches mogoles[4].

Il eût donné sa housse et son large étrier ;
Donné tous ses trésors avec le trésorier ;
          Donné ses trois cents concubines ;
40 Donné ses chiens de chasse aux colliers de vermeil ;
Donné ses albanais[5], brûlés par le soleil,
          Avec leurs longues carabines.

Il eût donné les Francs[6], les Juifs et leur rabbin ;
Son kiosque[7] rouge et vert, et ses salles de bain
45   Aux grands pavés de mosaïque ;

---

1. Un des chefs de l'armée turque durant la guerre de Grèce. 2. Fusil court à canon évasé, comme le tromblon. 3. Sabre dont la lame est recouverte d'acier damassé (moiré). 4. Venues du royaume du Grand Mogol (ou Moghol), État musulman du nord de l'Inde (xvɪᵉ-xɪxᵉ siècles). 5. *Cf.* p. 115, note 2. 6. Terme hérité des Croisades désignant les Occidentaux établis en Orient. 7. *Cf.* p. 76, note 4.

Sa haute citadelle aux créneaux anguleux ;
Et sa maison d'été qui se mire aux flots bleus
    D'un golfe de Cyrénaïque [1].

Tout ! jusqu'au cheval blanc, qu'il élève au sérail [2],
50 Dont la sueur à flots argente le poitrail ;
    Jusqu'au frein que l'or damasquine [3] ;
Jusqu'à cette espagnole, envoi du dey [4] d'Alger,
Qui soulève, en dansant son fandango [5] léger,
    Les plis brodés de sa basquine [6] !

55 Ce n'est point un pacha [7], c'est un klephte [8] à l'œil noir
Qui l'a prise, et qui n'a rien donné pour l'avoir ;
    Car la pauvreté l'accompagne ;
Un klephte a pour tous biens l'air du ciel, l'eau des puits,
Un bon fusil bronzé par la fumée, et puis [9]
60   La liberté sur la montagne.

                         Mai 1828.

---

1. Nom antique de la Libye.   **2.** *Cf.* p. 75, note 4.   **3.** Terme dérivé de Damas, ville syrienne ; incrusté d'un filet d'or, d'argent ou de cuivre, formant un dessin.   **4.** Mot turc ; titre honorifique porté par le gouverneur d'Alger, à peu près indépendant du sultan.   **5.** Danse andalouse.   **6.** Autre mot d'origine espagnole : jupe basque.   **7.** *Cf.* p. 104, note 1.   **8.** Mot grec signifiant voleur ; montagnards hors la loi qui constituaient le noyau des bandes armées de la guerre d'indépendance. Avatar du brigand romantique, en somme, mais plus clairement populaire que l'aristocratique Hernani.   **9.** Enjambement (contre-rejet) particulièrement audacieux en 1828.

XXII

VŒU[1]

> Ainsi qu'on choisit une rose
> Dans les guirlandes de Sarons[2],
> Choisissez une vierge éclose
> Parmi les lis de vos vallons.
>
> LAMARTINE[3].

Si j'étais la feuille que roule
L'aile tournoyante du vent,
Qui flotte sur l'eau qui s'écoule,
Et qu'on suit de l'œil en rêvant ;

5   Je me livrerais, fraîche encore,
De la branche me détachant,
Au zéphyr qui souffle à l'aurore,
Au ruisseau qui vient du couchant.

10 Plus loin que le fleuve qui gronde,
Plus loin que les vastes forêts,
Plus loin que la gorge profonde,
Je fuirais, je courrais, j'irais[4] !

---

1. Autre poème du désir amoureux, décliné cette fois au masculin.
2. Nom de la plaine côtière entre Jaffa et Césarée, chantée dans la Bible (le Cantique des cantiques), pour sa fertilité et ses fleurs.   3. « La Sagesse », dans les *Nouvelles Méditations poétiques*. Après Vigny (*cf.* « Sara la baigneuse »), voici le troisième grand nom (avec Hugo lui-même) de la première génération des poètes romantiques français.
4. L'emploi du verbe aller sans complément est un trait fréquent du style hugolien : *cf.* dans ce recueil « Mazeppa » (XXXIV) p. 193, le célèbre « Je suis une force qui va » d'Hernani (acte III, sc. 4), ou le non moins célèbre poème « Ibo » (J'irai) dans *Les Contemplations* (VI, 2).

Plus loin que l'antre de la louve,
15 Plus loin que le bois des ramiers[1],
Plus loin que la plaine où l'on trouve
Une fontaine et trois palmiers ;

Par delà ces rocs qui répandent
L'orage en torrent dans les blés,
20 Par delà ce lac morne, où pendent
Tant de buissons échevelés ;

Plus loin que les terres arides
Du chef maure au large ataghan[2],
Dont le front pâle a plus de rides
25 Que la mer un jour d'ouragan.

Je franchirais comme la flèche
L'étang d'Arta, mouvant miroir,
Et le mont dont la cime empêche
Corinthe et Mykos de se voir.

30 Comme par un charme attirée,
Je m'arrêterais au matin
Sur Mykos, la ville carrée,
La ville aux coupoles d'étain.

J'irais chez la fille du prêtre,
35 Chez la blanche fille à l'œil noir,
Qui le jour chante à sa fenêtre,
Et joue à sa porte le soir.

Enfin, pauvre feuille envolée,
Je viendrais, au gré de mes vœux,
40 Me poser sur son front, mêlée
Aux boucles de ses blonds cheveux ;

---

1. Gros pigeons sauvages qui nichent dans les arbres. 2. Ou
yatagan ; mot turc, sabre à lame recourbée, comme le cimeterre.

Comme une perruche au pied leste
Dans le blé jaune, ou bien encor
Comme, dans un jardin céleste,
45	Un fruit vert sur un arbre d'or.

Et là, sur sa tête qui penche,
Je serais, fût-ce peu d'instants,
Plus fière que l'aigrette blanche
Au front étoilé des sultans.

Septembre 1828.

XXIII

LA VILLE PRISE [1]

Feu, feu, sang, sang et ruine !

CORTE RÉAL. *Le siège de Diu* [2].

La flamme par ton ordre, ô Roi, luit et dévore.
De ton peuple en grondant elle étouffe les cris,
Et, rougissant les toits comme une sombre aurore,
Semble en son vol joyeux danser sur leurs débris.

5 Le meurtre aux mille bras comme un géant se lève ;
Les palais embrasés se changent en tombeaux ;
Pères, femmes, époux, tout tombe sous le glaive ;
Autour de la cité s'appellent les corbeaux.

---

1. Première *Orientale* écrite, d'abord publiée dans l'édition de 1826 des *Odes et Ballades* sous le titre « Hymne oriental ». Le poème est daté du 30 avril 1825, jour où Hugo est officiellement nommé dans l'ordre de la Légion d'honneur par Charles X. La référence orientale explicite, lexicale en particulier, est faible dans ce poème, et affaiblie encore par le changement de titre : incitation à une lecture plus générale, à une localisation plus large de cette évocation des horreurs de la guerre et de la servitude ? On remarquera l'emploi du mot « roi », en début et fin de poème, synonyme ici de « calife », au centre.   2. Épopée portugaise du XVIᵉ siècle, consacrée à la reconquête de cette petite île au large du Portugal, occupée par les Arabes. Ce sont les soldats portugais qui rêvent de carnage, après s'y être adonnés : « "Par ici, tuons ceux qui nous fuient, courons sur ces Maures abominables. Feu, feu, sang ! sang et ruine" ; et, en disant ainsi, ils lèvent leur tête pesante ensevelie dans le sommeil. On sent à leurs signes de fureur qu'ils sont environnés de spectres et d'images terribles ; mais le pesant sommeil s'empare à nouveau de leurs membres souillés de carnage. Il arrête leurs sens, et bientôt ils offrent l'image triste et muette de la mort immobile » (cité dans *Le Globe* du 26 juillet 1826, où Hugo a manifestement puisé cette épigraphe, absente du manuscrit comme de la version des *Odes*).

Les mères ont frémi ; les vierges palpitantes,
10   Ô calife[1] ! ont pleuré leurs jeunes ans flétris,
Et les coursiers fougueux ont traîné hors des tentes
Leurs corps vivants de coups et de baisers meurtris[2].

Vois d'un vaste linceul la ville enveloppée ;
Vois ! quand ton bras puissant passe, il fait tout plier.
15   Les prêtres qui priaient ont péri par l'épée,
Jetant leur livre saint comme un vain bouclier.

Les tout petits enfants, écrasés sous les dalles,
Ont vécu ; de leur sang le fer s'abreuve encor... —
Ton peuple baise, ô Roi, la poudre des sandales
20   Qu'à ton pied glorieux attache un cercle d'or !

Le 30 avril 1825. Blois[3].

---

1. Ce titre de chef religieux et politique des premières dynasties arabes
était revendiqué par le sultan de Turquie.   **2.** Ces deux vers peuvent
évoquer un groupe des *Massacres de Scio* de Delacroix.   **3.** Seule
mention du lieu de composition dans ce recueil, dont les poèmes sont en
revanche systématiquement datés. Hugo s'y est rendu en avril-mai 1825
pour visiter son père, ancien général de Joseph Bonaparte ayant dirigé la
répression contre les insurgés espagnols (*Cf.* aussi *Les Feuilles d'automne*,
II).

XXIV

ADIEUX DE L'HÔTESSE ARABE [1]

> 10. Habitez avec nous. La terre
> est en votre puissance ; cultivez-
> la, trafiquez-y, et la possédez.
>
> *Genèse*, chap. XXIV [2].

Puisque rien ne t'arrête en cet heureux pays,
Ni l'ombre du palmier, ni le jaune maïs,
   Ni le repos, ni l'abondance,
Ni de voir à ta voix battre le jeune sein
5 De nos sœurs, dont, les soirs, le tournoyant essaim
   Couronne un coteau de sa danse,

Adieu, voyageur blanc ! J'ai sellé de ma main,
De peur qu'il ne te jette aux pierres du chemin,
   Ton cheval à l'œil intrépide ;

---

1. Poème pastoral et heureux de l'hospitalité amoureuse, après les ravages de la guerre et de la puissance. Autre figure féminine orientale, au moins aussi éloignée que Lazzara des « sultanes » évoquées dans le premier cycle des femmes. 2. En fait chapitre XXXIV (par lapsus ou erreur volontaire, Hugo a écrit le numéro de son poème). Invitation qu'Hémon fait à Jacob en demandant pour son fils Sichem la main de Dina, fille de Jacob. Sichem avait enlevé et violé Dina. Jacob accepte la réparation proposée par Hémon, à la condition que son peuple suive les lois de Dieu. Malgré l'arrangement, les fils de Jacob vengent leur sœur en tuant par surprise tous les hommes d'Hémon, contraignant Jacob et son clan à quitter le pays. Épigraphe plus ambivalente, donc, qu'il n'y paraît. Absente sur le manuscrit.

10 Ses pieds fouillent le sol, sa croupe est belle à voir,
    Ferme, ronde et luisante ainsi qu'un rocher noir
        Que polit une onde rapide[1].

    Tu marches donc sans cesse ! Oh ! que n'es-tu de ceux
    Qui donnent pour limite à leurs pieds paresseux
15   Leur toit de branches ou de toiles !
    Qui, rêveurs, sans en faire, écoutent les récits,
    Et souhaitent, le soir, devant leur porte assis,
        De s'en aller dans les étoiles !

    Si tu l'avais voulu, peut-être une de nous,
20 Ô jeune homme, eût aimé te servir à genoux
        Dans nos huttes toujours ouvertes ;
    Elle eût fait, en berçant ton sommeil de ses chants,
    Pour chasser de ton front les moucherons méchants,
        Un éventail de feuilles vertes.

25 Mais tu pars ! — Nuit et jour, tu vas seul et jaloux.
    Le fer de ton cheval arrache aux durs cailloux
        Une poussière d'étincelles ;
    À ta lance qui passe et dans l'ombre reluit,
    Les aveugles démons qui volent dans la nuit[2]
30   Souvent ont déchiré leurs ailes.

    Si tu reviens, gravis, pour trouver ce hameau,
    Ce mont noir qui de loin semble un dos de chameau ;
        Pour trouver ma hutte fidèle,
    Songe à son toit aigu comme une ruche à miel,
35 Qu'elle n'a qu'une porte, et qu'elle s'ouvre au ciel
        Du côté d'où vient l'hirondelle.

    Si tu ne reviens pas, songe un peu quelquefois
    Aux filles du désert, sœurs à la douce voix,
        Qui dansent pieds nus sur la dune ;

---

1. La poésie imagée du cheval fougueux est un trait de la poésie arabe, évoqué et illustré par Hugo dans sa note p. 227. Motif également très prisé des romantiques (notamment des peintres (Géricault, Delacroix...). **2.** Les djinns ; *cf.* le poème qui leur est consacré (XXVIII), et la note de Hugo, p. 222.

40 Ô beau jeune homme blanc, bel oiseau passager,
Souviens-toi, car peut-être, ô rapide étranger,
    Ton souvenir reste à plus d'une !

Adieu donc ! — Va tout droit. Garde-toi du soleil
Qui dore nos fronts bruns, mais brûle un teint vermeil ;
45   De l'Arabie infranchissable ;
De la vieille qui va seule et d'un pas tremblant ;
Et de ceux qui le soir, avec un bâton blanc,
    Tracent des cercles sur le sable [1] !

Novembre 1828.

---

1. Amorce du poème suivant.

XXV

MALÉDICTION [1]

*Ed altro disse : ma non l'ho a
mente.*

DANTE [2].

Et d'autres choses encore ; mais
je ne les ai plus dans l'esprit.

Qu'il erre sans repos, courbé dès sa jeunesse,
En des sables sans borne où le soleil renaisse
    Sitôt qu'il aura lui !
Comme un noir meurtrier qui fuit dans la nuit sombre,
5 S'il marche, que sans cesse il entende dans l'ombre
    Un pas derrière lui !

En des glaciers polis comme un tranchant de hache,
Qu'il glisse, et roule, et tombe, et tombe, et se rattache
    De l'ongle à leurs parois !
10 Qu'il soit pris pour un autre, et, râlant sur la roue,
Dise : Je n'ai rien fait ! et qu'alors on le cloue
    Sur un gibet en croix !

Qu'il pende échevelé, la bouche violette !
Que, visible à lui seul, la mort, chauve squelette,
15   Rie en le regardant !

---

1. Après la *bénédiction* de l'hôtesse. « Voix sans sujet et sans objet,
voix de l'Orient non nommé, performatif de la violence et du châtiment,
et du châtiment relançant la violence » (Malandain). **2.** *Divine
Comédie, Enfer*, chant IX, v. 54 ; après une description de la ville de
Lucifer. Épigraphe absente sur le manuscrit.

Que son cadavre souffre, et vive assez encore
Pour sentir, quand la mort le ronge et le dévore,
      Chaque coup de sa dent !

Qu'il ne soit plus vivant, et ne soit pas une âme !
20 Que sur ses membres nus tombe un soleil de flamme
      Ou la pluie à ruisseaux !
Qu'il s'éveille en sursaut chaque nuit dans la brume,
Et lutte, et se secoue, et vainement écume
      Sous des griffes d'oiseaux !

                  Août 1828.

« *Depuis qu'Albaydé dans la tombe a fermé*
Ses beaux yeux de gazelle. »
Alexandre Cabanel, *Albaydé*, 1848.

XXVI

LES TRONÇONS DU SERPENT

> D'ailleurs les sages ont dit :
> Il ne faut point attacher son
> cœur aux choses passagères.
>
> SADI, *Gulistan*[1].

Je veille, et nuit et jour mon front rêve enflammé,
    Ma joue en pleurs ruisselle,
Depuis qu'Albaydé[2] dans la tombe a fermé
    Ses beaux yeux de gazelle.

5 Car elle avait quinze ans, un sourire ingénu,
    Et m'aimait sans mélange,
Et quand elle croisait ses bras sur son sein nu,
    On croyait voir un ange !

Un jour, pensif, j'errais au bord d'un golfe, ouvert
10   Entre deux promontoires,
Et je vis sur le sable un serpent jaune et vert,
    Jaspé[3] de taches noires.

La hache en vingt tronçons avait coupé vivant
    Son corps que l'onde arrose,
15 Et l'écume des mers que lui jetait le vent
    Sur son sang flottait rose.

---

1. *Cf.* p. 109, note 2.   2. Quatre syllabes.   3. Dont la couleur et la bigarrure évoquent le jaspe (*cf.* p. 64, note 2) ; ce poème de la mélancolie est l'un des plus richement et violemment colorés du recueil.

Tous ses anneaux vermeils rampaient en se tordant
        Sur la grève isolée,
Et le sang empourprait d'un rouge plus ardent
20   Sa crête dentelée.

Ces tronçons déchirés, épars, près d'épuiser
        Leurs forces languissantes,
Se cherchaient, se cherchaient, comme pour un baiser
        Deux bouches frémissantes !

25 Et comme je rêvais, triste et suppliant Dieu
        Dans ma pitié muette,
La tête aux mille dents rouvrit son œil de feu,
        Et me dit : « Ô poète[1] !

» Ne plains que toi ! ton mal est plus envenimé,
30   » Ta plaie est plus cruelle ;
» Car ton Albaydé dans la tombe a fermé
        » Ses beaux yeux de gazelle.

» Ce coup de hache aussi brise ton jeune essor.
        » Ta vie et tes pensées
35 » Autour d'un souvenir, chaste et dernier trésor,
        » Se traînent dispersées.

» Ton génie au vol large, éclatant, gracieux,
        » Qui, mieux que l'hirondelle,
» Tantôt rasait la terre et tantôt dans les cieux
40   » Donnait de grands coups d'aile,

» Comme moi maintenant, meurt près des flots troublés ;
        » Et ses forces s'éteignent,
» Sans pouvoir réunir ses tronçons mutilés
        » Qui rampent et qui saignent. »

                      Novembre 1828.

---

1. Dans « Enthousiasme », le poète était référé à son identité d'Occidental ; il s'est entre-temps *orientalisé* (voir notre Présentation).

XXVII

NOURMAHAL LA ROUSSE[1]

No es bestia que non fus hy trobada.

Joan Lorenzo Secura de Astorga.

Pas de bête fauve qui ne s'y trouvât[2].

Entre deux rocs d'un noir d'ébène
Voyez-vous ce sombre hallier
Qui se hérisse dans la plaine
Ainsi qu'une touffe de laine
5   Entre les cornes du bélier ?

Là, dans une ombre non frayée,
Grondent le tigre ensanglanté,
La lionne, mère effrayée,
Le chacal, l'hyène rayée,
10   Et le léopard tacheté.

---

1. (Voir la longue note de Hugo, p. 224 et suivantes.) Nouvelle forme d'érotisation de la cruauté ; le désir est danger, et la femme comme la nature orientales deviennent terrifiantes autant que fascinantes. Dans *Lalla Rookh*, du romantique irlandais Thomas Moore, l'héroïne de « The Light of the Haram » s'appelle Nourmahal. En 1820 Hugo avait écrit un article sur ce recueil.   **2.** Extrait d'un poème espagnol du Moyen Âge consacré à Alexandre le Grand, qui évoque ici une expédition sous-marine. Astorga n'en est pas l'auteur, mais le copiste. *Cf.* « Les Bleuets », et la note de Hugo p. 239.

Là, des monstres de toute forme
Rampent : — le basilic[1] rêvant,
L'hippopotame au ventre énorme,
Et le boa, vaste et difforme,
15   Qui semble un tronc d'arbre vivant.

L'orfraie[2] aux paupières vermeilles,
Le serpent, le singe méchant,
Sifflent comme un essaim d'abeilles ;
L'éléphant aux larges oreilles
20   Casse les bambous en marchant.

Là, vit la sauvage famille
Qui glapit, bourdonne et mugit.
Le bois entier hurle et fourmille.
Sous chaque buisson un œil brille,
25   Dans chaque antre une voix rugit.

Eh bien ! seul et nu sur la mousse,
Dans ce bois-là je[3] serais mieux
Que devant Nourmahal-la-Rousse,
Qui parle avec une voix douce
30   Et regarde avec de doux yeux[4].

Novembre 1828.

---

1. Cet animal mythologique, le seul de la liste, était une sorte de reptile dont le regard tuait ; souvent utilisé dans la poésie renaissante et
baroque pour évoquer le regard de l'aimée, il annonce ainsi le dernier
vers du poème.   **2.** Oiseau de proie.   **3.** Brutale inscription du
« je » dans cette description qu'on pouvait croire tout extérieure.   **4.** -
Dans le poème précédent, la mort a fermé « les beaux yeux de gazelle »
d'Albaydé. Il n'est pas impossible que Cabanel (*cf.* p. 158) ait songé en
exécutant son tableau à ce possible rapprochement entre les deux
poèmes. Il avait d'abord projeté de peindre une « Nourmahal » ; et son
Albaydé, qui est rousse, nous regarde sur fond de végétal sombre, discrètement inquiétant.

XXVIII

LES DJINNS[1]

E como i gru van cantando lor lai
Facendo in aer di se lunga riga,
Cosi vid' io venir traendo guai
Ombre portate dalla detta briga.
                                    DANTE[2].

Et comme les grues qui font dans
l'air de longues files vont chantant
leur plainte, ainsi je vis venir traînant des gémissements les ombres
emportées par cette tempête.

Murs, ville,
Et port,
Asile
De mort,

---

1. Mot arabe ; esprits de l'air, bons génies ou mauvais démons. Pour
Hugo, démons nocturnes (*cf.* sa note p. 222). « À l'angoisse croissante des
pièces précédentes, une seule réponse est possible, au moins provisoire : le
fantastique du rêve. Au moment où le cauchemar allait devenir insoutenable,
il se déguise et s'apaise » (Meschonnic). Poème célèbre pour la virtuosité de
sa métrique, qui offre en particulier l'occasion d'utiliser l'impair, même si
le pair domine toujours, du fait de l'absence des vers de neuf syllabes. Les
notes marginales du manuscrit, destinées à l'imprimeur, montrent que Hugo
était également très attaché à la mise en page, à l'aspect visuel de ses
poèmes, et de celui-ci tout particulièrement.   2. *Divine Comédie, Enfer,*
V, 46-49 ; description d'une tempête de l'Enfer, dans le second cercle, celui
des luxurieux. Épigraphe absente dans le manuscrit.

5   Mer grise
Où brise
La brise,
Tout dort.

Dans la plaine
10   Naît un bruit.
C'est l'haleine
De la nuit.
Elle brame
Comme une âme
15   Qu'une flamme
Toujours suit !

La voix plus haute
Semble un grelot. —
D'un nain qui saute
20   C'est le galop.
Il fuit, s'élance,
Puis en cadence
Sur un pied danse
Au bout d'un flot.

25   La rumeur approche,
L'écho la redit.
C'est comme la cloche
D'un couvent maudit ; —
Comme un bruit de foule,
30   Qui tonne et qui roule,
Et tantôt s'écroule,
Et tantôt grandit.

Dieu ! la voix sépulcrale
Des Djinns !... Quel bruit ils font !
35   Fuyons [1] sous la spirale
De l'escalier profond.

---

1. Comme dans le poème précédent, inscription brutale du « je » dans une description où (presque) rien ne le laissait soupçonner. Le sujet lyrique s'orientalise.

Déjà s'éteint ma lampe,
Et l'ombre de la rampe,
Qui le long du mur rampe,
40 Monte jusqu'au plafond.

C'est l'essaim des Djinns qui passe,
Et tourbillonne en sifflant !
Les ifs, que leur vol fracasse,
Craquent comme un pin brûlant.
45 Leur troupeau, lourd et rapide,
Volant dans l'espace vide,
Semble un nuage livide
Qui porte un éclair au flanc.

Ils sont tout près ! — Tenons fermée
50 Cette salle, où nous les narguons.
Quel bruit dehors ! Hideuse armée
De vampires et de dragons !
La poutre du toit descellée
Ploie ainsi qu'une herbe mouillée,
55 Et la vieille porte rouillée
Tremble, à déraciner ses gonds !

Cris de l'enfer ! voix qui hurle et qui pleure !
L'horrible essaim, poussé par l'aquilon [1],
Sans doute, ô ciel ! s'abat sur ma demeure.
60 Le mur fléchit sous le noir bataillon.
La maison crie et chancelle penchée,
Et l'on dirait que, du sol arrachée,
Ainsi qu'il chasse une feuille séchée,
Le vent la roule avec leur tourbillon !

---

1. Vent violent et froid (terme « poétique »).

65   Prophète[1] ! si ta main me sauve
    De ces impurs démons des soirs,
    J'irai prosterner mon front chauve[2]
    Devant tes sacrés encensoirs !
    Fais que sur ces portes fidèles
70   Meure leur souffle d'étincelles,
    Et qu'en vain l'ongle de leurs ailes
    Grince et crie à ces vitraux noirs !

    Ils sont passés ! — Leur cohorte
    S'envole, et fuit, et leurs pieds
75   Cessent de battre ma porte
    De leurs coups multipliés.
    L'air est plein d'un bruit de chaînes,
    Et dans les forêts prochaines
    Frissonnent tous les grands chênes[3],
80   Sous leur vol de feu pliés !

    De leurs ailes lointaines
    Le battement décroît,
    Si confus dans les plaines,
    Si faible, que l'on croit
85   Ouïr la sauterelle
    Crier d'une voix grêle,
    Ou pétiller la grêle
    Sur le plomb d'un vieux toit.

90   D'étranges syllabes
    Nous viennent encor ; —
    Ainsi, des arabes
    Quand sonne le cor,

---

1. Mahomet.   2. Les pèlerins se rasent le crâne peu de temps avant d'entrer à La Mecque, ville sainte de l'Islam où tout bon musulman doit se rendre une fois dans sa vie.   3. Arbres assez peu typiques d'un univers oriental (comme le « couvent », la « porte rouillée », « l'aquilon » ou les « vampires » et les « dragons »). Voir notre Présentation.

Un chant sur la grève
95 Par instants s'élève,
Et l'enfant qui rêve
Fait des rêves d'or.

Les Djinns funèbres,
Fils du trépas,
100 Dans les ténèbres
Pressent leurs pas ;
Leur essaim gronde :
Ainsi, profonde,
Murmure une onde
105 Qu'on ne voit pas.

Ce bruit vague
Qui s'endort,
C'est la vague
Sur le bord ;
110 C'est la plainte,
Presque éteinte,
D'une sainte
Pour un mort.

On doute
115 La nuit...
J'écoute : —
Tout fuit,
Tout passe ;
L'espace
120 Efface
Le bruit.

Août 1828.

XXIX

SULTAN ACHMET[1]

> Oh ! permets, charmante fille,
> que j'enveloppe mon cou avec
> tes bras.
>
> HAFIZ[2].

À Juana la grenadine[3],
Qui toujours chante et badine,
Sultan Achmet dit un jour :
— Je donnerais sans retour,
5 Mon royaume pour Médine[4],
Médine pour ton amour.

— Fais-toi chrétien, roi sublime !
Car il est illégitime,
Le plaisir qu'on a cherché
10 Aux bras d'un Turc débauché.
J'aurais peur de faire un crime.
C'est bien assez du péché.

— Par ces perles dont la chaîne
Rehausse, ô ma souveraine,
15 Ton cou blanc comme le lait,

---

1. Ouverture du cycle espagnol, ainsi « placé sous le signe d'une réconciliation *badine* » (Malandain). *Cf. Les Aventures du dernier Abencérage* de Chateaubriand : l'écart entre les deux textes, surtout dans le traitement de l'interdit religieux, est remarquable. **2.** Après Sadi, autre grand poète persan du XIVe siècle. **3.** Habitante de Grenade. **4.** En Arabie ; autre ville sainte de l'islam avec La Mecque, dont elle est proche. Mahomet s'y réfugia.

Je ferai ce qui te plaît,
Si tu veux bien que je prenne
Ton collier pour chapelet.

Octobre 1828.

XXX

ROMANCE MAURESQUE [1]

> *Dixóle : — dime, buen hombre,*
> *Lo que preguntarte queria.*
>
> ROMANCERO GENERAL [2].

Don Rodrigue [3] est à la chasse.
Sans épée et sans cuirasse,
Un jour d'été, vers midi,
Sous la feuillée et sur l'herbe
5 Il s'assied, l'homme superbe,
Don Rodrigue le hardi.

La haine en feu le dévore.
Sombre, il pense au bâtard maure,

---

1. Ce poème, inspiré de très près d'une romance espagnole médiévale que le frère aîné de Hugo, Abel, avait traduite, inverse les valeurs
traditionnellement accordées à l'Oriental et à l'Occidental : le bâtard
maure fait justice du cruel roi chrétien. *Cf.* la note de Hugo p. 238.
« Les vers de sept syllabes de ce poème sont dus à un effort pour imiter
la forme des romances espagnoles, où la septième syllabe est la dernière accentuée » (Barineau). L'Espagne, comme l'Orient, permet
d'élargir la langue poétique (les vers impairs sont relativement rares
dans la métrique française).   2. « Il lui dit : — Dis-moi, brave
homme, ce que je voulais te demander. » Recueil de romances espagnoles, poèmes populaires et épiques du Moyen Âge.   3. Rodrigue
de Lara (à ne pas confondre avec Rodrigue de Bivar, le célèbre Cid),
élu roi de l'Espagne visigothe, lutta d'abord contre le fils du précédent
roi. Les Arabes, à la faveur de cette querelle dynastique, envahirent la
péninsule et triomphèrent à la bataille du Guadalete, où Rodrigue
trouva la mort (711).

À son neveu Mudarra[1],
10 Dont ses complots sanguinaires[2]
Jadis ont tué les frères,
Les sept infants de Lara.

Pour le trouver en campagne,
Il traverserait l'Espagne
15 De Figuère à Setuval[3].
L'un des deux mourrait sans doute.
En ce moment sur la route
Il passe un homme à cheval.

— Chevalier, chrétien ou maure,
20 Qui dors sous le sycomore,
Dieu te guide par la main !
— Que Dieu répande ses grâces
Sur toi, l'écuyer qui passes,
Qui passes par le chemin !

25 — Chevalier, chrétien ou maure,
Qui dors sous le sycomore,
Parmi l'herbe du vallon,
Dis ton nom, afin qu'on sache
Si tu portes le panache
30 D'un vaillant ou d'un félon.

— Si c'est là ce qui t'intrigue,
On m'appelle don Rodrigue,
Don Rodrigue de Lara ;
Doña Sanche est ma sœur même,
35 Du moins, c'est à mon baptême
Ce qu'un prêtre déclara.

---

1. Rodrigue était l'oncle des infants de Lara, mais non de Mudarra ; à plusieurs reprises dans ce poème Hugo brouille les liens de parenté, comme pour mieux rapprocher maures et chrétiens dont les alliances, même tragiques, sont ainsi constituées en mythe originel de l'Espagne. 2. Les complots de Rodrigue. 3. Ou Figueras : ville du nord-est de l'Espagne, près de la frontière française ; ou Setùbal : ville du Portugal, près de Lisbonne.

J'attends sous ce sycomore ;
J'ai cherché d'Albe à Zamore
Ce Mudarra le bâtard,
40   Le fils de la renégate [1],
Qui commande une frégate
Du roi maure Aliatar.

Certe, à moins qu'il ne m'évite,
Je le reconnaîtrais vite ;
45   Toujours il porte avec lui
Notre dague de famille ;
Une agate au pommeau brille,
Et la lame est sans étui.

Oui, par mon âme chrétienne,
50   D'une autre main que la mienne
Ce mécréant ne mourra.
C'est le bonheur que je brigue...
— On t'appelle don Rodrigue,
Don Rodrigue de Lara ?

55   Eh bien ! seigneur, le jeune homme
Qui te parle et qui te nomme,
C'est Mudarra le bâtard.
C'est le vengeur et le juge.
Cherche à présent un refuge ! —
60   L'autre dit : — Tu viens bien tard !

— Moi, fils de la renégate,
Qui commande une frégate
Du roi maure Aliatar,
Moi, ma dague et ma vengeance,
65   Tous les trois d'intelligence,
Nous voici ! — Tu viens bien tard !

— Trop tôt pour toi, don Rodrigue,
À moins qu'il ne te fatigue
De vivre... Ah ! la peur t'émeut,

---

1. Qui a renié sa religion ; ici, catholique convertie à l'islam.

70 Ton front pâlit ; rends, infâme,
À moi ta vie, et ton âme
À ton ange, s'il en veut !

Si mon poignard de Tolède
Et mon Dieu me sont en aide,
75 Regarde mes yeux ardents,
Je suis ton seigneur, ton maître,
Et je t'arracherai, traître,
Le souffle d'entre les dents !

Le neveu de doña Sanche
80 Dans ton sang enfin étanche
La soif qui le dévora.
Mon oncle, il faut que tu meures.
Pour toi plus de jours ni d'heures !...
— Mon bon neveu Mudarra,

85 Un moment ! attends que j'aille
Chercher mon fer de bataille.
— Tu n'auras d'autres délais
Que celui qu'ont eu mes frères ;
Dans les caveaux funéraires
90 Où tu les as mis, suis-les !

Si, jusqu'à l'heure venue,
J'ai gardé ma lame nue,
C'est que je voulais, bourreau,
Que, vengeant la renégate,
95 Ma dague au pommeau d'agate
Eût ta gorge pour fourreau.

Mai 1828.

XXXI

GRENADE[1]

Quien no ha visto á Sevilla,
No ha visto á maravilla[2].

Soit lointaine, soit voisine,
Espagnole ou sarrasine,
Il n'est pas une cité
Qui dispute sans folie
5   À Grenade la jolie
La pomme de la beauté[3],
Et qui, gracieuse, étale
Plus de pompe orientale
Sous un ciel plus enchanté.

10   Cadix a les palmiers ; Murcie a les oranges ;
Jaën, son palais goth aux tourelles étranges ;
Agreda, son couvent bâti par saint Edmond ;

---

1. Dernière ville d'Espagne régie par les Maures (jusqu'en 1492),
Grenade est célèbre pour son Alhambra, joyau de cette architecture
moresque très appréciée des romantiques. Poème énumératif (comme
une partie de « Canaris » et de « Navarin »), qui à travers un catalogue
de noms sonores et de brèves images éclatantes construit une Espagne
dont les signes architecturaux prouvent le double héritage oriental et
occidental, rappelant ainsi les propos de la Préface (*cf.* p. 52). Toutes
les précisions données ici sont loin d'être exactes ; lors de son voyage
d'enfant, Hugo n'avait vu que le pays basque, une partie de la Vieille-
Castille et Madrid.   2. « Qui n'a pas vu Séville n'a point vu de merveilles » ; proverbe espagnol.   3. Pomme d'or que Pâris, le plus
beau des mortels, décerna à Aphrodite, à la grande fureur d'Athéna et
d'Héra ; la mythologie grecque s'ajoute discrètement aux références
catholiques et musulmanes.

Ségovie a l'autel dont on baise les marches,
15   Et l'aqueduc aux trois rangs d'arches
Qui lui porte un torrent pris au sommet d'un mont.

     Llers a des tours ; Barcelone
     Au faîte d'une colonne
     Lève un phare sur la mer ;
20   Aux rois d'Aragon fidèle,
     Dans leurs vieux tombeaux, Tudèle
     Garde leur sceptre de fer ;
     Tolose a des forges sombres
     Qui semblent, au sein des ombres,
25   Des soupiraux de l'enfer.

Le poisson qui rouvrit l'œil mort du vieux Tobie
Se joue au fond du golfe où dort Fontarabie[1] ;
Alicante aux clochers mêle les minarets[2] ;
Compostelle a son saint ; Cordoue aux maisons vieilles
30   A sa mosquée où l'œil se perd dans les merveilles ;
     Madrid a le Manzanarès[3].

     Bilbao, des flots couverte,
     Jette une pelouse verte
     Sur ses murs noirs et caducs ;
35   Medina la chevalière,
     Cachant sa pauvreté fière
     Sous le manteau de ses ducs,
     N'a rien que ses sycomores,
     Car ses beaux ponts sont aux maures,
40   Aux romains ses aqueducs.

---

1. Dans la Bible, le jeune Tobie accompagné de l'ange recueille le fiel d'un gros poisson et en guérit la cécité de son père (Tobie, VI et XI). Les armes de Fontarabie, où figurent un ange, la mer et un gros poisson, ont pu suggérer à Hugo ce rapprochement.   **2.** Il n'y a pas de minarets à Alicante ; mais ce nom, comme la plupart de ceux préfixés en al-, est d'origine arabe.   **3.** Fleuve qui coule à Madrid.

Valence a les clochers de ses trois cents églises ;
L'austère Alcantara [1] livre au souffle des brises
Les drapeaux turcs pendus en foule à ses piliers ;
Salamanque en riant s'assied sur trois collines,
45　　　S'endort au son des mandolines,
Et s'éveille en sursaut aux cris des écoliers [2].

　　　Tortose est chère à saint Pierre ;
　　　Le marbre est comme la pierre
　　　Dans la riche Puycerda ;
50　　De sa bastille octogone
　　　Tuy se vante, et Tarragone
　　　De ses murs qu'un roi fonda ;
　　　Le Douro coule à Zamore ;
　　　Tolède a l'alcazar [3] maure,
55　　Séville a la giralda [4].

Burgos de son chapitre [5] étale la richesse ;
Peñaflor est marquise, et Girone est duchesse ;
Bivar est une nonne aux sévères atours ;
Toujours prête au combat, la sombre Pampelune,
60　Avant de s'endormir aux rayons de la lune,
　　　Ferme sa ceinture de tours.

　　　Toutes ces villes d'Espagne
　　　S'épandent dans la campagne
　　　Ou hérissent la sierra [6] ;
65　　Toutes ont des citadelles
　　　Dont sous des mains infidèles
　　　Aucun beffroi ne vibra ;
　　　Toutes sur leurs cathédrales
　　　Ont des clochers en spirales ;
70　　Mais Grenade a l'Alhambra.

---

1. Le nom de cette ville évoque le célèbre ordre militaire et religieux fondé au XIIe siècle et qui combattit contre les musulmans. **2.** Salamanque est célèbre pour son université, une des plus vieilles d'Europe. **3.** Mot d'origine arabe signifiant palais. **4.** Clocher de la cathédrale. **5.** Communauté des religieux desservant la cathédrale. **6.** Mot espagnol ; chaîne de montagnes (au sens propre, scie).

L'Alhambra ! l'Alhambra ! palais que les Génies
Ont doré comme un rêve et rempli d'harmonies,
Forteresse aux créneaux festonnés et croulants,
Où l'on entend la nuit de magiques syllabes,
75   Quand la lune, à travers les mille arceaux arabes,
    Sème les murs de trèfles blancs [1] !

      Grenade a plus de merveilles
      Que n'a de graines vermeilles
      Le beau fruit de ses vallons ;
80   Grenade, la bien nommée,
      Lorsque la guerre enflammée
      Déroule ses pavillons,
      Cent fois plus terrible éclate
      Que la grenade écarlate
85   Sur le front des bataillons [2].

Il n'est rien de plus beau ni de plus grand au monde ;
Soit qu'à Vivataubin Vivaconlud [3] réponde,
Avec son clair tambour de clochettes orné ;
Soit que, se couronnant de feux comme un calife [4],
90   L'éblouissant Généralife [5]
Élève dans la nuit son faîte illuminé.

      Les clairons des Tours-Vermeilles
      Sonnent comme des abeilles
      Dont le vent chasse l'essaim ;
95   Alcacava pour les fêtes
      A des cloches toujours prêtes
      À bourdonner dans son sein,

---

1. *Cf.* Chateaubriand, *Les Aventures du dernier Abencérage*, dans
Œuvres romanesques et voyages, II, Gallimard « La Pléiade », p. 1375 et
suivantes.   **2.** La strophe joue sur les différents sens du mot *grenade* :
la ville, le fruit (à la pulpe d'un rouge vif), l'arme explosive.   **3.** Églises
et clochers de Grenade.   **4.** *Cf.* p. 152, note 1.   **5.** Palais d'été des
rois maures, dans l'Alhambra. La plupart de ces monuments moresques
ont été respectés par les autorités catholiques, mais « christianisés », — ne
serait-ce que par l'adjonction d'une cloche.

Qui dans leurs tours africaines
Vont éveiller les dulcaynes
100   Du sonore Albaycin[1].

Grenade efface en tout ses rivales ; Grenade
Chante plus mollement la molle sérénade ;
Elle peint ses maisons de plus riches couleurs ;
Et l'on dit que les vents suspendent leurs haleines
105   Quand par un soir d'été Grenade dans ses plaines
Répand ses femmes et ses fleurs.

L'Arabie est son aïeule.
Les maures, pour elle seule,
Aventuriers hasardeux,
110   Joueraient l'Asie et l'Afrique,
Mais Grenade est catholique,
Grenade se raille d'eux[2] ;
Grenade, la belle ville,
Serait une autre Séville,
115   S'il en pouvait être deux.

Avril 1828.

---

1. Quartier maure de Grenade, situé sur les hauteurs de la ville, face
à l'Alhambra. Ces deux dernières strophes s'inspirent de très près d'un
passage du *Captif d'Ochali* (*cf.* p. 107, note 2).   **2.** Inversion d'un
thème fréquent des romances espagnoles : un roi chrétien offre à Grenade de l'épouser, mais elle refuse, s'étant donnée au roi maure ; Chateaubriand a adapté une de ces romances dans *Le Dernier Abencérage*
(*Œuvres romanesques et voyages*, II, « La Pléiade », p. 1394).

XXXII

LES BLEUETS [1]

Si es verdad ó non, yo no lo he hy de ver,
Pero non lo quiero en olvido poner.

JOAN LORENZO SEGURA DE ASTORGA [2].

> Si cela est vrai ou non, je n'ai
> pas à le voir ici, mais je ne le
> veux pas mettre en oubli.

Tandis que l'étoile inodore
Que l'été mêle aux blonds épis
Émaille de son bleu lapis
Les sillons que la moisson dore,
5   Avant que, de fleurs dépeuplés,
Les champs aient subi les faucilles,
Allez, allez, ô jeunes filles,
Cueillir des bleuets dans les blés [3] !

---

1. Titre raturé sur le manuscrit : *chansonnette*. Cette chanson fait pendant à celle des pirates (VIII), comme l'indique entre autres choses leurs positions symétriques dans le recueil. « Il arrive que le Chrétien soit aussi plus sadique envers les femmes que le Musulman : la nonne enlevée par les pirates avait au moins une chance de devenir la sultane favorite : « la pauvre Alice » sera enterrée vivante dans un couvent parce qu'elle a aimé un roi » (Meschonnic).   **2.** *Cf.* la note de Hugo, p. 239. Cette phrase serait une assez bonne définition de la légende.   **3.** La rime en *-illes* et celle en *-lés* est reprise et variée onze fois pour cause de refrain, *cf.* p. 107, note 6.

Entre les villes andalouses,
10 Il n'en est pas qui sous le ciel
S'étende mieux que Peñafiel[1]
Sur les gerbes et les pelouses,
Pas qui dans ses murs crénelés
Lève de plus fières bastilles[2]...
15 Allez, allez, ô jeunes filles,
Cueillir des bleuets dans les blés !

Il n'est pas de cité chrétienne,
Pas de monastère à beffroi,
Chez le Saint-Père et chez le Roi,
20 Où, vers la Saint-Ambroise, il vienne
Plus de bons pèlerins hâlés,
Portant bourdon[3], gourde et coquilles[4]...
Allez, allez, ô jeunes filles,
Cueillir des bleuets dans les blés !

25 Dans nul pays, les jeunes femmes,
Les soirs, lorsque l'on danse en rond,
N'ont plus de roses sur le front,
Et n'ont dans le cœur plus de flammes ;
Jamais plus vifs et plus voilés
30 Regards n'ont lui sous les mantilles[5]...
Allez, allez, ô jeunes filles,
Cueillir des bleuets dans les blés !

La perle de l'Andalousie,
Alice, était de Peñafiel,
35 Alice qu'en faisant son miel

---

1. Ville de Vieille-Castille, et non d'Andalousie ; mais ce nom, qui rime avec *miel* et fait entendre *peine* et *fiel*, convient parfaitement au poème. **2.** Équivalent de château fort, mais l'usage qu'on fit de la plus célèbre d'entre elles, à Paris, donne à ce terme le sens de prison ; contraste tragique avec le refrain, donc, et annonce de la chute du poème. **3.** Long bâton de pèlerin surmonté d'un ornement en forme de pomme. **4.** Symbole de Saint-Jacques : ces pèlerins se rendent à Compostelle. **5.** Francisation encore récente de l'espagnol ; sorte d'écharpe de dentelle dont les femmes se couvrent la tête, les épaules et parfois une partie du visage. Un des traits de l'Espagne traditionnelle qui la rapproche de l'Orient (*cf.* « Le Voile »).

Pour fleur une abeille eût choisie.
Ces jours, hélas ! sont envolés !
On la citait dans les familles...
Allez, allez, ô jeunes filles,
40   Cueillir des bleuets dans les blés !

Un étranger vint dans la ville,
Jeune, et parlant avec dédain.
Était-ce un Maure grenadin ?
Un de Murcie ou de Séville ?
45   Venait-il des bords désolés
Où Tunis a ses escadrilles ?...
Allez, allez, ô jeunes filles,
Cueillir des bleuets dans les blés !

On ne savait. — La pauvre Alice
50   En fut aimée, et puis l'aima.
Le doux vallon du Xarama [1]
De leur doux péché fut complice.
Le soir, sous les cieux étoilés,
Tous deux erraient par les charmilles...
55   Allez, allez, ô jeunes filles,
Cueillir des bleuets dans les blés !

La ville était lointaine et sombre ;
Et la lune, douce aux amours,
Se levant derrière les tours
60   Et les clochers perdus dans l'ombre,
Des édifices dentelés
Découpait en noir les aiguilles [2]...
Allez, allez, ô jeunes filles,
Cueillir des bleuets dans les blés !

65   Cependant, d'Alice jalouses,
En rêvant au bel étranger,

---

1. Fleuve qui coule au sud de Madrid.   **2.** Nocturne architectural
d'un goût très romantique ; *cf.* par exemple « Soleils couchants, II »
(*Les Feuilles d'automne*, XXXV), de nombreux dessins de Hugo, ou
ce poème de Verlaine sur un sujet très « 1830 » : « Effet de nuit »
(dans *Poèmes saturniens*).

Sous l'arbre à soie et l'oranger
Dansaient les brunes andalouses ;
Les cors, aux guitares mêlés,
70   Animaient les joyeux quadrilles...
Allez, allez, ô jeunes filles,
Cueillir des bleuets dans les blés !

L'oiseau dort dans le lit de mousse
Que déjà menace l'autour [1] ;
75   Ainsi dormait dans son amour
Alice confiante et douce.
Le jeune homme aux cheveux bouclés,
C'était don Juan, roi des Castilles [2]...
Allez, allez, ô jeunes filles,
80   Cueillir des bleuets dans les blés !

Or c'est péril qu'aimer un prince.
Un jour, sur un noir palefroi
On la jeta de par le roi ;
On l'arracha de la province ;
85   Un cloître sur ses jours troublés
De par le roi ferma ses grilles [3]...
Allez, allez, ô jeunes filles,
Cueillir des bleuets dans les blés !

Avril 1828.

---

1. Rapace, sorte d'épervier.   **2.** Les Castilles, Vieille et Nouvelle, constituent le principal royaume d'Espagne au Moyen Âge. Ce roi pourrait être Juan II (1406-1454), faible et raffiné ; mais son nom permet d'évoquer en outre le célèbre séducteur.   **3.** Sort partagé par de nombreuses maîtresses de rois ibériques. Le destin le plus tragiquement célèbre fut celui d'Inès de Castro, épouse secrète de l'infant du Portugal, assassinée sur les ordres du roi en 1355. Sur ce sujet, Hugo écrivit à dix-sept ans une tragédie historique en prose.

XXXIII

FANTÔMES [1]

Luenga es su noche, y cerrados
Estan sus ojos pesados.
Idos, idos en paz, vientos alados !

Longue est sa nuit, et fermés
sont ses yeux lourds. Allez,
allez en paix, vents ailés [2] !

I

Hélas ! que j'en ai vu mourir de jeunes filles !
C'est le destin. Il faut une proie au trépas.
Il faut que l'herbe tombe au tranchant des faucilles ;
Il faut que dans le bal les folâtres quadrilles [3]
5   Foulent des roses sous leurs pas.

Il faut que l'eau s'épuise à courir les vallées ;
Il faut que l'éclair brille, et brille peu d'instants ;
Il faut qu'avril jaloux brûle de ses gelées
Le beau pommier, trop fier de ses fleurs étoilées,
10   Neige odorante du printemps.

---

1. Poème très célèbre au XIXᵉ siècle. P. Albouy, avec d'autres
commentateurs, regrette sa mièvrerie ; mais les contemporains ressen-
taient sans doute autrement cette variation sur le thème de la jeune morte,
— ce que laisserait croire l'illustration de Boulanger, d'un fantastique
macabre appuyé. Cette pièce *a priori* bien peu orientale peut être lue
comme une version occidentale des « Tronçons du serpent ».   2. Auteur inconnu. Hugo lui-même ?   3. Avec l'épigraphe espagnole, cette
rime en *-ille* relie ce poème au précédent.

Oui, c'est la vie. Après le jour, la nuit livide.
Après tout, le réveil, infernal ou divin.
Autour du grand banquet siège une foule avide ;
Mais bien des conviés laissent leur place vide,

15   Et se lèvent avant la fin.

II

Que j'en ai vu mourir[1] ! — l'une était rose et blanche ;
L'autre semblait ouïr de célestes accords ;
L'autre, faible, appuyait d'un bras son front qui penche,
Et, comme en s'envolant l'oiseau courbe la branche,

5   Son âme avait brisé son corps.

Une, pâle, égarée, en proie au noir délire,
Disait tout bas un nom dont nul ne se souvient ;
Une s'évanouit, comme un chant sur la lyre ;
Une autre en expirant avait le doux sourire

10   D'un jeune ange qui s'en revient.

Toutes fragiles fleurs, sitôt mortes que nées !
Alcyons[2] engloutis avec leurs nids flottants !
Colombes, que le ciel au monde avait données !
Qui, de grâce, et d'enfance, et d'amour couronnées,

15   Comptaient leurs ans par les printemps !

Quoi, mortes ! quoi, déjà, sous la pierre couchées !
Quoi ! tant d'êtres charmants sans regard et sans voix !
Tant de flambeaux éteints ! tant de fleurs arrachées !... —
Oh ! laissez-moi fouler les feuilles desséchées,

20   Et m'égarer au fond des bois !

---

1. Hémistiche parodié un demi-siècle plus tard (signe d'une célébrité durable) par Tristan Corbière : « J'en ai lus mourir ! », dans « À un jeune qui s'en va », poème qui brosse un tableau macabre, grinçant et dérisoire de la poésie romantique (*Les Amours jaunes*).   2. Oiseau marin de la mythologie grecque, dont le nid flottait sur l'eau, et dont la rencontre était un présage de calme et de paix.

Doux fantômes ! c'est là, quand je rêve dans l'ombre,
Qu'ils viennent tour à tour m'entendre et me parler.
Un jour douteux me montre et me cache leur nombre.
À travers les rameaux et le feuillage sombre
25   Je vois leurs yeux étinceler.

Mon âme est une sœur pour ces ombres si belles.
La vie et le tombeau pour nous n'ont plus de loi.
Tantôt j'aide leurs pas, tantôt je prends leurs ailes.
Vision ineffable où je suis mort comme elles,
30   Elles, vivantes comme moi[1] !

Elles prêtent leur forme à toutes mes pensées.
Je les vois ! je les vois ! Elles me disent : Viens !
Puis autour d'un tombeau dansent entrelacées ;
Puis s'en vont lentement, par degrés éclipsées.
35   Alors je songe et me souviens...

III

Une surtout : — un ange, une jeune Espagnole ! —
Blanches mains, sein gonflé de soupirs innocents,
Un œil noir, où luisaient des regards de créole,
Et ce charme inconnu, cette fraîche auréole
5   Qui couronne un front de quinze ans[2] !

Non, ce n'est point d'amour qu'elle est morte : pour elle
L'amour n'avait encor ni plaisirs ni combats ;

---

1. « On ne peut s'empêcher d'évoquer à l'avance le dialogue
que soutiendra bien plus tard Hugo avec Léopoldine morte. Et déjà
s'annonce ici le vers de « Booz endormi » : « Elle à demi vivante
et moi mort à demi » (*La Légende des siècles — Première Série*)
(Meschonnic).   2. Souvenir possible du premier émoi sensuel du
petit Victor, provoqué par une jeune Espagnole à Biarritz lors du
voyage en Espagne de 1811, plusieurs fois évoquée dans l'œuvre
(notamment dans *Le Dernier Jour d'un condamné*, ch. XXXIII, que
Hugo écrit alors). Le reste du poème n'a rien à voir avec ce
souvenir.

Rien ne faisait encor battre son cœur rebelle ;
Quand tous en la voyant s'écriaient : qu'elle est belle !
10   Nul ne le lui disait tout bas.

Elle aimait trop le bal, c'est ce qui l'a tuée [1].
Le bal éblouissant ! le bal délicieux !
Sa cendre encor frémit, doucement remuée,
Quand, dans la nuit sereine, une blanche nuée
15   Danse autour du croissant des cieux.

Elle aimait trop le bal. — Quand venait une fête,
Elle y pensait trois jours, trois nuits elle en rêvait.
Et femmes, musiciens, danseurs que rien n'arrête,
Venaient, dans son sommeil, troublant sa jeune tête,
20   Rire et bruire à son chevet.

Puis c'étaient des bijoux, des colliers, des merveilles !
Des ceintures de moire aux ondoyants reflets ;
Des tissus plus légers que des ailes d'abeilles ;
Des festons, des rubans, à remplir des corbeilles ;
25   Des fleurs, à payer un palais !

La fête commencée, avec ses sœurs rieuses
Elle accourait, froissant l'éventail sous ses doigts,
Puis s'asseyait parmi les écharpes soyeuses,
Et son cœur éclatait en fanfares joyeuses,
30   Avec l'orchestre aux mille voix.

C'était plaisir de voir danser la jeune fille !
Sa basquine [2] agitait ses paillettes d'azur ;
Ses grands yeux noirs brillaient sous la noire mantille [3] :
Telle une double étoile au front des nuits scintille
35   Sous les plis d'un nuage obscur.

---

1. Le Hugo de cette époque allie souvent la danse, mouvement érotisé
du corps féminin, à des formes diverses de culpabilité : *cf.* la pièce XXIII
des *Feuilles d'automne*, « Sur le bal de l'hôtel de ville » dans *Les Chants
du crépuscule*, ou, avec de tout autres connotations sociales, la danseuse
Esmeralda de *Notre-Dame de Paris*. 2. *Cf.* p. 147, note 6. 3. *Cf.*
p. 180, note 5.

« *La mort aux froides mains la prit toute parée...* »
Les Fantômes, lithographie de Louis Boulanger.

Tout en elle était danse, et rire, et folle joie.
Enfant ! — Nous l'admirions dans nos tristes loisirs ;
Car ce n'est point au bal que le cœur se déploie,
La cendre y vole autour des tuniques de soie,
40   L'ennui sombre autour des plaisirs.

Mais elle, par la valse ou la ronde emportée,
Volait, et revenait, et ne respirait pas,
Et s'enivrait des sons de la flûte vantée,
Des fleurs, des lustres d'or, de la fête enchantée,
45   Du bruit des voix, du bruit des pas.

Quel bonheur de bondir, éperdue, en la foule,
De sentir par le bal ses sens multipliés,
Et de ne pas savoir si dans la nue on roule,
Si l'on chasse en fuyant la terre, ou si l'on foule
50   Un flot tournoyant sous ses pieds !

Mais hélas ! il fallait, quand l'aube était venue,
Partir, attendre au seuil le manteau de satin.
C'est alors que souvent la danseuse ingénue
Sentit en frissonnant sur son épaule nue
55   Glisser le souffle du matin.

Quels tristes lendemains laisse le bal folâtre !
Adieu parure, et danse, et rires enfantins !
Aux chansons succédait la toux opiniâtre,
Au plaisir rose et frais la fièvre au teint bleuâtre,
60   Aux yeux brillants les yeux éteints.

IV

Elle est morte. — À quinze ans, belle, heureuse, adorée !
Morte au sortir d'un bal qui nous mit tous en deuil.
Morte, hélas ! et des bras d'une mère égarée
La mort aux froides mains la prit toute parée,
5   Pour l'endormir dans le cercueil.

Pour danser d'autres bals elle était encor prête,
Tant la mort fut pressée à prendre un corps si beau !
Et ces roses d'un jour qui couronnaient sa tête,
Qui s'épanouissaient la veille en une fête,
10   Se fanèrent dans un tombeau.

V

Sa pauvre mère ! — hélas ! de son sort ignorante,
Avoir mis tant d'amour sur ce frêle roseau,
Et si longtemps veillé son enfance souffrante,
Et passé tant de nuits à l'endormir pleurante
15   Toute petite en son berceau !

À quoi bon ? — Maintenant la jeune trépassée,
Sous le plomb du cercueil, livide, en proie au ver,
Dort ; et si, dans la tombe où nous l'avons laissée,
Quelque fête des morts la réveille glacée,
20   Par une belle nuit d'hiver,

Un spectre au rire affreux à sa morne toilette
Préside au lieu de mère, et lui dit : Il est temps !
Et, glaçant d'un baiser sa lèvre violette,
Passe les doigts noueux de sa main de squelette
25   Sous ses cheveux longs et flottants.

Puis, tremblante, il la mène à la danse fatale,
Au chœur aérien dans l'ombre voltigeant ;
Et sur l'horizon gris la lune est large et pâle,
Et l'arc-en-ciel des nuits teint d'un reflet d'opale
30   Le nuage aux franges d'argent.

VI

Vous toutes qu'à ses jeux le bal riant convie,
Pensez à l'espagnole éteinte sans retour,
Jeunes filles ! Joyeuse, et d'une main ravie,
Elle allait moissonnant les roses de la vie,
5   Beauté, plaisir, jeunesse, amour !

La pauvre enfant, de fête en fête promenée,
De ce bouquet charmant arrangeait les couleurs ;
Mais qu'elle a passé vite, hélas ! l'infortunée !
Ainsi qu'Ophélia par le fleuve entraînée,
10   Elle est morte en cueillant des fleurs[1] !

Avril 1828.

_____

1. *Cf.* Shakespeare, *Hamlet*, acte IV, sc. 7.

XXXIV

MAZEPPA [1]

À M. Louis Boulanger [2].

> *Away ! — Away* [3] *! —*
> BYRON [4]. Mazeppa.

En avant ! en avant !

I

Ainsi, quand Mazeppa, qui rugit et qui pleure,
A vu ses bras, ses pieds, ses flancs qu'un sabre effleure,
    Tous ses membres liés

---

1. À partir de ce poème, le thème du génie, notamment poétique,
esquissé dans « Enthousiasme » et dans « Les tronçons du serpent »,
domine la fin du recueil. La vie de Mazeppa (1644-1709) est bien faite
pour inspirer les légendes. Jeune page à la cour de Pologne, il aurait été
l'amant d'une grande dame et puni par le mari « avec un raffinement de
cruauté : Mazeppa fut lié tout nu sur un cheval sauvage et abandonné à la
course capricieuse de l'animal, qui, étant né dans l'Ukraine, n'arrêta son
galop effréné que lorsqu'il se trouva au milieu des steppes. Le cheval avait
dû galoper plusieurs jours et franchir quelques centaines de lieues »
(Larousse du XIXᵉ siècle). Là, Mazeppa fut élu chef d'un puissant clan
cosaque. D'abord allié au tsar Pierre le Grand, puis à Charles XII de Suède,
qui tenta d'envahir la Russie, sa vie fut liée aux plus grands événements de
la période. Ce personnage a fasciné le romantisme européen : outre Byron
et Hugo, les peintres Géricault, Louis Boulanger, Horace Vernet, Chassé-
riau, et le musicien Liszt se sont inspirés de son histoire.   **2.** Peintre
romantique (1806-1867), intime de Hugo dont il illustra de nombreuses
œuvres, notamment *Les Orientales* ; mais ici le poème vient après le
tableau, lequel avait lancé le peintre au Salon de 1827. Unique dédicace
du recueil.   **3.** Leitmotiv dans le poème de Byron.   **4.** *Cf.* p. 81,
note 1.

Victor Hugo, *Cheval emballé*, plume.

Sur un fougueux cheval, nourri d'herbes marines,
5 Qui fume, et fait jaillir le feu de ses narines
      Et le feu de ses pieds ;

Quand il s'est dans ses nœuds roulé comme un reptile,
Qu'il a bien réjoui de sa rage inutile
      Ses bourreaux tout joyeux,
10 Et qu'il retombe enfin sur la croupe farouche,
La sueur sur le front, l'écume dans la bouche,
      Et du sang dans les yeux,

Un cri part ; et soudain voilà que par la plaine
Et l'homme et le cheval, emportés, hors d'haleine,
15   Sur les sables mouvants,
Seuls, emplissant de bruit un tourbillon de poudre
Pareil au noir nuage où serpente la foudre,
      Volent avec les vents !

Ils vont[1]. Dans les vallons comme un orage ils
                        [passent,
20 Comme ces ouragans qui dans les monts s'entassent,
      Comme un globe de feu ;
Puis déjà ne sont plus qu'un point noir dans la brume,
Puis s'effacent dans l'air comme un flocon d'écume
      Au vaste océan bleu.

25 Ils vont. L'espace est grand. Dans le désert immense,
Dans l'horizon sans fin qui toujours recommence,
      Ils se plongent tous deux.
Leur course comme un vol les emporte, et grands chênes,
Villes et tours, monts noirs liés en longues chaînes,
30   Tout chancelle autour d'eux.

Et si l'infortuné, dont la tête se brise,
Se débat, le cheval, qui devance la brise,
      D'un bond plus effrayé
S'enfonce au désert vaste, aride, infranchissable,
35 Qui devant eux s'étend, avec ses plis de sable,
      Comme un manteau rayé.

1. *Cf.* p. 148, note 4.

Tout vacille et se peint de couleurs inconnues ;
Il voit courir les bois, courir les larges nues,
    Le vieux donjon détruit,
40 Les monts dont un rayon baigne les intervalles ;
Il voit[1] ; et des troupeaux de fumantes cavales
    Le suivent à grand bruit !

Et le ciel, où déjà les pas du soir s'allongent,
Avec ses océans de nuages où plongent
45   Des nuages encor,
Et son soleil qui fend leurs vagues de sa proue,
Sur son front ébloui tourne comme une roue
    De marbre aux veines d'or !

Son œil s'égare et luit, sa chevelure traîne,
50 Sa tête pend ; son sang rougit la jaune arène[2],
    Les buissons épineux ;
Sur ses membres gonflés la corde se replie,
Et comme un long serpent resserre et multiplie
    Sa morsure et ses nœuds.

55 Le cheval, qui ne sent ni le mors ni la selle,
Toujours fuit, et toujours son sang coule et ruisselle,
    Sa chair tombe en lambeaux ;
Hélas ! voici déjà qu'aux cavales ardentes
Qui le suivaient, dressant leurs crinières pendantes,
60   Succèdent les corbeaux !

Les corbeaux, le grand-duc[3] à l'œil rond, qui s'effraie,
L'aigle effaré des champs de bataille, et l'orfraie[4],
    Monstre au jour inconnu,

---

1. Frappant usage absolu du verbe voir, après celui du verbe aller : pouvoir de vision et mouvement indéterminé vont de pair. Hernani, après s'être identifié à « une force qui va », passe à la vision hallucinée : « et l'abîme est profond / Et de flamme ou de sang je le vois rouge au fond » (acte III, sc. 4).   2. Sable, ou étendue sableuse (sens étymologique).   3. Sorte de hibou.   4. Oiseau de proie.

Les obliques hiboux, et le grand vautour[1] fauve
65 Qui fouille au flanc des morts, où son col rouge et chauve
Plonge comme un bras nu !

Tous viennent élargir la funèbre volée ;
Tous quittent pour le suivre et l'yeuse[2] isolée
Et les nids du manoir.
70 Lui, sanglant, éperdu, sourd à leurs cris de joie,
Demande en les voyant : qui donc là-haut déploie
Ce grand éventail noir ?

La nuit descend lugubre, et sans robe étoilée.
L'essaim s'acharne, et suit, tel qu'une meute ailée,
75 Le voyageur fumant.
Entre le ciel et lui, comme un tourbillon sombre,
Il les voit, puis les perd, et les entend dans l'ombre
Voler confusément.

Enfin, après trois jours[3] d'une course insensée,
80 Après avoir franchi fleuves à l'eau glacée,
Steppes, forêts, déserts,
Le cheval tombe aux cris des mille oiseaux de proie,
Et son ongle de fer sur la pierre qu'il broie
Éteint ses quatre éclairs.

85 Voilà l'infortuné gisant, nu, misérable,
Tout tacheté de sang, plus rouge que l'érable
Dans la saison des fleurs.
Le nuage d'oiseaux sur lui tourne et s'arrête ;
Maint bec ardent aspire à ronger dans sa tête
90 Ses yeux brûlés de pleurs.

Eh bien ! ce condamné qui hurle et qui se traîne,
Ce cadavre vivant, les tribus de l'Ukraine
Le feront prince un jour.

---

1. On voit ces oiseaux dans le tableau de Boulanger. **2.** Autre nom du chêne vert. **3.** Allusion christique : Jésus ressuscita après trois jours passés aux enfers.

Un jour, semant les champs de morts sans sépultures [1],
95 Il dédommagera par de larges pâtures
        L'orfraie et le vautour.

Sa sauvage grandeur naîtra de son supplice.
Un jour, des vieux hetmans [2] il ceindra la pelisse,
        Grand à l'œil ébloui ;
100 Et quand il passera, ces peuples de la tente,
Prosternés, enverront la fanfare éclatante
        Bondir autour de lui !

II

Ainsi, lorsqu'un mortel, sur qui son dieu s'étale,
S'est vu lier vivant sur ta croupe fatale,
        Génie, ardent coursier,
En vain il lutte, hélas ! tu bondis, tu l'emportes
5 Hors du monde réel, dont tu brises les portes
        Avec tes pieds d'acier !

Tu franchis avec lui déserts, cimes chenues
Des vieux monts, et les mers, et, par delà des nues,
        De sombres régions ;
10 Et mille impurs esprits que ta course réveille
Autour du voyageur, insolente merveille,
        Pressent leurs légions !

Il traverse d'un vol, sur tes ailes de flamme,
Tous les champs du possible, et les mondes de l'âme ;
15   Boit au fleuve éternel [3] ;
Dans la nuit orageuse ou la nuit étoilée,
Sa chevelure, aux crins des comètes mêlée,
        Flamboie au front du ciel.

---

1. Allusions aux combats livrés par Mazeppa à la tête de ses Cosaques (populations guerrières d'Ukraine).   **2.** Mot slave ; chef élu des Cosaques avant leur soumission définitive par l'Empire russe au XVIIIe siècle.   **3.** Le cheval de Mazeppa a quelque chose du Pégase mythologique : né des amours de Méduse et de Poséidon, ce cheval ailé, dont on fait souvent une allégorie de l'inspiration poétique, recherchait les sources et avait le pouvoir d'en faire jaillir.

Les six lunes d'Herschel [1], l'anneau du vieux Saturne,
20 Le pôle, arrondissant une aurore nocturne
          Sur son front boréal,
Il voit tout ; et pour lui ton vol, que rien ne lasse,
De ce monde sans borne à chaque instant déplace
          L'horizon idéal.

25 Qui peut savoir, hormis les démons et les anges,
Ce qu'il souffre à te suivre, et quels éclairs étranges
          À ses yeux reluiront,
Comme il sera brûlé d'ardentes étincelles,
Hélas ! et dans la nuit combien de froides ailes
30   Viendront battre son front ?

Il crie épouvanté, tu poursuis implacable.
Pâle, épuisé, béant, sous ton vol qui l'accable
          Il ploie avec effroi ;
Chaque pas que tu fais semble creuser sa tombe.
35 Enfin le terme arrive... il court, il vole, il tombe,
          Et se relève roi !

                                        Mai 1828.

---

1. Cet astronome anglais, mort en 1822, fit progresser considérablement les moyens d'observation stellaires, découvrit la planète Uranus,
ses six satellites (ils ne sont en fait que cinq, mais on en compta six
durant tout le XIXᵉ siècle), et deux satellites de Saturne (Saturne est le
dieu du temps dans la mythologie romaine, et est représenté en vieillard). Il étudia les nébuleuses et confirma la fuite du système solaire
vers un point précis, situé dans la constellation d'Hercule. Le génie est
à la fois celui qui « voit tout » et celui qui sait que rien n'est fixe dans
l'univers, pas même le soleil. L'astronome « en génie » reparaît souvent dans l'œuvre de Hugo (*cf.* par exemple « La Comète » dans *La
Légende des siècles — Nouvelle Série*).

XXXV

LE DANUBE EN COLÈRE [1]

Admonet, et magna testatur voce per umbras.

VIRGILE[2].

Belgrade et Semlin[3] sont en guerre.
Dans son lit, paisible naguère,
Le vieillard Danube leur père
S'éveille au bruit de leur canon.
5   Il doute s'il rêve, il tressaille,
Puis entend gronder la bataille,
Et frappe dans ses mains d'écaille,
Et les appelle par leur nom.

« Allons ! la turque et la chrétienne !
10   » Semlin ! Belgrade ! qu'avez-vous ?
» On ne peut, le ciel me soutienne !

---

1. Après la mer chargée de faire justice du tyran Ali (« Le Château-fort »), voici le grand fleuve d'Europe orientale qui renvoie dos à dos les religions révélées et belliqueuses au nom d'un paganisme archaïque, naturaliste et bourru. *Cf. Iliade*, XXI, quand le fleuve Xanthe menace Achille pour avoir tué sur ses bords trop de Troyens. Au printemps 1828, au moment de la guerre russo-turque, les crues du Danube avaient empêché la progression des troupes du Czar.   **2.** « Il avertit, et, de sa grande voix, les prend à témoin, dans l'ombre » (*Énéide*, VI, 619 ; c'est Phlégyas qui parle, roi des Lapithes et fils du dieu de la Guerre, Mars).   **3.** Semlin, relevant de l'Empire autrichien, fait face à Belgrade, située sur l'autre rive du fleuve et dépendant alors de l'Empire ottoman. Les accrochages entre les deux villes étaient fréquents, mais en 1828 les hostilités russo-turques se déroulaient plus à l'est, en Bulgarie.

» Dormir un instant sans que vienne
» Vous éveiller d'un bruit jaloux
» Belgrade ou Semlin en courroux !

15 » Hiver, été, printemps, automne,
» Toujours votre canon qui tonne !
» Bercé du courant monotone,
» Je sommeillais dans mes roseaux ;
» Et, comme des louves marines
20 » Jettent l'onde de leurs narines,
» Voilà vos longues couleuvrines[1]
» Qui soufflent du feu sur mes eaux !

» Ce sont des sorcières oisives
» Qui vous mirent, pour rire un jour,
25 » Face à face sur mes deux rives,
» Comme au même plat deux convives,
» Comme au front de la même tour
» Une aire[2] d'aigle, un nid d'autour[3].

» Quoi ! ne pouvez-vous vivre ensemble,
30 » Mes filles ? Faut-il que je tremble
» Du destin qui ne vous rassemble
» Que pour vous haïr de plus près,
» Quand vous pourriez, sœurs pacifiques,
» Mirer dans mes eaux magnifiques,
35 » Semlin, tes noirs clochers gothiques,
» Belgrade, tes blancs minarets ?

» Mon flot, qui dans l'Océan tombe,
» Vous sépare en vain, large et clair ;
» Du haut du château qui surplombe
40 » Vous vous unissez, et la bombe,
» Entre vous courbant son éclair,
» Vous trace un pont de feu dans l'air.

---

1. Canons fins et longs, en usage aux XVᵉ et XVIᵉ siècles.　**2.** *Cf.* p. 92, note 4.　**3.** *Cf.* p. 182, note 1.

» Trêve ! taisez-vous, les deux villes !
» Je m'ennuie aux guerres civiles.
45   » Nous sommes vieux, soyons tranquilles.
» Dormons à l'ombre des bouleaux.
» Trêve à ces débats de familles !
» Hé ! sans le bruit de vos bastilles [1],
» N'ai-je donc point assez, mes filles,
50   » De l'assourdissement des flots ?

» Une croix, un croissant [2] fragile,
» Changent en enfer ce beau lieu.
» Vous échangez la bombe agile
» Pour le koran et l'évangile ?
55   » C'est perdre le bruit et le feu :
» Je le sais, moi qui fus un dieu !

» Vos dieux m'ont chassé de leur sphère
» Et dégradé, c'est leur affaire !
» L'ombre est le bien que je préfère,
60   » Pourvu qu'ils gardent leurs palais,
» Et ne viennent pas sur mes plages
» Déraciner mes verts feuillages,
» Et m'écraser mes coquillages
» Sous leurs bombes et leurs boulets !

65   » De leurs abominables cultes
» Ces inventions sont le fruit [3].
» De mon temps point de ces tumultes.
» Si la pierre des catapultes
» Battait les cités jour et nuit,
70   » C'était sans fumée et sans bruit.

---

1. *Cf.* p. 180, note 2.   2. *Cf.* p. 72, note 6.   3. Une « grosse voix » de ce genre se fera entendre à nouveau dans l'œuvre de Hugo, dans « Le Satyre » par exemple, ou « Le Géant aux dieux » (*La Légende des siècles* — *Première* et *Nouvelle Séries*). Elle peut néanmoins surprendre à cette date, de la part d'un poète qui trois ans plus tôt avait reçu la Légion d'honneur en raison de ses « nobles efforts [...] pour soutenir la cause sacrée de l'autel et du Trône » (lettre officielle du surintendant des Beaux-Arts).

» Voyez Ulm[1], votre sœur jumelle :
» Tenez-vous en repos comme elle.
» Que le fil des rois se démêle,
» Tournez vos fuseaux, et riez ;
75 » Voyez Bude[2], votre voisine ;
» Voyez Dristra[3] la sarrasine !
» Que dirait l'Etna, si Messine[4]
» Faisait tout ce bruit à ses pieds ?

» Semlin est la plus querelleuse :
80 » Elle a toujours les premiers torts[5].
» Croyez-vous que mon eau houleuse,
» Suivant sa pente rocailleuse,
» N'ait rien à faire entre ses bords
» Qu'à porter à l'Euxin[6] vos morts ?

85 » Vos mortiers ont tant de fumée
» Qu'il fait nuit dans ma grotte aimée,
» D'éclats d'obus toujours semée !
» Du jour j'ai perdu le tableau ;
» Le soir, la vapeur de leur bouche
90 » Me couvre d'une ombre farouche,
» Quand je cherche à voir de ma couche
» Les étoiles à travers l'eau.

» Sœurs, à vous cribler de blessures
» Espérez-vous un grand renom ?
95 » Vos palais deviendront masures.
» Ah ! qu'en vos noires embrasures
» La guerre se taise, ou sinon
» J'éteindrai, moi, votre canon.

» Car je suis le Danube immense.
100 » Malheur à vous, si je commence !
» Je vous souffre ici par clémence.

---

1. Ville allemande, sur le Danube.   2. Buda, sur la rive droite du Danube, constitue avec Pest, bâtie sur l'autre rive, la capitale de la Hongrie, relevant alors de l'Empire autrichien.   3. Ancien nom de Silistra, en Bulgarie, située sur le Danube à proximité de son embouchure en mer Noire.   4. Volcan (en activité) et ville de Sicile.   5. L'Occident chrétien est donc l'agresseur.   6. Nom antique de la mer Noire.

» Si je voulais, de leur prison,
» Mes flots lâchés dans les campagnes,
» Emportant vous et vos compagnes,
105 » Comme une chaîne de montagnes
» Se lèveraient à l'horizon ! »

Certes, on peut parler de la sorte
Quand c'est au canon qu'on répond,
Quand des rois on baigne la porte,
110 Lorsqu'on est Danube, et qu'on porte,
Comme l'Euxin[1] et l'Hellespont[2],
De grands vaisseaux au triple pont ;

Lorsqu'on ronge cent ponts de pierres,
Qu'on traverse les huit Bavières,
115 Qu'on reçoit soixante rivières
Et qu'on les dévore en fuyant ;
Qu'on a, comme une mer, sa houle ;
Quand sur le globe on se déroule
Comme un serpent, et quand on coule
120 De l'occident à l'orient[3] !

Juin 1828.

---

1. *Cf.* p. 201, note 6.   **2.** Nom antique du détroit des Dardanelles, entre la mer Noire et la mer Égée.   **3.** *Cf. Le Rhin* (1842) : « Le Rhin est le fleuve qui doit unir [la France et l'Allemagne] ; on en a fait le fleuve qui les sépare » (Conclusion, XII). Un fleuve est une voie, non une limite.

XXXVI

RÊVERIE [1]

Lo giorno se n' andava, e l'aer bruno
Toglieva gli animai che sono 'n terra,
Dalle fatiche loro.

DANTE [2].

Oh ! laissez-moi ! c'est l'heure où l'horizon qui fume
Cache un front inégal sous un cercle de brume,
L'heure où l'astre géant rougit et disparaît.
Le grand bois jaunissant dore seul la colline :
5   On dirait qu'en ces jours où l'automne décline,
Le soleil et la pluie ont rouillé la forêt.

Oh ! qui fera surgir soudain, qui fera naître,
Là-bas, — tandis que seul je rêve à la fenêtre
Et que l'ombre s'amasse au fond du corridor [3], —
10   Quelque ville mauresque [4], éclatante, inouïe,
Qui, comme la fusée en gerbe épanouie,
Déchire ce brouillard avec ses flèches d'or !

---

1. Ce poème et, d'une autre manière, le suivant répondent à « Enthousiasme », vis-à-vis duquel ils sont placés en position quasi symétrique
dans le recueil : l'Occident est ici référé à la mélancolie stérilisante, au
spleen automnal (et appelle ainsi « Novembre » et surtout *Les Feuilles
d'automne*) ; l'Orient rêvé, ou plutôt rêveusement désiré, devient principe
ou détonateur poétique.   **2.** « Le jour s'en allait et l'air assombri soula-
geait de leurs peines les âmes qui sont sur terre » (*Divine comédie, Enfer*,
chant II). Ne figure pas sur le manuscrit.   **3.** Toute cette première partie relève d'une poétique alors très neuve, surtout par sa capacité à faire
naître le mystère et le trouble au sein du banal et du prosaïque (« corridor » n'est pas un mot fréquent en poésie).   **4.** *Cf.* p. 76, note 2.

Qu'elle vienne inspirer, ranimer, ô génies[1] !
Mes chansons, comme un ciel d'automne rembrunies,
15　Et jeter dans mes yeux son magique reflet,
Et longtemps, s'éteignant en rumeurs étouffées,
Avec les mille tours de ses palais de fées,
Brumeuse, denteler l'horizon violet[2] !

Septembre 1828.

---

1. Curieuse superposition du génie (poétique) et des génies
(orientaux). 2. « Ici se conclut une étape importante, amorcée avec
« Les djinns », de l'itinéraire des *Orientales* : avec sa violence, sa chaleur, son angoisse, le monde de l'Islam est reconnu comme identique
du monde du rêve lié à des sources inconscientes qui fécondent le génie
créateur, assumé et accepté comme tel » (Meschonnic).

XXXVII

EXTASE[1]

> Et j'entendis une grande voix.
>
> Apocalypse[2].

J'étais seul près des flots, par une nuit d'étoiles.
Pas un nuage aux cieux, sur les mers pas de voiles.
Mes yeux plongeaient plus loin que le monde réel[3].
Et les bois, et les monts, et toute la nature,
5   Semblaient interroger dans un confus murmure[4]
    Les flots des mers, les feux du ciel.

Et les étoiles d'or, légions infinies,
À voix haute, à voix basse, avec mille harmonies,
Disaient, en inclinant leurs couronnes de feu ;

---

1. *Cf.* p. 203, note 1. Degré zéro de la référence orientale et déploiement d'une vision cosmique. Aux religions dogmatiques, identifiantes et belliqueuses dénoncées par la voix du flot danubien (*cf.* XXXV) se substitue la relation entre un « je » impersonnel et Dieu (premier et dernier mots du poème), qui passe par la médiation des deux grands infinis naturels : la mer et le ciel étoilé. Le phénomène de l'extase passionnait les psychiatres du temps, à travers lequel ils cherchaient à saisir des affinités entre folie, mysticisme et inspiration artistique. **2.** XII, 10, et XXI, 3. Ce dernier livre de la Bible, vision mystique et prophétique de l'évangéliste Jean, a fasciné les romantiques. *Cf.* notamment, pour Hugo, *Les Contemplations*, VI, 4 : « *Écoutez. Je suis Jean. J'ai vu des choses sombres...* » L'épigraphe ne figure pas sur le manuscrit. **3.** *Cf.* « Mazeppa », p. 196 : « Génie, ardent coursier / [...] tu bondis, tu l'emportes / Hors du monde réel ». **4.** La *vision* poétique consiste aussi à *entendre* les voix du monde, — ce qu'annonçait l'épigraphe. Mais ce n'est pas Dieu qui parle, c'est la nature qui le nomme.

10　Et les flots bleus, que rien ne gouverne et n'arrête,
　　Disaient, en recourbant l'écume de leur crête :
　　— C'est le Seigneur, le Seigneur Dieu !

　　　　　　　　　　　　　　　　Novembre 1828.

XXXVIII

LE POÈTE AU CALIFE [1]

> Tous les habitants de la terre
> sont devant lui comme un
> néant ; il fait tout ce qui lui
> plaît ; et nul ne peut résister à
> sa main puissante, ni lui dire :
> Pourquoi avez-vous fait ainsi ?
>
> DANIEL [2].

O sultan Noureddin [3], calife aimé de Dieu !
Tu gouvernes, seigneur [4], l'empire du milieu,
   De la mer rouge au fleuve jaune [5].
Les rois des nations, vers ta face tournés,
Pavent, silencieux, de leurs fronts prosternés
   Le chemin qui mène à ton trône [6].

---

1. *Cf.* p. 152, note 1, et « Le Derviche », même si, à la différence d'Ali-Pacha, ce calife n'est pas décrit comme un tyran sanguinaire, « seulement » comme un puissant seigneur.   2. Livre de Daniel (dans l'Ancien Testament), IV, 32. Cette épigraphe (qui ne figure pas sur le manuscrit), est équivoque : c'est le roi de Babylone Nabuchodonosor qui parle ainsi, et reconnaît la souveraineté de Dieu après avoir été lui-même détrôné. Or Hugo a sciemment omis la partie du verset qui ne pourrait s'appliquer à un roi terrestre « il fait tout ce qui lui plaît, soit dans les vertus célestes, soit parmi ceux qui sont sur la terre ».   3. Un calife nommé Noureddin (ce nom signifie « Lumière de la foi ») a régné sur la Syrie et l'Égypte au XIIᵉ siècle. « Il est regardé par les musulmans non-seulement comme un héros, comme un grand monarque, mais encore comme un saint » (Michaud, *Biographie universelle*).   4. Version du manuscrit : ô Roi.   5. Un des deux plus grands fleuves chinois ; l'Islam s'étend effectivement jusqu'aux confins de la Chine.   6. Chez Hugo, le pouvoir d'humilier les rois constitue un des traits principaux de l'empereur ; Napoléon en est le meilleur exemple. *Cf.* aussi le monologue de Don Carlos, futur Charles Quint : « Être empereur ! [...] voir sous soi rangés / Les rois, et sur leur tête essuyer ses sandales ! » (*Hernani*, IV, 2).

Ton sérail est très grand, tes jardins sont très beaux.
Tes femmes ont des yeux vifs comme des flambeaux
    Qui pour toi seul percent leurs voiles.
10 Lorsque, astre impérial, aux peuples pleins d'effroi
Tu luis, tes trois cents fils brillent autour de toi
    Comme ton cortège d'étoiles.

Ton front porte une aigrette et ceint le turban vert[1].
Tu peux voir folâtrer dans leur bain, entr'ouvert
15   Sous la fenêtre où tu te penches,
Les femmes de Madras[2] plus douces qu'un parfum,
Et les filles d'Alep[3] qui sur leur beau sein brun
    Ont des colliers de perles blanches.

Ton sabre large et nu semble en ta main grandir.
20 Toujours dans la bataille on le voit resplendir,
    Sans trouver turban qui le rompe,
Au point où la mêlée a de plus noirs détours,
Où les grands éléphants, entre-choquant leurs tours,
    Prennent des chevaux dans leur trompe.

25 Une fée est cachée en tout ce que tu vois.
Quand tu parles, calife, on dirait que ta voix
    Descend d'un autre monde au nôtre ;
Dieu lui-même t'admire, et de félicités
Emplit la coupe d'or que tes jours enchantés,
30   Joyeux, se passent l'un à l'autre.

Mais souvent[4] dans ton cœur, radieux Noureddin,
Une triste pensée apparaît, et soudain
    Glace ta grandeur taciturne ;
Telle en plein jour parfois[5], sous un soleil de feu,
35 La lune, astre des morts, blanche au fond d'un ciel bleu,
    Montre à demi son front nocturne[6].

                Octobre 1828.

---

1. Couleur de l'islam.   2. Ville de l'Inde.   3. Ville syrienne.
4. Version du manuscrit : mais parfois.   5. Manuscrit : en plein jour souvent.   6. Le surgissement d'une mélancolie secrète, liée à la mort et rongeant la puissance et la gloire, est un thème fréquent dans la poésie hugolienne du moment : cf. *Les Feuilles d'automne*, XIII.

XXXIX

BOUNABERDI[1]

Grand comme le monde[2].

Souvent Bounaberdi, sultan des Francs d'Europe,
Que comme un noir manteau le semoun[3] enveloppe,
Monte, géant lui-même, au front d'un mont géant[4],
D'où son regard, errant sur le sable et sur l'onde,
5 Embrasse d'un coup d'œil les deux moitiés du monde[5]
Gisantes à ses pieds dans l'abîme béant.

Il est seul et debout sur ce sublime faîte.
À sa droite couché, le désert qui le fête
D'un nuage de poudre[6] importune ses yeux ;
10 À sa gauche la mer, dont jadis il fut l'hôte,
Élève jusqu'à lui sa voix profonde et haute,
Comme aux pieds de son maître aboie un chien joyeux.

Et le vieil empereur, que tour à tour réveille
Ce nuage à ses yeux, ce bruit à son oreille,
15 Rêve, et, comme à l'amante on voit songer l'amant,

1. Le cycle du génie s'achève sur la légende moderne de l'homme-
monde : Napoléon. Celui-ci est lié à l'Orient au moins par la campagne
d'Égypte, dont bien des effets continuaient (et continuent encore
aujourd'hui) de se faire sentir. Voir la note de Hugo, p. 239.   2. Ne
figure pas sur le manuscrit. Après la bataille d'Aboukir, Kléber lança
à Bonaparte : « Général, vous êtes grand comme le monde ! »   3. Cf.
p. 60, note 4.   4. La grande pyramide ?   5. L'Orient et l'Occident.   6. Version du manuscrit : sable. Poudre permet de superposer
au sens classique de poussière celui, technique et moderne, de poudre
à canons.

Croit que c'est une armée, invisible et sans nombre,
Qui fait cette poussière et ce bruit pour son ombre,
Et sous l'horizon gris passe éternellement !

PRIÈRE[1]

Oh ! quand tu reviendras rêver sur la montagne,
Bounaberdi ! regarde un peu dans la campagne
Ma tente qui blanchit dans les sables grondants ;
Car je suis libre et pauvre, un Arabe du Caire[2],
Et quand j'ai dit : Allah ! mon bon cheval de guerre
Vole, et sous sa paupière a deux charbons ardents !

                                    Novembre 1828.

---

1. *Cf. Les Feuilles d'automne*, I : « À l'empereur tombé dressant dans l'ombre un temple » et XI : « Napoléon, ce dieu dont tu seras le prêtre ».   2. Bonaparte, vainqueur des Turcs en Égypte, essaya de s'appuyer contre eux sur les Arabes autochtones. Tout au long du XIXe siècle on opposera souvent l'Arabe libre et magnanime, primitif et poétique, au Turc despotique et servile, cruel et décadent (cette représentation est encore sensible dans l'aventure de Lawrence d'Arabie).

XL

LUI[1]

> J'étais géant alors, et haut de
> cent coudées[2].
>
> BONAPARTE.

I

Toujours lui ! Lui partout ! — Ou brûlante ou glacée,
Son image sans cesse ébranle ma pensée.
Il verse à mon esprit le souffle créateur[3].
Je tremble, et dans ma bouche abondent les paroles
5   Quand son nom gigantesque, entouré d'auréoles,
Se dresse dans mon vers de toute sa hauteur.

Là, je le vois, guidant l'obus aux bonds rapides,
Là, massacrant le peuple au nom des régicides[4],
Là, soldat, aux tribuns arrachant leurs pouvoirs[5],

---

1. Poème écrit pour l'essentiel en décembre 1827 (l'ode « À la colonne de la place Vendôme » date de février de cette même année), puis repris et amplifié un an plus tard.   **2.** Transformation en alexandrin d'une phrase de Napoléon, dans *Le Mémorial de Sainte-Hélène*, II.   **3.** Même fonction, donc, que la vision orientale dans « Rêverie ». Sur le manuscrit : démon créateur.   **4.** Le 13 vendémiaire an IV (5 octobre 1795), Bonaparte dirigea la répression d'une insurrection royaliste à Paris ; il servait alors la Convention finissante, qui avait voté la mort de Louis XVI en janvier 1793.   **5.** Les 18 et 19 brumaire an VIII (9 et 10 novembre 1799), Bonaparte prend le pouvoir en faisant envahir par ses troupes les conseils législatifs.

10 Là, consul jeune et fier, amaigri par des veilles
    Que des rêves d'empire emplissaient de merveilles,
            Pâle sous ses longs cheveux noirs.

    Puis, empereur puissant, dont la tête s'incline,
    Gouvernant un combat du haut de la colline,
15 Promettant une étoile[1] à ses soldats joyeux,
    Faisant signe aux canons qui vomissent les flammes,
    De son âme à la guerre armant six cent mille âmes,
    Grave et serein, avec un éclair dans les yeux.

    Puis, pauvre prisonnier, qu'on raille et qu'on tourmente[2],
20 Croisant ses bras oisifs sur son sein qui fermente,
    En proie aux geôliers vils comme un vil criminel,
    Vaincu, chauve, courbant son front noir de nuages,
    Promenant sur un roc où passent les orages
            Sa pensée, orage éternel.

25 Qu'il est grand, là surtout ! quand, puissance brisée,
    Des porte-clefs[3] anglais misérable risée,
    Au sacre du malheur il retrempe ses droits[4],
    Tient au bruit de ses pas deux mondes en haleine,
    Et, mourant de l'exil, gêné dans Sainte-Hélène,
30 Manque d'air dans la cage où l'exposent les rois !

    Qu'il est grand à cette heure où, prêt à voir Dieu même,
    Son œil qui s'éteint roule une larme suprême !
    Il évoque à sa mort sa vieille armée en deuil,
    Se plaint à ses guerriers d'expirer solitaire,
35 Et, prenant pour linceul son manteau militaire,
            Du lit de camp passe au cercueil !

---

1. L'étoile de la Légion d'honneur, décoration fondée par Napoléon. **2.** La captivité à Sainte-Hélène, sous la surveillance tatillonne de l'Anglais Hudson Lowe. **3.** Geôliers. **4.** L'exil de Sainte-Hélène fait davantage pour la légitimité (poétique plus encore que politique) de Napoléon, que le sacre impérial à Notre-Dame. Les souffrances de la captivité et la mort au milieu de l'océan Atlantique furent en effet déterminantes dans la naissance de la légende napoléonienne.

II

À Rome, où du Sénat hérite le conclave [1],
À l'Elbe, aux monts blanchis de neige ou noirs de lave [2],
Au menaçant Kremlin, à l'Alhambra riant,
Il est partout ! — Au Nil je le rencontre encore.
5   L'Égypte resplendit des feux de son aurore ;
Son astre impérial se lève à l'orient [3].

Vainqueur, enthousiaste, éclatant de prestiges,
Prodige, il étonna la terre des prodiges.
Les vieux scheiks [4] vénéraient l'émir [5] jeune et prudent ;
10   Le peuple redoutait ses armes inouïes ;
Sublime, il apparut aux tribus éblouies
            Comme un Mahomet d'Occident [6].

Leur féerie [7] a déjà réclamé son histoire ;
La tente de l'arabe est pleine de sa gloire.
15   Tout bédouin [8] libre était son hardi compagnon ;
Les petits enfants, l'œil tourné vers nos rivages,
Sur un tambour français règlent leurs pas sauvages [9],
Et les ardents chevaux hennissent à son nom.

Parfois il vient, porté sur l'ouragan numide,
20   Prenant pour piédestal la grande pyramide,
Contempler les déserts, sablonneux océans.

---

1. À la Rome antique des héros et des empereurs a succédé la Rome
moderne des papes ; thème de la Ville éternelle, mainte fois repris par
le Hugo d'avant l'exil.   **2.** Les montagnes de l'île d'Elbe au large
de l'Italie (où Napoléon vécut son premier exil en 1814-1815) sont
bien rarement enneigées ; mais le nom évoque aussi le fleuve d'Allemagne du Nord.   **3.** C'est de retour d'Égypte que Bonaparte prend le
pouvoir en France, s'ouvrant ainsi à son destin d'empereur.   **4.** Mot
arabe ; chef de tribu.   **5.** *Cf.* p. 129, note 2.   **6.** Bonaparte en
Égypte ménagea savamment les autorités religieuses, laissant même
courir le bruit qu'il songeait à se faire musulman.   **7.** Compte deux
syllabes.   **8.** *Cf.* p. 130, note 1.   **9.** *Cf.* Chateaubriand, *Itinéraire
de Paris à Jérusalem*, III, dans *Œuvres romanesques et voyages, II*,
Gallimard « La Pléiade », p. 979.

Là, son ombre, éveillant le sépulcre sonore,
Comme pour la bataille, y ressuscite encore
        Les quarante siècles géants[1].

25 Il dit : Debout ! Soudain chaque siècle se lève,
Ceux-ci portant le sceptre et ceux-là ceints du glaive,
Satrapes[2], pharaons, mages[3], peuple glacé ;
Immobiles, poudreux, muets, sa voix les compte ;
Tous semblent, adorant son front qui les surmonte,
30 Faire à ce roi des temps une cour du passé.

Ainsi tout, sous les pas de l'homme ineffaçable,
Tout devient monument ; il passe sur le sable,
Mais qu'importe qu'Assur[4] de ses flots soit couvert,
Que l'aquilon[5] sans cesse y fatigue son aile !
35 Son pied colossal laisse une trace éternelle
        Sur le front mouvant du désert.

III

Histoire, poésie, il joint du pied vos cimes[6].
Éperdu, je ne puis dans ces mondes sublimes
Remuer rien de grand sans toucher à son nom ;
Oui, quand tu m'apparais, pour le culte ou le blâme,
5 Les chants volent pressés sur mes lèvres de flamme,
Napoléon ! soleil dont je suis le Memnon[7] !

---

1. Avant la bataille des Pyramides, Bonaparte avait lancé : « Soldats, songez que, du haut de ces pyramides, quarante siècles vous contemplent. » Ces deux strophes reprennent, sous un autre point de vue, l'essentiel de « Bounaberdi ». **2.** Gouverneurs de province dans la Perse antique. **3.** *Cf.* p. 67, note 3. **4.** Une des plus anciennes cités-États du Moyen-Orient (IIIe millénaire av. J.-C.), puis capitale de l'Empire assyrien ; ses ruines ne furent découvertes qu'au début du XXe siècle. **5.** *Cf.* p. 165, note 1. **6.** Bonne définition de la légende, et de l'épopée. **7.** Héros troyen tué par Achille. Les Grecs antiques l'identifièrent à une statue colossale de Thèbes (Égypte). Fissurée, elle faisait entendre au lever du soleil une vibration, « le chant de Memnon ». On peut aussi entendre « même nom »...

Tu domines notre âge ; ange ou démon, qu'importe [1] ?
Ton aigle dans son vol, haletants, nous emporte [2].
L'œil même qui te fuit te retrouve partout.
10   Toujours dans nos tableaux tu jettes ta grande ombre ;
Toujours Napoléon, éblouissant et sombre,
        Sur le seuil du siècle est debout.

Ainsi, quand, du Vésuve explorant le domaine,
De Naple à Portici [3] l'étranger se promène,
15   Lorsqu'il trouble, rêveur, de ses pas importuns
Ischia [4], de ses fleurs embaumant l'onde heureuse
Dont le bruit, comme un chant de sultane amoureuse,
Semble une voix qui vole au milieu des parfums ;

Qu'il [5] hante de Pæstum [6] l'auguste colonnade,
20   Qu'il écoute à Pouzzol [7] la vive sérénade
Chantant la tarentelle [8] au pied d'un mur toscan [9] ;
Qu'il éveille en passant cette cité momie,
Pompéi, corps gisant d'une ville endormie,
        Saisie un jour par le volcan ;

25   Qu'il erre au Pausilippe [10] avec la barque agile
D'où le brun marinier chante Tasse [11] à Virgile ;
Toujours, sous l'arbre vert, sur les lits de gazon,

---

1. Un des moments charnières de l'évolution des rapports de Hugo avec la figure de Napoléon Iᵉʳ : ici, la grandeur du héros désamorce tout jugement moral ou politique.   **2.** Assimilation de l'aigle symbole napoléonien avec celui (Zeus métamorphosé) qui enleva le beau Ganymède. Dans « L'enthousiasme » (*Méditations poétiques*), Lamartine avait fait de l'aigle de Ganymède une figure du génie poétique. *Cf.* aussi « Mazeppa ».   **3.** Ville sur le golfe de Naples, au pied du Vésuve.   **4.** Île du golfe de Naples, souvent chantée sur le mode idyllique par les romantiques (*cf.* Lamartine, « Ischia », dans les *Nouvelles Méditations poétiques*).   **5.** Ici commence la partie ajoutée en 1828.   **6.** Ancienne ville grecque dans la région de Naples, célèbre pour ses ruines. *Cf.* la note de Hugo, p. 239.   **7.** Petite ville sur le golfe de Naples.   **8.** Air de danse du sud de l'Italie, sur un rythme très rapide.   **9.** Un des styles de l'architecture classique, forme simplifiée du dorique grec.   **10.** Grotte sur les rives de la baie de Naples : selon une tradition, Virgile y serait enterré.   **11.** L'auteur de la *Jérusalem délivrée* (1575) est né à Sorrente, tout près de Naples : référence fréquente des romantiques, qui s'émerveillèrent souvent de la persistance de son œuvre dans la culture populaire italienne.

Toujours il voit, du sein des mers ou des prairies,
Du haut des caps, du bord des presqu'îles fleuries,
30 Toujours le noir géant qui fume à l'horizon [1] !

Décembre 1827.
[Décembre 1828.]

---

1. Comparer toute cette évocation du paysage napolitain à certaines des *Chimères* de Nerval, « Myrtho » en particulier.

XLI

NOVEMBRE

> Je lui dis : La rose du jardin, comme tu sais, dure peu ; et la saison des roses est bien vite écoulée.
>
> SADI[1].

Quand l'Automne, abrégeant les jours qu'elle dévore,
Éteint leurs soirs de flamme et glace leur aurore,
Quand Novembre de brume inonde le ciel bleu,
Que le bois tourbillonne et qu'il neige des feuilles,
5   Ô ma muse ! en mon âme alors tu te recueilles,
Comme un enfant transi qui s'approche du feu.

Devant le sombre hiver de Paris qui bourdonne,
Ton soleil d'orient s'éclipse, et t'abandonne,
Ton beau rêve d'Asie avorte[2], et tu ne vois
10 Sous tes yeux que la rue au bruit accoutumée,
Brouillard à ta fenêtre, et longs flots de fumée
Qui baignent en fuyant l'angle noirci des toits[3].

Alors s'en vont en foule et sultans et sultanes,
Pyramides, palmiers, galères capitanes[4],
15 Et le tigre vorace et le chameau frugal,

---

1. Préface du *Gulistan*, *cf.* p. 109, note 2. Ne figure pas sur le manuscrit.
2. Reprise et échec du scénario de « Rêverie ».   3. Poétique urbaine et splénétique (trente ans avant Baudelaire), plusieurs fois reprise dans *Les Feuilles d'automne*.   4. *Cf.* p. 107, note 5.

Djinns au vol furieux, danses des bayadères[1],
L'Arabe qui se penche au cou des dromadaires,
Et la fauve girafe au galop inégal !

Alors, éléphants blancs chargés de femmes brunes,
20 Cités aux dômes d'or où les mois sont des lunes[2],
Imans[3] de Mahomet, mages[4], prêtres de Bel[5],
Tout fuit, tout disparaît : — plus de minaret maure,
Plus de sérail fleuri, plus d'ardente Gomorrhe[6]
Qui jette un reflet rouge au front noir de Babel[7] !

25 C'est Paris, c'est l'hiver. — À ta chanson confuse
Odalisques, émirs[8], pachas[9], tout se refuse.
Dans ce vaste Paris le klephte[10] est à l'étroit ;
Le Nil déborderait ; les roses du Bengale
Frissonnent dans ces champs où se tait la cigale ;
30 À ce soleil brumeux les Péris[11] auraient froid.

Pleurant ton Orient, alors, muse ingénue,
Tu viens à moi, honteuse, et seule, et presque nue.
— N'as-tu pas, me dis-tu, dans ton cœur jeune encor
Quelque chose à chanter, ami ? car je m'ennuie
35 À voir ta blanche vitre où ruisselle la pluie,
Moi qui dans mes vitraux avais un soleil d'or !

Puis, tu prends mes deux mains dans tes mains diaphanes ;
Et nous nous asseyons, et, loin des yeux profanes,
Entre mes souvenirs je t'offre les plus doux,

---

1. Danseuses sacrées de l'Inde. **2.** Allusion au calendrier lunaire
en usage dans les pays d'islam. **3.** *Cf.* p. 104, note 7. **4.** *Cf.*
p. 67, note 3. **5.** Ou Baal : dieu babylonien, ou plutôt mot babylonien pour « Seigneur », « dieu ». **6.** *Cf.* p. 57, note 1. **7.** *Cf.*
« Le feu du ciel », et la note 1 de la page 62. **8.** *Cf.* p. 129, note 2.
9. *Cf.* p. 104, note 1. **10.** *Cf.* p. 147, note 8. **11.** D'un mot
persan signifiant « ailé » ; génie ou fée dans la mythologie arabo-
persane. Symbole du merveilleux oriental dans la dernière des
Ballades, « La Fée et la Péri ».

40 Mon jeune âge, et ses jeux, et l'école mutine,
Et les serments sans fin de la vierge enfantine,
Aujourd'hui mère heureuse aux bras d'un autre époux [1].

Je te raconte aussi comment, aux Feuillantines [2],
Jadis tintaient pour moi les cloches argentines ;
45 Comment, jeune et sauvage, errait ma liberté,
Et qu'à dix ans, parfois, resté seul à la brune,
Rêveur, mes yeux cherchaient les deux yeux de la lune,
Comme la fleur qui s'ouvre aux tièdes nuits d'été.

Puis tu me vois du pied pressant l'escarpolette
50 Qui d'un vieux marronnier fait crier le squelette,
Et vole, de ma mère éternelle terreur !
Puis je te dis les noms de mes amis d'Espagne,
Madrid, et son collège où l'ennui t'accompagne,
Et nos combats d'enfants pour le grand Empereur [3] !

55 Puis encor mon bon père, ou quelque jeune fille
Morte à quinze ans, à l'âge où l'œil s'allume et brille [4].
Mais surtout tu te plais aux premières amours,
Frais papillons dont l'aile, en fuyant rajeunie,
Sous le doigt qui la fixe est si vite ternie,
60 Essaim doré qui n'a qu'un jour dans tous nos jours [5].

Novembre 1828.

---

1. Il semble bien artificiel de chercher dans la biographie de Hugo une expérience de cette sorte. Mais le thème est fréquent dans le lyrisme « intime » de la période : on le trouve notamment dans le *Joseph Delorme* de Sainte-Beuve, paru en 1829 ; et Alexandre Fontaney, intime de Hugo, l'a vécu avec Marie Nodier, mariée à Jules Mennessier. 2. Voir la note de Hugo, p. 240. Appelées à devenir un élément du « mythe personnel » hugolien, les Feuillantines et leur vaste jardin à demi sauvage n'apparaîtront pas explicitement dans *Les Feuilles d'automne*, mais dans *Les Rayons et les ombres* (1840), avec la pièce « Ce qui se passait aux Feuillantines vers 1813 ». 3. Lors du séjour à Madrid des enfants Hugo, en 1811-1812, Victor et Eugène passèrent quelques mois au Collège des Nobles. Ils s'y firent quelques amis, mais souffrirent également du mépris haineux qu'inspirait à leurs condisciples, issus de grandes familles aristocratiques d'Espagne, leur double qualité de bourgeois « anoblis » et de Français, enfants des soldats d'occupation. 4. *Cf.* « Fantômes ». 5. Annonce du thème mélancolique de la jeunesse perdue, très présent dans *Les Feuilles d'automne*.

NOTES DE VICTOR HUGO SUR *LES ORIENTALES*
1829

Nous reproduisons ici les notes de Hugo, celles de l'édition originale comme celles du manuscrit. Cet usage de la note, généralement propre au traité, au discours érudit, est fréquent chez les auteurs romantiques. Il signe leur volonté réflexive, leur ambition d'allier théorie et pratique, d'être leurs premiers critiques. Dans le cas des Orientales, *les notes arriment le recueil poétique à l'actualité politique (guerre de Grèce principalement) et scientifique (le développement rapide en ce début du XIX*ᵉ *siècle des études orientalistes, qui passionne le grand public cultivé, et dont Hugo a une connaissance assez précise grâce surtout à deux de ses intimes, le baron d'Eckstein et Ernest Fouinet (voir notre Présentation, et* infra, p. 225). *Elles sont également l'occasion de reprendre, de disséminer et d'exemplifier les assertions de la préface sur la liberté en art, le nécessaire élargissement spatio-temporel des références, et l'imminence inéluctable de cette révolution de l'art, du goût et de la culture qui se nomma « romantisme ».*

III. — LES TÊTES DU SÉRAIL

P. 75. On a cru devoir réimprimer cette ode telle qu'elle a été composée et publiée en juin 1826, à l'époque du désastre de Missolonghi. Il est important de se rappeler, en la lisant, que tous les journaux d'Europe annoncèrent la mort de Canaris, tué dans son brûlot par une bombe turque, devant la ville qu'il venait secourir. Depuis, cette nouvelle fatale a été heureusement démentie. *(Note de l'édition originale.)*

P. 79.   Oui, Canaris, tu vois le sérail, et ma tête
           Arrachée au cercueil pour orner cette fête.

Une lettre de Corfou, que nous avons sous les yeux, affirme que les turcs, vainqueurs de Missolonghi, ont ouvert le tombeau de

Marcos Botzaris, ce Léonidas moderne. C'était sans doute pour y prendre une tête de plus. *(Note du Journal des Débats,* 1826.)

Le tombeau de Marcos Botzaris, le Léonidas de la Grèce moderne, était à Missolonghi. On dit que les turcs l'ouvrirent, afin d'envoyer le crâne du héros au sultan.

Au reste, ce tombeau sera réédifié par une main française. Nous avons vu dans l'atelier de notre grand statuaire, David[1], une statue de marbre blanc destinée au mausolée de Marc Botzaris. C'est une jeune fille à demi couchée sur la pierre du sépulcre et qui épèle avec son doigt cette grande épitaphe : Botzaris. Il est difficile de rien voir de plus beau que cette statue. C'est tout à la fois du grandiose comme Phidias[2] et de la chair comme Puget[3].

Ainsi que plusieurs autres hommes remarquables du temps, peintres, musiciens, poètes, M. David est, aussi lui, à la tête d'une révolution dans son art. De toutes parts, l'œuvre s'accomplit. *(Note de l'édition originale.)*

P. 81. Et cet enfant des monts, notre ami, notre émule,
           Mayer, qui rapportait aux fils de Thrasybule
              La flèche de Guillaume Tell.

Volontaire suisse, rédacteur de la *Chronique Hellénique*, mort à Missolonghi. *(Note du manuscrit.)*

P. 82. Ô mes frères, Joseph, évêque, vous salue.

Joseph, évêque de Rogous, mort à Missolonghi comme un prêtre et comme un soldat. *(Note du manuscrit.)*

VII. — LA DOULEUR DU PACHA

P. 104. Lui font-ils voir en rêve, aux bornes de la terre,
            L'ange Azraël debout sur le pont de l'enfer ?

Azraël, ange turc des tombeaux. *(Note du manuscrit.)*

---

1. David d'Angers. *Cf.* p. 279, note 1, et *Victor Hugo raconté par Adèle Hugo*, IV, 22, Plon « Les Mémorables », p. 418. 2. Grand sculpteur grec du Vᵉ siècle avant J.-C. ; modèle de la statuaire classique. 3. Sculpteur et architecte français du XVIIᵉ siècle, marqué par le baroque. Principale référence romantique (avec Michel-Ange) en matière de statuaire, en raison de son style tourmenté.

IX. — LA CAPTIVE

P. 109.   Bien loin de ces Sodomes.

Voyez les mémoires d'Ibrahim-Manzour Effendi, sur le double sérail d'Ali-Pacha. C'est une mode turque. *(Note du manuscrit.)*

X. — CLAIR DE LUNE

P. 113. Est-ce un djinn qui là-haut siffle d'une voix grêle,
         Et jette dans la mer les créneaux de la tour ?

Djinn, génie, esprit de la nuit. Voyez dans ce recueil *les Djinns. (Note du manuscrit.)*

XIII. — LE DERVICHE

P. 122.   Dieu te garde un carcan de fer
              Sous l'arbre du segjin, chargé d'âmes impies.

Le *segjin*, septième cercle de l'enfer turc. Toute lumière y est obstruée par l'ombre d'un arbre immense. *(Note du manuscrit.)*

XV. — MARCHE TURQUE

P. 128.   Tel est, comparadgis, spahis, timariots,
              Le vrai guerrier croyant !

Comparadgis, bombardiers ; *Spahis*, cavaliers qui ont des espèces de fiefs et doivent au sultan un certain nombre d'années de service militaire ; *timariots*, cavalerie composée de recrues, qui n'a ni uniforme ni discipline, et ne sert qu'en temps de guerre [1]. *(Note du manuscrit.)*

XVI. — LA BATAILLE PERDUE

P. 129. Cette pièce est une inspiration de l'admirable romance *Rodrigo en el campo de batalla*, que nous reproduisons ici,

---

1. L'information de Hugo ne semble pas très sûre ici : ce sont les timariots qui ont reçu des terres sur les territoires conquis et doivent en échange un service militaire au sultan ; les spahis sont des cavaliers d'élite, élevés dans ce but dès l'enfance, comme les janissaires.

traduite littéralement comme elle a paru en 1821 dans un extrait du *Romancero general* publié pour la première fois en français par Abel Hugo, frère de l'auteur de ce livre.

RODRIGUE SUR LE CHAMP DE BATAILLE

C'était le huitième jour de la bataille ; l'armée de Rodrigue découragée fuyait devant les ennemis vainqueurs.

Rodrigue quitte son camp, sort de sa tente royale, seul, sans personne qui l'accompagne.

Son cheval fatigué pouvait à peine marcher. Il s'avance au hasard, sans suivre aucune route.

Presque évanoui de fatigue, dévoré par la faim et par la soif, le malheureux roi allait, si couvert de sang, qu'il en paraissait rouge comme un charbon ardent.

Ses armes sont faussées par les pierres qui les ont frappées ; le tranchant de son épée est dentelé comme une scie ; son casque déformé s'enfonce sur sa tête enflée par la douleur.

Il monte sur la plus haute colline, et de là il voit son armée détruite et débandée, ses étendards jetés sur la poussière ; aucun chef ne se montre au loin ; la terre est couverte du sang qui coule par ruisseaux. Il pleure et dit :

« Hier j'étais roi de toute l'Espagne, aujourd'hui je ne le suis pas d'une seule ville. Hier j'avais des villes et des châteaux, je n'en ai aucuns aujourd'hui. Hier j'avais des courtisans et des serviteurs, aujourd'hui je suis seul, je ne possède même pas une tour à créneaux ! Malheureuse l'heure, malheureux le jour où je suis né, et où j'héritai de ce grand empire que je devais perdre en un jour ! »

On voit du reste que les emprunts de l'auteur de ce recueil, et c'est un tort sans doute, se bornent à quelques détails reproduits dans cette strophe :

Hier j'avais des châteaux, j'avais de belles villes,
Des grecques par milliers à vendre aux juifs serviles ;
J'avais de grands harems et de grands arsenaux.
Aujourd'hui, dépouillé, vaincu, proscrit, funeste,
Je fuis... De mon empire, hélas ! rien ne me reste.
Allah ! je n'ai plus même une tour à créneaux !

M. Émile Deschamps, qui nous a fourni l'épigraphe de cette pièce [1], a dit dans sa belle traduction de cette belle romance :

---

1. Émile Deschamps (1791-1871) fut un intime de Hugo au début de la décennie 1820 ; il fonda avec lui et Vigny *La Muse française*,

> Hier, j'avais douze armées,
> Vingt forteresses fermées,
> Trente ports, trente arsenaux...
> Aujourd'hui, pas une obole,
> Pas une lance espagnole,
> Pas une tour à créneaux !

La rencontre était inévitable. Au reste, M. Émile Deschamps est seul en droit de dire qu'il s'est *inspiré* de l'original espagnol, parce qu'en effet, indépendamment de la fidélité à tous les détails importants, il y a dans son œuvre inspiration et création. Il s'est emparé de la romance gothe, l'a remaniée, l'a refondue, et l'a jetée dans notre vers français, plus riche, plus variée dans ses formes, plus large, et en quelque sorte reciselée. Son *Rodrigue pendant la bataille* n'est pas la moindre parure de son beau recueil. *(Note du manuscrit.)*

XVIII. — L'ENFANT

P. 136.   Ou le fruit du tuba, de cet arbre si grand
             Qu'un cheval au galop met, toujours en courant,
                 Cent ans à sortir de son ombre.

Voyez le Koran pour l'arbre tuba, comme pour l'arbre du segjin. Le paradis des turcs, comme leur enfer, a son arbre. *(Note du manuscrit.)*

XXVII. — NOURMAHAL LA ROUSSE

P. 161. Nourmahal est un mot arabe qui veut dire *lumière de la maison*. Il ne faut pas oublier que les cheveux roux sont une beauté pour certains peuples de l'Orient.

Quoique cette pièce ne soit empruntée à aucun texte oriental, nous croyons que c'est ici le lieu de citer quelques extraits absolument inédits de poèmes orientaux qui nous paraissent à un

---

journal romantique et royaliste qui parut en 1823 et 1824. Cette traduction avait paru en 1828 dans ses *Études françaises et étrangères*. Le romantisme d'Émile Deschamps, comme celui de son frère Antony (1800-1869), resta toujours très modéré.

haut degré remarquables et curieux[1]. La lecture de ces citations accoutumera peut-être le lecteur à ce qu'il peut y avoir d'étrange dans quelques-unes des pièces qui composent ce volume. Nous devons la communication de ces fragments, publiés ici pour la première fois, à un jeune écrivain de savoir et d'imagination, M. Ernest Fouinet[2], qui peut mettre une érudition d'orientaliste au service de son talent de poète. Nous conservons scrupuleusement sa traduction, elle est littérale, et par conséquent, selon nous, excellente[3].

LA CHAMELLE

La chamelle s'avance dans les sables de Thamed.
Elle est solide comme les planches d'un cercueil, quand je la pousse sur un sentier frayé, comme un manteau couvert de raies.
Elle dépasse les plus rapides, et rapidement son pied de derrière chasse son pied de devant.
Elle obéit à la voix de son conducteur, et, de sa queue épaisse, elle repousse les caresses violentes du chameau au poil roux ;

---

1. Il est sans doute significatif de l'image et l'usage hugoliens de l'Orient, que cette petite anthologie de poésie orientale soit ainsi reliée à une pièce qui dit la fascination monstrueuse, déclinée au féminin. 2. « À dix-sept ans (1807), Ernest Fouinet s'est inscrit à l'École des Langues orientales ; en 1821 à la Société Asiatique dès qu'elle se fonde. Il collabore aux *Annales romantiques* entre 1826 et 1834 [...] en 1824 Sainte-Beuve signalait ses poésies dans *Le Globe*. En 1830 il reprend, dans un *Choix de poésies orientales en vers et en prose*, plusieurs des textes que lui avait empruntés, l'année précédente, Hugo. Sous l'autorité de ce nom il avait lancé dans la grande circulation littéraire la poésie antéislamique, *Les Orientales* jouant en France un rôle symétrique à celui qu'avait *Le Divan* [de Goethe] en Allemagne. Grâce aux papiers de Fouinet envoyés tout droit par Hugo à l'imprimerie et adjoints aux notes de son recueil, ces grands noms se répandent : Imroulkaïs, puis Djelal-eddin-Roumi, Ferid-eddin-Attar, et Firdousi » (Raymond Schwab, *La Renaissance orientale*, Payot, 1950, p. 350-351). 3. Désireux de s'ouvrir aux littératures étrangères et d'y puiser des arguments, sinon des modèles, pour leur entreprise de rénovation littéraire, les romantiques militèrent toujours pour des traductions les plus fidèles possibles, alors que l'habitude voulait qu'on « adaptât » les génies étrangers aux normes du goût français (*cf.* la préface de Hugo à la traduction des Œuvres complètes de Shakespeare par son fils François-Victor, ou cette *Prose philosophique* des années 1860-1865, intitulée « Les Traducteurs »). Plus précisément, Hugo s'élève ici contre ceux qu'on appelle alors les « fleuristes », tenants à l'instar de Sylvestre de Sacy, fondateur de la Société Asiatique de Paris, de traductions « adaptées » des poèmes orientaux.

D'une queue qui semble une paire d'ailes d'aigle que l'on aurait attachées à l'os avec une alène ;

D'une queue qui frappe tantôt le voyageur, tantôt une mamelle aride, tombante, ridée comme une outre.

Ses cuisses sont d'une chair compacte, pleines, et ressemblent aux portes élevées d'un château-fort.

Les vertèbres de son dos sont souples ; ses côtés ressemblent à des arcs solides.

Ses jambes se séparent quand elle court, comme les deux seaux que porte un homme du puits à sa tente.

Les traces des cordes sur ses flancs semblent des étangs desséchés et remplis de cailloux épars sur la terre aride.

Son crâne est dur comme l'enclume ; celui qui le touche croit toucher une lime.

Sa joue est blanche comme du papier de Damas, ses lèvres noirâtres comme du cuir d'Yémen, dont les courroies ne se rident point.

Enfin elle ressemble à un aqueduc, dont le constructeur grec a couvert de tuiles le sommet.

Ce morceau fait partie de la *Moallakat* de Tarafa.

Tous les sept ans, avant l'islamisme, les poètes de l'Arabie concouraient en poésie, à une foire célèbre, dans un lieu nommé Occadh. La cassideh (chant) qui avait été jugée la meilleure obtenait l'honneur d'être *suspendue* aux murailles intérieures du temple de la Mecque ; on a conservé sept de ces poèmes ainsi couronnés. *Moallakat* veut dire suspendue.

LA CAVALE

La cavale qui m'emporte dans le tumulte a les pieds longs, les crins épars, blanchâtres, se déployant sur son front.

Son ongle est comme l'écuelle dans laquelle on donne manger à un enfant. Il contient une chair compacte et ferme.

Ses talons sont parfaits, tant les tendons sont délicats.

Sa croupe est comme la pierre du torrent qu'a polie le cours d'une eau rapide[a].

Sa queue est comme le vêtement traînant de l'épouse[b]...

---

a. L'auteur a traduit ce passage dans les *Adieux de l'hôtesse arabe* : Ses pieds fouillent le sol, sa croupe est belle à voir, / Ferme, ronde et luisante, ainsi qu'un rocher noir / Que polit une onde rapide.
b. Il y a ici quelque chose de tout à fait primitif et qui pourrait tout au plus se traduire en latin.

À voir ses deux flancs maigres, on croirait un léopard couché.

Son cou est comme le palmier élevé entre les palmiers auquel a mis le feu un ennemi destructeur[a].

Les crins qui flottent sur les côtés de sa tête sont comme les boucles des femmes qui traversent le désert, montées sur des cavales, par un jour de vent.

Son front ressemble au dos d'un bouclier fabriqué par une main habile.

Ses narines rappellent l'idée d'un antre de bêtes féroces et d'hyènes, tant elles soufflent violemment.

Les poils qui couvrent le bas de ses jambes sont comme des plumes d'aigle noir, qui changent de couleur quand elles se hérissent.

Quand tu la vois arriver à toi, tu dis : C'est une sauterelle verte qui sort de l'étang.

Quand elle s'éloigne de toi, tu dirais : C'est un trépied solide qui n'a aucune fente[b].

Si tu la vois en travers, tu diras : Ceci est une sauterelle qui a une queue et la tend en arrière.

Le fouet en tombant sur elle produit le bruit de la grêle.

Elle court comme une biche que poursuit un chasseur.

Elle fait des sauts pareils au cours des nuages qui passent sur la vallée sans l'arroser, et qui vont se verser sur une autre.

« Que les lecteurs d'un esprit prompt exercent sur ce tableau les forces de leur imagination », s'écrie, à propos de ce beau et bizarre passage, ce bon allemand Reiske, qui préférait si énergiquement *le chameau frugal de Tarafa au cheval Pégase.*

TRAVERSÉE DU DÉSERT PENDANT LA NUIT

Je me plonge dans les anfractuosités des précipices, dans des solitudes où sifflent les djinns et les goules.

Par une nuit sombre, dans une effusion de ténèbres, je marchais, et mes compagnons flottaient comme des branches, par l'effet du sommeil.

C'était une obscurité vaste comme la mer, horrible, au sein de laquelle le guide s'égarait, qui retentit des cris du hibou, où périt le voyageur effrayé.

---

a. Son cou est fumant.   **b.** Ceci est dans les mœurs, on dresse un trépied dans le désert pour faire la cuisine. *(Notes de V. Hugo.)*

PENDANT LE JOUR

On entendait le vent gémir dans les profondeurs des précipices.

Et nous marchions à l'heure de midi, traversant les souffles brûlants et empestés qui mettent en fusion les fibres du cerveau.

Ma chamelle était rapide comme le katha [a] *qui traverse le désert,*

Qui y vient chercher de l'eau, et se jette sur une source dont on n'a jamais approché, tant elle est entourée de solitudes impénétrables.

De même, je m'enfonce dans une plaine poussiéreuse, dont le sable agité ressemble à un vêtement rayé [b].

Je me plonge dans l'abîme de vapeurs dans lesquelles les bornes [c] *ressemblent à des pêcheurs assis sur des écueils au bord de la mer.*

Ma chamelle passait où il n'y avait pas de route, où il n'y avait pas d'habitants.

Et elle faisait voler la poussière, car elle passait comme la flèche lorsqu'elle fuit l'arc qui lance au loin.

Ces deux tableaux sont d'*Omaïah ben Aïedz*, poète de la tribu poétique des Hudeïlites, qui habitait au couchant de la Mecque.

Voici un fragment plus ancien encore, admirable de profondeur et de mélancolie. C'est beau autrement que Job et Homère, mais c'est aussi beau [1].

---

a. Oiseau du désert qui vole d'instinct à toutes les sources d'eau. **b.** Cette belle et pittoresque expression a été traduite par l'auteur dans cette strophe de *Mazeppa* : Et si l'infortuné, dont la tête se brise, / Se débat, le cheval, qui devance la brise, / D'un bond plus effrayé / S'enfonce au désert vaste, aride, infranchissable, / Qui devant eux s'étend, avec ses plis de sable, / Comme un manteau rayé. **c.** Qui indiquent les chemins. *(Notes de Victor Hugo.)*

---

1. Sentence programme : il s'agit d'élever cette poésie orientale (promue ici référence majeure), à la même valeur esthétique que la poésie de la (double) origine de la civilisation occidentale (grecque et hébraïque) ; et ce, tout en maintenant son altérité (« c'est beau *autrement* »). Ajoutons que si, comme l'affirmait quelques mois plus tôt la préface de *Cromwell*, Homère constitue l'exemple et l'origine du génie épique, et le livre biblique de Job l'exemple et l'origine du génie dramatique, on pourrait voir dans cette poésie arabe antéislamique l'exemple et l'origine du troisième grand genre, le genre lyrique (un peu plus loin, la référence à Pindare y invite à nouveau).

La fortune m'a fait descendre d'une montagne élevée dans une vallée profonde ;

La fortune m'avait élevé par la profusion de ses richesses ; à présent je n'ai d'autre bien que l'honneur.

Le sort me fait pleurer aujourd'hui ; combien il m'a fait sourire autrefois !

Si ce n'était des filles à moi, faibles et tendres comme le duvet des petits kathas[a],

Certes j'aimerais à être agité de long en large sur la terre ;

Mais nos enfants sont comme nos entrailles, nous en avons besoin.

Mes enfants ! si le vent soufflait sur un d'eux, mes yeux resteraient fixes.

RENCONTRE DE TRIBUS

Ils se précipitèrent avec violence sur la tribu, et dispersèrent l'avant-garde comme un troupeau d'ânes sauvages, mais ils rencontrèrent un nuage plein de grêle[b].

Les lances en se plongeant dans le sang rendaient un son humide comme celui de la pluie qui tombe dans la pluie[c] *; les épées en frappant produisaient un son sec comme quand on fend du bois.*

Les arcs rendaient des sifflements confus comme ceux d'un vent du sud qui pousse une eau glacée.

On eût dit que les combattants étaient sous un nuage d'été qui s'épure en versant sa pluie, tandis que de petites nuées amoncelées lancent leurs éclairs.

Le morceau suivant, qui est de Rabiah ben al Kouden, nous semble remarquable par le désordre lyrique des idées. Il est curieux de voir de quelle façon les images s'engendrent une à une dans le cerveau du poète, et de retrouver Pindare[1] sous la tente de l'arabe.

---

a. Oiseaux du désert.   **b.** Le poète ne se serait point borné à dire *un nuage* dans ce cas : un nuage est bienfaisant pour des arabes. Mais il dit un nuage *plein de grêle*, malfaisant.   **c.** La langue française n'a pas de mot pour rendre ce bruit de l'eau qui tombe dans l'eau : les anglais ont une expression parfaite, *splash*. Le mot arabe est bien imitatif aussi, *ghachghachâ*. (Notes de V. Hugo.)

---

1. Grand poète grec du ve siècle avant J.-C., principale référence antique du lyrisme héroïque.

Tous les soirs suis-je donc condamné à être poursuivi de l'ombre de Chemmâ ? Quoiqu'elle ait éloigné de moi sa demeure, causera-t-elle mon insomnie ?

À l'heure de la nuit je vois de son côté s'élever vers la contrée du Riân un éclair vacillant qui vibre.

Je veille pour le regarder : il ressemble à la lampe de l'ennemi, brillant dans une citadelle bien fermée, inaccessible.

Ô mère d'Omar ! c'est une tour que redoute le vil poltron ; sa tête se lève comme une pointe aiguë.

Les petits nuages blancs s'arrêtent sur son sommet ; on dirait les fragments de toile que tend un tisserand.

J'y ai monté : les étoiles enlacées comme un filet la touchaient ; j'y ai atteint avant que l'aurore fût complète.

Les étoiles tendant vers le couchant semblaient ces blanches vaches sauvages qui s'enfuient du bord de l'étang où elles s'abreuvaient.

J'avais un arc jaune que la main aimait toucher ; mais moi seul l'avais touché ; comme une femme chaste, nul ne l'avait tenu que moi.

J'étendis sur mon arme mon vêtement qui l'a protégée toute la nuit contre la pluie qui s'entrelaçait dans l'air.

Le chemin qui conduit au château est uni comme le front d'une épouse, et je ne m'aperçus pas de sa longueur.

Les rangs de pierres qui le bordent sont comme les deux os qui s'élèvent de chaque côté de la tête[a].

Les extraits qu'on va lire sont du *Hamasa*, et sont inédits, en France du moins, car une édition de ce grand recueil s'imprime en Allemagne avec une version latine.

Kotri ben al Fedjat el Mazeni dit :

Au jour de la mêlée, aucun de vous n'a été détourné par les nombreux dangers de mort.

Il semblait que j'étais le but des lances[b], *tant il m'en venait de la droite et de devant moi !*

Tant ! que ce qui coulait de mon sang et du sang que je faisais couler colora ma selle et le mors de mon cheval.

Et je revins ; j'avais frappé ; car je suis comme le cheval de deux ans, qui a toute sa croissance ; je suis comme le cheval de cinq ans, qui a toutes ses dents.

---

a. Les tempes.   **b.** L'anneau dans lequel on s'exerce à viser.
(Notes de V. Hugo)

Chemidher el Islami, du temps de l'Islam, dit :

(Après avoir tué celui qui avait tué son frère par surprise.)

Enfants de mon oncle ! ne me parlez plus de poésie, après l'avoir enterrée dans le désert de Ghomeïr[a].
Nous ne sommes pas comme vous, qui attaquez sans bruit ; nous faisons face à la violence, et nous jugeons en cadis.
Mais nos arrêts contre vous, ce sont les épées, et nous sommes contents quand les épées le sont[b].
J'ai souffert de voir la guerre s'étendre entre nous et vous, enfants de mon oncle ! c'est cependant une chose naturelle.

Du temps de l'Islam, Oueddak ben Tsomeïl el Mazeni dit :

(La tribu de Mazen, dont faisait partie le poète, possédait près de *Barrah* un puits nommé *Safouan.* Les *Benou Scheiban* le lui disputèrent. Tel est le sujet.)

Doucement, Benou Scheiban, ceux qui nous menacent parmi vous rencontreront demain une bonne cavalerie près de Safouan.
Des chevaux choisis, que n'intimide point le bruit du combat quand l'étroit champ de bataille se rapproche.
Et des hommes intrépides dans la mêlée ; ils s'y jettent, et chacun de leurs pas porte une épée d'Yémen, aux deux tranchants affilés.
Ils sont superbes, vêtus de cuirasses ; ils ont des coups à porter pour toutes les blessures.
Vous les rencontrerez, et vous reconnaîtrez des gens patients dans le malheur.
Quand on les appelle au secours, ils sont toujours prêts, et ne demandent point pour quelle guerre ou en quel lieu.

Salma ben Iezid al Djofi, sur la mort d'un frère :

Je dis à mon âme, dans la solitude, et je la blâme : — Est-ce là de la constance et de la fermeté ?
Est-ce que tu ne sais pas que depuis que je vis je n'ai rencontré ce frère qu'au moment où le tombeau s'est ouvert entre lui et moi ?
Je semblais comme la mort, à cette séparation d'une nuit, et

---

a. Vous avez fui, vous vous êtes déshonorés ; ou : Vous avez enterré la poésie, source de toute gloire. **b.** Quand elles sont ébréchées à force de frapper, dit le commentateur. Qu'importe le commentateur ! *(Notes de V. Hugo.)*

quelle séparation que celle qui ne doit cesser qu'au jour du jugement !

Ce qui calmait ma douleur, c'était de penser qu'un jour je le suivrais, quelque douce que soit la vie.

C'était un jeune homme vaillant, qui donnait à l'épée son dû dans le combat.

Quand il était riche, il se rapprochait de son ami ; il s'en éloignait, quand il était pauvre.

FRAGMENTS

Que Dieu ait pitié de Modrek, au jour du compte et de la réunion des martyrs[a] *!*

Bon Modrek, il regardait son compagnon de route comme un voisin, même quand ses provisions de voyage ballottaient dans le sac.

(Auteur inconnu.)

Rita, fille d'Asem, dit :

Je me suis arrêtée devant les tentes de ma tribu, et la douleur et les soupirs des pleureuses m'ont fait verser des larmes.

Comme des épées du Hind, *ils couraient s'abreuver de mort dans le champ de bataille.*

Ces cavaliers étaient les gardiens des tentes de la mort, et leurs lances étaient croisées comme les branches dans une forêt.

Abd-ben-al-Tebib dit :

La paix de Dieu soit sur Keïs-ben-Asem, et sa miséricorde !

La mort de Keïs ne fut point la mort d'un seul, mais l'écroulement de l'édifice d'un peuple.

Ces quatre derniers morceaux sont tirés de la seconde partie du *Hamasa* ; cette seconde partie a pour titre : *Section des chants de mort.*

Les morceaux qui suivent sont extraits du divan de la tribu de Hodeil.

Taabatà Cherrân (un des héros du désert) et deux de ses compagnons rencontrèrent *Barik.* Celui-ci s'éloigna d'eux, monta sur un rocher, ensuite il répandit ses flèches à terre. — Oh ! l'un de vous, dit-il, sera mort le premier ; un autre le

---

a. De l'Islam. *(Note de V. Hugo.)*

suivra ; et, quant au troisième, je le secouerai comme le vent fait de la poussière. — Et Barik fit là-dessus ces vers :

C'était dans le pays de Thabit[a], *et ses deux compagnons le suivaient.*

Il excitait ses compagnons, et je dis : Doucement ! la mort vient à celui qui vient à elle.

Et je montrais mon carquois dans lequel il y avait des flèches longues et qui, comme le feu, avaient des pointes brillantes.

Il y en aura de vous un de mort avant moi ; je fais grâce au plus vil des trois, pour annoncer votre mort !...

L'un suivra l'autre ; quant au troisième et à moi, nous ferons comme un tourbillon de poussière... —

Thabit regarda le monticule qui le dominait, et s'y dirigea pour l'atteindre.

Il dit : — À lui et à vous deux ! — J'ai passé contre la mort ; enfin je l'ai laissée le tendon coupé (impuissante).

La fin de ce poème est un peu obscure, c'est le défaut de toute haute poésie, et surtout de toute poésie spéciale et primitive.

FRAGMENTS

Tu as loué Leïla en rimes qui, par leur enchaînement, donnent l'idée d'une étoffe rayée d'Yémen.

....

Est-ce que les grasses et pesantes queues de brebis, mangées avec le lait aigre, sont comme le lait doux et crémeux des chamelles paissant des herbes douces, mangé avec la bosse délicate du chameau ?

Est-ce que l'odeur du genévrier et de l'âcre cheth[b] *ressemble à l'odeur de la violette sauvage (khozama), ou au frais parfum de la giroflée ?*

....

*On dirait que tu ne connais d'autre femme qu'*Omm Nafi.

On dirait que tu ne vois pas d'autre ombre, dont les hommes puissent désirer le frais, que son ombre, et aucune beauté sans elle.

....

Est-ce que Omm Nautel nous a réveillés pour partir dans la nuit ? Aise et bonheur au voyageur nocturne qui hâte le pas !

Elle nous a réveillés, comme, dans le désert sablonneux d'Alidj, Omaya a tiré du sommeil ceux de la tribu de Madjdel.

---

a. Nom de Taabatà Cherrân.   **b.** Herbe qui sert à tanner. *(Notes de V. Hugo.)*

Elles s'avancent toutes deux la nuit, de peur que les chameaux fatigués ne les laissent dans l'embarras.

J'ai vu, et mes compagnons l'ont vu aussi, le feu de Oueddan, sur une éminence. C'était un bon feu, un feu bien flambant.

Quand ce feu languit, étouffé par la brume, tout à coup on le voit se ranimer en couronne de flammes.

J'ai dit à mes compagnons : Suivez-moi ! Et ils descendirent de leurs chevaux, bons coureurs, sveltes.

Nous nous reposâmes un court instant comme le katha, et les chamelles rapides, aux jambes écartées, nous emportèrent.

Il y a encore de l'obscurité dans ces fragments, mais il nous semble que la grâce et le sublime percent au travers.

Voici le début d'un poème composé par Schanfari, poëte de la tribu d'Azed, et coureur de profession :

Enfants de ma mère ! montez sur vos chameaux ; moi je me dirige vers d'autres gens que vous.

Les choses du voyage sont prêtes, la lune brille, les chameaux sont sanglés et sellés.

Il est sur la terre un lieu où l'on ne craint point la haine, un refuge contre le mal.

Par ma vie ! la terre n'est jamais étroite pour l'homme sage qui sait marcher la nuit vers l'objet de ses désirs, ou loin de l'objet de ses craintes.

J'aurai d'autres compagnons que vous, un loup endurci à la course, un léopard leste ; avec eux on ne craint point de voir son secret trahi.

Tous sont braves, repoussent l'insulte, et moi, comme eux, je m'élance sur l'ennemi à la première attaque !

Quel ton de grandeur, de tristesse et de fierté dans ce début ! Tel est le caractère général de ces poëmes de cent vers au plus, que les arabes nomment *Cassideh*.

Un autre poëte du divan de *Bootheri*, recueil de poésies d'hommes inconnus, fleurs du désert dont il ne reste que le parfum, dit :

Quand je vis les premiers ennemis paraître à travers les tamarins et les arbres épineux de la vallée,

Je pris mon manteau sans me tourner vers personne, je haïssais l'homme comme le hait le chameau à qui on vient de percer les narines[a].

---

a. Pour placer l'anneau qui sert à le conduire. *(Note de V. Hugo.)*

Des arabes aux persans la transition est brusque ; c'est
comme une nation de femmes après un peuple d'hommes. Il est
curieux de trouver, à côté de ce que le génie a de plus simple,
de plus mâle, de plus rude, l'esprit, rien que l'esprit, avec tous
ses raffinements, toutes ses manières efféminées. La barbarie
primitive, la dernière corruption ; l'enfance de l'art, et sa décré-
pitude. C'est le commencement et la fin de la poésie qui se
touchent. Au reste, il y a beaucoup d'analogie entre la poésie
persane et la poésie italienne. Des deux parts, madrigaux [1],
concettis [2], fleurs et parfums. Peuples esclaves, poésies courtisa-
nesques. Les persans sont les italiens de l'Asie.

GHAZEL

*Si je voyais cette enchanteresse dans mon sommeil, je lui
ferais le sacrifice de mon esprit et de ma foi.*

*Si un instant je pouvais placer mon front sous la plante de
son pied,*

Je ne tournerais plus mon visage vers la terre.

Si elle me disait : Ce pied est un esclave dans ma cour,

Je placerais ce pied sur la neuvième sphère céleste.

Oh ! ne dénoue pas ces tresses à l'odeur de jasmin ;

Ne fais pas honte aux parfums de la Chine.

*Oh ! Rafi-Eddin, avec candeur et sincérité, fais de la pous-
sière qu'elle foule le chemin de ton front.*

RAFI-EDDIN.

AUTRE

*Quel est le plus épars de tes cheveux ou de mes sens ? Quel
est l'objet le plus petit, ta bouche ou le fragment de mon cœur
brisé ?*

*Est-ce la nuit, qui est la plus noire, ou ma pensée, ou le point
qui orne ta joue ? quel est le plus droit, de ta taille, d'un cyprès
ou de mes paroles d'amour ?*

*Qui va chercher les cœurs ? ton approche ou les vers qui
épanouissent l'âme ? quel est le plus pénible, de tes refus ou
de mes plaintes qui brûlent ?*

CHAHPOUR ABHARI.

Mais assez d'antithèses ; voici un *ghazel* d'une vraie beauté,
d'une beauté arabe :

---

1. Petit poème, ingénieux et galant.   **2.** Pensées brillantes, traits
d'esprits, caractéristiques, comme le madrigal, d'une poésie artificielle
et surannée selon les romantiques.

Ceux qui volent à la recherche de la Caaba[a]*, quand ils ont enfin atteint le but de leurs fatigues,*

Voient une maison de pierre, haute, révérée, au milieu d'une vallée sans culture ;

Ils y entrent, afin d'y voir Dieu ; ils le cherchent longtemps et ne le voient point.

Quand avec tristesse ils ont parcouru la maison, ils entendent une voix au-dessus de leurs têtes :

— Ô adorateurs d'une maison ! pourquoi adorer de la pierre et de la boue ? Adorez l'autre maison, celle que cherchent les élus !

DJELAL EDDIN ROUMI.

Ce poëte est célèbre dans l'Orient. Il était très avancé dans le mysticisme des soufis, dont les hauts degrés sont un état de quiétude complète, d'*anéantissement* : c'est le mot dont ils se servent.

Ferideddin Attar, dans son poème mystique *le langage des Oiseaux*, définit d'une façon remarquable cet état d'anéantissement, ou de *pauvreté*, comme ils disent encore :

L'essence de cette région est l'oubli ; c'est la surdité, le mutisme, l'évanouissement.

Un seul soleil efface à tes yeux cent mille ombres.

L'océan universel, s'il s'agite, comment les figures tracées sur les eaux resteront-elles en place ?

Les deux mondes, le présent et l'avenir, sont des images que présente cette mer ; celui qui dit : Ce n'est rien, est dans une bonne voie.

Quiconque est plongé dans l'océan du cœur a trouvé le repos dans cet anéantissement.

Le cœur, plein de repos dans cet océan, le cœur n'y trouve autre chose que le ne-pas-être.

(Notes du *Pend-Namèh* de *Ferideddin Attar*, publié par M. S. de Sacy[1].)

---

a. Maison apportée du ciel par les anges et où Abraham professa la doctrine d'un Dieu unique. Une autre tradition raconte que c'est le lieu où se rencontrèrent Adam et Ève après une longue séparation sur la terre. Ce temple fut dès la plus haute antiquité le point du pèlerinage des arabes que les musulmans continuent d'observer. *(Note de V. Hugo.)*

---

1. Sylvestre de Sacy (1758-1838), un des fondateurs de l'orientalisme français, spécialiste de l'arabe et du persan.

Voici six beaux vers de *Ferdousi*, le célèbre auteur de Chah-namèh *(Livre des Rois)* :

Quand la poussière se leva à l'approche de l'armée,
Les joues de nos illustres soldats devinrent pâles ;
Alors je levai cette hache de Ieckzhm [a],
Et d'un coup je fis un passage à mon armée.
Mon coursier poussait des cris comme un éléphant furieux ;
La plaine était agitée comme les flots du Nil.

Jones a publié ce fragment en anglais. *Togrul ben Arslan*, le dernier des *Seljoukides* [1], répéta ces vers à haute voix dans la bataille où il périt.

Le commencement du poëme de *Sohrab*, dans Ferdousi, ne nous semble pas moins remarquable :

J'ai appris d'un mobed [b] *que Rustem se leva dès le matin.*
Son esprit était chagrin ; il se prépara à la chasse ; il ceignit sa masse, et remplit son carquois de flèches.
Il sortit ; il sauta sur Rackch [c], *et fit partir ce cheval à forme d'éléphant.*
Il tournait la tête vers la frontière du Tourân, comme un lion furieux qui a vu le chasseur.
Quand il fut arrivé aux bornes du Tourân, il vit le désert plein d'ânes sauvages.
Le donneur de couronnes (Rustem) rougit comme la rose ; il fit un mouvement et lança Rackch.
Avec les flèches, et la masse, et le filet, il jeta à terre des troupes de gibier.

Nous terminons ces extraits par un *pantoum* [2] ou chant malais, d'une délicieuse originalité :

---

a. *Surnom de Sam, fils de Neriman* ; Sam était le père de Rustem, et c'est ce héros qui se bat armé de la hache de son père.   **b.** Prêtre des mages.   **c.** Son cheval. *(Notes de V. Hugo.)*

---

1. Ou Seldjoukides : dynastie d'origine turque, qui a dominé l'Orient musulman du XIe au XIIIe siècle.   **2.** D'origine malaise, ce type de poème est constitué de quatrains à rimes croisées, dans lesquels le deuxième et le quatrième vers sont repris par le premier et le troisième vers de la strophe suivante. Dans les années 1840-1860, période durant laquelle les formes fixes (notamment la plus célèbre d'entre elles, le sonnet) connurent un regain d'intérêt parmi les poètes français, le pantoum connut une certaine vogue : « Harmonie du soir », dans *Les Fleurs du Mal* de Baudelaire, en est un exemple.

PANTOUM MALAIS

Les papillons jouent à l'entour sur leurs ailes ;
Ils volent vers la mer, près de la chaîne des rochers.
Mon cœur s'est senti malade dans ma poitrine,
Depuis mes premiers jours jusqu'à l'heure présente.

Ils volent vers la mer, près de la chaîne des rochers...
Le vautour dirige son essor vers Bandam.
Depuis mes premiers jours jusqu'à l'heure présente,
J'ai admiré bien des jeunes gens.

Le vautour dirige son essor vers Bandam...
Et laisse tomber de ses plumes à Patani.
J'ai admiré bien des jeunes gens ;
Mais nul n'est à comparer à l'objet de mon choix.

Il laisse tomber de ses plumes à Patani...
Voici deux jeunes pigeons !
Aucun jeune homme ne peut se comparer à celui de mon
Habile comme il l'est à toucher le cœur.   [choix.

Nous n'avons point cherché à mettre d'ordre dans ces citations. C'est une poignée de pierres précieuses que nous prenons au hasard et à la hâte dans la grande mine d'Orient. *(Note du manuscrit.)*

XXX. — ROMANCE MAURESQUE

P. 170. Il y a deux romances, l'une arabe[1], l'autre espagnole, sur la vengeance que le bâtard Mudarra tira de son oncle Rodrigue de Lara, assassin de ses frères. La romance espagnole a été publiée en français dans la traduction que nous avons déjà citée (p. 223). Elle est belle, mais l'auteur de ce livre a souvenir d'avoir lu quelque part la romance mauresque, traduite en espagnol, et il lui semble qu'elle est plus belle encore. C'est à cette dernière version, plutôt qu'au poème espagnol, que se rapporte la sienne, si elle se rapporte à l'une des deux. La romance castil-

---

1. Il n'y a pas de version arabe (ou mauresque) de cette romance. Mais Hugo suit ici un avis alors assez partagé, défendu notamment par le grand spécialiste des littératures méridionales, Sismondi, qui pensait que les Maures étaient les auteurs de bon nombre de romances historiques attribuées aux Espagnols, notamment de celles où les Arabes ont le beau rôle.

lane est un peu sèche, on y sent que c'est un maure qui a le beau rôle.

Il serait bien temps que l'on songeât à republier, en texte et traduit sur les rares exemplaires qui en restent, le *Romancero general*, mauresque et espagnol ; trésors enfouis et tout près d'être perdus. L'auteur le répète ici, ce sont deux Iliades, l'une gothique, l'autre arabe. *(Note de l'édition originale.)*

XXXII. — LES BLEUETS

P. 179. Nous avons cru devoir scrupuleusement conserver l'orthographe des vers placés comme épigraphe en tête de cette pièce :

> *Si es verdad ó non, yo no lo he hy de ver,*
> *Pero non lo quiero en olvido poner.*

Ces vers, empruntés à un poëte curieux et inconnu, Segura de Astorga[1], sont de fort vieil espagnol. Si nous n'avions craint d'enlever sa physionomie au vieux *Joan* (et non pas Juan), il aurait fallu écrire : *Si es verdad ó no, yo no* le *he aqui de ver, pero no* le *quiero en olvido poner. Hy*, dans le passage ci-dessus, est pour *aqui*, comme il est pour *alli* dans un autre passage du même poëte qui sert d'épigraphe à *Nourmahal-la-Rousse :*

> *No es bestia que non fus hy trobada.*

Non fus pour *no fuese. (Note du manuscrit.)*

XXXIX. — BOUNABERDI

P. 209. Le nom de *Bonaparte* dans les traditions arabes est devenu *Bounaberdi*. Voyez à ce sujet une note curieuse du beau poëme de MM. Barthélemy et Méry, *Napoléon en Égypte. (Note du manuscrit.)*

XL. — LUI

P. 215.   Qu'il hante de Pæstum l'auguste colonnade.

Il eût fallu dire la route de Pæstum ; car de Pæstum même on ne voit pas le Vésuve. *(Note du manuscrit.)*

---

1. Il ne s'agit pas de l'auteur, mais du copiste ; Hugo est victime de l'erreur commise par l'éditeur de l'anthologie où il a sans doute puisé cette épigraphe.

XLI. — NOVEMBRE

P. 219.　Je te raconte aussi comment, aux Feuillantines,
　　　　　Jadis tintaient pour moi les cloches argentines.

L'ancien couvent des Feuillantines, quartier Saint-Jacques,
où s'est écoulée une partie de l'enfance de l'auteur. *(Note du manuscrit.)*

LES FEUILLES D'AUTOMNE

PRÉFACE [1]

Le moment politique est grave : personne ne le conteste, et l'auteur de ce livre moins que personne. Au dedans, toutes les solutions sociales remises en question ; toutes les membrures du corps politique tordues, refondues ou reforgées dans la fournaise d'une révolution, sur l'enclume sonore des journaux ; le vieux mot *pairie*, jadis presque aussi reluisant que le mot *royauté*, qui se transforme et change de sens [2] ; le retentissement perpétuel de la tribune sur la presse et de la presse sur la tribune [3] ; l'émeute qui fait la morte [4]. Au dehors, çà et là, sur la

---

1. Écrite seize mois après la révolution de Juillet 1830, alors que le nouveau régime traverse une période d'instabilité chronique (qu'on appellera « l'époque sans nom », et qui ne s'achèvera qu'en 1834-1835), cette préface s'inscrit dans le débat qui agite alors le milieu intellectuel et artistique (comme c'est le cas dans toute période révolutionnaire) sur « l'engagement » de l'art dans le mouvement politique et social. Hugo, directement mis en cause dans ce débat, répond non sans hauteur par l'affirmation de l'indépendance de l'artiste et de l'art, absolument nécessaire à la réalisation de leur mission sociale, voire politique (*cf.*, trente ans plus tard, la *Prose philosophique* intitulée « Utilité du beau »).   **2.** La Charte de 1814 avait établi deux Chambres, celle des députés, élue au suffrage censitaire, et celle des pairs, nommée par le roi, et héréditaire. Par une loi qui était alors en cours de discussion, le nouveau régime allait abolir l'hérédité de la pairie et ouvrir cette Chambre haute non plus aux représentants des grandes familles nobles d'Ancien Régime, mais aux principales « illustrations » civiles et militaires du pays. Victor Hugo y sera nommé en 1845.   **3.** La tribune parlementaire ; avant de s'y essayer lui-même à partir de 1846 et sous les Seconde et Troisième républiques, Hugo va s'intéresser de près à l'éloquence parlementaire en écrivant en 1834 « Sur Mirabeau », pour *Littérature et philosophie mêlées*.   **4.** Émeutes populaires et républicaines jalonnent l'année 1831, les plus importantes étant celle, anticléricale, dirigée contre l'archevêché de Paris (février) et celle de septembre en faveur de la Pologne (*cf.* p. 399, note 6) ; au moment où Hugo écrit ces lignes venait d'éclater à Lyon la grande révolte sociale des ouvriers tisserands, les Canuts, qui sera violemment réprimée par l'armée.

face de l'Europe, des peuples tout entiers qu'on assassine, qu'on déporte en masse ou qu'on met aux fers, l'Irlande dont on fait un cimetière, l'Italie dont on fait un bagne, la Sibérie qu'on peuple avec la Pologne [1] ; partout d'ailleurs, dans les états même les plus paisibles, quelque chose de vermoulu qui se disloque, et, pour les oreilles attentives, le bruit sourd que font les révolutions, encore enfouies dans la sape, en poussant sous tous les royaumes de l'Europe leurs galeries souterraines, ramifications de la grande révolution centrale dont le cratère est Paris. Enfin, au dehors comme au dedans, les croyances en lutte, les consciences en travail ; de nouvelles religions, chose sérieuse ! qui bégayent des formules, mauvaises d'un côté, bonnes de l'autre [2] ; les vieilles religions qui font peau neuve [3] ; Rome, la cité de la foi, qui va se redresser peut-être à la hauteur de Paris, la cité de l'intelligence ; les théories, les imaginations et les systèmes aux prises de toutes parts avec le vrai ; la question de l'avenir déjà explorée et sondée comme celle du passé. Voilà où nous en sommes au mois de novembre 1831.

Sans doute, en un pareil moment, au milieu d'un si orageux conflit de toutes les choses et de tous les hommes, en présence de ce concile tumultueux de toutes les idées, de toutes les croyances, de toutes les erreurs, occupées à rédiger et à débattre en discussion publique la formule de l'humanité au dix-neuvième siècle, c'est folie de publier un volume de pauvres vers désintéressés. Folie ! pourquoi [4] ?

---

1. Sur la situation des « nationalités » dans l'Europe de 1831, voir la dernière pièce du recueil, et nos notes.   2. Allusion au saint-simonisme, issu de la doctrine de Saint-Simon (mort en 1825), mouvement socialisant et industrialiste aux accents religieux, qui rêvait de se constituer en « nouveau christianisme » ; il rencontrait alors un vif succès dans les milieux intellectuels et parmi certaines franges des artisans parisiens.   3. Allusion au catholicisme libéral animé depuis 1829 par Lamennais, et qui désirait réconcilier la religion romaine et les idéaux de la Révolution française. Lamennais et ses condisciples Lacordaire et Montalembert étaient alors partis pour Rome dans l'espoir de convaincre le pape ; mais leur doctrine allait être condamnée par l'encyclique *Mirari vos*.   4. *Cf.* cette ébauche, légèrement postérieure à 1831 : « Il n'y a pas d'artiste qui n'entende aujourd'hui dire et répéter autour de lui : — que faites-vous là ? à quoi bon ? l'art est mort, regardez la tribune, regardez la place publique, voyez la séance, voyez l'émeute, c'est là qu'est le bruit, c'est là qu'est l'action, c'est là qu'est la vie. Allons artiste, quittez votre œuvre d'art, et venez

L'art, et l'auteur de ce livre n'a jamais varié dans cette pensée, l'art a sa loi qu'il suit, comme le reste a la sienne. Parce que la terre tremble, est-ce une raison pour qu'il ne marche pas ? Voyez le seizième siècle. C'est une immense époque pour la société humaine, mais c'est une immense époque pour l'art. C'est le passage de l'unité religieuse et politique à la liberté de conscience et de cité, de l'orthodoxie au schisme, de la discipline à l'examen, de la grande synthèse sacerdotale qui a fait le moyen-âge à l'analyse philosophique qui va le dissoudre[1] ; c'est tout cela ; et c'est aussi le tournant magnifique et éblouissant de perspectives sans nombre, de l'art gothique à l'art classique. Ce n'est partout, sur le sol de la vieille Europe, que guerres religieuses, guerres civiles, guerres pour un dogme, guerres pour un sacrement, guerres pour une idée, de peuple à peuple, de roi à roi, d'homme à homme, que cliquetis d'épées toujours tirées et de docteurs toujours irrités, que commotions politiques, que chutes et écroulements des choses anciennes, que bruyant et sonore avènement des nouveautés ; en même temps, ce n'est dans l'art que chefs-d'œuvre. On convoque la diète de Worms, mais on peint la chapelle Sixtine. Il y a Luther, mais il y a Michel-Ange[2].

Ce n'est donc pas une raison, parce que aujourd'hui d'autres vieilleries croulent à leur tour autour de nous, et remarquons en passant que Luther est dans les vieilleries et que Michel-Ange n'y est pas, ce n'est pas une raison parce qu'à leur tour aussi d'autres nouveautés surgissent dans ces décombres, pour que l'art, cette chose éternelle,

---

travailler à la besogne publique ! — En vérité ! / Mais l'art lui-même n'est-il pas une *besogne publique* ? et puis, quels grands hommes êtes-vous donc pour remplir ainsi la scène à vous tout seuls ? »

1. La Réforme (qui défend la primauté de l'examen personnel sur l'autorité du dogme et des clercs, et provoque la fin de l'unité religieuse de l'Occident) est souvent comprise au XIXᵉ siècle comme l'ancêtre direct du mouvement philosophique du XVIIIᵉ siècle et de la Révolution française.   2. À la seconde diète de Worms, en 1521, Luther refusa de se rétracter et fut mis au ban du Saint Empire : la rupture avec l'Église romaine était consommée ; Michel-Ange peignit les fresques de la Sixtine à Rome entre 1508 et 1512.

ne continue pas de verdoyer et de florir[1] entre la ruine d'une société qui n'est plus et l'ébauche d'une société qui n'est pas encore[2].

Parce que la tribune aux harangues regorge de Démosthènes[3], parce que les rostres[4] sont encombrés de Cicérons[5], parce que nous avons trop de Mirabeaux[6], ce n'est pas une raison pour que nous n'ayons pas, dans quelque coin obscur, un poëte.

Il est donc tout simple, quel que soit le tumulte de la place publique, que l'art persiste, que l'art s'entête, que l'art se reste fidèle à lui-même, *tenax propositi*[7]. Car la poésie ne s'adresse pas seulement au sujet de telle monarchie, au sénateur de telle oligarchie[8], au citoyen de telle république, au natif de telle nation, elle s'adresse à l'homme, à l'homme tout entier. À l'adolescent, elle parle de l'amour ; au père, de la famille ; au vieillard, du passé ; et, quoi qu'on fasse, quelles que soient les révolutions futures, soit qu'elles prennent les sociétés caduques aux entrailles, soit qu'elles leur écorchent seulement l'épiderme[9], à travers tous les changements politiques possibles, il y aura toujours des enfants, des mères, des jeunes filles, des vieillards, des hommes enfin, qui aimeront, qui se

---

1. Archaïsme pour *fleurir*. 2. Cette définition de l'époque présente, post-révolutionnaire et comme en gestation d'un avenir encore inconnu, a été formulée par de nombreux romantiques, de Nodier à Musset. Elle sera reprise par Hugo dans le titre, la préface et le « Prélude » de son recueil suivant : *Les Chants du crépuscule*. 3. Grand orateur athénien du IVᵉ siècle avant J.-C., opposé à la mainmise du roi Philippe de Macédoine sur les cités démocratiques. 4. Tribune aux harangues dans l'Antiquité romaine. 5. Orateur et philosophe romain du Iᵉʳ siècle avant J.-C. 6. Député du tiers état en 1789, grand orateur et un des principaux acteurs de la Révolution, depuis la convocation des États généraux jusqu'à sa mort, en 1791. En 1834 (« Sur Mirabeau ») Hugo verra en lui un héros de la parole agissante. L'ironie ne porte ni sur lui, ni sur Cicéron ou Démosthène, mais sur leurs pâles copies de 1831 : la mise au pluriel de ces grands noms propres, leur transformation en noms communs, est une figure dépréciative. 7. Horace, *Odes*, III, 3 : « L'homme juste et *ferme en sa résolution* ne se laisse ébranler ni par la furie d'un peuple séditieux, ni par le visage menaçant d'un tyran ». Sur Horace, *cf.* la note 2 de la p. 112. 8. Régime politique dans lequel le pouvoir est réservé de droit à un groupe social restreint et déterminé. 9. On peut penser que dès 1831 Hugo range la révolution de 1830 sous la seconde catégorie, et celle de 1789 sous la première.

réjouiront, qui souffriront. C'est à eux que va la poésie. Les révolutions, ces glorieux changements d'âge de l'humanité, les révolutions transforment tout, excepté le cœur humain. Le cœur humain est comme la terre ; on peut semer, on peut planter, on peut bâtir ce qu'on veut à sa surface ; mais il n'en continuera pas moins à produire ses verdures, ses fleurs, ses fruits naturels ; mais jamais pioches ni sondes ne le troubleront à de certaines profondeurs ; mais, de même qu'elle sera toujours la terre, il sera toujours le cœur humain ; la base de l'art, comme elle de la nature.

Pour que l'art fût détruit, il faudrait donc commencer par détruire le cœur humain.

Ici se présente une objection d'une autre espèce : — Sans contredit, dans le moment même le plus critique d'une crise politique, un pur ouvrage d'art peut apparaître à l'horizon ; mais toutes les passions, toutes les attentions, toutes les intelligences ne seront-elles pas trop absorbées par l'œuvre sociale qu'elles élaborent en commun, pour que le lever de cette sereine étoile de poésie fasse tourner les yeux à la foule ? — Ceci n'est plus qu'une question de second ordre, la question de succès, la question du libraire et non du poète. Le fait répond d'ordinaire oui ou non aux questions de ce genre, et, au fond, il importe peu. Sans doute il y a des moments où les affaires matérielles de la société vont mal, où le courant ne les porte pas, où, accrochées à tous les accidents politiques qui se rencontrent chemin faisant, elles se gênent, s'engorgent, se barrent et s'embarrassent les unes dans les autres. Mais qu'est-ce que cela fait ? D'ailleurs, parce que le vent, comme on dit, n'est pas à la poésie, ce n'est pas un motif pour que la poésie ne prenne pas son vol. Tout au contraire des vaisseaux, les oiseaux ne volent bien que contre le vent. Or la poésie tient de l'oiseau. *Musa ales*, dit un ancien[1].

Et c'est pour cela même qu'elle est plus belle et plus forte, risquée au milieu des orages politiques. Quand on sent la poésie d'une certaine façon, on l'aime mieux habi-

---

1. L'origine de cette citation n'a pas été identifiée ; l'expression est peut-être de Hugo lui-même.

tant la montagne et la ruine, planant sur l'avalanche, bâtissant son aire dans la tempête, qu'en fuite vers un perpétuel printemps. On l'aime mieux aigle qu'hirondelle.

Hâtons-nous de déclarer ici, car il en est peut-être temps, que dans tout ce que l'auteur de ce livre vient de dire pour expliquer l'opportunité d'un volume de véritable poésie qui apparaîtrait dans un moment où il y a tant de prose dans les esprits, et à cause de cette prose même, il est très loin d'avoir voulu faire la moindre allusion à son propre ouvrage. Il en sent l'insuffisance et l'indigence tout le premier. L'artiste, comme l'auteur le comprend, qui prouve la vitalité de l'art au milieu d'une révolution, le poète qui fait acte de poésie entre deux émeutes, est un grand homme, un génie, un œil, ὀφθαλμός, comme dit admirablement la métaphore grecque[1]. L'auteur n'a jamais prétendu à la splendeur de ces titres, au-dessus desquels il n'y a rien. Non ; s'il publie en ce mois de novembre 1831 *les Feuilles d'Automne*, c'est que le contraste entre la tranquillité de ces vers et l'agitation fébrile des esprits lui a paru curieux à voir au grand jour. Il ressent, en abandonnant ce livre inutile[2] au flot populaire qui emporte tant d'autres choses meilleures, un peu de ce mélancolique plaisir qu'on éprouve à jeter une fleur dans un torrent, et à voir ce qu'elle devient[3].

Qu'on lui passe une image un peu ambitieuse, le volcan d'une révolution était ouvert devant ses yeux. Le volcan l'a tenté. Il s'y précipite[4]. Il sait fort bien du reste qu'Em-

---

1. Autre allusion obscure. Voir cependant l'épigraphe de « Pan ». Au reste cette métaphore pourrait bien constituer la réponse de Hugo aux critiques qui avaient fustigé son recueil précédent, *Les Orientales*, en n'y voyant qu'une « poésie pour les yeux ».   2. *Cf.* la Préface des *Orientales*, p. 49.   3. Motif popularisé par le *René* de Chateaubriand (*Œuvres romanesques et voyages*, I, « La Pléiade », p. 129).   4. Cette illustration de l'attitude que doit adopter le poète face aux révolutions est décidément bien ambiguë : alors qu'il semblait prôner la sérénité, le « dégagement », voire un certain mépris pour les agitations politiques, Hugo, dans tout le mouvement qui s'achève avec ce paragraphe, défend au contraire la présence nécessaire du poète et de la poésie dans les temps révolutionnaires (ce qu'affirmait déjà dix ans plus tôt la première des *Odes* « Le poète dans les Révolutions »). Mais si l'indifférence ne sied pas au poète, celui-ci refuse obstinément aux acteurs patentés de la politique le droit de régenter les modes de participation de l'art à la chose publique.

pédocle n'est pas un grand homme, et qu'il n'est resté de lui que sa chaussure [1].

Il laisse donc aller ce livre à sa destinée, quelle qu'elle soit, *liber, ibis in urbem* [2], et demain il se tournera d'un autre côté [3]. Qu'est-ce d'ailleurs que ces pages qu'il livre ainsi, au hasard, au premier vent qui en voudra ? Des feuilles tombées, des feuilles mortes, comme toutes feuilles d'automne. Ce n'est point là de la poésie de tumulte et de bruit ; ce sont des vers sereins et paisibles, des vers comme tout le monde en fait ou en rêve [4], des vers de la famille, du foyer domestique, de la vie privée ; des vers de l'intérieur de l'âme. C'est un regard mélancolique et résigné, jeté çà et là sur ce qui est, surtout sur ce qui a été. C'est l'écho de ces pensées, souvent inexprimables, qu'éveillent confusément dans notre esprit les mille objets de la création qui souffrent ou qui languissent autour de nous, une fleur qui s'en va, une étoile qui tombe, un soleil qui se couche, une église sans toit, une rue pleine d'herbe ; ou l'arrivée imprévue d'un ami de collège presque oublié, quoique toujours aimé dans un repli obscur du cœur ; ou la contemplation de ces hommes à volonté forte qui brisent le destin ou se font briser par lui ; ou le passage d'un de ces êtres faibles qui ignorent l'avenir, tantôt un enfant, tantôt un roi [5]. Ce sont enfin, sur la vanité des projets et des espérances, sur l'amour à vingt ans, sur l'amour à trente ans, sur ce qu'il y a de triste dans le bonheur, sur cette infinité de choses doulou-reuses dont se composent nos années, ce sont de ces élé-gies comme le cœur du poète en laisse sans cesse écouler par toutes les fêlures que lui font les secousses de la vie. Il y a deux mille ans que Térence disait :

---

1. Selon Diogène Laërce, le philosophe Empédocle (ve siècle avant J.-C.), afin de cacher sa mort et de passer pour un dieu, se jeta dans l'Etna ; mais le volcan rejeta l'une de ses sandales. Seuls quelques fragments de son œuvre nous sont parvenus.   2. Premier vers des *Tristes* d'Ovide : « Petit *livre* — je n'en suis pas jaloux — *tu iras* sans moi *à Rome* ».   3. *Cf.* p. 397, note 1.   4. *Cf.* p. 334, note 3, et notre Présentation.   5. Cette poésie intime ne se limite donc pas strictement, au moins dans ses objets, à la « vie privée ».

Plenus rimarum sum ; bac atque illac
Perfluo [1].

C'est maintenant le lieu de répondre à la question des personnes qui ont bien voulu demander à l'auteur si les deux ou trois odes inspirées par les événements contemporains, qu'il a publiées à différentes époques depuis dix-huit mois [2], seraient comprises dans *les Feuilles d'Automne*. Non. Il n'y a point ici place pour cette poésie qu'on appelle politique et qu'il voudrait qu'on appelât historique [3]. Ces poésies véhémentes et passionnées auraient troublé le calme et l'unité de ce volume. Elles font d'ailleurs partie d'un recueil de poésie politique, que l'auteur tient en réserve [4]. Il attend pour le publier un moment plus littéraire.

Ce que sera ce recueil, quelles sympathies et quelles antipathies l'inspireront, on peut en juger, si l'on en est curieux, par la pièce XL du livre que nous mettons au jour. Cependant [5], dans la position indépendante, désintéressée et laborieuse où l'auteur a voulu rester, dégagé de toute haine comme de toute reconnaissance politique, ne devant rien à aucun de ceux qui sont puissants aujourd'hui, prêt à se laisser reprendre tout ce qu'on aurait pu

---

1. Térence, auteur dramatique latin du IIe siècle avant J.-C., est célèbre pour ses comédies. Dans *L'Eunuque*, l'esclave Parmédon explique qu'il ne sait pas garder un secret : « Je suis plein de fentes et je fuis de partout » (I, 105). Faisant de ces vers une définition de l'inspiration lyrique, Hugo fait subir à la citation une torsion étrange, du grotesque au sublime en quelque sorte.   2. Il s'agit des trois premières pièces des *Chants du crépuscule*, « Dicté après juillet 1830 », « À la colonne » et « Hymne » ; la première fut publiée d'abord dans la presse en août 1830, la troisième en juillet 1831.   3. Volonté d'une prise de distance vis-à-vis des combats de partis au profit d'une approche plus « profonde » des évolutions du collectif. Mais cette dimension politique-historique n'est pas absente des *Feuilles d'automne* (voir entre autres exemples « Rêverie d'un passant à propos d'un roi »).   4. Annonce des *Chants du crépuscule*, parus seulement en 1835 et dont l'essentiel ne sera composé qu'en 1834-1835. Au reste, comme la dominante intime des *Feuilles d'automne* n'exclut pas absolument le registre politique, la veine intime traversera le recueil suivant, — néanmoins plus politique, en effet.   5. S'ouvrant par un tableau de la situation politique présente et se fermant sur l'exposé des convictions politiques de l'auteur, cette préface, quoi qu'elle en dise, enregistre bien la pression de la politique sur la littérature en cette année 1831.

lui laisser par indifférence ou par oubli[1], il croit avoir le
droit de dire d'avance que ses vers seront ceux d'un
homme honnête, simple et sérieux, qui veut toute liberté,
toute amélioration, tout progrès, et en même temps[2] toute
précaution, tout ménagement et toute mesure ; qui n'a
plus, il est vrai, la même opinion qu'il y a dix ans sur
ces choses variables qui constituent les questions politiques, mais qui, dans ses changements de conviction,
s'est toujours laissé conseiller par sa conscience, jamais
par son intérêt. Il répétera en outre ici ce qu'il a déjà
dit ailleurs[a] et ce qu'il ne se lassera jamais de dire et
de prouver : que, quelle que soit sa partialité passionnée
pour les peuples dans l'immense querelle qui s'agite au
dix-neuvième siècle entre eux et les rois, jamais il n'ou-
bliera quelles ont été les opinions, les crédulités, et
même les erreurs de sa première jeunesse. Il n'attendra
jamais qu'on lui rappelle qu'il a été, à dix-sept ans,
stuartiste, jacobite et cavalier[3] ; qu'il a presque aimé la

---

1. Allusion à la pension royale de 2000 francs attribuée en 1823 à Victor Hugo par Louis XVIII, et que le nouveau régime continuait de lui verser. Plus pour longtemps. L'année suivante, l'interdiction par le ministère
de l'Intérieur du drame *Le Roi s'amuse*, alors que la censure théâtrale était
officiellement abolie, provoqua une réaction très vive de Hugo. En retour,
les journaux gouvernementaux ne manquèrent pas de rappeler la pension
qu'il recevait de l'État. Le poète répondit par une lettre au ministre, qu'il
rendit publique : « Je n'avais jamais considéré jusqu'ici [...] cette pension
que comme une reconnaissance un peu exagérée, si vous voulez, de
quelques titres littéraires fort contestables [...] Mais aujourd'hui que le
gouvernement paraît croire que ce qu'on appelle les pensions littéraires
vient de lui et non pas du pays, et que cette sorte d'allocation engage l'indépendance de l'écrivain, [...] je m'empresse de vous déclarer que j'y
renonce entièrement ».   **2.** Ce deuxième membre de la proposition a été
rajouté sur le manuscrit au-dessus du premier : Hugo choisit donc d'exprimer une position très « balancée », très « juste milieu », qui lui permet
de ne pas choisir entre les deux principaux partis du moment, celui du
« Mouvement » et celui de la « Résistance ».   **3.** « Stuartistes » et « Ja-
cobites » désignaient les partisans de la dynastie anglaise absolutiste, évin-
cée par la révolution de 1688 qui appela sur le trône Guillaume d'Orange,
plus libéral ; la révolution de Juillet fut très vite rapprochée de cette *Glo-
rious revolution*. Les « cavaliers » étaient, toujours en Angleterre, les partisans de Charles Ier, au temps de la république de Cromwell ; cette
première révolution anglaise est souvent comparée, elle, à la Révolution
française de 1789-1793. Par ces trois termes, Hugo fait allusion à son passé
ultra-royaliste et contre-révolutionnaire.
a. Préface de *Marion de Lorme. (Note de V. Hugo.)*

Vendée[1] avant la France ; que si son père a été un des premiers volontaires de la grande république, sa mère, pauvre fille de quinze ans, en fuite à travers le Bocage, a été une *brigande*, comme madame de Bonchamp et madame de Larochejaquelein[2]. Il n'insultera pas la race tombée[3], parce qu'il est de ceux qui ont eu foi en elle et qui, chacun pour sa part et selon son importance, avaient cru pouvoir répondre d'elle à la France. D'ailleurs, quelles que soient les fautes, quels que soient même les crimes, c'est le cas plus que jamais de prononcer le nom de Bourbon avec précaution, gravité et respect, maintenant que le vieillard qui a été le roi[4] n'a plus sur la tête que des cheveux blancs.

Paris, 24 novembre 1831.

---

1. Violente insurrection à la fois populaire, monarchiste et catholique, qui avait soulevé la Vendée contre la Première République ; Hugo l'avait célébrée dans une ode de 1819 (*Odes et Ballades*, I, 2). **2.** À l'époque où le marquis de Bonchamp et Henri de la Rochejaquelein commandaient l'armée vendéenne, la mère de Hugo, Sophie Trébuchet, vivait à Nantes, et sa famille, bourgeoise, était acquise à la Révolution (son grand-père fut même juge au Tribunal révolutionnaire de cette ville). Il est donc fort douteux qu'elle ait été « brigande », — c'est-à-dire engagée dans l'insurrection monarchiste. Son royalisme est plus tardif, et se développa en haine de Napoléon, notamment parce que celui-ci avait fait exécuter en 1812 le général Lahorie, — qui fut sans doute son amant. Mais Hugo semble avoir cru toute sa vie à l'ancienneté de cet engagement maternel. L'essentiel, quant au sens de cette préface et du recueil, est ailleurs : ce mythe familial permet au poète d'affirmer que l'individu privé, en ce qui le concerne en tout cas, participe directement, en tant qu'il est fils de ses parents, à l'histoire collective contemporaine dans ce qu'elle a de plus conflictuellement politique. Voir la première pièce du recueil, et notamment sa chute. **3.** La branche aînée des Bourbons, chassée définitivement du trône par la révolution de Juillet ; usage classique du mot *race* pour *famille, dynastie.* **4.** L'ancien roi détrôné, Charles X.

Data fata secutus.
Devise des Saint-John [2].

Ce siècle avait deux ans [3] ! Rome remplaçait
[Sparte [4],
Déjà Napoléon perçait sous Bonaparte [5],
Et du premier consul, déjà, par maint endroit,
Le front de l'empereur brisait le masque
[étroit.
5   Alors dans Besançon, vieille ville espagnole [6],
Jeté comme la graine au gré de l'air qui vole,

---

1. Ce poème célèbre a été publié une première fois dans la *Revue des Deux Mondes* du 1er août 1831, en tête d'un article biographique de Sainte-Beuve sur Victor Hugo (voir notre Présentation). Reprise partielle et en vers de la préface en prose : système d'ouverture qui sera celui, plus nettement encore, des recueils suivants.   2. Grande famille anglaise dont la devise est tirée du premier chant de l'*Énéide* (Virgile) : « J'ai suivi les destins qui m'étaient accordés ». Épigraphe qui ne figure pas sur le manuscrit, comme toutes celles de ce recueil. 3. Hugo est né en 1802. Sur le manuscrit le poème commence par quatre vers finalement supprimés : « Sans doute il vous souvient de ce guerrier suprême / Qui, comme un ancien dieu, se transforma lui-même / D'Annibal en Cromwell, de Cromwell en César. / — C'était quand il couvait son troisième avatar. »   4. La Rome impériale après la cité grecque, républicaine, austère et guerrière.   5. Premier des trois Consuls et chef du pouvoir exécutif depuis son coup d'État du 18 brumaire (novembre 1799), Bonaparte se fait proclamer Consul à vie en août 1802, puis Empereur héréditaire en mai 1804 sous le nom de Napoléon Ier.   6. Ancienne province du Saint Empire, la Franche-Comté fut administrée par l'Espagne depuis Charles Quint (autre empereur « hugolien », *cf. Hernani*), jusqu'à son rattachement au royaume de France en 1679.

Naquit d'un sang breton et lorrain à la fois [1]
Un enfant sans couleur, sans regard et sans voix ;
Si débile qu'il fut, ainsi qu'une chimère,
10   Abandonné de tous, excepté de sa mère,
Et que son cou ployé comme un frêle roseau
Fit faire en même temps sa bière et son berceau.
Cet enfant que la vie effaçait de son livre,
Et qui n'avait pas même un lendemain à vivre,
15   C'est moi. —

                Je vous dirai peut-être quelque jour
Quel lait pur, que de soins, que de vœux, que
                                    [d'amour,
Prodigués pour ma vie en naissant condamnée,
M'ont fait deux fois l'enfant de ma mère obstinée,
20   Ange qui sur trois fils attachés à ses pas
Epandait son amour et ne mesurait pas !
Ô l'amour d'une mère ! amour que nul n'oublie !
Pain merveilleux qu'un dieu partage et multiplie !
Table toujours servie au paternel foyer !
25   Chacun en a sa part et tous l'ont tout entier !

Je pourrai dire un jour, lorsque la nuit douteuse
Fera parler les soirs ma vieillesse conteuse,
Comment ce haut destin de gloire et de terreur
Qui remuait le monde aux pas de l'empereur,
30   Dans son souffle orageux m'emportant sans défense,
À tous les vents de l'air fit flotter mon enfance [2].
Car, lorsque l'aquilon [3] bat ses flots palpitants,

---

1. Avant d'être, à la fin du poème, constitué en antithèse politique, le couple parental « rassemble » deux extrémités du territoire français, programmant le nomadisme de l'enfant.   2. Allusion aux nombreux voyages des enfants Hugo, à la suite (ou à la poursuite) de leur père et des armées impériales (*Cf.* « Mon enfance »), *Odes et Ballades*, V, 9).   3. *Cf.* p. 165, note 1.

L'océan convulsif tourmente en même temps
Le navire à trois ponts qui tonne avec l'orage,
35 Et la feuille échappée [1] aux arbres du rivage [2] !

Maintenant, jeune encore et souvent éprouvé,
J'ai plus d'un souvenir profondément gravé,
Et l'on peut distinguer bien des choses passées
Dans ces plis de mon front que creusent mes pensées.
40 Certes, plus d'un vieillard sans flamme et sans
[cheveux,
Tombé de lassitude au bout de tous ses vœux,
Pâlirait s'il voyait, comme un gouffre dans l'onde,
Mon âme où ma pensée habite, comme un
[monde,
Tout ce que j'ai souffert, tout ce que j'ai tenté,
45 Tout ce qui m'a menti comme un fruit avorté,
Mon plus beau temps passé sans espoir qu'il
[renaisse,
Les amours, les travaux, les deuils de ma jeunesse,
Et quoiqu'encore à l'âge où l'avenir sourit,
Le livre de mon cœur à toute page écrit [3] !

50 Si parfois de mon sein s'envolent mes pensées,
Mes chansons par le monde en lambeaux dispersées ;
S'il me plaît de cacher l'amour et la douleur
Dans le coin d'un roman ironique et railleur [4] ;
Si j'ébranle la scène avec ma fantaisie,
55 Si j'entre-choque aux yeux d'une foule choisie

---

1. Une des significations possibles du titre du recueil ; la justification du titre est une des fonctions habituelles des préfaces. **2.** Non seulement le mouvement perpétuel de l'Empereur-aquilon contraint au mouvement toute la société, civils et militaires, adultes et enfants, mais il met en mouvement l'espace lui-même, qui « tremble », jusqu'à se transformer en fluide, en « océan convulsif » ; *cf.* « À mon père » : « Comme ce qu'un enfant a tracé sur le sable, / Les empires confus s'effaçaient sous ses pas. » (*Odes et Ballades*, II, 4.) **3.** Première expression de cette mélancolie radicale, installant la mort dans la vie, qui reviendra régulièrement dans le recueil. **4.** Allusion à *Notre-Dame de Paris*, publié trois mois plus tôt.

D'autres hommes comme eux, vivant tous à la fois
De mon souffle et parlant au peuple avec ma voix [1] ;
Si ma tête, fournaise où mon esprit s'allume,
60 Jette le vers d'airain qui bouillonne et qui fume
Dans le rythme profond, moule mystérieux
D'où sort la strophe ouvrant ses ailes dans les cieux ;
C'est que l'amour, la tombe, et la gloire, et la vie,
L'onde qui fuit, par l'onde incessamment suivie,
65 Tout souffle, tout rayon, ou propice ou fatal,
Fait reluire et vibrer mon âme de cristal,
Mon âme aux mille voix, que le Dieu que j'adore
Mit au centre de tout comme un écho sonore [2] !

D'ailleurs j'ai purement passé les jours mauvais,
Et je sais d'où je viens, si j'ignore où je vais [3].
70 L'orage des partis avec son vent de flamme
Sans en altérer l'onde a remué mon âme.
Rien d'immonde en mon cœur, pas de limon impur
Qui n'attendît qu'un vent pour en troubler l'azur !

Après avoir chanté, j'écoute et je contemple,
75 À l'empereur tombé dressant dans l'ombre un temple,
Aimant la liberté pour ses fruits, pour ses fleurs,
Le trône pour son droit, le roi pour ses malheurs [4] ;
Fidèle enfin au sang qu'ont versé dans ma veine
Mon père vieux soldat, ma mère vendéenne [5] !

Juin 1830.

---

1. L'auteur dramatique est pourvu d'attributs comparables à ceux de Napoléon.   2. Cette image complète et complique celle de l'âme gouffre et microcosme, développée plus haut. Au reste c'est tout ce portrait d'un « je » créateur, puissant et ouvert au monde qui s'oppose trait pour trait à la figuration précédente du « je », intime et mélancolique (voir notre Présentation).   3. *Cf.* Didier dans *Marion de Lorme* : « J'ignore d'où je viens et j'ignore où je vais » (acte III, sc. 6), et Hernani : « Je suis une force qui va ! / [...] Où vais-je ? je ne sais » (acte III, sc. 4).   4. Le roi Charles X, en exil depuis la révolution de Juillet 1830.   5. « Hugo place immédiatement ses origines familiales sous le signe de l'antithèse et de la mélancolie : d'une part le père mort et l'empereur tombé ; d'autre part le roi malheureux et la mère morte » (Meschonnic). *Cf.* p. 251, note 2.

II

À M. LOUIS B.[1]

Lyrnessi domus alta, solo Lau-
rente sepulcrum.

VIRGILE[2].

Louis, quand vous irez, dans un de vos voyages,
Voir Bordeaux, Pau, Bayonne et ses charmants rivages,
Toulouse la romaine où dans des jours meilleurs
J'ai cueilli tout enfant la poésie en fleurs[3],
5   Passez par Blois[4]. — Et là, bien volontiers sans doute,
Laissez dans le logis vos compagnons de route,
Et tandis qu'ils joueront, riront ou dormiront,
Vous, avec vos pensers qui haussent votre front,
Montez à travers Blois cet escalier de rues
10 Que n'inonde jamais la Loire au temps des crues ;
Laissez là le château, quoique sombre et puissant,
Quoiqu'il ait à la face une tache de sang[5] ;
Admirez, en passant, cette tour octogone

---

1. Louis Boulanger, *cf.* p. 192, note 2. Ce titre-dédicace ne figure
pas sur le manuscrit.   **2.** *Énéide*, chant XII. Virgile y déplore la mort
d'un héros : « À Lyrnesse [en Troade], tu possédais une haute demeure,
mais sur le sol de Laurente [en Italie] t'attendait le tombeau ».   **3.** En 1819 et en 1820 le jeune Hugo fut couronné pour
plusieurs de ses odes monarchistes par l'Académie des Jeux floraux de
Toulouse.   **4.** Le général Hugo, mis en demi-solde par la Restauration, vécut à Blois de 1815 à 1827 (il était mort à Paris en janvier
1828). Son fils aimait cette ville, où il plaça le premier acte de *Marion
de Lorme*.   **5.** Le duc de Guise y fut assassiné en 1588 ; sujet du
premier drame romantique joué : *Henri III et sa cour*, de Dumas
(1829).

Qui fait à ses huit pans hurler une gorgone[1] ;
Mais passez. — Et sorti de la ville, au midi,
Cherchez un tertre vert, circulaire, arrondi,
Que surmonte un grand arbre, un noyer, ce me semble.
Comme au cimier[2] d'un casque une plume qui tremble.
Vous le reconnaîtrez, ami, car, tout rêvant,
Vous l'aurez vu de loin sans doute en arrivant.

Sur le tertre monté, que la plaine bleuâtre,
Que la ville étagée en long amphithéâtre,
Que l'église, ou la Loire, et ses voiles aux vents,
Et ses mille archipels plus que ses flots mouvants,
Et de Chambord[3] là-bas au loin les cent tourelles
Ne fassent pas voler votre pensée entre elles.
Ne levez pas vos yeux si haut que l'horizon,
Regardez à vos pieds. —

                              Louis[4], cette maison
Qu'on voit, bâtie en pierre et d'ardoise couverte,
Blanche et carrée, au bas de la colline verte,
Et qui, fermée à peine aux regards étrangers,
S'épanouit charmante entre ses deux vergers,
C'est là. — Regardez bien. C'est le toit de mon père.
C'est ici qu'il s'en vint dormir après la guerre,
Celui que tant de fois mes vers vous ont nommé,
Que vous n'avez pas vu, qui vous aurait aimé !

Alors, ô mon ami, plein d'une extase amère,
Pensez pieusement, d'abord à votre mère,
Et puis à votre sœur, et dites : « Notre ami
Ne reverra jamais son vieux père endormi ! »

---

1. Divinités archaïques et monstrueuses dans la mythologie grecque ; équivalent Renaissance des gargouilles de l'architecture gothique. Ces deux vers ont été substitués sur le manuscrit à deux autres : « Admirez en passant cette tour transformée / En écurie au gré des chevaux de l'armée ». 2. Ornement placé au sommet d'un casque. 3. Hugo aimait beaucoup le château de Chambord, qu'il comparait à l'Alhambra de Grenade. 4. Diérèse (deux syllabes).

« Hélas ! il a perdu cette sainte défense
Qui protège la vie encore après l'enfance,
Ce pilote prudent, qui pour dompter le flot
Prête une expérience au jeune matelot !
45   Plus de père pour lui ! plus rien qu'une mémoire !
Plus d'auguste vieillesse à couronner de gloire !
Plus de récits guerriers, plus de beaux cheveux blancs
À faire caresser par les petits enfants !
Hélas ! il a perdu la moitié de sa vie,
50   L'orgueil de faire voir à la foule ravie
Son père, un vétéran, un général ancien !
Ce foyer où l'on est plus à l'aise qu'au sien,
Et le seuil paternel qui tressaille de joie
Quand du fils qui revient le chien fidèle aboie[1] !

55   « Le grand arbre est tombé ! resté seul au vallon,
L'arbuste est désormais à nu sous l'aquilon[2].
Quand l'aïeul disparaît du sein de la famille,
Tout le groupe orphelin, mère, enfants, jeune fille,
Se rallie inquiet autour du père seul
60   Que ne dépasse plus le front blanc de l'aïeul.
C'est son tour maintenant. Du soleil, de la pluie,
On s'abrite à son ombre, à sa tige on s'appuie.
C'est à lui de veiller, d'enseigner, de souffrir,
De travailler pour tous, d'agir, et de mourir !
65   Voilà que va bientôt sur sa tête vieillie
Descendre la sagesse austère et recueillie ;

---

1. Le couple Hugo ayant été précocement, et parfois violemment, désuni, l'enfant Victor ne connut guère son père, et ne dut guère l'aimer. Il s'en était peu à peu rapproché après la mort de sa mère (1822), alors que lui-même était marié et père de famille. Mais la mort du général ne leur laissa pas le temps de développer l'intimité ici décrite. Le poète glorifiera après coup et, peut-être, non sans quelque culpabilité, une relation devenue impossible avant d'avoir pu réellement s'établir, — l'auteur des *Misérables* s'en souviendra en décrivant les sentiments qui unissent Marius au souvenir de son père.   2. *Cf.* p. 165, note 1. Image reprise dans « La prière pour tous » (p. 380) mais avec un sens tout différent : « l'arbre » y « étouffe l'arbuste », et constitue dans ce poème un symbole du mystère du mal ; polysémie des images ou ambivalence de la relation filiale ?

Voilà que ses beaux ans s'envolent tour à tour[1],
Emportant l'un sa joie et l'autre son amour,
Ses songes de grandeur et de gloire ingénue,
Et que pour travailler son âme reste nue,
Laissant là l'espérance et les rêves dorés,
Ainsi que la glaneuse, alors que dans les prés
Elle marche, d'épis emplissant sa corbeille,
Quitte son vêtement de fête de la veille !
Mais le soir, la glaneuse aux branches d'un buisson
Reprendra ses atours, et chantant sa chanson
S'en reviendra parée, et belle, et consolée ;
Tandis que cette vie, âpre et morne vallée,
N'a point de buisson vert où l'on retrouve un jour
L'espoir, l'illusion, l'innocence et l'amour !

« Il continuera donc sa tâche commencée,
Tandis que sa famille, autour de lui pressée,
Sur son front, où des ans s'imprimera le cours,
Verra tomber sans cesse et s'amasser toujours,
Comme les feuilles d'arbre au vent de la tempête[2],
Cette neige des jours qui blanchit notre tête !

« Ainsi du vétéran par la guerre épargné,
Rien ne reste à son fils, muet et résigné,
Qu'un tombeau vide, et toi, la maison orpheline
Qu'on voit blanche et carrée au bas de la colline,
Gardant, comme un parfum dans le vase resté,
Un air de bienvenue et d'hospitalité !

« Un sépulcre à Paris[3] ! de pierre ou de porphyre[4],
Qu'importe ! Les tombeaux des aigles de l'empire
Sont auprès. Ils sont là tous ces vieux généraux
Morts un jour de victoire en antiques héros,

---

1. La mort du père arrache à sa jeunesse le jeune adulte, et précipite son vieillissement. Littéralement, les morts nous tuent (*cf.*, comme variation sur ce thème, la chute de « *C'est une chose grande...* »).   2. Nouvelle application de la métaphore-titre (*cf.* Préface et « *Ce siècle avait deux ans...* »).   3. Le général Hugo, mort à Paris rue Plumet (adresse de Jean Valjean et Cosette), fut enterré au Père-Lachaise, comme beaucoup de généraux de l'Empire.   4. *Cf.* p. 67, note 1. Matière luxueuse, à la différence de la simple « pierre ».

Ou, regrettant peut-être et canons et mitraille,
Tombés à la tribune, autre champ de bataille[1].
Ses fils ont déposé sa cendre auprès des leurs,
100 Afin qu'en l'autre monde, heureux pour les meilleurs,
Il puisse converser avec ses frères d'armes.
Car sans doute ces chefs, pleurés de tant de larmes,
Ont là-bas une tente. Ils y viennent le soir
Parler de guerre ; au loin, dans l'ombre, ils peuvent voir
105 Flotter de l'ennemi les enseignes rivales ;
Et l'empereur au fond passe par intervalles.

« Une maison à Blois ! riante, quoique en deuil,
Élégante et petite, avec un lierre au seuil,
Et qui fait soupirer le voyageur d'envie
110 Comme un charmant asile à reposer sa vie,
Tant sa neuve façade a de fraîches couleurs,
Tant son front est caché dans l'herbe et dans les fleurs !

« Maison ! sépulcre ! hélas, pour retrouver quelque ombre
De ce père parti sur le navire sombre,
115 Où faut-il que le fils aille égarer ses pas ?
Maison, tu ne l'as plus ! tombeau, tu ne l'as pas[2] ! »

                                        Juin 1830.

---

1. Le général Foy, beaucoup plus républicain que bonapartiste (il
avait voté contre le consulat à vie et contre l'empire), combattit notamment en Espagne, comme Léopold Hugo. Après Waterloo il devint l'un
des chefs du parti libéral. À sa mort en 1825, son cortège fut suivi par
plus de cent mille personnes et un monument lui fut élevé par souscription au Père-Lachaise, sculpté par David d'Angers (*Cf.* « À M. David,
statuaire »). Cette allusion permet de relier culte napoléonien et libéralisme, voire républicanisme, — configuration idéologique fréquente
autour de 1830.   2. L'essentiel de ce poème éminemment intime est
énoncé, non par le « poète », mais (fictivement) par le dédicataire.
Comme un appel à être parlé par un autre.

III

RÊVERIE D'UN PASSANT À PROPOS D'UN ROI [1]

> *Præbete aures, vos qui contine-*
> *tis multitudines et placetis vobis*
> *in turbis nationum, quoniam*
> *non custodistis legem justitiæ,*
> *neque secundum voluntatem Dei*
> *ambulastis.*
>
> SAP. VI [2].

Voitures et chevaux à grand bruit, l'autre jour,
Menaient le roi de Naple au gala de la cour [3].

1. Pas de titre sur le manuscrit. D'abord publié en juin 1831 dans la *Revue des Deux Mondes*, sous le titre « Les deux voix ». Figure d'un poète-passant, immergé dans la foule, écoutant les voix confuses du peuple, et les répercutant : première application de l'âme-écho (*cf.* « *Ce siècle avait deux ans...* »). Articulations de l'actualité et de l'histoire, de l'expérience, à la fois banale et moderne, de la grande ville, et de la vision prophétique.   **2.** « Prêtez l'oreille, vous qui gouvernez les multitudes et vous complaisez dans les troupes des nations, parce que vous n'avez pas gardé la loi de justice et marché selon la volonté de Dieu ». Ancien Testament, livre de la Sagesse, VI, 3 et 5 ; Hugo « saute » un verset énonçant la source divine de la souveraineté politique : « Vous avez reçu du Seigneur votre pouvoir, du Très-Haut votre souveraineté, et c'est lui qui examinera vos actes et scrutera vos desseins ».   **3.** De grandes festivités furent données en mai 1830 à l'occasion de la visite officielle du roi de Naples, père de la belle-fille du roi Charles X. Ces magnificences royales ne masquaient pas la gravité de la situation politique : depuis août 1829, le roi avait formé un gouvernement ultra-royaliste, à l'opposé de la majorité libérale de la Chambre élue. En mars 1830, celle-ci avait exprimé officiellement son désaccord, et le 16 mai (le lendemain de l'arrivée du roi de Naples à Paris) Charles X prenait la décision de la dissoudre. Les élections de juillet donnaient une majorité encore renforcée à la gauche, et le

J'étais au Carrousel, passant, avec la foule
Qui par ses trois guichets[1] incessamment s'écoule
5   Et traverse ce lieu quatre cents fois par an
Pour regarder un prince ou voir l'heure au cadran[2].
Je suivais lentement, comme l'onde suit l'onde,
Tout ce peuple, songeant qu'il était dans le monde,
Certes, le fils aîné du vieux peuple romain,
10 Et qu'il avait un jour, d'un revers de sa main,
Déraciné du sol les tours de la Bastille[3].
Je m'arrêtai : le suisse avait fermé la grille[4].

Et le tambour battait, et parmi les bravos
14 Passait chaque voiture avec ses huit chevaux.
La fanfare emplissait la vaste cour, jonchée
D'officiers redressant leur tête empanachée ;
Et les royaux coursiers marchaient sans s'étonner.
Fiers de voir devant eux des drapeaux s'incliner.
Or, attentive au bruit, une femme, une vieille,
20 En haillons[5], et portant au bras quelque corbeille,
Branlant son chef[6] ridé, disait à haute voix :
— Un roi ! sous l'empereur, j'en ai tant vu, des rois[7] !

25 juillet le roi et ses ministres promulguaient une série de lois d'exception (les quatre ordonnances) pour se passer de son concours et remettre en cause l'évolution libérale du régime. En réponse à ce coup d'État légal commençait le surlendemain la révolution de Juillet (les Trois Glorieuses) qui allait chasser Charles X. **1.** Située à l'extrémité des Tuileries (résidence royale), la place du Carrousel communique avec la rue de Rivoli par les guichets du Louvre. **2.** Le cadran du Pavillon de l'Horloge. **3.** La grandeur « romaine » du peuple français n'est pas ici celle des armées impériales, mais celle des révolutionnaires de 1789. **4.** Notation concrète et banale, « effet de réel » qui interrompt brutalement la songerie ambulante du poète. Mais aussi poursuite de l'évocation historique : du 14 juillet 1789 on passe au 10 août 1792, jour où les révolutionnaires forcèrent les grilles des Tuileries, défendues par la garde suisse, et déposèrent Louis XVI. **5.** Figure « misérable », qui rappelle la Sachette de *Notre-Dame de Paris* et la Guanhumara des *Burgraves*. **6.** Tête ; terme classique et noble, appliqué à une misérable. **7.** Napoléon invitait (convoquait) souvent à Paris les rois alliés ou vassaux de son Empire (*cf.* « Souvenir d'enfance »). Le rôle désacralisant de Napoléon sera toujours valorisé par Hugo (*cf.* « La Civilisation » dans les *Proses philosophiques des années 1860-1865*).

Alors je ne vis plus des voitures dorées
La haute impériale[1] et les rouges livrées,
25 Et, tandis que passait et repassait cent fois
Tout ce peuple inquiet, plein de confuses voix,
Je rêvai. Cependant la vieille vers la Grève[2]
Poursuivait son chemin en me laissant mon rêve,
Comme l'oiseau qui va, dans la forêt lâché,
30 Laisse trembler la feuille où son aile a touché[3].

Oh ! disais-je, la main sur mon front étendue,
Philosophie, au bas du peuple descendue !
Des petits sur les grands grave et hautain regard !
Où ce peuple est venu, le peuple arrive tard ;
35 Mais il est arrivé. Le voilà qui dédaigne !
Il n'est rien qu'il admire, ou qu'il aime, ou qu'il craigne.
Il sait tirer de tout d'austères jugements,
Tant le marteau de fer des grands événements
A, dans ces durs cerveaux qu'il façonnait sans cesse,
40 Comme un coin[4] dans le chêne enfoncé la sagesse[5] !

Il s'est dit tant de fois : — Où le monde en est-il ?
Que font les rois ? à qui le trône ? à qui l'exil ? —
Qu'il médite aujourd'hui, comme un juge suprême,
Sachant la fin de tout, se croyant en soi-même
45 Assez fort pour tout voir et pour tout épargner,
Lui qu'on n'exile pas et qui laisse régner !

La cour est en gala ! pendant qu'au-dessous d'elle,
Comme sous le vaisseau l'océan qui chancelle,
Sans cesse remué, gronde un peuple profond
50 Dont nul regard de roi ne peut sonder le fond.

---

1. Le dessus du carrosse.   **2.** Aujourd'hui place de l'Hôtel-de-Ville. S'y déroulaient (jusqu'en 1830) les exécutions capitales, et on y acclamait les nouveaux pouvoirs issus des révolutions.   **3.** La voix du peuple fait rêver le poète ; l'image de la feuille fragile et celle de l'âme cristalline et vibrante se superposent ici.   **4.** Instrument en forme de prisme pour fendre les matériaux.   **5.** *Cf.* l'épigraphe, tirée du livre de la Sagesse.

Démence et trahison qui disent sans relâche[1] :
— Ô rois, vous êtes rois ! confiez votre tâche
Aux mille bras dorés qui soutiennent vos pas.
Dormez, n'apprenez point et ne méditez pas
55   De peur que votre front, qu'un prestige environne,
Fasse en s'élargissant éclater la couronne ! —

Ô rois[2], veillez, veillez ! tâchez d'avoir régné.
Ne nous reprenez pas ce qu'on avait gagné ;
Ne faites point, des coups d'une bride rebelle,
60   Cabrer la liberté qui vous porte avec elle[3] ;
Soyez de votre temps, écoutez ce qu'on dit,
Et tâchez d'être grands, car le peuple grandit.

Écoutez ! écoutez, à l'horizon immense,
Ce bruit qui parfois tombe et soudain recommence,
65   Ce murmure confus, ce sourd frémissement
Qui roule, et qui s'accroît de moment en moment.
C'est le peuple qui vient, c'est la haute marée
Qui monte incessamment, par son astre attirée.
Chaque siècle, à son tour, qu'il soit d'or ou de fer,
70   Dévoré comme un cap sur qui monte la mer,
Avec ses lois, ses mœurs, les monuments qu'il fonde,
Vains obstacles qui font à peine écumer l'onde,
Avec tout ce qu'on vit et qu'on ne verra plus,
Disparaît sous ce flot qui n'a pas de reflux.
75   Le sol toujours s'en va, le flot toujours s'élève.
Malheur à qui le soir s'attarde sur la grève,

---

1. Autre discours rapporté au style direct, celui des courtisans et des mauvais ministres, après celui de la vieille en haillons et celui du peuple. **2.** Autre discours, celui du poëte-passant aux rois, qui s'oppose explicitement à celui des ministres (anaphore du vocatif « Ô rois »), et dont la légitimité vient de sa capacité à entendre la voix populaire. Hugo aurait tenu à Charles X des propos de ce genre, lors de son entrevue consécutive à l'interdiction de *Marion de Lorme* (*cf.* « Le sept août 1829 » dans *Les Rayons et les Ombres*). **3.** Un certain royalisme, incarné surtout par Chateaubriand et notamment depuis sa disgrâce de 1824, aurait voulu faire de la Restauration un régime protecteur des libertés, antidote des despotismes révolutionnaire et impérial.

Et ne demande pas au pêcheur qui s'enfuit
D'où vient qu'à l'horizon l'on entend ce grand bruit !
Rois, hâtez-vous ! rentrez dans le siècle où nous sommes,
80 Quittez l'ancien rivage [1] ! — À cette mer des hommes
Faites place, ou voyez si vous voulez périr
Sur le siècle passé que son flot doit couvrir [2] !
Ainsi ce qu'en passant avait dit cette femme
Remuait mes pensers dans le fond de mon âme,
85 Quand un soldat soudain, du poste détaché,
Me cria : — Compagnon, le soleil est couché [3].

18 mai 1830 [4].

---

1. Une certaine idée de la Restauration, celle qui voulait un retour à l'Ancien Régime refermant la parenthèse de la Révolution et de l'Empire (seuils du XIXᵉ siècle), est ici fermement congédiée. **2.** *Cf.* le monologue de don Carlos (*Hernani*, acte IV, sc. 2) où apparaît pour la première fois cette image du peuple-océan, promise à un long avenir dans l'œuvre hugolienne. **3.** Dans ce poème à voix multiples, le dernier mot revient aux forces de l'ordre, ordonnant au poète et au peuple de se disperser. **4.** Entre la composition et la publication du poème, la révolution de Juillet a eu lieu, preuve *a posteriori* de sa puissance prophétique.

IV

De todo, nada. De todos, nadie.

CALDERON[1].

Que t'importe, mon cœur, ces naissances des rois[2].
Ces victoires, qui font éclater à la fois
    Cloches et canons en volées,
Et louer le Seigneur en pompeux appareil,
5 Et la nuit, dans le ciel des villes en éveil,
    Monter des gerbes étoilées[3] ?

Porte ailleurs ton regard sur Dieu seul arrêté !
Rien ici-bas qui n'ait en soi sa vanité :
    La gloire fuit à tire-d'aile ;
10 Couronnes, mitres[4] d'or, brillent, mais durent peu ;
Elles ne valent pas le brin d'herbe que Dieu
    Fait pour le nid de l'hirondelle !

Hélas ! plus de grandeur contient plus de néant !
La bombe atteint plutôt l'obélisque géant
15   Que la tourelle des colombes.

---

1. « De tout, rien. De tous, personne. » Provenance inconnue. Calderon est le plus grand auteur dramatique du XVIIᵉ siècle espagnol. **2.** On peut penser au duc de Bordeaux, dauphin exilé avec son grand-père en 1830, et dont la naissance en 1820 avait été chantée par Hugo (*cf. Odes et Ballades*, I, 8) ; ou encore au roi de Rome, fils unique de Napoléon, né en 1811, mort à Vienne en 1832 (*cf. Les Chants du crépuscule*, II). Rappelons que depuis la Révolution de 1789 et jusqu'au rétablissement définitif de la République en 1870, aucun héritier légitime d'un monarque n'a pu, en France, s'asseoir sur le trône auquel il était promis. **3.** Feu d'artifice. **4.** Haute coiffure de cérémonie portée par les dignitaires de l'Église, notamment les évêques.

C'est toujours par la mort que Dieu s'unit aux rois[1] ;
Leur couronne dorée a pour faîte sa croix,
    Son temple est pavé de leurs tombes.

Quoi ! hauteur de nos tours, splendeur de nos palais,
20   Napoléon, César, Mahomet, Périclès[2],
    Rien qui ne tombe et ne s'efface !
Mystérieux abîme où l'esprit se confond !
À quelques pieds sous terre un silence profond,
    Et tant de bruit à la surface[3] !

Juin 1830.

---

1. Et seulement par la mort : il n'y a pas de droit divin des rois, garant en particulier de l'immortalité dynastique.   **2.** Le plus grand des hommes d'État de la démocratie athénienne (ve siècle av. J.-C.).   **3.** Thème récurrent, notamment dans ce recueil (*cf.* par exemple « *C'est une chose grande...* » et « Souvenir d'enfance »).

V

CE QU'ON ENTEND SUR LA MONTAGNE[1]

O altitudo[2] !

Avez-vous quelquefois, calme et silencieux,
Monté sur la montagne, en présence des cieux ?
Était-ce aux bords du Sund[3] ? aux côtes de Bretagne ?
Aviez-vous l'océan au pied de la montagne ?
5 Et là, penché sur l'onde et sur l'immensité,
Calme et silencieux, avez-vous écouté ?
Voici ce qu'on entend : — du moins un jour qu'en rêve
Ma pensée[4] abattit son vol sur une grève,
Et, du sommet d'un mont plongeant au gouffre amer,
10 Vit d'un côté la terre et de l'autre la mer,
J'écoutai, j'entendis, et jamais voix pareille
Ne sortit d'une bouche et n'émut une oreille.

Ce fut d'abord un bruit large, immense, confus,
Plus vague que le vent dans les arbres touffus,

---

1. Après la rêverie du poète immergé dans la foule urbaine, entendant la voix du peuple et de l'histoire (III, en partie relayé par IV),
celle, moins politico-historique et plus cosmique et religieuse, du poète
isolé et placé en altitude, percevant la double rumeur de la nature et
de l'humanité. L'océan fait le lien. Cette pièce a inspiré un poème
symphonique de Liszt.   2. « Ô profondeur ! », Saint Paul, Épître aux
Romains, XI, 33 (« Car Dieu a enfermé tous les hommes dans la déso-
béissance pour faire à tous miséricorde. Ô profondeur des richesses, de
la sagesse et de la science de Dieu ! Que ses jugements sont inson-
dables et ses voies impénétrables ! Qui en effet a connu la pensée du
Seigneur ? » [32-34]). Hugo joue sur le double sens du mot latin, à
la fois profondeur et hauteur.   3. Détroit entre le Danemark et la
Suède.   4. Rêve (ou rêverie) et pensée ont toujours partie liée chez
Hugo.

15 Plein d'accords éclatants, de suaves murmures,
Doux comme un chant du soir, fort comme un choc

Quand la sourde mêlée étreint les escadrons [d'armures
Et souffle, furieuse, aux bouches des clairons.
C'était une musique ineffable et profonde,
20 Qui, fluide, oscillait sans cesse autour du monde,
Et dans les vastes cieux, par ses flots rajeunis,
Roulait élargissant ses orbes[1] infinis
Jusqu'au fond où son flux s'allait perdre dans l'ombre
Avec le temps, l'espace et la forme et le nombre.
25 Comme une autre atmosphère épars et débordé,
L'hymne éternel couvrait tout le globe inondé.
Le monde, enveloppé dans cette symphonie,
Comme il vogue dans l'air, voguait dans l'harmonie.

Et pensif, j'écoutais ces harpes de l'éther[2],
30 Perdu dans cette voix comme dans une mer.
Bientôt je distinguai, confuses et voilées,
Deux voix, dans cette voix l'une à l'autre mêlées,
De la terre et des mers s'épanchant jusqu'au ciel,
Qui chantaient à la fois le chant universel ;
35 Et je les distinguai dans la rumeur profonde,
Comme on voit deux courants qui se croisent sous l'onde.

L'une venait des mers ; chant de gloire ! hymne heureux !
C'était la voix des flots qui se parlaient entre eux ;
L'autre, qui s'élevait de la terre où nous sommes,
40 Était triste ; c'était le murmure des hommes[3] ;
Et dans ce grand concert, qui chantait jour et nuit,
Chaque onde avait sa voix et chaque homme son bruit.

Or, comme je l'ai dit, l'océan magnifique
Épandait une voix joyeuse et pacifique,

---

1. Littéralement, espace circonscrit par l'orbite d'une planète ou de tout corps céleste. Tout ce passage reprend le thème pythagoricen de la musique des sphères, de la proximité, professée par la science antique, de l'astronomie et de la musique.   2. Fluide très subtil situé au-dessus de l'atmosphère terrestre, dans la science de l'Antiquité grecque.   3. Cette voix est audible aussi dans la grande ville ; *cf.* « Soleils couchants-II ».

45 Chantait comme la harpe aux temples de Sion [1],
    Et louait la beauté de la création.
    Sa clameur, qu'emportaient la brise et la rafale,
    Incessamment vers Dieu montait plus triomphale,
    Et chacun de ses flots que Dieu seul peut dompter,
50 Quand l'autre avait fini, se levait pour chanter.
    Comme ce grand lion dont Daniel fut l'hôte [2],
    L'océan par moments abaissait sa voix haute ;
    Et moi je croyais voir, vers le couchant en feu,
    Sous sa crinière d'or passer la main de Dieu [3].

55 Cependant, à côté de l'auguste fanfare,
    L'autre voix, comme un cri de coursier qui s'effare,
    Comme le gond rouillé d'une porte d'enfer,
    Comme l'archet d'airain sur la lyre de fer [4],
    Grinçait ; et pleurs, et cris, l'injure, l'anathème,
60 Refus du viatique [5] et refus du baptême,
    Et malédiction, et blasphème, et clameur,
    Dans le flot tournoyant de l'humaine rumeur
    Passaient, comme le soir on voit dans les vallées
    De noirs oiseaux de nuit qui s'en vont par volées.
65 Qu'était-ce que ce bruit dont mille échos vibraient ?
    Hélas ! c'était la terre et l'homme qui pleuraient.

    Frère ! de ces deux voix étranges, inouïes,
    Sans cesse renaissant, sans cesse évanouies,
    Qu'écoute l'Éternel durant l'éternité,
70 L'une disait : NATURE ! et l'autre : HUMANITÉ !

---

1. Montagne sainte de Jérusalem, sur laquelle s'élevait le Temple.
2. Le prophète Daniel, jeté par Darius, roi de Babylone, dans la fosse aux lions, en sortit sain et sauf (Ancien Testament, Daniel, VI) ; *cf.* « Les Lions », dans la Première Série de *La Légende des siècles*. **3.** « Ces images, mettant en scène des êtres aux allures humaines, pourvus, par exemple, d'une main, comme ici, et aux dimensions cosmiques (le lion océan, la crinière soleil), seront très caractéristiques de la mythologie hugolienne » (Albouy). **4.** *Cf.* le dernier vers du recueil : « Et j'ajoute à ma lyre une corde d'airain ! » **5.** Dernière communion accordée par le prêtre à un mourant.

Alors je méditai[1] ; car mon esprit fidèle,
Hélas ! n'avait jamais déployé plus grande aile ;
Dans mon ombre jamais n'avait lui tant de jour ;
Et je rêvai longtemps, contemplant tour à tour,
75 Après l'abîme obscur que me cachait la lame,
L'autre abîme sans fond qui s'ouvrait dans mon âme[2].
Et je me demandai pourquoi l'on est ici,
Quel peut être après tout le but de tout ceci,
Que fait l'âme, lequel vaut mieux d'être ou de vivre,
80 Et pourquoi le Seigneur, qui seul lit à son livre,
Mêle éternellement dans un fatal hymen[3]
Le chant de la nature au cri du genre humain ?

Juillet 1829.

---

1. Réaction similaire dans « Rêverie d'un passant à propos d'un roi », après la parole de la vieille : « Alors je ne vis plus [...] / Je rêvai ».   **2.** *Cf.* la première figure de l'âme, gouffre et monde, dans « *Ce siècle avait deux ans...* ».   **3.** Mariage ; terme classique et « poétique ».

VI

À UN VOYAGEUR[1]

> L'une partie du monde ne sait
> point comme l'autre vit et se
> gouverne.
>
> PHILIPPE DE COMMINES[2].

Ami, vous revenez d'un de ces longs voyages
Qui nous font vieillir vite[3], et nous changent en sages
    Au sortir du berceau.
De tous les océans votre course a vu l'onde,
5 Hélas ! et vous feriez une ceinture au monde
    Du sillon du vaisseau.

Le soleil de vingt cieux a mûri votre vie.
Partout où vous mena votre inconstante envie,
    Jetant et ramassant,
10 Pareil au laboureur qui récolte et qui sème,
Vous avez pris des lieux et laissé de vous-même
    Quelque chose en passant.

---

1. On ne connaît pas ce voyageur anonyme, fiction poétique selon P. Albouy. Mais au moment où il écrit ce poème, Hugo a publié quelques mois plus tôt *Les Orientales*, dans lesquelles il a fictivement et poétiquement voyagé à travers les « trois mondes » évoqués dans la quatrième strophe (Europe, Afrique, Asie). **2.** *Mémoires*, III, 3. **3.** Reprise du thème du vieillissement précoce, évoqué précédemment (I et II).

Tandis que votre ami, moins heureux et moins sage,
Attendait des saisons l'uniforme passage
15   Dans le même horizon,
Et comme l'arbre vert qui de loin la dessine,
À sa porte effeuillant ses jours, prenait racine
        Au seuil de sa maison !

Vous êtes fatigué, tant vous avez vu d'hommes !
20 Enfin vous revenez, las de ce que nous sommes,
        Vous reposer en Dieu.
Triste, vous me contez vos courses infécondes,
Et vos pieds ont mêlé la poudre de trois mondes
        Aux cendres de mon feu.

25 Or, maintenant, le cœur plein de choses profondes,
Des enfants dans vos mains tenant les têtes blondes,
        Vous me parlez ici,
Et vous me demandez, sollicitude amère !
— Où donc ton père ? où donc ton fils[1] ? où donc ta
30   — Ils voyagent aussi !   [mère ?

Le voyage qu'ils font n'a ni soleil, ni lune ;
Nul homme n'y peut rien porter de sa fortune,
        Tant le maître est jaloux !
Le voyage qu'ils font est profond et sans bornes,
35 On le fait à pas lents, parmi des faces mornes,
        Et nous le ferons tous !

J'étais à leur départ comme j'étais au vôtre.
En diverses saisons, tous trois, l'un après l'autre,
        Ils ont pris leur essor.
40 Hélas ! j'ai mis en terre, à cette heure suprême,
Ces têtes que j'aimais. Avare, j'ai moi-même
        Enfoui mon trésor.

---

1. Le premier enfant de Victor Hugo, Léopold, est mort à trois mois
en 1823.

Je les ai vus partir. J'ai, faible et plein d'alarmes,
Vu trois fois un drap noir semé de blanches larmes
45   Tendre ce corridor[1].
J'ai sur leurs froides mains pleuré comme une femme.
Mais, le cercueil fermé, mon âme a vu leur âme
          Ouvrir deux ailes d'or !

Je les ai vus partir comme trois hirondelles
50 Qui vont chercher bien loin des printemps plus fidèles
          Et des étés meilleurs.
Ma mère vit le ciel, et partit la première,
Et son œil en mourant fut plein d'une lumière
          Qu'on n'a point vue ailleurs.

55 Et puis mon premier-né la suivit ; puis mon père,
Fier vétéran âgé de quarante ans de guerre,
          Tout chargé de chevrons[2].
Maintenant ils sont là ! tous trois dorment dans l'ombre,
Tandis que leurs esprits font le voyage sombre,
60   Et vont où nous irons !

Si vous voulez, à l'heure où la lune décline,
Nous monterons tous deux la nuit sur la colline[3]
          Où gisent nos aïeux.
Je vous dirai, montrant à votre vue amie
65 La ville morte auprès de la ville endormie :
          Laquelle dort le mieux !

Venez ; muets tous deux et couchés contre terre,
Nous entendrons, tandis que Paris fera taire
          Son vivant tourbillon,
70 Ces millions de morts, moisson du fils de l'homme,
Sourdre confusément dans leurs sépulcres, comme
          Le grain dans le sillon !

---

1. *Cf.* « Rêverie » dans *Les Orientales*, et la note 3 de la page 203.
2. Signes de grades et de distinctions militaires.   **3.** Sans doute le cimetière du Père-Lachaise ; *cf.* « Souvenir d'enfance », où le père entraîne le fils sur cette même colline et lui tient un propos similaire.

Combien vivent joyeux qui devaient, sœurs ou frères,
Faire un pleur éternel de quelques ombres chères !
75   Pouvoir des ans vainqueurs !
Les morts durent bien peu. Laissons-les sous la pierre !
Hélas ! dans le cercueil ils tombent en poussière
        Moins vite qu'en nos cœurs [1] !

Voyageur ! voyageur ! Quelle est notre folie !
80 Qui sait combien de morts à chaque heure on oublie ?
        Des plus chers, des plus beaux ?
Qui peut savoir combien toute douleur s'émousse,
Et combien sur la terre un jour d'herbe qui pousse
        Efface de tombeaux [2] !

1829.
[6 juillet 1829].

---

1. *Cf.* XIII et, surtout, « La prière pour tous » (sections 3 et 4). *Cf.* également Baudelaire : « La servante au grand cœur dont vous étiez jalouse, / Et qui dort son sommeil sous une humble pelouse, / Nous devrions pourtant lui porter quelques fleurs. / Les morts, les pauvres morts ont de grandes douleurs » *(Les Fleurs du Mal)*. **2.** Hugo, comme la plupart des romantiques, semble obsédé par l'impossibilité de trouver le « bon rapport » aux morts, — signe ou conséquence, notamment, de la crise religieuse que traverse l'époque (voir notre Présentation).

DICTÉ EN PRÉSENCE DU GLACIER DU RHÔNE [1]

Causa tangor ab omni.

OVIDE [2].

Souvent, quand mon esprit riche en métamorphoses
Flotte et roule endormi sur l'océan des choses,
Dieu, foyer du vrai jour qui ne luit point aux yeux,
Mystérieux soleil dont l'âme est embrasée,
5   Le frappe d'un rayon, et, comme une rosée,
      Le ramasse et l'enlève aux cieux.

Alors, nuage errant, ma haute poésie
Vole capricieuse et sans route choisie,
De l'occident au sud, du nord à l'orient ;
10 Et regarde, du haut des radieuses voûtes,
    Les cités de la terre, et, les dédaignant toutes,
      Leur jette son ombre en fuyant.

---

1. Ce titre (comme celui de la première pièce des *Chants du crépuscule* « Dicté après Juillet 1830 ») est ambigu, du fait de l'ellipse du complément d'agent du participe passé passif : on peut comprendre que le poète dicte le poème, ou que celui-ci lui est dicté par quelqu'un ou quelque chose, par quelque voix indéterminée que suscite le sublime (naturel : le glacier ; ou historique : l'événement révolutionnaire). Hugo n'a jamais vu le glacier du Rhône, situé en Suisse, dans le Valais. 2. « Je trouve partout des raisons d'aimer », *Les Amours*, II, 4, 31 (Ovide s'excuse d'aimer toutes les femmes).

Puis, dans l'or du matin luisant comme une étoile,
Tantôt elle y découpe une frange à son voile,
15 Tantôt, comme un guerrier qui résonne en marchant,
Elle frappe d'éclairs la forêt qui murmure ;
Et tantôt en passant rougit sa noire armure
      Dans la fournaise du couchant.

Enfin sur un vieux mont, colosse à tête grise,
20 Sur des Alpes de neige un vent jaloux la brise.
Qu'importe ! Suspendu sur l'abîme béant
Le nuage se change en un glacier sublime,
Et des mille fleurons qui hérissent sa cime,
      Fait une couronne au géant !

25 Comme le haut cimier[1] du mont inabordable,
Alors il dresse au loin sa crête formidable.
L'arc-en-ciel vacillant joue à son flanc d'acier ;
Et, chaque soir, tandis que l'ombre en bas l'assiège,
Le soleil, ruisselant en lave sur sa neige,
30   Change en cratère le glacier.

Son front blanc dans la nuit semble une aube éternelle ;
Le chamois effaré, dont le pied vaut une aile,
L'aigle même le craint, sombre et silencieux ;
La tempête à ses pieds tourbillonne et se traîne ;
35 L'œil ose à peine atteindre à sa face sereine,
      Tant il est avant dans les cieux !

Et seul, à ces hauteurs, sans crainte et sans vertige,
Mon esprit, de la terre oubliant le prestige,
Voit le jour étoilé, le ciel qui n'est plus bleu,
40 Et contemple de près ces splendeurs sidérales
Dont la nuit sème au loin ses sombres cathédrales,
      Jusqu'à ce qu'un rayon de Dieu

---

1. *Cf.* p. 257, note 2.

Le frappe de nouveau, le précipite, et change
Les prismes du glacier en flots mêlés de fange ;
45 Alors il croule, alors, éveillant mille échos,
Il retombe en torrent dans l'océan du monde,
Chaos aveugle et sourd, mer immense et profonde,
      Où se ressemblent tous les flots !

Au gré du divin souffle ainsi vont mes pensées,
50 Dans un cercle éternel incessamment poussées.
Du terrestre océan dont les flots sont amers,
Comme sous un rayon monte une nue épaisse,
Elles montent toujours vers le ciel, et sans cesse
      Redescendent des cieux aux mers [1].

                                        Mai 1829.

---

1. Les cieux ne sont donc pas la patrie du génie, lequel doit, pour accomplir son être, s'élever *et* redescendre, éprouver les « splendeurs sidérales » *et* les « flots mêlés de fange ».

VIII

À M. DAVID, STATUAIRE[1]

> D'hommes tu nous fais dieux.
>
> RÉGNIER[2].

Oh ! que ne suis-je un de ces hommes
Qui, géants d'un siècle effacé,
Jusque dans le siècle où nous sommes
Règnent du fond de leur passé !
5 Que ne suis-je, prince ou poète[3],
De ces mortels à haute tête,
D'un monde à la fois base et faîte,
Que leur temps ne peut contenir ;
Qui, dans le calme ou dans l'orage,
10 Qu'on les adore ou les outrage,
Devançant le pas de leur âge,
Marchent un pied dans l'avenir !

---

1. Sculpteur romantique (1788-1856). Philhellène, libéral et républicain, il sera exilé par Louis-Napoléon Bonaparte après avoir eu des responsabilités sous la Seconde République. Intime du poète, qu'il sculptera en 1828 (un de ses célèbres médaillons, galerie de près de cinq cents portraits des personnalités du siècle), en 1837 et en 1842 (bustes). Hugo lui dédiera deux autres poèmes, « *Ô pétrisseur de bronze...* » (*Les Rayons et les Ombres*) et « *David, le marbre est saint...* » (*Toute la lyre*). Sur les rapports entre la statue, le grand homme et le peuple, *cf.* également « La colère du bronze », dans *La Légende des siècles — Nouvelle Série*.   **2.** Mathurin Régnier (1573-1613), auteur surtout des *Satires*, dont cette citation, un peu modifiée, est extraite (V) ; il y fait l'éloge des « pères des siècles vieux », incomparablement plus vertueux que les hommes du temps présent.   **3.** *Cf.* « *C'est une chose grande...* ».

Que ne suis-je une de ces flammes,
Un de ces pôles glorieux,
15   Vers qui penchent toutes les âmes,
Sur qui se fixent tous les yeux !
De ces hommes dont les statues,
Du flot des temps toujours battues,
D'un tel signe sont revêtues
20   Que, si le hasard les abat,
S'il les détrône de leur sphère,
Du bronze auguste on ne peut faire
Que des cloches pour la prière
Ou des canons pour le combat !

25   Que n'ai-je un de ces fronts sublimes,
David ! Mon corps, fait pour souffrir,
Du moins sous tes mains magnanimes
Renaîtrait pour ne plus mourir !
Du haut du temple ou du théâtre,
30   Colosse de bronze ou d'albâtre,
Salué d'un peuple idolâtre,
Je surgirais sur la cité,
Comme un géant en sentinelle,
Couvrant la ville de mon aile,
35   Dans quelque attitude éternelle
De génie et de majesté !

Car c'est toi, lorsqu'un héros tombe,
Qui le relèves souverain !
Toi qui le scelles sur sa tombe
40   Qu'il foule avec des pieds d'airain[1] !
Rival de Rome et de Ferrare[2],
Tu pétris pour le mortel rare

---

1. Terme poétique pour bronze. David est l'auteur de plusieurs monuments funéraires, dont les tombeaux du général Foy (*cf.* p. 260, note 1) et du maréchal Lefebvre.   **2.** David rivalise avec les grands artistes de la Renaissance italienne.

Ou le marbre froid de Carrare[1],
Ou le métal qui fume et bout.
45 Le grand homme au tombeau s'apaise
Quand ta main, à qui rien ne pèse,
Hors du bloc ou de la fournaise
Le jette vivant et debout !

Sans toi peut-être sa mémoire
50 Pâlirait d'un oubli fatal ;
Mais c'est toi qui sculptes sa gloire
Visible sur un piédestal.
Ce fanal, perdu pour le monde,
Feu rampant dans la nuit profonde,
55 S'éteindrait, sans montrer sur l'onde
Ni les écueils ni le chemin ;
C'est ton souffle qui le ranime ;
C'est toi qui, sur le sombre abîme,
Dresses le colosse sublime
60 Qui prend le phare dans sa main[2].

Lorsqu'à tes yeux une pensée
Sous les traits d'un grand homme a lui,
Tu la fais marbre, elle est fixée,
Et les peuples disent : C'est lui !
65 Mais avant d'être pour la foule,
Longtemps dans ta tête elle roule
Comme une flamboyante houle
Au fond du volcan souterrain ;
Loin du grand jour qui la réclame
70 Tu la fais bouillir dans ton âme ;
Ainsi de ses langues de flamme
Le feu saisit l'urne d'airain.

---

1. Ville de Toscane, célèbre pour la qualité de son marbre. **2.** Allusion à la statue colossale d'Apollon, bronze de plus de trente mètres dressé dans le port de Rhodes (Grèce) ; l'une des Sept Merveilles du monde antique.

Va ! que nos villes soient remplies
De tes colosses radieux !
75 Qu'à jamais tu te multiplies
Dans un peuple de demi-dieux !
Fais de nos cités des Corinthes[1] !
Oh ! ta pensée a des étreintes
Dont l'airain garde les empreintes,
80 Dont le granit s'enorgueillit !
Honneur au sol que ton pied foule !
Un métal dans tes veines coule ;
Ta tête ardente est un grand moule
D'où l'idée en bronze jaillit[2] !

85 Bonaparte eût voulu renaître
De marbre et géant sous ta main ;
Cromwell[3], son aïeul et son maître,
T'eût livré son front surhumain ;
Ton bras eût sculpté pour l'Espagne
90 Charles-Quint[4] ; pour nous, Charlemagne,
Un pied sur l'hydre d'Allemagne,
L'autre sur Rome aux sept coteaux[5] ;

---

1. Une des plus anciennes et des plus importantes cités de la Grèce antique.   2. Cf. « *Ce siècle avait deux ans...* », où le poète inspiré est figuré en sculpteur bronzier, dans une métaphore au mouvement très comparable.   3. Principale figure, politique et militaire, de la première révolution anglaise (1640-1660) : à bien des égards fondateur de l'Empire anglais et de sa puissance navale. Souvent comparé à Napoléon au XIXᵉ siècle. Hugo en a fait le héros de son fameux drame.   4. Empereur du Saint Empire et roi d'Espagne, sous le règne duquel la puissance espagnole fut à son apogée (1516-1556) ; autre grande figure historique du théâtre hugolien (le don Carlos d'*Hermani*).   5. Charlemagne avait en effet bâti son empire sur l'axe Aix-la-Chapelle (sa capitale)-Rome (lieu du sacre impérial en 800) ; Hugo semble en faire une figure éminemment française (« pour nous »), ce qui est loin d'être évident : pour les historiens Michelet ou Thierry, comme pour Alexandre Dumas et bien d'autres, Charlemagne est un empereur allemand.

Au sépulcre prêt à descendre,
César t'eût confié sa cendre ;
95   Et c'est toi qu'eût pris Alexandre
Pour lui tailler le mont Athos [1] !

Juillet 1828.

---

1. Selon l'historien latin Plutarque, un sculpteur proposa à Alexandre le Grand de transformer le mont Athos en gigantesque statue ; l'intéressé refusa (*Vie d'Alexandre*, 94). Tous les grands hommes évoqués dans cette dernière strophe sont donc des empereurs, qu'ils en portent ou non le titre officiel.

IX

À M. DE LAMARTINE [1]

> *Te referent fluctus !*
> HORACE [2].

Naguère une même tourmente,
Ami, battait nos deux esquifs ;
Une même vague écumante
Nous jetait aux mêmes récifs ;
5   Les mêmes haines débordées

---

1. Titre du manuscrit : « À mon ami A. de L. » (*cf.*, pour cet usage des initiales, les pièces II, XXVII, XXVIII, et notre Présentation). Comme les deux odes précédemment dédiées à Lamartine (*Odes et Ballades*, III, 1 et IV, 2), ce poème porte sur le rôle de la poésie, comprise comme une lutte. La métaphore maritime est d'ailleurs reprise à la première de ces deux *Odes*, et étendue ici à toute la pièce. En revanche l'idée du lien intime unissant poésie et religion (chrétienne), qui animait les deux *Odes*, est abandonnée au profit d'une définition de la poésie comme découverte et élargissement des possibles. De sept ans l'aîné de Vigny, et de douze ans de Hugo, Lamartine, lancé dès 1820 par l'éclatant succès des *Méditations poétiques*, peut être considéré comme le grand frère de cette première génération romantique. Au moment où ce poème est composé, il vient de publier les *Harmonies poétiques et religieuses* (autre succès) et d'être élu à l'Académie française (Hugo n'y entrera qu'en 1841). En outre Lamartine, alors diplomate, songe déjà à entrer en politique, projet que la révolution de Juillet précipitera. Hugo, pour sa part, attendra les années 1840. **2.** « Les flots vont l'emporter » (*Odes*, I, 14) ; Horace s'adresse au vaisseau de l'État.

Gonflaient sous nos nefs inondées
Leurs flots toujours multipliés,
Et, comme un océan qui roule,
Toutes les têtes de la foule
10 Hurlaient à la fois sous nos pieds[1] !

Qu'allais-je faire en cet orage,
Moi qui m'échappais du berceau ?
Moi qui vivais d'un peu d'ombrage
Et d'un peu d'air, comme l'oiseau ?
15 À cette mer qui le repousse
Pourquoi livrer mon nid de mousse
Où le jour n'osait pénétrer ?
Pourquoi donner à la rafale
Ma belle robe nuptiale[2]
20 Comme une voile à déchirer ?

C'est que, dans mes songes de flamme,
C'est que, dans mes rêves d'enfant,
J'avais toujours présents à l'âme
Ces hommes au front triomphant[3],
25 Qui, tourmentés d'une autre terre,
En ont deviné le mystère
Avant que rien en soit venu,
Dont la tête au ciel est tournée,
Dont l'âme, boussole obstinée,
30 Toujours cherche un pôle inconnu !

---

1. Alors qu'au même moment Hugo forge son « image-concept » du peuple-océan (*cf.* III, et la note 2 de la page 265), il utilise ici la métaphore océanique dans un sens beaucoup plus traditionnel (poétiquement et politiquement), pour désigner la foule ignoble et furieuse ; au reste cette foule est moins proche du peuple que du public, et de la critique.   **2.** Ce vêtement de noces peut être également compris, ici, comme la « robe virile » que prenaient les jeunes Romains à leur entrée dans l'âge adulte. *Cf.* l'ouverture de « À M. Alphonse de L. » (*Odes et Ballades*, III, 1).   **3.** Les grands hommes du poème précédent étaient des héros du glaive, grands conquérants et grands politiques ; sous les traits des aventuriers découvreurs, il s'agit ici des héros de l'esprit.

Ces Gamas[1] en qui rien n'efface
Leur indomptable ambition,
Savent qu'on n'a vu qu'une face
De l'immense création.
35 Ces Colombs, dans leur main profonde,
Pèsent la terre et pèsent l'onde
Comme à la balance du ciel,
Et, voyant d'en haut toute cause,
Sentent qu'il manque quelque chose
40 À l'équilibre universel[2] !

Ce contre-poids qui se dérobe,
Ils le chercheront, ils iront[3] ;
Ils rendront sa ceinture au globe,
À l'univers son double front ;
45 Ils partent, on plaint leur folie !
L'onde les emporte ; on oublie
Le voyage et le voyageur !... —
Tout à coup de la mer profonde
Ils ressortent avec leur monde,
50 Comme avec sa perle un plongeur !

Voilà quelle était ma pensée.
Quand sur le flot sombre et grossi
Je risquai ma nef insensée,
Moi, je cherchais un monde aussi !
55 Mais, à peine loin du rivage,
J'ai vu sur l'océan sauvage
Commencer dans un tourbillon
Cette lutte qui me déchire
Entre les voiles du navire
60 Et les ailes de l'aquilon[4] !

---

1. Vasco de Gama, navigateur portugais, doubla le premier le cap de Bonne-Espérance (1497) et remonta jusqu'aux Indes. **2.** Dans l'*Essai sur les mœurs*, que Hugo connaît bien, Voltaire reprend une tradition selon laquelle « Colomb, par la seule inspection d'une carte de notre univers, jugea qu'il devait y en avoir un autre » ; tradition erronée, puisqu'en fait Colomb cherchait un passage vers les Indes. **3.** *Cf.* p. 148, note 4, et p. 193. **4.** *Cf.* p. 165, note 1.

C'est alors qu'en l'orage sombre
J'entrevis ton mât glorieux
Qui, bien avant le mien, dans l'ombre,
Fatiguait l'autan[1] furieux.
65 Alors, la tempête était haute,
Nous combattîmes côte à côte,
Tous deux, moi barque, toi vaisseau[2],
Comme le frère auprès du frère,
Comme le nid auprès de l'aire[3],
70 Comme auprès du lit le berceau !

L'autan criait dans nos antennes[4],
Le flot lavait nos ponts mouvants,
Nos banderoles[5] incertaines
Frissonnaient au souffle des vents.
75 Nous voyions les vagues humides,
Comme des cavales numides[6],
Se dresser, hennir, écumer ;
L'éclair, rougissant chaque lame,
Mettait des crinières de flamme
80 À tous ces coursiers de la mer !

Nous, échevelés dans la brume,
Chantant plus haut dans l'ouragan,
Nous admirions la vaste écume
Et la beauté de l'océan !
85 Tandis que la foudre sublime
Planait tout en feu sur l'abîme,
Nous chantions, hardis matelots,
La laissant passer sur nos têtes,
Et, comme l'oiseau des tempêtes,
90 Tremper ses ailes dans les flots !

---

1. Vent orageux (du latin *altanus* : « vent de la haute mer »).
2. Grand navire. **3.** *Cf.* p. 92, note 4. **4.** *Cf.* p. 96, note 1.
Version modifiée sur le manuscrit : « Le vent criait ». **5.** Petite
bannière (drapeau) en forme de flamme. **6.** Juments arabes,
renommées pour leur rapidité, leur nervosité et leur endurance.

Échangeant nos signaux fidèles
Et nous saluant de la voix,
Pareils à deux sœurs hirondelles,
Nous voulions, tous deux à la fois,
95 Doubler le même promontoire,
Remporter la même victoire,
Dépasser le siècle[1] en courroux ;
Nous tentions le même voyage ;
Nous voyions surgir dans l'orage
100 Le même Adamastor jaloux[2] !

Bientôt la nuit toujours croissante,
Ou quelque vent qui t'emportait,
M'a dérobé ta nef puissante[3]
Dont l'ombre auprès de moi flottait !
105 Seul je suis resté sous la nue.
Depuis, l'orage continue,
Le temps est noir, le vent mauvais ;
L'ombre m'enveloppe et m'isole,
Et, si je n'avais ma boussole[4],
110 Je ne saurais pas où je vais !

Dans cette tourmente fatale
J'ai passé les nuits et les jours,
J'ai pleuré la terre natale,
Et mon enfance et mes amours.
115 Si j'implorais le flot qui gronde,
Toutes les cavernes de l'onde
Se rouvraient jusqu'au fond des mers ;
Si j'invoquais le ciel, l'orage,
Avec plus de bruit et de rage,
120 Secouait sa gerbe d'éclairs !

---

1. *Cf.* « À M. David, statuaire », première strophe.   **2.** Dans *Les Lusiades*, poème épique du Portugais Camoes (1572), le géant Adamastor surgit devant Vasco de Gama qui s'apprête à doubler le cap de Bonne-Espérance, et lui reproche de violer les secrets de la nature.   **3.** Entre 1825 (*Le Dernier Chant du pèlerinage d'Harold*, le *Chant du sacre*) et 1830 (les *Harmonies*...), Lamartine, tout à son bonheur matrimonial et à sa carrière diplomatique, n'avait rien publié.   **4.** « La fin de la troisième strophe nous permet d'identifier cette boussole : c'est l'obstination de l'âme à la recherche d'un pôle inconnu » (Meschonnic).

Longtemps, laissant le vent bruire,
Je t'ai cherché, criant ton nom !
Voici qu'enfin je te vois luire
À la cime de l'horizon.
125 Mais ce n'est plus la nef ployée,
Battue, errante, foudroyée
Sous tous les caprices des cieux,
Rêvant d'idéales conquêtes [1],
Risquant à travers les tempêtes
130 Un voyage mystérieux !

C'est un navire magnifique
Bercé par le flot souriant,
Qui, sur l'océan pacifique,
Vient du côté de l'orient !
135 Toujours en avant de sa voile
On voit cheminer une étoile
Qui rayonne à l'œil ébloui ;
Jamais on ne le voit éclore
Sans une étincelante aurore
140 Qui se lève derrière lui !

Le ciel serein, la mer sereine
L'enveloppent de tous côtés ;
Par ses mâts et par sa carène
Il plonge aux deux immensités !
145 Le flot s'y brise en étincelles ;
Ses voiles sont comme des ailes
Au souffle qui vient les gonfler ;
Il vogue, il vogue vers la plage,
Et, comme le cygne qui nage,
150 On sent qu'il pourrait s'envoler !

Le peuple, auquel il se révèle
Comme une blanche vision,
Roule, prolonge, et renouvelle
Une immense acclamation.
155 La foule inonde au loin la rive.

---

1. Version du manuscrit : « de lointaines conquêtes ».

Oh ! dit-elle, il vient, il arrive !
Elle l'appelle avec des pleurs,
Et le vent porte au beau navire,
Comme à Dieu l'encens et la myrrhe[1],
160 L'haleine de la terre en fleurs !

Oh ! rentre au port, esquif sublime !
Jette l'ancre loin des frimas !
Vois cette couronne unanime
Que la foule attache à tes mâts !
165 Oublie et l'onde et l'aventure,
Et le labeur de la mâture,
Et le souffle orageux du nord ;
Triomphe à l'abri des naufrages,
Et ris-toi de tous les orages
170 Qui rongent les chaînes du port !

Tu reviens de ton Amérique !
Ton monde est trouvé ! — Sur les flots
Ce monde, à ton souffle lyrique[2],
Comme un œuf sublime est éclos !
175 C'est un univers qui s'éveille !
Une création pareille
À celle qui rayonne au jour !
De nouveaux infinis qui s'ouvrent !
Un de ces mondes que découvrent
180 Ceux qui de l'âme ont fait le tour !

Tu peux dire à qui doute encore :
« J'en viens ! j'en ai cueilli ce fruit !
Votre aurore n'est pas l'aurore,
Et votre nuit n'est pas la nuit.
185 Votre soleil ne vaut pas l'autre.

---

1. Parfums précieux que les trois mages (avec « l'or) apportèrent en offrande au Christ nouveau-né. 2. Version du manuscrit : « ton souffle magique ».

Leur jour est plus bleu que le vôtre.
Dieu montre sa face en leur ciel.
J'ai vu luire une croix d'étoiles[1]
Clouée à leurs nocturnes voiles
190 Comme un labarum[2] éternel ! »

Tu dirais[3] la verte savane,
Les hautes herbes des déserts,
Et les bois dont le zéphyr vanne
Toutes les graines dans les airs ;
195 Les grandes forêts inconnues ;
Les caps d'où s'envolent les nues
Comme l'encens des saints trépieds[4] ;
Les fruits de lait et d'ambroisie[5],
Et les mines de poésie
200 Dont tu jettes l'or[6] à leurs pieds !

Et puis encor tu pourrais dire,
Sans épuiser ton univers,
Ses monts d'agate et de porphyre[7],
Ses fleuves qui noieraient leurs mers ;
205 De ce monde, né de la veille,
Tu peindrais la beauté vermeille,
Terre vierge et féconde à tous,
Patrie où rien ne nous repousse ;
Et ta voix magnifique et douce
210 Les ferait tomber à genoux !

---

1. On peut songer à la croix du Sud, visible seulement dans l'hémisphère austral (cohérence de la métaphore filée). **2.** Étendard sur lequel l'empereur romain Constantin. (IVe siècle après J.-C.) fit placer la croix et le monogramme de Jésus-Christ avec l'inscription « *In hoc signo vinces* » (Par ce signe tu vaincras). **3.** Version du manuscrit : « Tu peindrais ». **4.** Les oracles antiques, dont le plus célèbre, celui de Delphes, étaient juchés sur un haut escabeau à trois pieds. **5.** Nourriture des dieux de l'Olympe, dans la mythologie grecque. **6.** Allusion aux mines du Nouveau Monde (cohérence de la métaphore filée). **7.** *Cf.* p. 67, note 1.

Désormais, à tous tes voyages
Vers ce monde trouvé par toi,
En foule ils courront aux rivages
Comme un peuple autour de son roi !
215 Mille acclamations sur l'onde
Suivront longtemps ta voile blonde
Brillante en mer comme un fanal,
Salueront le vent qui t'enlève,
Puis sommeilleront sur la grève
220 Jusqu'à ton retour triomphal[1] !

Ah ! soit qu'au port ton vaisseau dorme,
Soit qu'il se livre sans effroi
Aux baisers de la mer difforme
Qui hurle béante sous moi,
225 De ta sérénité sublime
Regarde parfois dans l'abîme,
Avec des yeux de pleurs remplis,
Ce point noir dans ton ciel limpide,
Ce tourbillon sombre et rapide
230 Qui roule une voile en ses plis !

C'est mon tourbillon, c'est ma voile !
C'est l'ouragan qui, furieux,
À mesure éteint chaque étoile
Qui se hasarde dans mes cieux !
235 C'est la tourmente qui m'emporte !
C'est la nuée ardente et forte
Qui se joue avec moi dans l'air,
Et tournoyant comme une roue,
Fait étinceler sur ma proue
240 Le glaive acéré de l'éclair !

---

1. « Les sept strophes qui précèdent célèbrent la rencontre d'un poète et d'un public. L'exploration du poète est le bien de tous, mais la solitude de l'exploration était la condition de la communion avec les autres » (Meschonnic). Cette solitude ne peut s'accommoder que de la présence d'un autre explorateur, et ce public reconnaissant a d'abord été la foule haineuse et hurlante qu'il faut accepter de défier (*cf.* la première strophe).

Alors, d'un cœur tendre et fidèle,
Ami, souviens-toi de l'ami
Que toujours poursuit à coups d'aile
Le vent dans ta voile endormi.
245 Songe que du sein de l'orage
Il t'a vu surgir au rivage
Dans un triomphe universel,
Et qu'alors il levait la tête,
Et qu'il oubliait sa tempête
250 Pour chanter l'azur de ton ciel !

Et si mon invisible monde
Toujours à l'horizon me fuit,
Si rien ne germe dans cette onde
Que je laboure jour et nuit,
255 Si mon navire de mystère
Se brise à cette ingrate terre
Que cherchent mes yeux obstinés,
Pleure, ami, mon ombre jalouse !
Colomb doit plaindre Lapeyrouse [1].
260 Tous deux étaient prédestinés !

Juin 1830.

---

1. La Pérouse, parti pour une expédition autour du monde, périt dans
les mers d'Océanie en 1788.

X

Æstuat infelix[1].

Un jour au mont Atlas les collines jalouses
Dirent : — Vois nos prés verts, vois nos fraîches
Où vient la jeune fille, errante en liberté,   [pelouses

5   Chanter, rire et rêver après qu'elle a chanté ;
Nos pieds que l'océan baise en grondant à peine,
Le sauvage océan ! notre tête sereine,
À qui l'été de flamme et la rosée en pleurs
Font tant épanouir de couronnes de fleurs !

10   Mais toi, géant ! — d'où vient que sur ta tête chauve
Planent incessamment des aigles à l'œil fauve ?
Qui donc, comme une branche où l'oiseau fait son nid,
Courbe ta large épaule et ton dos de granit ?
Pourquoi dans tes flancs noirs tant d'abîmes pleins
                                              [d'ombre ?
15   Quel orage éternel te bat d'un éclair sombre ?
Qui t'a mis tant de neige et de rides au front ?
Et ce front, où jamais printemps ne souriront,
Qui donc le courbe ainsi ? quelle sueur l'inonde ?... —

Atlas leur répondit : C'est que je porte un monde[2].

Avril 1830.

---

1. « Il étouffe, le malheureux [dans un monde trop étroit pour lui] »
(Juvénal, *Satires*, X, 169 ; il s'agit d'Alexandre).   **2.** Dans la mytholo-
gie grecque le titan (*cf.* p. 133, note 3) Atlas est changé en montagne par
Zeus, et condamné à porter le ciel sur ses épaules. *Cf.* « À M. Alphonse de
L. » : « Nos sages répondront : — Que nous veulent ces hommes ? / [...]
Pourquoi nous effrayer de clartés symboliques ? / Nous aimons qu'on nous
charme en des chants bucoliques » (*Odes et Ballades*, III, 1).

XI

DÉDAIN[1]

> *Yo contra todos y todos contra yo.*
>
> Romance de Viejo Arias[2].

I

Qui peut savoir combien de jalouses pensées,
De haines, par l'envie en tous lieux ramassées,
De sourds ressentiments, d'inimitiés sans frein,
D'orages à courber les plus sublimes têtes,
5   Combien de passions, de fureurs, de tempêtes,
Grondent autour de toi, jeune homme au front serein !

Tu ne le sais pas, toi ! — Car tandis qu'à ta base
La gueule des serpents s'élargit et s'écrase,
Tandis que ces rivaux, que tu croyais meilleurs,
10 Vont t'assiégeant en foule, ou dans la nuit secrète
Creusent maint piège infâme à ta marche distraite,
          Pensif, tu regardes ailleurs !

---

1. Dédicace des premières éditions « à lord Byron en 1811 », suppri-
mée à partir de 1840 (édition Furne). Écrit en avril 1830, ce poème est
contemporain de la bataille d'*Hernani*. Comparer notamment à « Tristesse d'Olympio » (*Les Rayons et les Ombres*).   **2.** « Moi contre
tous et tous contre moi. » La grammaire espagnole voudrait *contra mi*,
mais le chiasme serait moins net. Ce vers, qui par sa métrique n'est
pas un vers de romance, ne se trouve pas dans cette œuvre consacrée
au Cid.

Ou si parfois leurs cris montent jusqu'à ton âme,
Si ta colère, ouvrant ses deux ailes de flamme,
15 Veut foudroyer leur foule acharnée à ton nom,
Avant que le volcan n'ait trouvé son issue,
Avant que tu n'aies mis la main à ta massue[1],
Tu te prends à sourire et tu dis : À quoi bon ?

Puis voilà que revient[2] ta chère rêverie,
20 Famille, enfance, amour, Dieu, liberté, patrie[3] ;
La lyre à réveiller ; la scène à rajeunir ;
Napoléon, ce dieu dont tu seras le prêtre ;
Les grands hommes, mépris du temps qui les voit
              Religion de l'avenir !   [naître,

II

Allez donc ! ennemis de son nom ! foule[4] vaine !
Autour de son génie épuisez votre haleine !
Recommencez toujours ! ni trêve, ni remord.
Allez, recommencez, veillez, et sans relâche
5 Roulez votre rocher[5], refaites votre tâche,
Envieux ! — Lui poëte, il chante, il rêve, il dort.

Votre voix, qui s'aiguise et vibre comme un glaive,
N'est qu'une voix de plus dans le bruit qu'il soulève.
La gloire est un concert de mille échos épars,

---

1. Singulière figuration du poète en Hercule.   **2.** Version du manuscrit : « Puis *tu reprends soudain* ta ». Ce passage de l'actif au passif restitue la cohérence du lexique hugolien : si la rêverie est un des modes de la pensée, à la différence de celle-ci elle relève tout entière du versant passif du sujet. *Cf.* « La Pente de la rêverie ».   **3.** Énumération qui décline les principaux « objets » du recueil, et contribue à définir son projet : au centre, l'amoureux et le religieux, éminemment proches, et « connectant » l'intime et le collectif, l'histoire individuelle et l'histoire générale, l'existentiel et le politique.   **4.** Version du manuscrit : « tourbe ».   **5.** Allusion à Sisyphe, roi mythique de Corinthe condamné par Zeus à rouler éternellement aux enfers un énorme rocher qui, à chaque fois qu'il approchait du sommet de la pente, retombait.

10 Chœurs de démons, accords divins, chants angéliques,
   Pareil au bruit que font dans les places publiques
           Une multitude de chars.

   Il ne vous connaît pas. — Il dit par intervalles
   Qu'il faut aux jours d'été l'aigre cri des cigales,
15 L'épine à mainte fleur ; que c'est le sort commun ;
   Que ce serait pitié d'écraser la cigale ;
   Que le trop bien est mal ! que la rose au Bengale
   Pour être sans épine est aussi sans parfum.

   Et puis, qu'importe ! amis, ennemis, tout s'écoule.
20 C'est au même tombeau que va toute la foule.
   Rien ne touche un esprit que Dieu même a saisi.
   Trônes, sceptres, lauriers, temples, chars de victoire,
   On ferait à des rois des couronnes de gloire
           De tout ce qu'il dédaigne ici ! [1]

   Que lui font donc ces cris ou votre voix s'enroue ?
25 Que sert au flot amer d'écumer sur la proue ?
   Il ignore vos noms, il n'en a point souci,
   Et quand, pour ébranler l'édifice qu'il fonde,
   La sueur de vos fronts ruisselle et vous inonde,
   Il ne sait même pas qui vous fatigue ainsi !

                    III

   Puis, quand il le voudra, scribes, docteurs, poètes,
   Il sait qu'il peut, d'un souffle, en vos bouches muettes
           Éteindre vos clameurs,
   Et qu'il emportera toutes vos voix ensemble
5 Comme le vent de mer emporte où bon lui semble
           La chanson des rameurs !

   En vain vos légions l'environnent sans nombre,
   Il n'a qu'à se lever pour couvrir de son ombre

---

1. *Cf.* « Rêverie d'un passant à propos d'un roi » : « Où ce peuple
est venu, le peuple arrive tard ; / Mais il est arrivé. Le voilà qui dédaigne ! »

À la fois tous vos fronts ;
10   Il n'a qu'à dire un mot pour couvrir vos voix grêles,
Comme un char en passant couvre le bruit des ailes
De mille moucherons !

Quand il veut, vos flambeaux, sublimes auréoles
Dont vous illuminez vos temples, vos idoles,
15   Vos dieux, votre foyer,
Phares éblouissants, clartés universelles,
Pâlissent à l'éclat des moindres étincelles
Du pied de son coursier[1] !

26 avril 1830.

---

1. *Cf.* « Mazeppa » dans *Les Orientales*.

XII[1]

In God is all.
Devise des Saltoun[2].

Ô toi qui si longtemps vis luire à mon côté
Le jour égal et pur de la prospérité,
Toi qui, lorsque mon âme allait de doute en doute,
Et comme un voyageur te demandait sa route,
5   Endormis sur ton sein mes rêves ténébreux,
Et pour toute raison disais : Soyons heureux !
Hélas ! ô mon amie, hélas ! voici que l'ombre
Envahit notre ciel, et que la vie est sombre ;
Voici que le malheur s'épanche lentement
10 Sur l'azur radieux de notre firmament ;
Voici qu'à nos regards s'obscurcit et recule
Notre horizon, perdu dans un noir crépuscule ;
Or, dans ce ciel, où va la nuit se propageant,
Comme un œil lumineux, vivant, intelligent,
15 Vois-tu briller là-bas cette profonde étoile ?
Des mille vérités que le bonheur nous voile[3],
C'est une qui paraît ! c'est la première encor
Qui nous ait éblouis de sa lumière d'or !
Notre ciel, que déjà la sombre nuit réclame,
20 N'a plus assez d'éclat pour cacher cette flamme,
Et du sud, du couchant, ou du septentrion,
Chaque ombre qui survient donne à l'astre un rayon

---

1. Premier poème du recueil à appliquer le thème mélancolique à l'intimité amoureuse et conjugale.   2. « En Dieu est tout. » Les Saltoun
d'Abernethy sont une vieille famille de nobles écossais.   3. Mieux que
le sentiment du bonheur, la mélancolie ouvre à la connaissance du vrai :
reprise d'un des traits de la très longue tradition occidentale consacrée à
l'humeur noire.

Et plus viendra la nuit, et plus, à plis funèbres,
S'épaissiront sur nous son deuil et ses ténèbres,
25 Plus, dans ce ciel sublime, à nos yeux enchantés,
En foule apparaîtront de splendides clartés !
Plus nous verrons dans l'ombre, où leur loi les rassemble,
Toutes les vérités étinceler ensemble,
Et graviter autour d'un centre impérieux,
30 Et rompre et renouer leur chœur mystérieux !
Cette fatale nuit, que le malheur amène,
Fait voir plus clairement la destinée humaine,
Et montre à ses deux bouts, écrits en traits de feu,
Ces mots : Âme immortelle ! éternité de Dieu !
35 Car tant que luit le jour, de son soleil de flamme
Il accable nos yeux, il aveugle notre âme,
Et nous nous reposons dans un doute serein
Sans savoir si le ciel est d'azur ou d'airain.
Mais la nuit rend aux cieux leurs étoiles, leurs gloires,
40 Candélabres que Dieu pend à leurs voûtes noires.
L'œil dans leurs profondeurs découvre à chaque pas
Mille mondes nouveaux qu'il ne soupçonnait pas,
Soleils plus flamboyants, plus chevelus dans l'ombre
Qu'en l'abîme sans fin il voit luire sans nombre !

Août 1829.

XIII

À M. FONTANEY [1]

Quot libras in duce summo ?

JUVÉNAL [2].

C'est une chose grande et que tout homme envie
D'avoir un lustre [3] en soi qu'on répand sur sa vie,
D'être choisi d'un peuple à venger son affront,
De ne point faire un pas qui n'ait trace en l'histoire,
Ou de chanter les yeux au ciel, et que la gloire
  Fasse avec un regard reluire votre front.

Il est beau de courir par la terre usurpée,
Disciplinant les rois du plat de son épée [4],
D'être Napoléon, l'empereur radieux ;
D'être Dante, à son nom rendant les voix muettes [5].
Sans doute ils sont heureux les héros, les poètes,
  Ceux que le bras fait rois, ceux que l'esprit fait dieux !

Il est beau, conquérant, législateur, prophète,
De marcher dépassant les hommes de la tête ;
D'être en la nuit de tous un éclatant flambeau ;

---

1. Jeune homme de lettres, intime de Hugo, de Nodier, de Vigny, de Sainte-Beuve..., et auteur d'un *Journal intime* très intéressant pour l'étude de la vie quotidienne du milieu romantique. 2. *Satires*, X, 147 : « Expende Hannibalem. Quot libras in duce summo / Inventes ? » (« Pèse la cendre d'Hannibal. Combien de livres trouveras-tu pour un si grand capitaine ? »). Hugo cite à plusieurs reprises ce vers du grand satiriste romain ; il en fera notamment le titre d'un chapitre des *Misérables* (II, I, 16) consacré à Napoléon à Waterloo. 3. Éclat. 4. *Cf.* p. 262, note 7. 5. *Cf.* « Dédain » : « Il sait qu'il peut, d'un souffle, en vos bouches muettes, / Éteindre vos clameurs, / Et qu'il emportera toutes vos voix ensemble ».

Et que de vos vingt ans vingt siècles se souviennent !...
— Voilà ce que je dis : puis des pitiés me viennent
Quand je pense à tous ceux qui sont dans le tombeau !

Juillet 1829.

XIV

Oh primavera ! gioventù dell' anno !
Oh gioventù ! primavera della vita[1] !

Ô mes lettres d'amour, de vertu, de jeunesse[2],
C'est donc vous ! Je m'enivre encore à votre ivresse ;
      Je vous lis à genoux.
Souffrez que pour un jour je reprenne votre âge !
5 Laissez-moi me cacher, moi, l'heureux et le sage,
      Pour pleurer avec vous[3] !

J'avais donc dix-huit ans ! j'étais donc plein de songes !
L'espérance en chantant me berçait de mensonges.
      Un astre m'avait lui !
10 J'étais un dieu pour toi qu'en mon cœur seul je nomme !
J'étais donc cet enfant, hélas ! devant qui l'homme
      Rougit presque aujourd'hui[4] !

Ô temps de rêverie, et de force, et de grâce !
Attendre tous les soirs une robe qui passe !
15   Baiser un gant jeté !

---

1. « Ô printemps, jeunesse de l'année ! / Ô jeunesse, printemps de la vie. » Le premier vers se trouve dans *Il Pastor fido* (III, 1), tragi-comédie pastorale de l'Italien Guarini (1538-1612). **2.** On peut songer aux « Lettres à la fiancée », série de lettres passionnées et violemment éprises de pureté que le jeune poète écrivit à Adèle avant leur mariage, et dont on trouve un écho romancé et infléchi dans la lettre que Marius fait parvenir à Cosette (*Les Misérables*, IV, V, 4). **3.** *Cf.* « *Oh ! pourquoi te cacher ? Tu pleurais seule ici.* » **4.** Vivre, avoir vécu, c'est toujours en quelque manière être coupable : « On est l'homme mauvais que je suis, que vous êtes » (« Ce que c'est que la mort », *Les Contemplations*).

Vouloir tout de la vie, amour, puissance et gloire !
Être pur, être fier, être sublime, et croire
    À toute pureté !

À présent, j'ai senti, j'ai vu, je sais. — Qu'importe
20 Si moins d'illusions viennent ouvrir ma porte
    Qui gémit en tournant !
Oh ! que cet âge ardent, qui me semblait si sombre,
À côté du bonheur qui m'abrite à son ombre,
    Rayonne maintenant !

25 Que vous ai-je donc fait, ô mes jeunes années,
Pour m'avoir fui si vite, et vous être éloignées,
    Me croyant satisfait ?
Hélas ! pour revenir m'apparaître si belles,
Quand vous ne pouvez plus me prendre sur vos ailes,
30   Que vous ai-je donc fait ?

Oh ! quand ce doux passé, quand cet âge sans tache,
Avec sa robe blanche où notre amour s'attache,
    Revient dans nos chemins,
On s'y suspend et puis que de larmes amères
35 Sur les lambeaux flétris de vos jeunes chimères
    Qui vous restent aux mains !

Oublions ! oublions ! Quand la jeunesse est morte,
Laissons-nous emporter par le vent qui l'emporte
    À l'horizon obscur.
40 Rien ne reste de nous ; notre œuvre est un problème.
L'homme, fantôme errant, passe sans laisser même
    Son ombre sur le mur[1] !

                      Mai 1830.

---

1. Ce poème et le précédent compliquent et enrichissent, en ayant l'air de la contredire, l'exaltation du génie qui occupait, sous diverses formes, les poèmes VII à XI : la surpuissance géniale s'articule étrangement à la faiblesse et à la vanité personnelles, à la fois individuelles et humaines. Voir notre Présentation.

XV

Sinite parvulos venire ad me.

JÉSUS [1].

Laissez. — Tous ces enfants sont bien là. — Qui vous
Que la bulle d'azur que mon souffle agrandit   [dit
        À leur souffle indiscret s'écroule ?
Qui vous dit que leurs voix, leurs pas, leurs jeux, leurs
5   Effarouchent la muse et chassent les péris [2] ?... —   [cris,
        Venez, enfants, venez en foule !

Venez autour de moi. Riez, chantez, courez !
Votre œil me jettera quelques rayons dorés,
        Votre voix charmera mes heures.
10 C'est la seule en ce monde où rien ne nous sourit
Qui vienne du dehors sans troubler dans l'esprit
        Le chœur des voix intérieures [3] !

Fâcheux ! qui les vouliez écarter ! — Croyez-vous
Que notre cœur n'est pas plus serein et plus doux
15   Au sortir de leurs jeunes rondes ?
Croyez-vous que j'ai peur quand je vois au milieu
De mes rêves rougis ou de sang ou de feu [4]
        Passer toutes ces têtes blondes ?

---

1. « Laissez venir à moi les petits enfants », évangiles selon saint
Matthieu (XIX, 14) et selon saint Luc (XVIII, 16). Un des premiers
poèmes de Hugo consacrés aux enfants. *Cf.* la pièce XVIII des *Orien-*
tales.   2. *Cf.* p. 218, note 11.   3. Cette expression fournira le titre
du recueil de 1837 ; sa vingt-deuxième pièce, « À des oiseaux envolés », se rapproche de celle-ci.   4. Cette tonalité violente et destruc-
trice est fréquente en effet dans l'œuvre de Hugo ; ainsi nombre de
poèmes des *Orientales* arborent cette sorte de rouge.

La vie est-elle donc si charmante à vos yeux
20   Qu'il faille préférer à tout ce bruit joyeux
            Une maison vide et muette ?
N'ôtez pas, la pitié même vous le défend,
Un rayon de soleil, un sourire d'enfant,
            Au ciel sombre, au cœur du poète !

25   « — Mais ils s'effaceront à leurs bruyants ébats
Ces mots sacrés que dit une muse tout bas,
            Ces chants purs où l'âme se noie ?... » —
Eh ! que m'importe à moi, muse, chants, vanité,
Votre gloire perdue et l'immortalité,
30   Si j'y gagne une heure de joie !

La belle ambition et le rare destin !
Chanter ! toujours chanter pour un écho lointain,
            Pour un vain bruit qui passe et tombe !
Vivre abreuvé de fiel, d'amertume et d'ennuis !
35   Expier dans ses jours les rêves de ses nuits !
            Faire un avenir à sa tombe !

Oh ! que j'aime bien mieux ma joie et mon plaisir,
Et toute ma famille avec tout mon loisir,
            Dût la gloire ingrate et frivole,
40   Dussent mes vers, troublés de ces ris [1] familiers,
S'enfuir, comme devant un essaim d'écoliers
            Une troupe d'oiseaux s'envole !

Mais non. Au milieu d'eux rien ne s'évanouit.
L'orientale d'or plus riche épanouit
45   Ses fleurs peintes et ciselées ;
La ballade est plus fraîche, et dans le ciel grondant
L'ode [2] ne pousse pas d'un souffle moins ardent
            Le groupe des strophes ailées !

Je les vois reverdir dans leurs jeux éclatants,
50   Mes hymnes parfumés comme un champ de printemps.
            Ô vous, dont l'âme est épuisée,

---

1. Archaïsme pour « rire ».   **2.** Cette strophe rappelle les titres
des précédents recueils poétiques.

Ô mes amis ! l'enfance aux riantes couleurs
Donne la poésie à nos vers, comme aux fleurs
      L'aurore donne la rosée !

55   Venez, enfants ! — À vous jardins, cours, escaliers !
Ébranlez et planchers, et plafonds, et piliers !
      Que le jour s'achève ou renaisse,
Courez et bourdonnez comme l'abeille aux champs !
Ma joie et mon bonheur et mon âme et mes chants
60   Iront où vous irez, jeunesse !

Il est pour les cœurs sourds aux vulgaires clameurs
D'harmonieuses voix, des accords, des rumeurs,
      Qu'on n'entend que dans les retraites,
Notes d'un grand concert interrompu souvent,
65 Vents, flots, feuilles des bois, bruits dont l'âme en rêvant
      Se fait des musiques secrètes !

Moi, quel que soit le monde et l'homme et l'avenir,
Soit qu'il faille oublier ou se ressouvenir,
      Que Dieu m'afflige ou me console,
70 Je ne veux habiter la cité des vivants
Que dans une maison qu'une rumeur d'enfants
      Fasse toujours vivante et folle.

De même, si jamais enfin je vous revois,
Beau pays dont la langue est faite pour ma voix,
75   Dont mes yeux aimaient les campagnes,
Bords où mes pas enfants suivaient Napoléon[1],
Fortes villes du Cid ! ô Valence, ô Léon,
      Castille, Aragon, mes Espagnes[2] !

Je ne veux traverser vos plaines, vos cités,
80 Franchir vos ponts d'une arche entre deux monts jetés,
      Voir vos palais romains ou maures[3],

---

1. Allusion au voyage et au séjour en Espagne en 1811-1812, pendant l'occupation napoléonienne. L'espagnol est la seule langue vivante que Hugo ait jamais sue.   2. Quatre des royaumes médiévaux dont la réunion constitua la monarchie espagnole, ce qui explique le pluriel « Espagnes ».   3. *Cf.* p. 76, note 1.

Votre Guadalquivir[1] qui serpente et s'enfuit,
Que dans ces chars dorés qu'emplissent de leur bruit
Les grelots des mules sonores.

Mai 1830.

---

1. Fleuve d'Espagne qui arrose l'Andalousie.

XVI

Where should I steer ?

BYRON [1].

Quand le livre où s'endort chaque soir ma pensée,
Quand l'air de la maison, les soucis du foyer,
Quand le bourdonnement de la ville insensée
Où toujours on entend quelque chose crier,

5   Quand tous ces mille soins de misère ou de fête
Qui remplissent nos jours, cercle aride et borné,
Ont tenu trop longtemps, comme un joug sur ma tête,
Le regard de mon âme à la terre tourné ;

Elle s'échappe enfin, va, marche, et dans la plaine
10 Prend le même sentier qu'elle prendra demain,
Qui l'égare au hasard et toujours la ramène,
Comme un coursier prudent qui connaît le chemin.

Elle court aux forêts, où dans l'ombre indécise
Flottent tant de rayons, de murmures, de voix,
15 Trouve la rêverie au premier arbre assise,
Et toutes deux s'en vont ensemble dans les bois [2] !

Juin 1830.

---

1. « Vers quel point me diriger ? » L'origine de cette citation est
inconnue.   2. Sur les rapports entre pensée et rêverie voir p. 296,
note 2, et « La Pente de la rêverie ».

XVII

Flebile nescio quid.
OVIDE[1].

Oh ! pourquoi te cacher ? Tu pleurais seule ici[2].
Devant tes yeux rêveurs qui donc passait ainsi ?
      Quelle ombre flottait dans ton âme ?
Était-ce long regret ou noir pressentiment,
5 Ou jeunes souvenirs dans le passé dormant,
      Ou vague faiblesse de femme[3] ?

Voyais-tu fuir déjà l'amour et ses douceurs,
Ou les illusions, toutes ces jeunes sœurs
      Qui le matin, devant nos portes,
10 Dans l'avenir sans borne ouvrant mille chemins,
Dansent, des fleurs au front et les mains dans les mains,
      Et bien avant le soir sont mortes ?

Ou bien te venait-il des tombeaux endormis
Quelque ombre douloureuse avec des traits amis,
15   Te rappelant le peu d'années,

---

1. « Je ne sais quoi de plaintif », *Métamorphoses*, XI, 51.   **2.** *Cf.* la pièce XIV, derniers vers de la première strophe.   **3.** Dans « À Mme V. H. », poème liminaire de ses *Consolations* (1830), Sainte-Beuve fait dire à Adèle Hugo : « Hélas ! non, il n'est point ici-bas de mortelle / Qui se puisse avouer plus heureuse que moi ; / Mais à certains moments, et sans savoir pourquoi, / Il me prend des accès de soupirs et de larmes ; / Et plus autour de moi la vie étend ses charmes, / [...] Plus aussi je me sens cette envie de pleurer ». Sur les rapports, autour de 1830, entre Sainte-Beuve et le couple Hugo, voir notre Présentation.

Et demandant tout bas quand tu viendrais le soir
Prier devant ces croix de pierre ou de bois noir
    Où pendent tant de fleurs fanées[1] ?

Mais non, ces visions ne te poursuivaient pas.
20 Il suffit pour pleurer de songer qu'ici-bas
    Tout miel est amer, tout ciel sombre,
Que toute ambition trompe l'effort humain,
Que l'espoir est un leurre, et qu'il n'est pas de main
    Qui garde l'onde ou prenne l'ombre !

25 Toujours ce qui là-bas vole au gré du zéphyr
Avec des ailes d'or, de pourpre et de saphir,
    Nous fait courir et nous devance ;
Mais adieu l'aile d'or, pourpre, émail, vermillon,
Quand l'enfant a saisi le frêle papillon,
30   Quand l'homme a pris son espérance !

Pleure. Les pleurs vont bien, même au bonheur ; tes
                        [chants
Sont plus doux dans les pleurs ; tes yeux purs et touchants
    Sont plus beaux quand tu les essuies.
L'été, quand il a plu, le champ est plus vermeil,
35 Et le ciel fait briller plus frais au beau soleil
    Son azur lavé par les pluies !

Pleure comme Rachel, pleure comme Sara[2].
On a toujours souffert ou bien on souffrira.
    Malheur aux insensés qui rient !
40 Le Seigneur nous relève alors que nous tombons.
Car il préfère encor les malheureux aux bons,
    Ceux qui pleurent à ceux qui prient !

Pleure afin de savoir ! Les larmes sont un don.
Souvent les pleurs, après l'erreur et l'abandon,

---

  1. Reprise du thème du souvenir, ou de l'oubli, des morts. *Cf.* la fin de « À un voyageur ».   **2.** Femmes de l'Ancien Testament : « on entend une voix plaintive, des pleurs amers : Rachel pleure sur ses enfants » (Jérémie, XXXI, 15) ; Sara, femme d'Abraham, est stérile et pour cela méprisée par sa servante Agar (Genèse, XVI).

45   Raniment nos forces brisées !
Souvent l'âme, sentant, au doute qui s'enfuit,
Qu'un jour intérieur se lève dans sa nuit,
        Répand de ces douces rosées !

Pleure ! mais, tu fais bien, cache-toi pour pleurer.
50 Aie un asile en toi. Pour t'en désaltérer,
        Pour les savourer avec charmes,
Sous le riche dehors de ta prospérité,
Dans le fond de ton cœur, comme un fruit pour l'été,
        Mets à part ton trésor de larmes !

55 Car la fleur, qui s'ouvrit avec l'aurore en pleurs,
Et qui fait à midi de ses belles couleurs
        Admirer la splendeur timide,
Sous ses corolles d'or, loin des yeux importuns,
Au fond de ce calice où sont tous ses parfums,
60   Souvent cache une perle humide !

                                        Juin 1830[1].

_____

1. La date ne figure pas sur le manuscrit.

XVIII

Sed satis est jam posse mori.

LUCAIN[1].

Où donc est le bonheur ? disais-je. — Infortuné !
Le bonheur, ô mon Dieu, vous me l'avez donné.

Naître, et ne pas savoir que l'enfance éphémère,
Ruisseau de lait qui fuit sans une goutte amère,
5   Est l'âge du bonheur, et le plus beau moment
Que l'homme, ombre qui passe, ait sous le firmament !

Plus tard, aimer, — garder dans son cœur de jeune homme
Un nom mystérieux que jamais on ne nomme[2],
Glisser un mot furtif dans une tendre main,
10 Aspirer aux douceurs d'un ineffable hymen,
Envier l'eau qui fuit, le nuage qui vole,
Sentir son cœur se fondre au son d'une parole,
Connaître un pas qu'on aime et que jaloux on suit,
Rêver le jour, brûler et se tordre la nuit,
15 Pleurer surtout cet âge où sommeillent les âmes,
Toujours souffrir ; parmi tous les regards de femmes,
Tous les buissons d'avril, les feux du ciel vermeil,
Ne chercher qu'un regard, qu'une fleur, qu'un soleil[3] !

---

1. « Mais il suffit de pouvoir mourir » pour être mis à mort, dit Lucain
(poète latin du Ier siècle après J.-C.) dans *La Pharsale*, II, 109, en parlant des
enfants nouveau-nés que n'épargne pas la violence des guerres civiles. Hugo
donne un autre sens à cette formule, suggérant ici que la mort inéluctable
suffit à interdire le bonheur, ou à en faire une perpétuelle illusion.   2. *Cf.*
XIV (deuxième strophe) et « Son nom » (*Odes et Ballades*, V, 13). L'épouse
n'est jamais nommée dans ce recueil (voir notre Présentation).   3. Le
jeune fiancé d'Adèle transparaît dans cette évocation, qui rappelle d'assez
près les lettres qu'il lui écrivait alors (*cf.* p. 303, note 2).

Puis effeuiller en hâte et d'une main jalouse
20 Les boutons d'orangers sur le front de l'épouse ;
Tout sentir, être heureux, et pourtant, insensé !
Se tourner presque en pleurs vers le malheur passé ;
Voir aux feux de midi, sans espoir qu'il renaisse,
Se faner son printemps, son matin, sa jeunesse,
25 Perdre l'illusion, l'espérance, et sentir
Qu'on vieillit au fardeau croissant du repentir[1] !
Effacer de son front des taches et des rides ;
S'éprendre d'art, de vers, de voyages arides,
De cieux lointains, de mers où s'égarent nos pas ;
30 Redemander cet âge où l'on ne dormait pas ;
Se dire qu'on était bien malheureux, bien triste,
Bien fou, que maintenant on respire, on existe,
Et, plus vieux de dix ans, s'enfermer tout un jour
Pour relire avec pleurs quelques lettres d'amour[2] !

35 Vieillir enfin, vieillir ! comme des fleurs fanées
Voir blanchir nos cheveux et tomber nos années,
Rappeler notre enfance et nos beaux jours flétris,
Boire le reste amer de ces parfums aigris,
Être sage, et railler l'amant et le poète,
40 Et, lorsque nous touchons à la tombe muette,
Suivre en les rappelant d'un œil mouillé de pleurs
Nos enfants qui déjà sont tournés vers les leurs !

Ainsi l'homme, ô mon Dieu ! marche toujours plus
                                        [sombre
Du berceau qui rayonne au sépulcre plein d'ombre.
45 C'est donc avoir vécu ! c'est donc avoir été !
Dans la joie et l'amour et la félicité
C'est avoir eu sa part ! et se plaindre est folie.
Voilà de quel nectar la coupe était remplie !

Hélas ! naître pour vivre en désirant la mort !
50 Grandir en regrettant l'enfance où le cœur dort,

----

1. *Cf.* p. 303, note 4.   **2.** *Cf.* XIV.

Vieillir en regrettant la jeunesse ravie,
Mourir en regrettant la vieillesse et la vie !

Où donc est le bonheur, disais-je ? — Infortuné !
Le bonheur, ô mon Dieu, vous me l'avez donné !

Mai 1830.

XIX

Le toit s'égaie et rit.
ANDRÉ CHÉNIER [1].

Lorsque l'enfant paraît, le cercle de famille
Applaudit à grands cris ; son doux regard qui brille
    Fait briller tous les yeux,
Et les plus tristes fronts, les plus souillés peut-être,
Se dérident soudain à voir l'enfant paraître,
    Innocent et joyeux [2].

Soit que juin ait verdi mon seuil, ou que novembre
Fasse autour d'un grand feu vacillant dans la chambre
    Les chaises se toucher,
Quand l'enfant vient, la joie arrive et nous éclaire.
On rit, on se récrie, on l'appelle, et sa mère
    Tremble à le voir marcher.

Quelquefois nous parlons, en remuant la flamme,
De patrie et de Dieu, des poètes, de l'âme
    Qui s'élève en priant ;
L'enfant paraît, adieu le ciel et la patrie
Et les poètes saints ! la grave causerie
    S'arrête en souriant [3].

---

1. Dans « Le Mendiant », qui décrit un festin auquel a été invité un mendiant, lequel n'est autre qu'Homère. Sur André Chénier *cf.* p. 86, note 2, l'épigraphe d'« *Amis, un dernier mot...* », et la note 2, p. 303. **2.** Le thème de l'enfant « innocent et joyeux » seul à pouvoir soulager la culpabilité de l'adulte, déjà rencontré dans plusieurs poèmes, se déploiera dans « La prière pour tous ». **3.** Ce contraste, qui cache une complémentarité secrète entre la grandeur, notamment poétique, et la familiarité heureuse incarnée par l'enfance, a déjà été évoqué dans la pièce XV, strophes 5 à 11.

La nuit, quand l'homme dort, quand l'esprit rêve, à
[l'heure
20 Où l'on entend gémir, comme une voix qui pleure,
L'onde entre les roseaux,
Si l'aube tout à coup là-bas luit comme un phare,
Sa clarté dans les champs éveille une fanfare
De cloches et d'oiseaux[1] !

25 Enfant, vous êtes l'aube et mon âme est la plaine
Qui des plus douces fleurs embaume son haleine
Quand vous la respirez ;
Mon âme est la forêt dont les sombres ramures
S'emplissent pour vous seul de suaves murmures
30 Et de rayons dorés[2] !

Car vos beaux yeux sont pleins de douceurs infinies,
Car vos petites mains, joyeuses et bénies,
N'ont point mal fait encor ;
Jamais vos jeunes pas n'ont touché notre fange,
35 Tête sacrée ! enfant aux cheveux blonds ! bel ange
À l'auréole d'or !

Vous êtes parmi nous la colombe de l'arche.
Vos pieds tendres et purs n'ont point l'âge ou l'on
Vos ailes sont d'azur.   [marche ;
40 Sans le comprendre encor vous regardez le monde.
Double virginité ! corps où rien n'est immonde,
Âme où rien n'est impur !

---

1. L'enfant, c'est d'abord une voix, fraîche et souriante, mais mystérieuse aussi, et en accord avec le concert infini des voix du monde. *Cf.* la
onzième strophe de la pièce XV, et, quarante-quatre ans plus tard, ce passage
de *Quatrevingt-treize* : « Ce qu'un oiseau chante, un enfant le jase. C'est
le même hymne. Hymne indistinct, balbutié, profond [...] ce murmure a eu
son commencement dans le ciel et n'aura pas sa fin sur la terre » (III,
III, 1).   2. « Cette strophe — la plus belle du poème — révèle un usage
des images fort hardi en 1830. On croirait assez que c'est cette strophe-là qui
rendait à la Mme d'Arpajon du *Côté de Guermantes* ce poème "si difficile à
comprendre". Et ce jugement suggère à Proust une réflexion qui ne manque
pas de pertinence : je croyais entendre, dit-il, ces "femmes si distinguées",
Mme de Rémusat, Mme de Broglie..., "à qui les premières poésies des
romantiques causaient cet effroi et cette fatigue inséparables pour ma grand-
mère des derniers vers de Stéphane Mallarmé..." » (Albouy).

Il est si beau, l'enfant, avec son doux sourire,
Sa douce bonne foi, sa voix qui veut tout dire,
45   Ses pleurs vite apaisés,
Laissant errer sa vue étonnée et ravie,
Offrant de toutes parts sa jeune âme à la vie
              Et sa bouche aux baisers !

Seigneur ! préservez-moi, préservez ceux que j'aime,
50 Frères, parents, amis, et mes ennemis même
              Dans le mal triomphants,
De jamais voir, Seigneur ! l'été sans fleurs vermeilles,
La cage sans oiseaux, la ruche sans abeilles,
              La maison sans enfants !

                                        Mai 1830.

XX

> Beau, frais, souriant d'aise à cette vie amère.
>
> SAINTE-BEUVE [1].

Dans l'alcôve sombre,
Près d'un humble autel,
L'enfant dort à l'ombre
Du lit maternel.
5 Tandis qu'il repose,
Sa paupière rose,
Pour la terre close,
S'ouvre pour le ciel.

Il fait bien des rêves [2].
10 Il voit par moments
Le sable des grèves
Plein de diamants,
Des soleils de flammes,
Et de belles dames
15 Qui portent des âmes
Dans leurs bras charmants.

Songe qui l'enchante !
Il voit des ruisseaux.
Une voix qui chante
20 Sort du fond des eaux.

---

1. Dans *Joseph Delorme*, « La veillée », poème dédié à Victor Hugo et inspiré par la naissance de son fils François-Victor, le 21 octobre 1828 (le poème de Sainte-Beuve porte cette date). En novembre 1831 Adèle, dernière fille de Hugo et filleule de Sainte-Beuve, a quinze mois. **2.** *Cf.* « Jeanne endormie » dans *L'Art d'être grand-père*.

Ses sœurs sont plus belles.
Son père est près d'elles.
Sa mère a des ailes
Comme les oiseaux.

25   Il voit mille choses
Plus belles encor ;
Des lys et des roses
Plein le corridor ;
Des lacs de délice
30   Où le poisson glisse,
Où l'onde se plisse
À des roseaux d'or[1] !

Enfant, rêve encore !
Dors, ô mes amours !
35   Ta jeune âme ignore
Où s'en vont tes jours.
Comme une algue morte[2]
Tu vas, que t'importe !
Le courant t'emporte,
40   Mais tu dors toujours !

Sans soin, sans étude,
Tu dors en chemin ;
Et l'inquiétude,
À la froide main,
45   De son ongle aride
Sur ton front candide
Qui n'a point de ride,
N'écrit pas : Demain !

---

1. Les rêves de l'enfant sont l'occasion, dans ces trois strophes, de décliner une fantaisie poétique tout à fait étonnante à cette date. L'ensemble du poème est porté par une sorte de légèreté allègre et naïve, conférée notamment par la brièveté du mètre (pentasyllabes). **2.** Rapportée à un jeune enfant, l'image est singulière.

Il dort, innocence !
50   Les anges sereins
Qui savent d'avance
Le sort des humains,
Le voyant sans armes,
Sans peur, sans alarmes,
55   Baisent avec larmes
Ses petites mains.

Leurs lèvres effleurent
Ses lèvres de miel.
L'enfant voit qu'ils pleurent
60   Et dit : Gabriel[1] !
Mais l'ange le touche,
Et, berçant sa couche,
Un doigt sur sa bouche,
Lève l'autre au ciel !

65   Cependant sa mère,
Prompte à le bercer,
Croit qu'une chimère
Le vient oppresser.
Fière, elle l'admire,
70   L'entend qui soupire,
Et le fait sourire
Avec un baiser.

Novembre 1831.

---

1. Archange qui apparut à Marie pour lui annoncer la naissance de Jésus (Luc, I, 26-38).

XXI

Πᾶν μοι συναρμόζει, ὅ σοι
εὐάρμοστόν ἐστι, ὦ χόσμε· οὐδέν
μοι πρόωρον, οὐδὲ ὄψιμον, τὸ
σοὶ εὔχαιρον· πᾶν χαρπός, ὅ
φέρουσιν αἱ σαὶ ὧραι, ὦ φύσις·
ἐχ σοῦ πάντα, ἐν σοὶ πάντα,
εἰς σὲ πάντα.

MARC-AURÈLE [1].

Parfois, lorsque tout dort, je m'assieds plein de joie
Sous le dôme étoilé qui sur nos fronts flamboie ;
J'écoute si d'en haut il tombe quelque bruit ;
Et l'heure vainement me frappe de son aile
5 Quand je contemple, ému, cette fête éternelle
Que le ciel rayonnant donne au monde la nuit [2] !

Souvent alors j'ai cru que ces soleils de flamme
Dans ce monde endormi n'échauffaient que mon âme ;
Qu'à les comprendre seul j'étais prédestiné ;
10 Que j'étais, moi, vaine ombre obscure et taciturne,
Le roi mystérieux de la pompe nocturne ;
Que le ciel pour moi seul s'était illuminé !

Novembre 1829 [3].

---

1. Empereur romain, et philosophe stoïcien, du IIᵉ siècle après J.-C. « Tout
est en harmonie avec moi de ce qui est en harmonie avec toi, ô monde ; rien ne
me vient trop tôt ou trop tard de ce qui vient à point pour toi ; tout est fruit pour
moi de ce qu'apportent les saisons, ô nature ; de toi viennent toutes ces choses,
vers toi vont toutes choses » (*Pensées*, IV, 22).   2. *Cf.* XII.   3. Cette
date est incertaine. Sur la copie manuscrite (mais non autographe) dont on dis-
pose, « 1829 », de la main de Hugo, surcharge « 1828 ». Ce qui suggère à
Pierre Albouy de rapprocher ce poème de « Soleil couchants-I », composé en
novembre 1828. *Cf.* également « Extase », dans *Les Orientales*, daté du
25 novembre 1828, et dont la structure formelle est à peu près identique.

XXII

À UNE FEMME [1]

> C'est une âme charmante
> DIDEROT [2].

Enfant ! si j'étais roi, je donnerais l'empire,
Et mon char, et mon sceptre, et mon peuple à genoux,
Et ma couronne d'or, et mes bains de porphyre [3],
Et mes flottes, à qui la mer ne peut suffire,
     Pour un regard de vous !

Si j'étais Dieu, la terre et l'air avec les ondes,
Les anges, les démons courbés devant ma loi,
Et le profond chaos aux entrailles fécondes,
L'éternité, l'espace, et les cieux, et les mondes,
     Pour un baiser de toi !

Mai 18...
[8 mai 1829.]

---

1. Pierre Albouy propose de voir dans cette femme « enfant » la charmante fille de Charles Nodier, Marie, à laquelle est plus explicitement dédié le poème XXXI (*cf.* p. 351, note 1). C'est fort possible. Mais Hugo maintient dans l'anonymat le plus strict les plus intimes de ses destinataires (voir notre Présentation). Ce poème, sorte de madrigal, ouvre par une galanterie aimable un cycle amoureux et féminin (jusqu'au poème XXVI) globalement moins sombre, plus optimiste et aussi plus sensuel que les précédents (XIV, XVII et XVIII). **2.** L'origine de cette citation, peut-être inexacte, n'a pas été identifiée. **3.** *Cf.* p. 67, note 1.

XXIII[1]

Quien no ama, no vive[2].

Oh ! qui que vous soyez, jeune ou vieux, riche ou sage,
Si jamais vous n'avez épié le passage,
Le soir, d'un pas léger, d'un pas mélodieux,
D'un voile blanc qui glisse et fuit dans les ténèbres,
5 Et, comme un météore au sein des nuits funèbres,
Vous laisse dans le cœur un sillon radieux ;

Si vous ne connaissez que pour l'entendre dire
Au poëte amoureux qui chante et qui soupire,
Ce suprême bonheur qui fait nos jours dorés,
10 De posséder un cœur sans réserve et sans voiles,
De n'avoir pour flambeaux, de n'avoir pour étoiles,
De n'avoir pour soleils que deux yeux adorés ;

Si vous n'avez jamais attendu, morne et sombre,
Sous les vitres d'un bal qui rayonne dans l'ombre[3],
15 L'heure où pour le départ les portes s'ouvriront,
Pour voir votre beauté, comme un éclair qui brille,
Rose avec des yeux bleus et toute jeune fille,
Passer dans la lumière avec des fleurs au front ;

---

1. Nouveau poème hanté par le souvenir des *Lettres à la fiancée* (*cf.* p. 303, note 2). **2.** « Qui n'aime pas, ne vit pas. » Cette phrase, qui a la forme d'un de ces proverbes dont les Espagnols sont friands, peut être aussi bien de l'invention de Hugo. **3.** Le jeune Victor, au soir de l'enterrement de sa mère, avait surpris et observé Adèle dansant à une soirée donnée par ses parents (*cf.* lettre à Adèle du 5 avril 1822, et *Victor Hugo raconté par un témoin de sa vie*, ch. 34).

Si vous n'avez jamais senti la frénésie
De voir la main qu'on veut par d'autres mains choisie,
De voir le cœur aimé battre sur d'autres cœurs ;
Si vous n'avez jamais vu d'un œil de colère
La valse impure, au vol lascif et circulaire [1],
Effeuiller en courant les femmes et les fleurs ;

Si jamais vous n'avez descendu les collines,
Le cœur tout débordant d'émotions divines ;
Si jamais vous n'avez, le soir, sous les tilleuls,
Tandis qu'au ciel luisaient des étoiles sans nombre,
Aspiré, couple heureux, la volupté de l'ombre,
Cachés, et vous parlant tout bas, quoique tout seuls [2] ;

Si jamais une main n'a fait trembler la vôtre ;
Si jamais ce seul mot qu'on dit l'un après l'autre,
JE T'AIME ! n'a rempli votre âme tout un jour ;
Si jamais vous n'avez pris en pitié les trônes
En songeant qu'on cherchait les sceptres, les couronnes,
Et la gloire, et l'empire, et qu'on avait l'amour !

La nuit, quand la veilleuse agonise dans l'urne,
Quand Paris, enfoui sous la brume nocturne
Avec la tour saxonne [3] et l'église des Goths [4],
Laisse sans les compter passer les heures noires
Qui, douze fois, semant les rêves illusoires,
S'envolent des clochers par groupes inégaux ;

Si jamais vous n'avez, à l'heure où tout sommeille,
Tandis qu'elle dormait, oublieuse et vermeille,
Pleuré comme un enfant à force de souffrir,

---

1. En vogue depuis le début du siècle la valse, une des premières danses
« de couple », encourut longtemps la réprobation des moralistes : on lui
reprochait la trop grande proximité des corps qu'elle permet, et le vertige
sensuel auquel incite son rythme tournoyant. Cf. dans Les Orientales
« Fantômes », et la note 1 de la page 186.   2. Cf. Hernani, V, 3.
3. On disait alors indifféremment style « roman » ou style « saxon ».
4. L'église gothique. Cf. Notre-Dame de Paris, III, 1.

Crié cent fois son nom du soir jusqu'à l'aurore,
Et cru qu'elle viendrait en l'appelant encore,
Et maudit votre mère [1], et désiré mourir ;

Si jamais vous n'avez senti que d'une femme
50 Le regard dans votre âme allumait une autre âme,
Que vous étiez charmé, qu'un ciel s'était ouvert,
Et que pour cette enfant, qui de vos pleurs se joue,
Il vous serait bien doux d'expirer sur la roue ; ...
Vous n'avez point aimé, vous n'avez point souffert !

Novembre 1831.

---

1. Mme Hugo, jugeant Adèle Foucher un parti socialement indigne de son fils, s'était fermement opposée au mariage des deux jeunes gens, qui n'eut lieu qu'après sa mort. Victor, qui adorait sa mère, tint bon néanmoins, et correspondit secrètement avec sa fiancée clandestine (*cf.* p. 303, note 2).

XXIV

Mens blanda in corpore blando[1].

Madame[2], autour de vous tant de grâce étincelle,
Votre chant est si pur, votre danse recèle
    Un charme si vainqueur[3],
Un si touchant regard baigne votre prunelle,
5 Toute votre personne a quelque chose en elle
    De si doux pour le cœur,

Que, lorsque vous venez, jeune astre qu'on admire,
Éclairer notre nuit d'un rayonnant sourire
    Qui nous fait palpiter,
10 Comme l'oiseau des bois devant l'aube vermeille,
Une tendre pensée au fond des cœurs s'éveille
    Et se met à chanter !

Vous ne l'entendez pas, vous l'ignorez, madame.
Car la chaste pudeur enveloppe votre âme
15   De ses voiles jaloux,
Et l'ange que le ciel commit à votre garde
N'a jamais à rougir quand, rêveur, il regarde
    Ce qui se passe en vous.

Avril 1831.

---

1. « Une âme charmante dans un corps charmant », variation sur la célèbre formule de Juvénal « mens sana in corpore sano » (un esprit sain dans un corps sain). **2.** Pour la plupart des commentateurs, le poème « s'adresse à Marie Nodier ». C'est probablement vrai, encore convient-il de noter l'anonymat de cette destinatrice (*cf.* p. 323, note 1, p. 351, note 1, et notre Présentation). **3.** Pour être fréquente (*cf.* le poème précédent), la condamnation de la danse n'est donc pas systématique.

XXV

Amor, ch'a null' amato amar perdona,
Mi prese del costui piacer si forte
Che, come vedi, ancor non m'abbandona.

DANTE[1].

Contempler dans son bain sans voiles
Une fille aux yeux innocents[2] ;
Suivre de loin de blanches voiles ;
Voir au ciel briller les étoiles
5   Et sous l'herbe les vers luisants ;

Voir autour des mornes idoles
Des sultanes danser en rond ;
D'un bal compter les girandoles[3] ;
La nuit, voir sur l'eau les gondoles
10   Fuir avec une étoile au front ;

Regarder la lune sereine ;
Dormir sous l'arbre du chemin ;
Être le roi lorsque la reine,
Par son sceptre d'or souveraine,
15   L'est aussi par sa blanche main ;

---

1. « Amour, qui veut que l'aimé aime à son tour, me commanda si fortement de lui plaire que, comme tu vois, ce désir ne me quitte pas encore » ; paroles de Francesca de Rimini au chant V de l'*Enfer*, où elle a été placée, avec son amant, pour cause d'adultère sanglant. Cet épisode d'amour passionné et tragique est à l'époque romantique l'un des plus célèbres de la *Divine Comédie*.   2. *Cf.* « Sara la baigneuse » (*Les Orientales*), poème écrit deux mois auparavant. Cette pièce est, avec la série des « Soleils couchants », celle qui marque le plus nettement le lien, paradoxal, tissé par Hugo entre ces deux recueils en apparence si différents (voir notre Présentation).   3. Chandeliers à plusieurs branches.

Ouïr sur les harpes jalouses
Se plaindre la romance en pleurs ;
Errer, pensif, sur les pelouses,
Le soir, lorsque les andalouses
20 De leurs balcons jettent des fleurs ;

Rêver, tandis que les rosées
Pleuvent d'un beau ciel espagnol,
Et que les notes embrasées
S'épanouissent en fusées
25 Dans la chanson du rossignol ;

Ne plus se rappeler le nombre
De ses jours, songes oubliés [1],
Suivre fuyant dans la nuit sombre
Un Esprit qui traîne dans l'ombre
30 Deux sillons de flamme à ses pieds ;

Des boutons d'or qu'avril étale
Dépouiller le riche gazon ;
Voir, après l'absence fatale,
Enfin, de sa ville natale
35 Grandir la flèche [2] à l'horizon ;

Non, tout ce qu'a la destinée
De biens réels ou fabuleux
N'est rien pour mon âme enchaînée
Quand tu regardes inclinée
40 Mes yeux noirs avec tes yeux bleus [3] !

Septembre 18...
[2 septembre 1828.]

---

1. La hantise mélancolique du souvenir, de l'inéluctable dépérissement, du temps perdu, laisse ici la place à la multiplicité des instants
de bonheur (conjugués hors du temps, à l'infinitif), — évocation
tendue vers l'émoi amoureux des regards confondus. 2. Le clocher. 3. L'identification biographique des « personnages »
lyriques a ses limites, ici tracées par l'auteur, non sans doute sans
quelque ironie : les yeux de Victor Hugo étaient bleus, ceux de sa
femme Adèle, noirs...

XXVI[1]

Ô les tendres propos et les charmantes choses
Que me disait Aline en la saison des roses !
Doux zéphyrs qui passiez alors dans ces beaux lieux,
N'en rapportiez-vous rien à l'oreille des dieux ?

SEGRAIS[2].

Vois, cette branche est rude, elle est noire, et la nue
Verse la pluie à flots sur son écorce nue ;
Mais attends que l'hiver s'en aille, et tu vas voir
Une feuille percer ces nœuds si durs pour elle,
Et tu demanderas comment un bourgeon frêle
Peut, si tendre et si vert, jaillir de ce bois noir.

Demande alors pourquoi, ma jeune bien-aimée,
Quand sur mon âme, hélas ! endurcie et fermée,
Ton souffle passe, après tant de maux expiés,
Pourquoi remonte et court ma sève évanouie,
Pourquoi mon âme en fleur et tout épanouie
Jette soudain des vers que j'effeuille à tes pieds !

C'est que tout a sa loi, le monde et la fortune[3] ;
C'est qu'une claire nuit succède aux nuits sans lune ;
C'est que tout ici-bas a ses reflux constants ;

---

1. Ce deuxième cycle amoureux et féminin s'achève sur un poème
qui mêle l'évocation du temps vivace de la nature, de l'amour familier
et de la production poétique, pour conjurer la tentation mélancolique.
2. Écrivain du XVIIe siècle, surtout connu pour ses *Églogues* (ces vers
sont issus de la troisième, « Amire »). Hugo lui consacrera un poème
dans « Le Groupe des Idylles » de *La Légende des siècles* (*Nouvelle
série*) : « Ô fraîche vision des jupes de futaine / Qui se troussent gaîment autour de la fontaine ! » 3. Le destin des individus.

C'est qu'il faut l'arbre au vent et la feuille au zéphire ;
C'est qu'après le malheur m'est venu ton sourire ;
C'est que c'était l'hiver et que c'est le printemps !

Février 18...
[7 mai 1829.]

XXVII

À MES AMIS L. B. ET S.-B. [1]

Here's a sigh to those who love me,
And a smile to those who hate ;
And whatever sky's above me,
Here's a heart for every fate.

Byron [2].

Amis ! c'est donc Rouen, la ville aux vieilles rues,
Aux vieilles tours, débris des races disparues,
La ville aux cent clochers carillonnant dans l'air,
Le Rouen des châteaux, des hôtels [3], des bastilles [4],
5 Dont le front hérissé de flèches et d'aiguilles
Déchire incessamment les brumes de la mer [5] ;

---

1. Louis Boulanger et Sainte-Beuve. Sur le premier *cf.* p. 192, note 2 ; sur le second, voir notre Présentation. Ce poème et le suivant offrent un bon exemple des rapports flottants qu'entretiennent, y compris dans ce recueil, écriture lyrique familière et authenticité biographique factuelle : en mai 1830, Sainte-Beuve fit bien un voyage à Rouen, mais Boulanger ne l'accompagnait pas. L'ayant appris, Hugo écrivit à Sainte-Beuve : « me voilà [...] faisant vers sur vers à Sainte-Beuve et Boulanger, *mon peintre et mon poète*, tous deux absents, tous deux à Rouen. Et puis vient une lettre de vous, qui ne me dit rien de Boulanger, et renverse de fond en comble mes deux élégies ». Ce qui ne l'empêcha nullement de les inclure, sans modifications, dans le recueil.   2. Deuxième strophe du poème « À Thomas Moore » : « Voici un soupir pour ceux qui m'aiment, / Et un sourire pour ceux qui me haïssent ; / Quel que soit le ciel sur ma tête, / Voici un cœur prêt pour toutes les destinées. » Le balancement « ceux qui m'aiment », « ceux qui me haïssent » est assez troublant ici, étant donné l'ambivalence des relations entre Hugo et Sainte-Beuve.   3. Hôtels particuliers, grandes demeures nobles.   4. *Cf.* p. 180, note 2.   5. Paysage très romantique, souvent décrit ou dessiné par Hugo.

C'est Rouen qui vous a ! Rouen qui vous enlève !
Je ne m'en plaindrai pas. J'ai souvent fait ce rêve
D'aller voir Saint-Ouen à moitié démoli [1],
Et tout m'a retenu, la famille, l'étude,
Mille soins, et surtout la vague inquiétude
Qui fait que l'homme craint son désir accompli.

J'ai différé [2]. La vie à différer se passe.
De projets en projets et d'espace en espace
Le fol esprit de l'homme en tout temps s'envola.
Un jour enfin, lassés du songe qui nous leurre,
Nous disons : « Il est temps. Exécutons ! c'est l'heure. »
Alors nous retournons les yeux : — la mort est là !

Ainsi de mes projets. — Quand vous verrai-je, Espagne,
Et Venise et son golfe, et Rome et sa campagne,
Toi, Sicile que ronge un volcan souterrain,
Grèce qu'on connaît trop, Sardaigne qu'on ignore,
Cités de l'aquilon, du couchant, de l'aurore,
Pyramides du Nil, cathédrales du Rhin [3] !

Qui sait ? Jamais peut-être. — Et quand m'abriterai-je
Près de la mer, ou bien sous un mont blanc de neige,
Dans quelque vieux donjon, tout plein d'un vieux héros,

---

1. Église gothique de Rouen. La protection des monuments, notamment médiévaux, agita tout le XIXᵉ siècle et particulièrement Hugo, qui fut l'un des premiers et principaux membres du comité de défense des monuments historiques mis en place par la Monarchie de Juillet. Voir notamment « La Bande noire » (*Odes et Ballades*, II, 3), « Guerre aux démolisseurs » (*Littérature et philosophie mêlées*), *Notre-Dame de Paris*, livre III. 2. À cette date, Hugo n'a fait qu'un véritable voyage, aux Alpes, durant l'été 1825. Ce n'est qu'à partir de 1834 qu'il prendra l'habitude de voyager quelques semaines par an, avec sa maîtresse Juliette Drouet. Ces voyages, jamais très lointains (France, Belgique, Suisse, Allemagne, Espagne), donneront lieu à de nombreuses notes (écrites et dessinées), et à une publication : *Le Rhin* (1842). 3. Double rapprochement, entre deux réalisations magistrales de cet art « symbolique » qu'est l'architecture, et entre deux grands fleuves, agents et symboles de civilisation (*cf.* l'expression, forgée par Lamartine en 1841 dans « La Marseillaise de la paix », et fréquemment reprise depuis : « le Rhin, Nil de l'Occident »).

Où le soleil, dorant les tourelles du faîte,
N'enverra sur mon front que des rayons de fête
30 Teints de pourpre et d'azur au prisme des vitraux ?

Jamais non plus, sans doute. — En attendant, vaine ombre,
Oublié dans l'espace et perdu dans le nombre,
Je vis. J'ai trois enfants en cercle à mon foyer[1] ;
Et lorsque la sagesse entr'ouvre un peu ma porte,
35 Elle me crie : Ami ! sois content. Que t'importe
Cette tente d'un jour qu'il faut sitôt ployer !

Et puis, dans mon esprit, des choses que j'espère
Je me fais cent récits, comme à son fils un père.
Ce que je voudrais voir je le rêve si beau !
40 Je vois en moi des tours, des Romes, des Cordoues,
Qui jettent mille feux, muse, quand tu secoues
Sous leurs sombres piliers ton magique flambeau !

Ce sont des Alhambras, de hautes cathédrales,
Des Babels, dans la nue enfonçant leurs spirales,
45 De noirs Escurials, mystérieux séjour,
Des villes d'autrefois, peintes et dentelées,
Où chantent jour et nuit mille cloches ailées,
Joyeuses d'habiter dans des clochers à jour !

Et je rêve[2] ! Et jamais villes impériales
50 N'éclipseront ce rêve aux splendeurs idéales.
Gardons l'illusion ; elle fuit assez tôt.
Chaque homme, dans son cœur, crée à sa fantaisie
Tout un monde enchanté d'art et de poésie[3].
C'est notre Chanaan que nous voyons d'en haut[4].

----

1. Léopoldine, Charles et François-Victor ; Adèle naîtra trois mois plus tard.   2. Ces villes « rêvées » rappellent celles des *Orientales*, notamment celle invoquée dans « Rêverie ».   3. L'idée que « chaque homme » porte en lui la poésie, est virtuellement poète, est une idée fréquemment émise par les auteurs romantiques (par Lamartine notamment). Hugo prévient ainsi dans sa Préface que ce recueil est formé de « vers comme tout le monde en fait ou en rêve » (voir notre Présentation).   4. Dans l'Ancien Testament, Moïse, juste avant de mourir, aperçoit du haut du mont Nébo la Terre promise (Israël) vers laquelle il a guidé, depuis l'Égypte, le peuple des Hébreux : « Et le Seigneur lui dit : "C'est là le pays que j'ai promis par serment à Abraham, Isaac et Jacob en leur disant : C'est à ta descendance que je

Restons où nous voyons. Pourquoi vouloir descendre,
Et toucher ce qu'on rêve [1], et marcher dans la cendre ?
Que ferons-nous après ? où descendre ? où courir ?
Plus de but à chercher ! plus d'espoir qui séduise !
De la terre donnée à la terre promise
Nul retour ; et Moïse a bien fait de mourir [2] !

Restons loin des objets dont la vue est charmée.
L'arc-en-ciel est vapeur, le nuage est fumée.
L'idéal tombe en poudre au toucher du réel.
L'âme en songes de gloire ou d'amour se consume.
Comme un enfant qui souffle en un flocon d'écume,
Chaque homme enfle une bulle où se reflète un ciel [3] !

Frêle bulle d'azur, au roseau suspendue,
Qui tremble au moindre choc et vacille éperdue !
Voilà tous nos projets, nos plaisirs, notre bruit !
Folle création qu'un zéphyr inquiète !
Sphère aux mille couleurs, d'une goutte d'eau faite !
Monde qu'un souffle crée et qu'un souffle détruit !

Rêver, c'est le bonheur ; attendre, c'est la vie.
Courses ! pays lointains ! voyages ! folle envie !
C'est assez d'accomplir le voyage éternel.
Tout chemine ici-bas vers un but de mystère.
Où va l'esprit dans l'homme ? Où va l'homme sur terre ?
Seigneur ! Seigneur ! Où va la terre dans le ciel ?

Le saurons-nous jamais ? — Qui percera vos voiles,
Noirs firmaments, semés de nuages d'étoiles [4] ?
Mer, qui peut dans ton lit descendre et regarder ?

---

le donne. Je te l'ai fait voir de tes propres yeux, mais tu n'y passeras pas." »
(Deutéronome, 34, 4.)   **1.** Version du manuscrit : « toucher *le réel* ».   **2.** *Cf.* le dernier vers de
la strophe précédente, et la note.   **3.** Dans la marge du poème XV, écrit
trois jours plus tôt, Hugo avait écrit : « Chacun enfle sa bulle où se reflète un
monde /... ciel ».   **4.** Pierre Albouy rappelle que dans la poésie astronomique, de Voltaire à Lamartine, le ciel étoilé est la manifestation splendide
de l'harmonie que l'Éternel Géomètre fait régner dans l'infini. Pour Hugo,
ces « noirs firmaments », s'ils peuvent procurer la joie de l'Être, de la Présence et de la Vérité (*cf.* XII, XXI, et « Extase » dans *Les Orientales*), sont
moins une image de l'ordre éternel que du mystère insondable.

Où donc est la science ? Où donc est l'origine ?
Cherchez au fond des mers cette perle divine,
Et, l'océan connu, l'âme reste à sonder ! [1]

85   Que faire et que penser ? — Nier, douter, ou croire ?
Carrefour ténébreux ! triple route ! nuit noire !
Le plus sage s'assied sous l'arbre du chemin,
Disant tout bas : J'irai, Seigneur, où tu m'envoies.
Il espère, et, de loin, dans les trois sombres voies [2],
90   Il écoute, pensif, marcher le genre humain ! [3]

                                        Mai 1830.

---

1. Strophe ajoutée sur le manuscrit, après la date et avec un renvoi. À comparer, ainsi que tout le poème, à « La Pente de la rêverie ». L'idée que l'intériorité humaine (« âme », ou « cœur ») est un gouffre mystérieux plus insondable encore que l'océan, déjà exprimée dans le poème liminaire, reviendra souvent dans l'œuvre de Hugo.   2. Le ciel nocturne, la mer, l'âme. Cette énumération des « lieux » de l'abîme et du mystère oublie la société : l'abîme du peuple-océan et/ou les différentes formes du mal social.   3. Lancé par un élément familier et anecdotique (le voyage de deux amis), le poème, après avoir évoqué les données d'une existence individuelle, s'achève en point d'orgue sur les destinées mystérieuses de l'humanité : exemple caractéristique de la stratégie du recueil entier, visant à élaborer une poésie du banal et du quotidien sans cesse apte à « basculer » dans le sublime. La « leçon » finale du poème est moins pessimiste qu'on ne pouvait s'y attendre : si le « genre humain » est (désormais) privé des secours de la foi et taraudé par le doute (thème romantique qui s'épanouira chez Hugo dans les recueils suivants), s'il balance entre ignorance et vanité, néanmoins il *marche*, dans le mystère et dans le sombre, — et le bruit qu'il fait en marchant rend pensif le poète.

XXVIII

À MES AMIS S.-B. ET L. B.[1]

Buen viage !
GOYA[2].

Amis, mes deux amis, mon peintre, mon poète !
Vous me manquez toujours, et mon âme inquiète
     Vous redemande ici.
Des deux amis, si chers à la lyre engourdie,
5 Pas un ne m'est resté. Je t'en veux, Normandie,
     De me les prendre ainsi !

Ils emportent en eux toute ma poésie ;
L'un, avec son doux luth de miel et d'ambroisie[3],
     L'autre avec ses pinceaux.
10 Peinture et poésie où s'abreuvait ma muse,
Adieu votre onde ! Adieu l'Alphée et l'Aréthuse
     Dont je mêlais les eaux[4] !

---

1. Sur le manuscrit Hugo avait d'abord écrit en toutes lettres les noms de Sainte-Beuve et de Louis Boulanger, qu'il a ensuite surchargés par leurs initiales. *Cf.* le poème précédent, la note 1 de la p. 332, et notre Présentation. 2. Titre d'une gravure du peintre espagnol, de la série des *Caprices*, et représentant des Sorcières volant de nuit. 3. *Cf.* p. 291, note 5. Cette caractérisation mythologique et un peu douceâtre étonne, appliquée à la poésie de Sainte-Beuve, volontiers prosaïque. 4. Selon la mythologie grecque, le dieu-fleuve Alphée s'éprit de la nymphe Aréthuse, et la poursuivit ; la chaste déesse Diane, dont Aréthuse était la suivante, la changea en fontaine, mais Alphée mêla ses eaux aux siennes.

Adieu surtout ces cœurs et ces âmes si hautes,
Dont toujours j'ai trouvé pour mes maux et mes fautes
15   Si tendre la pitié !
Adieu toute la joie à leur commerce unie !
Car tous deux, ô douceur ! si divers de génie,
              Ont la même amitié !

Je crois d'ici les voir, le poète et le peintre.
20   Ils s'en vont, raisonnant de l'ogive et du cintre [1]
              Devant un vieux portail [2] ;
Ou, soudain, à loisir, changeant de fantaisie,
Poursuivent un œil noir dessous la jalousie [3],
              À travers l'éventail.

25   Oh ! de la jeune fille et du vieux monastère,
Toi, peins-nous la beauté, toi, dis-nous le mystère.
              Charmez-nous tour à tour.
À travers le blanc voile et la muraille grise
Votre œil, ô mes amis, sait voir Dieu dans l'église,
              Dans la femme l'amour !

30   Marchez, frères jumeaux, l'artiste avec l'apôtre !
L'un nous peint l'univers que nous explique l'autre ;
              Car, pour notre bonheur,
Chacun de vous sur terre a sa part qu'il réclame.
À toi, peintre, le monde ! à toi, poète, l'âme !
35   À tous deux le Seigneur !

                                        Mai 1830.

---

1. L'ogive et le (plein) cintre sont deux systèmes de voûte, le premier caractéristique de l'architecture gothique, le second, notamment, de l'architecture romane.   2. Porte d'une église, généralement sculptée.   3. Sorte de volet derrière lequel on peut voir sans être vu ; avec l'éventail du vers suivant, on songerait à l'Espagne plus qu'à la Normandie.

XXIX

LA PENTE DE LA RÊVERIE [1]

> *Obscuritate rerum verba sœpè obscurantur.*
> GERVASIUS TILBERIENSIS [2].

Amis, ne creusez pas vos chères rêveries ;
Ne fouillez pas le sol de vos plaines fleuries ;
Et quand s'offre à vos yeux un océan qui dort,
Nagez à la surface ou jouez sur le bord ;
5   Car la pensée est sombre ! Une pente insensible
Va du monde réel à la sphère invisible [3] ;
La spirale est profonde, et quand on y descend,
Sans cesse se prolonge et va s'élargissant,
Et pour avoir touché quelque énigme fatale,
10 De ce voyage obscur souvent on revient pâle !

---

1. Un des plus longs et des plus importants poèmes du recueil, qui, par ses dimensions épique et cosmique, annonce certains poèmes de l'exil, comme la « Vision d'où est sorti ce livre », poème liminaire de la Nouvelle série de *La Légende des siècles*. Tout au long de son œuvre Hugo se préoccupa de la nature et des puissances de cette faculté (ou attitude) mentale, qu'il distingue de la pensée sans jamais l'en séparer tout à fait. *Cf.*, dans *Les Travailleurs de la mer*, cet essai de définition : « La rêverie, qui est la pensée à l'état de nébuleuse, confine au sommeil, et s'en préoccupe comme de sa frontière » (I, I, 7).   2. « C'est l'obscurité des choses qui rend souvent les mots obscurs » ; on n'a pas retrouvé dans l'œuvre de ce chroniqueur anglais du XIIIe siècle cette phrase, qui est peut-être forgée par Hugo lui-même.   3. Formulation essentielle : il n'y a qu'un monde et non pas deux. Appréhender l'invisible ce n'est pas tourner le dos au visible, c'est au contraire l'approfondir jusqu'à apercevoir son noyau, ou plutôt son cône, inversé, de mystère et d'infini. « Aucun surnaturalisme, assène le narrateur des *Travailleurs de la mer* dans le passage cité plus haut ; mais la continuation occulte de la nature infinie. »

L'autre jour, il venait de pleuvoir, car l'été,
Cette année, est de bise et de pluie attristé[1],
Et le beau mois de mai dont le rayon nous leurre,
Prend le masque d'avril qui sourit et qui pleure.
15 J'avais levé le store aux gothiques couleurs.
Je regardais au loin les arbres et les fleurs.
Le soleil se jouait sur la pelouse verte
Dans les gouttes de pluie, et ma fenêtre ouverte
Apportait du jardin à mon esprit heureux
20 Un bruit d'enfants joueurs et d'oiseaux amoureux.
Paris, les grands ormeaux[2], maison, dôme, chaumière,
Tout flottait à mes yeux dans la riche lumière
De cet astre de mai dont le rayon charmant
Au bout de tout brin d'herbe allume un diamant !
25 Je me laissais aller à ces trois harmonies,
Printemps, matin, enfance, en ma retraite unies ;
La Seine, ainsi que moi, laissait son flot vermeil
Suivre nonchalamment sa pente, et le soleil
Faisait évaporer à la fois sur les grèves
30 L'eau du fleuve en brouillards et ma pensée en rêves[3] !

Alors, dans mon esprit, je vis autour de moi
Mes amis, non confus, mais tels que je les vois
Quand ils viennent le soir, troupe grave et fidèle,
Vous avec vos pinceaux dont la pointe étincelle,
35 Vous, laissant échapper vos vers au vol ardent,
Et nous tous écoutant en cercle, ou regardant.
Ils étaient bien là tous, je voyais leurs visages,
Tous, même les absents qui font de longs voyages[4].
Puis tous ceux qui sont morts vinrent après ceux-ci,

---

1. Comme dans « Rêverie » (*Les Orientales*), le poète est « à la fenêtre ». L'expérience a pour point de départ une situation concrète, banale, et s'ancre avec insistance dans le présent de l'énonciation : de l'ici-maintenant à l'éternité (dernier mot du poème).   **2.** Jeunes ormes. Hugo eut toujours une vive prédilection pour cet arbre d'allure torturée.   **3.** Un des nombreux exemples d'analogie entre paysage extérieur et disposition intérieure. La rêverie, vaporisation de la pensée, naît d'un état de passivité et d'intense disponibilité au spectacle du réel (*cf.* p. 296, note 1).   **4.** Possible évocation des soirées du Cénacle. Le thème de la communauté à la fois familière et artistique est très présent dans ce recueil, pendant de celui de la communauté familiale. La mention des voyageurs rappelle les deux poèmes précédents.

40 Avec l'air qu'ils avaient quand ils vivaient aussi[1].
    Quand j'eus, quelques instants, des yeux de ma pensée,
    Contemplé leur famille à mon foyer pressée,
    Je vis trembler leurs traits confus, et par degrés
    Pâlir en s'effaçant leurs fronts décolorés,
45 Et tous, comme un ruisseau qui dans un lac s'écoule,
    Se perdre autour de moi dans une immense foule.
    Foule sans nom ! chaos ! des voix, des yeux, des pas.
    Ceux qu'on n'a jamais vus, ceux qu'on ne connaît pas.
    Tous les vivants[2] ! — cités bourdonnant aux oreilles
50 Plus qu'un bois d'Amérique ou des ruches d'abeilles,
    Caravanes campant sur le désert en feu,
    Matelots dispersés sur l'océan de Dieu,
    Et, comme un pont hardi sur l'onde qui chavire,
    Jetant d'un monde à l'autre un sillon de navire,
55 Ainsi que l'araignée entre deux chênes verts
    Jette un fil argenté qui flotte dans les airs !

    Les deux pôles ! le monde entier ! la mer, la terre,
    Alpes aux fronts de neige, Etnas au noir cratère,
    Tout à la fois, automne, été, printemps, hiver,
60 Les vallons descendant de la terre à la mer
    Et s'y changeant en golfe, et des mers aux campagnes
    Les caps épanouis en chaînes de montagnes,
    Et les grands continents, brumeux, verts ou dorés,
    Par les grands océans sans cesse dévorés,
65 Tout, comme un paysage en une chambre noire[3]
    Se réfléchit avec ses rivières de moire,
    Ses passants, ses brouillards flottant comme un duvet,
    Tout dans mon esprit sombre allait, marchait, vivait !

----

1. Née de la contemplation du paysage présent, offert au regard, la
rêverie se transmue en invocation-apparition de l'absence, qu'elle rend
visible en esprit.   2. Lancement du thème de la totalité chaotique,
central dans ce poème.   3. La « chambre noire ou obscure est un
lieu où la lumière ne peut entrer que par un trou d'un pouce de dia-
mètre, auquel on applique un verre qui, laissant passer les rayons des
objets extérieurs sur le mur opposé fait voir parfaitement en dedans
tout ce qui se présente en dehors » (Littré). Image technique d'une
grande cohérence, reprise trois vers plus loin par « mon esprit sombre » : l'intérieur du sujet « rêvant » devient le réceptacle visionné de
tout l'extérieur.

Alors, en attachant, toujours plus attentives,
70   Ma pensée et ma vue aux mille perspectives
Que le souffle du vent ou le pas des saisons
M'ouvrait à tous moments dans tous les horizons,
Je vis soudain surgir, parfois du sein des ondes,
À côté des cités vivantes des deux mondes,
75   D'autres villes aux fronts étranges, inouïs,
Sépulcres ruinés des temps évanouis,
Pleines d'entassements, de tours, de pyramides[1],
Baignant leurs pieds aux mers, leur tête aux cieux
Quelques-unes sortaient de dessous des cités   [humides.
80   Où les vivants encor bruissent agités,
Et des siècles passés jusqu'à l'âge où nous sommes
Je pus compter ainsi trois étages de Romes[2].
Et tandis qu'élevant leurs inquiètes voix,
Les cités des vivants résonnaient à la fois
85   Des murmures du peuple ou du pas des armées,
Ces villes du passé, muettes et fermées,
Sans fumée à leurs toits, sans rumeurs dans leurs seins,
Se taisaient, et semblaient des ruches sans essaims.

J'attendais. Un grand bruit se fit. Les races mortes
90   De ces villes en deuil vinrent ouvrir les portes,
Et je les vis marcher ainsi que les vivants[3],
Et jeter seulement plus de poussière aux vents.
Alors, tours, aqueducs, pyramides, colonnes,
Je vis l'intérieur des vieilles Babylones,
95   Les Carthages, les Tyrs, les Thèbes, les Sions[4],
D'où sans cesse sortaient des générations.

---

1. Ces évocations monumentales rappellent « Le feu du ciel », dans *Les Orientales*.   2. Expression reprise telle quelle dans « La vision d'où est sorti ce livre » (*La Légende des siècles — Nouvelle série*). On peut comprendre : la Rome mythique des origines, la Rome impériale des Césars, la Rome chrétienne des papes.   3. Comme pour les amis, après tous les vivants viennent tous les morts.   4. Cités de l'Antiquité, centres de civilisations disparues ; respectivement, ville de l'actuelle Tunisie, centre d'un empire commercial et rivale de Rome, qui la détruira au IIᵉ siècle avant J.-C. ; ville maritime de Phénicie, dans l'actuel Liban, dont Carthage était à l'origine une colonie ; une des capitales de l'Égypte antique ; nom biblique de Jérusalem.

Ainsi j'embrassais tout : et la terre, et Cybèle [1],
La face antique auprès de la face nouvelle ;
Le passé, le présent ; les vivants et les morts ;
100 Le genre humain complet comme au jour du remords [2].
Tout parlait à la fois, tout se faisait comprendre,
Le pélage d'Orphée et l'étrusque d'Évandre [3],
Les runes d'Irmensul [4], le sphinx égyptien,
La voix du nouveau monde aussi vieux que l'ancien.

105 Or, ce que je voyais, je doute que je puisse
Vous le peindre : c'était comme un grand édifice
Formé d'entassements de siècles et de lieux ;
On n'en pouvait trouver les bords ni les milieux ;
110 À toutes les hauteurs, nations, peuples, races,
Mille ouvriers humains, laissant partout leurs traces,
Travaillaient nuit et jour, montant, croisant leurs pas,
Parlant chacun leur langue et ne s'entendant pas ;
Et moi je parcourais, cherchant qui me réponde,
115 De degrés en degrés cette Babel [5] du monde.

La nuit avec la foule, en ce rêve hideux,
Venait, s'épaississant ensemble toutes deux,
Et, dans ces régions que nul regard ne sonde,
Plus l'homme était nombreux, plus l'ombre était
120 Tout devenait douteux et vague, seulement [profonde.
Un souffle qui passait de moment en moment,

---

1. Déesse mère de la nature, dans les mythologies méditerranéennes de l'Antiquité.   2. Allusion au jour du Jugement dernier où, selon la tradition biblique, le Seigneur réunira tous les êtres humains ayant passé sur terre depuis le commencement des temps.   3. Hugo imagine qu'Orphée, roi mythique de Thrace et le plus grand poète légendaire de la Grèce antique, parlait le pélage (selon le mythe, les Pélages sont les premiers habitants de la Grèce), — et qu'Évandre (roi mythique originaire de Troie et installé en Italie centrale) parlait l'étrusque (peuple historique qui domina l'Italie antique avant l'émergence de la puissance romaine). Rêverie sur l'archaïque et ses langages, donc.   4. Écriture gravée sur les pierres (les runes) dans le monde germanique des premiers siècles après J.-C., dont Irmensul était l'un des principaux dieux, avant la christianisation. Toujours le mystère des langues archaïques ; archaïsme des forêts du Nord après celui du Midi méditerranéen.   5. *Cf.* p. 62, note 1. Mais il s'agit ici d'une Babel d'*après* la distinction des langues.

Comme pour me montrer l'immense fourmilière,
Ouvrait dans l'ombre au loin des vallons de lumière,
Ainsi qu'un coup de vent fait sur les flots troublés
125 Blanchir l'écume, ou creuse une onde dans les blés.

Bientôt autour de moi les ténèbres s'accrurent,
L'horizon se perdit, les formes disparurent,
Et l'homme avec la chose et l'être avec l'esprit
Flottèrent à mon souffle, et le frisson me prit.
130 J'étais seul. Tout fuyait. L'étendue était sombre.
Je voyais seulement au loin, à travers l'ombre,
Comme d'un océan les flots noirs et pressés,
Dans l'espace et le temps les nombres entassés [1] !

Oh ! cette double mer du temps et de l'espace
135 Où le navire humain toujours passe et repasse,
Je voulus la sonder, je voulus en toucher [2]
Le sable, y regarder, y fouiller, y chercher,
Pour vous en rapporter quelque richesse étrange,
Et dire si son lit est de roche ou de fange.
140 Mon esprit plongea donc sous ce flot inconnu,
Au profond de l'abîme il nagea seul et nu,
Toujours de l'ineffable allant à l'invisible...
Soudain il s'en revint avec un cri terrible,
Ébloui, haletant, stupide, épouvanté,
145 Car il avait au fond trouvé l'éternité [3].

Mai 1830.

---

1. Après l'expansion du songe par accumulation d'éléments « concrets » (naturels, historiques, anthropologiques), passage à la forme, ou formule, abstraite et secrète, du tout : *cf.* « Les Mages » (dans *Les Contemplations*) : « Le nombre où tout est contenu ». On peut déceler ici, avec le philosophe Renouvier, « l'aspect pythagoricien » de la pensée de Hugo (*Victor Hugo, le philosophe*, 1900). La doctrine du géomètre et philosophe grec et de ses disciples, en particulier sa mystérieuse symbolique des nombres, ont fasciné plusieurs romantiques (*cf.* Nerval, « Vers dorés », dans *Les Chimères*). 2. Après l'abandon passif à la rêverie, ce dernier mouvement est lancé par une sorte de volontarisme héroïque du chercheur-plongeur. 3. Sur le manuscrit, Hugo avait surchargé « l'éternité » par « l'Éternité ». Pour l'édition, il revint à la première version. Contrairement à d'autres romantiques, Vigny et Baudelaire notamment, Hugo emploie très rarement la majuscule pour les noms communs abstraits.

XXX

SOUVENIR D'ENFANCE [1]

À Joseph, Comte de S. [2]

Cuncta supercilio.
HORACE [3].

Dans une grande fête, un jour, au Panthéon,
J'avais sept ans, je vis passer Napoléon [4].

---

1. Ce titre laissait prévoir une évocation intime et privée ; il s'agit en fait d'une réflexion fascinée sur le grand homme de l'histoire contemporaine. Comme l'annonçait le poème liminaire, auquel celui-ci fait écho, l'histoire individuelle des « enfants du siècle » n'est pas séparable de l'histoire collective. 2. Joseph Bonaparte, comte de Survilliers (titre qu'il avait pris lorsque, après l'abdication de Napoléon, il s'exila aux États-Unis). « Nommé » par son frère d'abord roi de Naples (1806) puis roi d'Espagne (1808-1813), il fut le protecteur assidu du père du poète, qu'il éleva au rang de comte « espagnol ». L'auteur des *Feuilles d'automne* lui adressa un exemplaire dédicacé de ce recueil, puis quelques lettres furent échangées, non dénuées d'arrière-pensées politiques de la part du représentant de la « famille impériale ». 3. « Faisant mouvoir toutes choses d'un mouvement de son sourcil » (il s'agit du roi des dieux, Jupiter) ; *Odes*, III, 1, 8. Sur Horace, *cf.* la note 2 de la p. 112. 4. La « vérité » autobiographique de cette scène est douteuse, sans être pour autant tout à fait invraisemblable. Il est certain que la mère de Victor, alors antibonapartiste farouche, ne l'aurait guère encouragé à applaudir le « tyran », — mais le poème dit que l'enfant s'était « échappé ». Il est certain aussi qu'à l'époque où est censée se dérouler cette scène, le général Hugo n'était pas à Paris. Mais les petits Hugo n'étaient pas insensibles aux prestiges militaires et parlaient en effet souvent « guerre, assauts et batailles ». Au reste, la « vérité » de ce poème est à chercher ailleurs, et relève davantage de 1831 que de 1809.

Pour voir cette figure illustre et solennelle,
Je m'étais échappé de l'aile maternelle ;
5   Car il tenait déjà mon esprit inquiet ;
Mais ma mère aux doux yeux, qui souvent s'effrayait
En m'entendant parler guerre, assauts et bataille,
Craignait pour moi la foule, à cause de ma taille.

Et ce qui me frappa, dans ma sainte terreur,
10   Quand au front du cortège apparut l'empereur,
Tandis que les enfants demandaient à leurs mères [1]
Si c'est là ce héros dont on fait cent chimères,
Ce ne fut pas de voir tout ce peuple à grand bruit
Le suivre comme on suit un phare dans la nuit,
15   Et se montrer de loin sur sa tête suprême
Ce chapeau tout usé plus beau qu'un diadème [2],
Ni, pressés sur ses pas, dix vassaux couronnés
Regarder en tremblant ses pieds éperonnés [3],
Ni ses vieux grenadiers, se faisant violence,
20   Des cris universels s'enivrer en silence ;
Non, tandis qu'à genoux la ville tout en feu,
Joyeuse comme on est lorsqu'on n'a qu'un seul vœu,
Qu'on n'est qu'un même peuple et qu'ensemble on respire
Chantait en chœur : VEILLONS AU SALUT DE L'EMPIRE [4] !

25   Ce qui me frappa, dis-je, et me resta gravé,
Même après que le cri sur sa route élevé
Se fut évanoui dans ma jeune mémoire,

---

1. Les autres enfants sont donc accompagnés de leur mère.   **2.** Élément particulièrement fécond du « mythe » Napoléon, orchestré par l'empereur lui-même : si les dignitaires et officiers de l'Empire appréciaient les uniformes éclatants et chamarrés (encouragés en cela par leur maître), Napoléon lui-même affectait souvent de préférer une tenue militaire très modeste, composée d'une redingote grise et d'un bicorne noir.   **3.** Autre composante fréquente du mythe napoléonien, surtout chez Hugo : sous l'Empire, la plupart des rois d'Europe n'étaient plus que les serviteurs, empressés et ridicules, du génie conquérant (*cf.* « Rêverie d'un passant à propos d'un roi » et la note 7 de la page 262). Notons que, logiquement, parmi ces « vassaux couronnés » devait se trouver le dédicataire...   **4.** Chant composé en 1791 à l'armée du Rhin ; « Empire » signifiait alors, selon le sens classique, l'État, la France. Devenu hymne national sous Napoléon (le mot « Empire » n'avait plus le même sens, mais la période révolutionnaire ne paraissait pas reniée).

Ce fut de voir, parmi ces fanfares de gloire,
Dans le bruit qu'il faisait, cet homme souverain
30 Passer, muet et grave, ainsi qu'un dieu d'airain !

Et le soir, curieux, je le dis à mon père,
Pendant qu'il défaisait son vêtement de guerre,
Et que je me jouais sur son dos indulgent
De l'épaulette d'or aux étoiles d'argent.

35 Mon père secoua la tête sans réponse.

Mais souvent une idée en notre esprit s'enfonce,
Ce qui nous a frappés nous revient par moments,
Et l'enfance naïve a ses étonnements.

Le lendemain, pour voir le soleil qui s'incline,
40 J'avais suivi mon père au haut de la colline
Qui domine Paris du côté du levant[1],
Et nous allions tous deux, lui pensant, moi rêvant[2].
Cet homme en mon esprit restait comme un prodige,
Et, parlant à mon père[3] : « Ô mon père, lui dis-je,
45 Pourquoi notre empereur, cet envoyé de Dieu,
Lui qui fait tout mouvoir et qui met tout en feu,
A-t-il ce regard froid et cet air immobile ? »
Mon père dans ses mains prit ma tête débile[4],
Et, me montrant au loin l'horizon spacieux :
50 — « Vois, mon fils ! cette terre, immobile à tes yeux,
Plus que l'air, plus que l'onde et la flamme, est émue,
Car le germe de tout dans son ventre remue.
Dans ses flancs ténébreux, nuit et jour, en rampant,
Elle sent se plonger la racine, serpent
55 Qui s'abreuve aux ruisseaux des sèves toujours prêtes,
Et fouille et boit sans cesse avec ses mille têtes.
Mainte flamme y ruisselle, et tantôt lentement
Imbibe le cristal qui devient diamant,

---

1. Colline qui abrite le cimetière du Père-Lachaise, déjà évoqué dans les pièces II et VI, et qui confirme ainsi son statut de repère essentiel dans la topographie symbolique de Paris que trace, subrepticement, ce recueil contemporain de *Notre-Dame de Paris*. **2.** Sur les rapports pensée-rêverie, voir p. 296, note 1 et p. 339, note 1. **3.** *Cf.* p. 345, note 4, et p. 258, note 1. **4.** Faible, fragile.

Tantôt, dans quelque mine éblouissante et sombre,
60   Allume des monceaux d'escarboucles[1] sans nombre,
Ou, s'échappant au jour, plus magnifique encor,
Au front du vieil Etna met une aigrette d'or.
Toujours l'intérieur de la terre travaille.
Son flanc universel incessamment tressaille.
65   Goutte à goutte, et sans bruit qui réponde à son bruit,
La source de tout fleuve y filtre dans la nuit.
Elle porte à la fois, sur sa face où nous sommes,
Les blés et les cités, les forêts et les hommes.
Vois, tout est vert au loin, tout rit, tout est vivant.
70   Elle livre le chêne et le brin d'herbe au vent.
Les fruits et les épis la couvrent à cette heure.
Eh bien ! déjà, tandis que ton regard l'effleure,
Dans son sein, que n'épuise aucun enfantement,
Les futures moissons tremblent confusément[2] !

75   « Ainsi travaille, enfant, l'âme active et féconde
Du poëte qui crée et du soldat qui fonde[3].
Mais ils n'en font rien voir. De la flamme à pleins bords,
Qui les brûle au dedans, rien ne luit au dehors.
Ainsi Napoléon, que l'éclat environne
80   Et qui fit tant de bruit en forgeant sa couronne,
Ce chef que tout célèbre et que pourtant tu vois
Immobile et muet, passer sur le pavois[4],
Quand le peuple l'étreint, sent en lui ses pensées,
Qui l'étreignent aussi, se mouvoir plus pressées.
85   Déjà peut-être en lui mille choses se font,

_____

1. Nom ancien d'une espèce de grenat rouge foncé à vif
éclat.   2. Ce discours fait du père lui-même une sorte de poète
visionnaire, et relie cette pièce à la précédente. Dans la Première Série
de *La Légende des siècles*, le Satyre expliquera aux dieux de l'Olympe
l'activité mystérieuse de la terre : « Elle fait son travail d'accouche-
ment sans fin ».   3. Le parallèle entre le génie (poétique) et le héros
(politique et guerrier) occupe toute la période romantique, et singulière-
ment Hugo. *Cf.* dans ce recueil les poèmes VIII et XIII.   4. Bouclier
sur lequel les guerriers francs hissaient leur roi après l'avoir élu.
L'image, déjà usitée sous l'Empire, est habile : elle vise à accréditer
l'idée que, contrairement aux monarques absolus de droit divin qui
l'ont précédé, Napoléon tient sa légitimité de la volonté populaire
(consultée lors de divers plébiscites) et notamment de sa popularité au
sein de l'armée, expression privilégiée de la nation.

Et tout l'avenir germe en son cerveau profond.
Déjà dans sa pensée, immense et clairvoyante,
L'Europe ne fait plus qu'une France géante,
Berlin, Vienne, Madrid, Moscou, Londres, Milan,
90 Viennent rendre à Paris hommage une fois l'an,
Le Vatican n'est plus que le vassal du Louvre[1],
La terre à chaque instant sous les vieux trônes s'ouvre,
Et de tous leurs débris sort pour le genre humain
Un autre Charlemagne, un autre globe en main[2] !
95 Et, dans le même esprit où ce grand dessein roule,
Les bataillons futurs déjà marchent en foule,
Le conscrit résigné, sous un avis fréquent[3],
Se dresse, le tambour résonne au front du camp,
D'ouvriers et d'outils Cherbourg[4] couvre sa grève,
100 Le vaisseau colossal sur le chantier s'élève,
L'obusier rouge encor sort du fourneau qui bout,
Une marine flotte, une armée est debout !
Car la guerre toujours l'illumine et l'enflamme,
Et peut-être déjà, dans la nuit de cette âme,
105 Sous ce crâne, où le monde en silence est couvé[5],
D'un second Austerlitz le soleil s'est levé[6] ! »

---

1. Allusion aux nombreuses tentatives de subordination de la papauté au pouvoir impérial ; ce projet d'« organisation » de l'Europe ressemble assez en effet aux ambitions napoléoniennes.   **2.** *Cf.* le premier mouvement du grand monologue de don Carlos sur l'Empire (*Hernani*, acte IV, sc. 2).   **3.** Allusion à la conscription qui levait chaque année des dizaines de milliers d'hommes pour alimenter une guerre incessante et meurtrière. La résignation prêtée au conscrit est notable et significative, dans un discours où l'on aurait pu attendre de lui plus d'enthousiasme. Dans les faits, des mouvements de résistance à la conscription se multiplièrent à la fin de l'Empire, alimentant dans certaines campagnes de véritables maquis.   **4.** Port de guerre et chantier de construction navale. On put penser un moment qu'en partirait une invasion de l'Angleterre, bien improbable, surtout après le désastre naval de Trafalgar (1805).   **5.** Chute de la comparaison filée entre la Terre mère et « l'âme active et féconde » de Napoléon. Et confirmation du parallèle entre le « poète qui crée et le soldat qui fonde » : l'un et l'autre sont « un monde enfermé dans un homme » (*La Légende des siècles — Nouvelle série*).   **6.** La plus célèbre des victoires de Napoléon (2 décembre 1805), remportée sous un soleil radieux qui aida au succès en fragilisant la glace sur laquelle s'était établie une partie des armées ennemies, — détail météorologique qu'on intégra bientôt au mythe « solaire » de Napoléon.

Plus tard, une autre fois, je vis passer cet homme,
Plus grand dans son Paris que César dans sa Rome.
Des discours de mon père alors je me souvins.
110 On l'entourait encor d'honneurs presque divins,
Et je lui retrouvai, rêveur à son passage,
Et la même pensée et le même visage.
Il méditait toujours son projet surhumain.
Cent aigles l'escortaient en empereur romain.
115 Ses régiments marchaient, enseignes déployées ;
Ses lourds canons, baissant leurs bouches essuyées,
Couraient, et, traversant la route aux pas confus,
Avec un bruit d'airain sautaient sur leurs affûts,
Mais bientôt, au soleil, cette tête admirée
120 Disparut dans un flot de poussière dorée.
Il passa. Cependant son nom sur la cité
Bondissait, des canons aux cloches rejeté ;
Son cortège emplissait de tumulte les rues,
Et, par mille clameurs de sa présence accrues,
125 Par mille cris de joie et d'amour furieux,
Le peuple saluait ce passant glorieux [1] !

Novembre 1830.
[Novembre 1831.]

---

1. En 1830 (ou 1831) on peut bien voir l'Empire comme un épisode
exaltant mais sans lendemain véritable, et l'empereur comme un « passant glorieux » de l'histoire. Ce passant qui se donne en spectacle à la
foule ressemble par ailleurs à un symétrique inverse du poète, immergé,
lui, dans la foule (« Rêverie d'un passant à propos d'un roi » : ces deux
poèmes sont à mettre en perspective).

XXXI

À MADAME MARIE M. [1]

Ave, Maria, gratia plena [2].

Oh ! votre œil est timide et votre front est doux.
Mais quoique, par pudeur ou par pitié pour nous,
    Vous teniez secrète votre âme,
Quand du souffle d'en haut votre cœur est touché,
5 Votre cœur, comme un feu sous la cendre caché,
    Soudain étincelle et s'enflamme.

Élevez-la souvent cette voix qui se tait.
Quand vous vîntes au jour un rossignol chantait
    Un astre charmant vous vit naître.
10 Enfant, pour vous marquer du poétique sceau,
Vous eûtes au chevet de votre heureux berceau
    Un dieu, votre père peut-être !

---

1. Marie, la fille de Charles Nodier, avait épousé Jules Mennessier.
Elle était célèbre pour sa grâce et ses talents de musicienne parmi les
romantiques qui fréquentaient le salon de son père (Musset l'évoque
dans ses « Stances à M. Nodier »). Après deux poèmes qui lui sont
probablement adressés mais où elle demeurait anonyme (XXII et
XXIV), l'identification progresse jusqu'au seuil de la nomination
complète. Subtilités du lyrisme intime et de la pratique, à la fois privée
et sociale, du don du poème. Hugo y était suffisamment attentif pour
avoir hésité entre plusieurs titres : outre celui-ci on lit, biffés sur le
manuscrit, « À. Mde (*sic*) M. M. » et « à la fille de Charles Nodier ».
2. « Je vous salue, Marie, pleine de grâce. »

Deux vierges, Poésie et Musique, deux sœurs,
Vous font une pensée infinie en douceurs ;
15   Votre génie a deux aurores,
Et votre esprit tantôt s'épanche en vers touchants,
Tantôt sur le clavier, qui frémit sous vos chants,
S'éparpille en notes sonores !

Oh ! vous faites rêver le poète, le soir !
20 Souvent il songe à vous, lorsque le ciel est noir,
    Quand minuit déroule ses voiles ;
Car l'âme du poète, âme d'ombre et d'amour,
Est une fleur des nuits qui s'ouvre après le jour
    Et s'épanouit aux étoiles !

9 décembre 1830. Minuit.

XXXII

POUR LES PAUVRES [1]

Qui donne au pauvre prête à Dieu.
V. H. [2]

Dans vos fêtes d'hiver, riches, heureux du monde,
Quand le bal tournoyant de ses feux vous inonde,
Quand partout à l'entour de vos pas vous voyez
Briller et rayonner cristaux, miroirs, balustres,
5   Candélabres ardents, cercle étoilé des lustres,
Et la danse, et la joie au front des conviés ;

Tandis qu'un timbre d'or sonnant dans vos demeures
Vous change en joyeux chant la voix grave des heures,
Oh ! songez-vous parfois que, de faim dévoré,
10   Peut-être un indigent dans les carrefours sombres
S'arrête, et voit danser vos lumineuses ombres
Aux vitres du salon doré ;

---

1. L'hiver de 1829-1830 fut particulièrement rude, et, s'ajoutant à la stagnation économique de ces années, aggrava considérablement la situation des classes populaires. Des appels à la charité furent lancés un peu partout. Hugo y répondit en faisant imprimer à Rouen ce poème qui fut vendu, 1 franc, « au profit des pauvres ». Une des premières évocations précises de la misère contemporaine par le futur auteur des *Misérables*. Cf. « Sur le bal de l'hôtel de ville » (*Les Chants du crépuscule*), qui reprend le motif des splendeurs du bal pour dénoncer, avec plus de virulence, le dangereux face-à-face de l'extrême luxe et de l'extrême dénuement.   2. Hugo, qui attribue parfois à d'autres des épigraphes dont il est en fait l'auteur, signe ici une formule très proche d'un des Proverbes de la Bible : « Il prête à Dieu celui qui a pitié du pauvre » (XIX, 17).

Songez-vous qu'il est là sous le givre et la neige,
Ce père sans travail que la famine assiège ?
15   Et qu'il se dit tout bas : « Pour un seul que de biens !
À son large festin que d'amis se récrient !
Ce riche est bien heureux, ses enfants lui sourient !
Rien que dans leurs jouets que de pain pour les miens ! »

Et puis à votre fête il compare en son âme
20   Son foyer où jamais ne rayonne une flamme,
Ses enfants affamés, et leur mère en lambeau,
Et, sur un peu de paille, étendue et muette,
L'aïeule, que l'hiver, hélas ! a déjà faite
          Assez froide pour le tombeau !

Car Dieu mit ces degrés aux fortunes humaines.
25   Les uns vont tout courbés sous le fardeau des peines ;
Au banquet du bonheur bien peu sont conviés.
Tous n'y sont point assis également à l'aise.
Une loi, qui d'en bas semble injuste et mauvaise,
Dit aux uns : JOUISSEZ ! aux autres : ENVIEZ !

30   Cette pensée est sombre, amère, inexorable,
Et fermente en silence au cœur du misérable.
Riches, heureux du jour, qu'endort la volupté,
Que ce ne soit pas lui qui des mains vous arrache
Tous ces biens superflus où son regard s'attache ; —
35   Oh ! que ce soit la charité !

L'ardente charité, que le pauvre idolâtre !
Mère de ceux pour qui la fortune est marâtre,
Qui relève et soutient ceux qu'on foule en passant,
Qui, lorsqu'il le faudra, se sacrifiant toute,
40   Comme le Dieu martyr dont elle suit la route,
Dira : « Buvez ! mangez ! c'est ma chair et mon sang [1]. »

---

1. Allusion aux paroles que prononça Jésus lors du dernier repas qu'il prit avec les apôtres (la Cène), et que le prêtre redit au moment de la célébration de l'Eucharistie.

Que ce soit elle, oh ! oui, riches ! que ce soit elle
Qui, bijoux, diamants, rubans, hochets, dentelle,
Perles, saphirs, joyaux toujours faux, toujours vains,
45 Pour nourrir l'indigent et pour sauver vos âmes,
Des bras de vos enfants et du sein de vos femmes
      Arrache tout à pleines mains !

Donnez, riches ! L'aumône est sœur de la prière.
Hélas ! quand un vieillard, sur votre seuil de pierre,
50 Tout roidi par l'hiver, en vain tombe à genoux ;
Quand les petits enfants, les mains de froid rougies,
Ramassent sous vos pieds les miettes des orgies,
      La face du Seigneur se détourne de vous.

Donnez ! afin que Dieu, qui dote les familles,
55 Donne à vos fils la force, et la grâce à vos filles ;
Afin que votre vigne ait toujours un doux fruit ;
Afin qu'un blé plus mûr fasse plier vos granges ;
Afin d'être meilleurs ; afin de voir les anges
      Passer dans vos rêves la nuit !

60 Donnez ! il vient un jour où la terre nous laisse.
Vos aumônes là-haut vous font une richesse.
Donnez ! afin qu'on dise : « Il a pitié de nous ! »
Afin que l'indigent que glacent les tempêtes,
Que le pauvre qui souffre à côté de vos fêtes,
65 Au seuil de vos palais fixe un œil moins jaloux.

Donnez ! pour être aimés du Dieu qui se fit homme,
Pour que le méchant même en s'inclinant vous nomme,
Pour que votre foyer soit calme et fraternel ;
Donnez ! afin qu'un jour à votre heure dernière,
70 Contre tous vos péchés vous ayez la prière
      D'un mendiant puissant au ciel [1] !

                           Janvier 1830.

---

  1. Ce poème, qui paraît justifier la misère par la loi divine (cinquième strophe), et qui propose pour seul remède au mal social la charité indivi- duelle, l'aumône, dans l'intérêt bien compris des riches, est encore assez éloigné (contrairement à ce que laisse entendre P. Albouy) de cet « évangé- lisme humanitaire » qui animera plus tard la pensée sociale de Hugo. Assez

XXXIII

À***, TRAPPISTE À LA MEILLERAYE [1]

'Tis vain to struggle — let me perish young —
Live as I have lived ; and love as I have loved ;
To dust if I return, from dust I sprung,
And then, at least, my heart can ne'er be moved.

BYRON [2].

Mon frère, la tempête a donc été bien forte,
Le vent impétueux qui souffle et nous emporte
    De récif en récif

éloigné notamment de ce discours sur la misère du 9 juillet 1849, au cours
duquel le député Hugo lancera à la droite conservatrice et catholique : « Il
faut [...] créer sur une vaste échelle la prévoyance sociale ; [...] substituer à
l'aumône qui dégrade (*Dénégations à droite*) l'assistance qui fortifie » ou
encore : « Je ne suis pas de ceux qui pensent qu'on peut supprimer la souffrance en ce monde, la souffrance est une loi divine, mais je suis de ceux
qui pensent et qui affirment qu'on peut détruire la misère (*Réclamations. —
Violentes dénégations à droite*) » (*Actes et Paroles*, I). Pour autant, taxer ce
poème, comme le fait H. Meschonnic, de « conformiste », c'est peut-être
sous-évaluer ce qu'avait alors de dérangeant cet appel au don charitable :
dans *L'Éducation sentimentale*, Frédéric Moreau rédige après la révolution
de février 1848 un discours socialiste modéré qui s'achève sur des accents
directement empruntés à ce poème : « N'épargnez rien, ô riches ! donnez !
donnez ! ». Ce qui le rend peut-être éminemment ridicule aux yeux de Flau-
bert, mais aussi éminemment inquiétant à ceux du banquier Dambreuse
(III, 1). Au reste, quelle que soit l'évolution de Hugo sur la question de la
misère, il pensera toujours qu'une action généreuse « pour les pauvres »
constitue le meilleur moyen de prévenir les tentations de révolution sociale,
radicale et violente, dont il ne veut pas.
    1. Ce poème et le suivant évoquent deux formes de retraite, après la
déploration dans le précédent des déchirures et des énigmes sociales,
urbaines surtout. La Meilleraye (Loire-Atlantique) était un ancien monastère, vendu sous la Révolution puis racheté en 1817 par des moines trap-
pistes, qui suivent une règle particulièrement sévère. On ne sait qui est ce
moine auquel le poète s'adresse : nouvel exemple de dédicataire anonyme,
et peut-être fictif. **2.** « Il est vain de lutter — puissé-je mourir jeune — /
Vivez comme j'ai vécu, et aimez comme j'ai aimé ; / Si je retourne à la poussière, c'est de la poussière que je suis sorti, / Et puis, du moins, mon cœur ne
peut plus être agité » (dernière strophe des « Stances au Pô »).

A donc, quand vous partiez, d'une aile bien profonde
Creusé le vaste abîme et bouleversé l'onde [1]
    Autour de votre esquif,

Que tour à tour, en hâte, et de peur du naufrage,
Pour alléger la nef en butte au sombre orage,
    En proie au flot amer,
Il a fallu, plaisirs, liberté, fantaisie,
Famille, amour, trésors, jusqu'à la poésie,
    Tout jeter à la mer !

Et qu'enfin, seul et nu, vous voguez solitaire,
Allant où va le flot, sans jamais prendre terre,
    Calme, vivant de peu,
Ayant dans votre esquif, qui des nôtres s'isole,
Deux choses seulement, la voile et la boussole,
    Votre âme et votre Dieu !

                            Mai 1830.

---

1. Tout le poème file la métaphore, classique et chrétienne, du voyage en mer et de ses dangers, pour qualifier l'existence humaine. Mais l'allusion à la poésie (seconde strophe) rappelle « À M. de Lamartine », où l'usage de la métaphore maritime est plus singulier.

XXXIV

BIÈVRE

À Mademoiselle Louise B. [1]

> Un horizon fait à souhait pour le plaisir des yeux.
>
> FÉNELON [2].

I

Oui, c'est bien le vallon ! le vallon calme et sombre [3] !
Ici l'été plus frais s'épanouit à l'ombre.
Ici durent longtemps les fleurs qui durent peu.
Ici l'âme contemple, écoute, adore, aspire,
5   Et prend pitié du monde, étroit et fol empire
Où l'homme tous les jours fait moins de place à Dieu !

---

1. Fille de Bertin aîné, rédacteur en chef de l'un des plus importants
périodiques de l'époque, le *Journal des Débats*, Louise était une musicienne de talent qui composa la musique de *La Esmeralda* (1836),
opéra tiré de *Notre-Dame de Paris*. Hugo lui dédia de nombreux
poèmes, dont « Que nous avons le doute en nous » dans *Les Chants du
crépuscule*, et « Pensar, Dudar » (penser, c'est douter), dans *Les Voix
intérieures*. Les Bertin possédaient à quelques kilomètres au sud de
Paris (alors la pleine campagne), sur les bords de la Bièvre, une maison
dans laquelle Hugo et sa famille firent de fréquents séjours, à partir
de l'été 1828.   **2.** *Télémaque*, livre I. Après l'évocation du moine
trappiste, la référence à Fénelon demeure dans le registre religieux,
mais selon une version moins austère, et plus « sensible ».   **3.** Ce
premier vers semble inviter avec quelque insistance à se souvenir du
« Vallon » de Lamartine, dans les *Méditations poétiques*.

Une rivière au fond ; des bois sur les deux pentes.
Là, des ormeaux [1], brodés de cent vignes grimpantes ;
Des prés, où le faucheur brunit son bras nerveux ;
Là, des saules pensifs qui pleurent sur la rive,
Et, comme une baigneuse indolente et naïve,
Laissent tremper dans l'eau le bout de leurs cheveux.

Là-bas, un gué bruyant dans des eaux poissonneuses
Qui montrent aux passants les jambes des faneuses ;
Des carrés de blé d'or ; des étangs au flot clair ;
Dans l'ombre, un mur de craie et des toits noirs de suie ;
Les ocres des ravins, déchirés par la pluie ;
Et l'aqueduc au loin qui semble un pont de l'air.

Et, pour couronnement à ces collines vertes,
Les profondeurs du ciel toutes grandes ouvertes,
Le ciel, bleu pavillon par Dieu même construit,
Qui, le jour, emplissant de plis d'azur l'espace,
Semble un dais [2] suspendu sur le soleil qui passe,
Et dont on ne peut voir les clous d'or que la nuit [3] !

Oui, c'est un de ces lieux où notre cœur sent vivre
Quelque chose des cieux qui flotte et qui l'enivre ;
Un de ces lieux qu'enfant j'aimais et je rêvais,
Dont la beauté sereine, inépuisable, intime [4],
Verse à l'âme un oubli sérieux et sublime
De tout ce que la terre et l'homme ont de mauvais !

---

1. *Cf.* p. 340, note 2.   **2.** Pièce d'étoffe faisant office de toit, notamment au-dessus d'un trône, ou d'une statue de saint, etc.   **3.** Plus encore que la densité métaphorique (le ciel-dais et ses clous d'or...), ou que les souvenirs classiques des bucoliques latines et de leur érotisme discret (« les jambes des faneuses »), ce qui est remarquable dans cette poésie descriptive, c'est l'attention précise aux éléments les plus concrets et les plus triviaux du paysage : le « mur de craie », les « toits noirs de suie », etc.   **4.** Pour Hugo, l'intimité ne renvoie pas seulement à la vie intérieure et privée des individus. Au moins aussi importante au poète est l'intimité des lieux, des choses, de tout. « La poésie, écrivait-il dès 1822, c'est tout ce qu'il y a d'intime dans tout » (Préface de la première édition des *Odes*). La rime « intime-sublime » est comme emblématique dans ce recueil.

II

Si dès l'aube on suit les lisières
Du bois, abri des jeunes faons,
Par l'âpre chemin dont les pierres
Offensent les mains des enfants,
5   À l'heure où le soleil s'élève,
Où l'arbre sent monter la sève,
La vallée est comme un beau rêve.
La brume écarte son rideau.
Partout la nature s'éveille ;
10 La fleur s'ouvre, rose et vermeille ;
La brise y suspend une abeille,
La rosée une goutte d'eau !

Et dans ce charmant paysage
Où l'esprit flotte, où l'œil s'enfuit,
15 Le buisson, l'oiseau de passage,
L'herbe qui tremble et qui reluit,
Le vieil arbre que l'âge ploie,
Le donjon qu'un moulin coudoie,
Le ruisseau de moire et de soie,
20 Le champ où dorment les aïeux,
Ce qu'on voit pleurer ou sourire,
Ce qui chante et ce qui soupire,
Ce qui parle et ce qui respire,
Tout fait un bruit harmonieux !

III

Et si le soir, après mille errantes pensées,
De sentiers en sentiers en marchant dispersées,
Du haut de la colline on descend vers ce toit
Qui vous a tout le jour, dans votre rêverie,
5   Fait regarder en bas, au fond de la prairie,
      Comme une belle fleur qu'on voit ;

Et si vous êtes là, vous dont la main de flamme
Fait parler au clavier la langue de votre âme ;
Si c'est un des moments, doux et mystérieux,

10 Où la musique, esprit d'extase et de délire
Dont les ailes de feu font le bruit d'une lyre,
Réverbère en vos chants la splendeur de vos yeux ;

Si les petits enfants, qui vous cherchent sans cesse,
Mêlent leur joyeux rire au chant qui vous oppresse ;
15 Si votre noble père à leurs jeux turbulents
Sourit, en écoutant votre hymne commencée [1],
Lui, le sage et l'heureux, dont la jeune pensée
    Se couronne de cheveux blancs ;

Alors, à cette voix qui remue et pénètre,
20 Sous ce ciel étoilé qui luit à la fenêtre,
On croit à la famille, au repos, au bonheur ;
Le cœur se fond en joie, en amour, en prière ;
On sent venir des pleurs au bord de sa paupière ;
25 On lève au ciel les mains en s'écriant : Seigneur !

                    IV

Et l'on ne songe plus, tant notre âme saisie
Se perd dans la nature et dans la poésie,
Que tout près, par les bois et les ravins caché,
Derrière le ruban de ces collines bleues,
5 À quatre de ces pas que nous nommons des lieues,
    Le géant Paris est couché !

On ne s'informe plus si la ville fatale,
Du monde en fusion ardente capitale,
Ouvre et ferme à tel jour ses cratères fumants ;
10 Et de quel air les rois, à l'instant où nous sommes,
Regardent bouillonner dans ce Vésuve d'hommes
    La lave des événements [2] !

                        6 juillet 1831.

---

1. Dans son acception religieuse (chant à la gloire de Dieu), hymne est parfois féminin. **2.** Après la sérénité de la nature, du sentiment religieux, de la famille et des proches, rappel brutal sous forme dénégative (« et l'on ne songe plus ») de la Cité. Un an après la révolution de 1830, la situation politique demeurait très confuse (*cf.* la Préface, notamment pour la métaphore Paris-cratère, révolution-éruption).

XXXV

SOLEILS COUCHANTS [1]

Merveilleux tableaux que la vue découvre à la pensée.

CH. NODIER [2].

I

J'aime les soirs sereins et beaux, j'aime les soirs,
Soit qu'ils dorent le front des antiques manoirs
    Ensevelis dans les feuillages ;
Soit que la brume au loin s'allonge en bancs de feu ;
5 Soit que mille rayons brisent dans un ciel bleu
    À des archipels de nuages.

Oh ! regardez le ciel ! cent nuages mouvants,
Amoncelés là-haut sous le souffle des vents,
    Groupent leurs formes inconnues ;

---

1. « L'année 1828, on le constate ici, est bien celle où la *vision pittoresque* — en attendant la *vision métaphysique* de « La Pente de la rêverie » — se fortifie, s'enhardit. La vision se recommande par son exactitude pittoresque de « chose vue », par les qualités de peintre qu'y révèle Hugo ; en même temps, cette vision transfigure les choses ; elle est la vision d'un poète qui cherche et trouve toutes sortes de ressemblances et multiplie les comparaisons ; le réalisme et le merveilleux échangent leur vertus » (Albouy). **2.** « Les Aveugles de Chamouny », dans *Les Contes de la veillée*. Toujours ce refus de distinguer radicalement le sensible et l'intelligible (*cf.* p. 339, note 3, et notre Présentation).

« Oh ! regardez le ciel ! cent nuages mouvants,
Amoncelés là-haut sous le souffle des vents,
Groupent leurs formes inconnues... »

Victor Hugo, *Ciels tachistes*, encre et lavis.

10　Sous leurs flots par moments flamboie un pâle éclair,
　Comme si tout à coup quelque géant de l'air
　　　　　Tirait son glaive dans les nues.

　Le soleil, à travers leurs ombres, brille encor ;
　Tantôt fait, à l'égal des larges dômes d'or,
15　　　　　Luire le toit d'une chaumière ;
　Ou dispute aux brouillards les vagues horizons ;
　Ou découpe, en tombant sur les sombres gazons,
　　　　　Comme de grands lacs de lumière.

　Puis voilà qu'on croit voir, dans le ciel balayé,
20　Pendre un grand crocodile au dos large et rayé,
　　　　　Aux trois rangs de dents acérées ;
　Sous son ventre plombé glisse un rayon du soir ;
　Cent nuages ardents luisent sous son flanc noir
　　　　　Comme des écailles dorées.

25　Puis se dresse un palais [1] ; puis l'air tremble, et tout fuit.
　L'édifice effrayant des nuages détruit
　　　　　S'écroule en ruines pressées ;
　Il jonche au loin le ciel, et ses cônes vermeils
　Pendent, la pointe en bas, sur nos têtes, pareils
30　　　　　A des montagnes renversées.

　Ces nuages de plomb, d'or, de cuivre, de fer,
　Où l'ouragan, la trombe, et la foudre, et l'enfer
　　　　　Dorment avec de sourds murmures,
　C'est Dieu qui les suspend en foule aux cieux
　　　　　　　　　　　　　　　　[profonds,
35　Comme un guerrier qui pend aux poutres des plafonds
　　　　　Ses retentissantes armures !

　Tout s'en va ! Le soleil, d'en haut précipité,
　Comme un globe d'airain qui, rouge, est rejeté
　　　　　Dans les fournaises remuées,
40　En tombant sur leurs flots que son choc désunit,
　Fait en flocons de feu jaillir jusqu'au zénith
　　　　　L'ardente écume des nuées !

---

1. *Cf.* « Rêverie », dans *Les Orientales*.

Oh ! contemplez le ciel ! et dès qu'a fui le jour,
En tout temps, en tout lieu, d'un ineffable amour,
　　　Regardez à travers ses voiles ;
Un mystère est au fond de leur grave beauté,
L'hiver, quand ils sont noirs comme un linceul, l'été,
　　　Quand la nuit les brode d'étoiles.

　　　　　　　　　　　　Juin 1828.
　　　　　　　　　　　　[Novembre 1828.]

　　　　　　　　　　II

Le jour s'enfuit des cieux ; sous leur transparent voile
De moments en moments se hasarde une étoile ;
La nuit, pas à pas, monte au trône obscur des soirs ;
Un coin du ciel est brun, l'autre lutte avec l'ombre,
Et déjà, succédant au couchant rouge et sombre,
Le crépuscule gris meurt sur les coteaux noirs.

Et là-bas, allumant ses vitres étoilées,
Avec sa cathédrale aux flèches dentelées,
Les tours de son palais, les tours de sa prison[1],
Avec ses hauts clochers, sa bastille[2] obscurcie,
Posée au bord du ciel comme une longue scie,
La ville aux mille toits découpe l'horizon[3].

Oh ! qui m'emportera sur quelque tour sublime[4]
D'où la cité sous moi s'ouvre comme un abîme !
Que j'entende, écoutant la ville où nous rampons,

---

1. Topographie architecturale hautement symbolique : palais et prison sont pour Hugo, déjà à cette date, les deux « lieux » symétriques et complémentaires du (mauvais) pouvoir politique, — et qu'ils soient « encadrés » par les monuments de la religion n'arrange rien. L'œuvre dramatique dépliera toutes les facettes de cette topographie.   **2.** *Cf.* p. 180, note 2.   **3.** Paysage romantique qui annonce le chapitre de *Notre-Dame de Paris*, « Paris à vol d'oiseau » (III, 2), — ou, mieux, celui des *Misérables*, « Paris à vol de hibou » (IV, XIII, 2).   **4.** Cette « tour sublime » n'a rien d'une tour d'ivoire : le désir d'élévation ne vise pas à s'isoler, à se protéger de la Cité, mais au contraire à mieux l'entendre, la voir et la veiller. Au reste, cette position poétique n'est

Mourir sa vaste voix, qui semble un cri de veuve,
Et qui, le jour, gémit plus haut que le grand fleuve,
Le grand fleuve irrité, luttant contre les ponts !

Que je voie, à mes yeux en fuyant apparues,
20 Les étoiles des chars[1] se croiser dans les rues,
Et serpenter le peuple en l'étroit carrefour,
Et tarir la fumée au bout des cheminées,
Et, glissant sur le front des maisons blasonnées[2],
Cent clartés naître, luire et passer tour à tour !

25 Que la vieille cité, devant moi, sur sa couche
S'étende, qu'un soupir s'échappe de sa bouche,
Comme si de fatigue on l'entendait gémir[3] !
Que, veillant seul, debout sur son front que je foule,
Avec mille bruits sourds d'océan et de foule[4],
30 Je regarde à mes pieds la géante dormir !

Juillet 1828.

III

Plus loin ! allons plus loin ! — Aux feux du couchant
                                              [sombre,
J'aime à voir dans les champs croître et marcher mon
Et puis, la ville est là ! je l'entends, je la voi. [ombre.

---

que désirée, rêvée. Rêve fécond, puisque les trois strophes qui suivent
découlent de cette position virtuelle ; mais dans la « réalité », exprimée
au présent de l'indicatif, « je » est inclus dans « nous rampons » (*cf.*
« Rêverie d'un passant à propos d'un roi »).
  1. Les lanternes des fiacres et autres voitures. L'emploi du très néoclassique « chars » étonne quelque peu ici, bien davantage que la métaphore de
l'étoile.   **2.** Maisons nobles, portant gravées les armoiries des familles
qui les habitent.   **3.** La reprise de ce verbe exprimant la douleur, une sorte
de souffrance larvée, à peine exprimée, prend place dans la stratégie métaphorique très dense de ce poème qui tend à évoquer le malaise social de la
grande ville. Retour du thème socio-politique, inattendu dans cette poésie
qu'on pouvait croire strictement pittoresque (*cf.* les deux « crépuscule » de
Baudelaire, dans *Les Fleurs du Mal*).   **4.** On est ici à la limite de la métaphore du peuple-océan (*cf.* p. 265, note 2) ; vers à lire « avec » le motif du
« grand fleuve irrité luttant contre les ponts » et celui du « peuple » qui serpente « en l'étroit carrefour », aux strophes précédentes.

Pour que j'écoute en paix ce que dit ma pensée,
    Ce Paris, à la voix cassée,
    Bourdonne encor trop près de moi.

Je veux fuir [1] assez loin pour qu'un buisson me cache
Ce brouillard, que son front porte comme un panache,
Ce nuage éternel sur ses tours arrêté ;
Pour que du moucheron, qui bruit et qui passe,
    L'humble et grêle murmure efface
    La grande voix de la cité [2] !

                    Août 1828.

IV

    Oh ! sur des ailes dans les nues
    Laissez-moi fuir ! laissez-moi fuir !
    Loin des régions inconnues
    C'est assez rêver et languir !
    Laissez-moi fuir vers d'autres mondes.
    C'est assez, dans les nuits profondes,
    Suivre un phare, chercher un mot.
    C'est assez de songe et de doute.
    Cette voix que d'en bas j'écoute,
    Peut-être on l'entend mieux là-haut.

    Allons ! des ailes ou des voiles [3] !
    Allons ! un vaisseau tout armé !
    Je veux voir les autres étoiles
    Et la croix du sud enflammé.
    Peut-être dans cette autre terre

---

1. Le nocturne parisien qui précède a donc révélé au poète une réalité bien effrayante... 2. Ces deux sizains reprennent, selon une perspective inversée, le propos de la dernière section de « Bièvre », dont la structure formelle est presque identique. 3. D'une strophe à l'autre, on passe d'un désir d'élévation qui prend les allures d'un désir de mort, à une volonté de départ vers des contrées lointaines, mais accessibles aux vivants. Dans les deux cas, le ciel demeure l'objet du désir et de l'interrogation.

Trouve-t-on la clef du mystère
Caché sous l'ordre universel ;
Et peut-être aux fils de la lyre
Est-il plus facile de lire
20   Dans cette autre page du ciel [1] !

                                        Août 1828.

V

Quelquefois, sous les plis des nuages trompeurs,
Loin dans l'air, à travers les brèches des vapeurs
        Par le vent du soir remuées,
Derrière les derniers brouillards, plus loin encor,
5   Apparaissent soudain les mille étages d'or
        D'un édifice de nuées !

Et l'œil épouvanté, par delà tous nos cieux,
Sur une île de l'air au vol audacieux,
        Dans l'éther libre aventurée,
10 L'œil croit voir jusqu'au ciel monter, monter toujours,
Avec ses escaliers, ses ponts, ses grandes tours,
        Quelque Babel démesurée [2] !

                                        Septembre 1828.

VI [3]

Le soleil s'est couché ce soir dans les nuées ;
Demain viendra l'orage, et le soir, et la nuit ;
Puis l'aube, et ses clartés de vapeurs obstruées ;
Puis les nuits, puis les jours, pas du temps qui s'enfuit !

---

1. *Cf.* « À M. de Lamartine ».   **2.** *Cf.* dans *Les Orientales* « Le Feu du ciel » (et la note 1 de la p. 62), et, dans ce recueil, « La Pente de la rêverie ».   **3.** Conclusion de la série, écrite plus tardivement, et qui fait revenir le thème lancinant de l'usure et du vieillissement. P. Albouy décèle dans ces quatrains, dans le troisième surtout, une inspiration ronsardienne (*cf.* notamment « *Quand je suis vingt ou trente mois...* », *Odes*, livre IV, 13). Les poètes de la Pléiade sont réhabilités

5   Tous ces jours passeront ; ils passeront en foule
    Sur la face des mers, sur la face des monts,
    Sur les fleuves d'argent, sur les forêts où roule
    Comme un hymne confus des morts que nous aimons.

    Et la face des eaux, et le front des montagnes,
10 Ridés et non vieillis, et les bois toujours verts
    S'iront rajeunissant ; le fleuve des campagnes
    Prendra sans cesse aux monts le flot qu'il donne aux
                                                    [mers.

    Mais moi, sous chaque jour courbant plus bas ma tête,
    Je passe, et, refroidi sous ce soleil joyeux,
15 Je m'en irai bientôt, au milieu de la fête,
    Sans que rien manque au monde, immense et radieux[1] !

                                                    Avril 1829.

---

par les romantiques, notamment par Sainte-Beuve dans son *Tableau historique et critique de la poésie française au XVI⁰ siècle* (1828).

1. *Cf.* la troisième partie de « La Maison du berger » de Vigny. Cette indifférence absolue de la nature à l'égard de l'existence individuelle de l'homme constitue ici le pendant inverse de la « croyance » exprimée par la pièce XXI.

XXXVI[1]

Oh ! talk not to me of a name great in story ;
The days of our youth are the days of our glory ;
And the myrtle and ivy of sweet two-and-twenty
Are worth all your laurels, though ever so plenty.

BYRON[2].

Un jour vient où soudain l'artiste généreux
À leur poids sur son front sent les ans plus nombreux.
Un matin il s'éveille avec cette pensée :
— Jeunesse aux jours dorés, je t'ai donc dépensée !
5   Oh ! qu'il m'en reste peu ! Je vois le fond du sort,
Comme un prodigue en pleurs le fond du coffre-fort[3].

Il sent, sous le soleil qui plus ardent s'épanche,
Comme à midi les fleurs, sa tête qui se penche ;
Si d'aventure il trouve, en suivant son destin,
10 Le gazon sous ses pas mouillé comme au matin,
Il dit, car il sait bien que son aube est passée :
— C'est de la pluie, hélas ! et non de la rosée ! —

---

1. Poursuite du thème du vieillissement, et du regret mélancolique
du passé. Mais appliqué cette fois à un sujet d'abord campé en « artiste », ce qui tempère la mélancolie : « Son génie est plus
mûr ».   2. « Oh ! ne me parlez pas d'un grand nom dans l'histoire !
/ Les jours de notre jeunesse sont les jours de notre gloire ; / Et le
myrte et le lierre de la douce vingt-deuxième année / Valent bien
tous vos lauriers, si nombreux qu'ils soient jamais. » (« Stances
écrites sur la route de Florence à Pise »). Sur Byron, *cf.* p. 180,
note 2.   3. Image d'une trivialité brutale.

C'en est fait. Son génie est plus mûr désormais.
Son aile atteint peut-être à de plus fiers sommets ;
15   La fumée est plus rare au foyer qu'il allume[1] ;
Son astre haut monté soulève moins de brume ;
Son coursier applaudi parcourt mieux le champ clos ;
Mais il n'a plus en lui, pour l'épandre à grands flots
Sur des œuvres, de grâce et d'amour couronnées,
20   Le frais enchantement de ses jeunes années !

Oh ! rien ne rend cela ! — Quand il s'en va cherchant
Ces pensers de hasard que l'on trouve en marchant[2],
Et qui font que le soir l'artiste, chez son hôte
Rentre le cœur plus fier et la tête plus haute ;
25   Quand il sort pour rêver, et qu'il erre incertain,
Soit dans les prés lustrés, au gazon de satin,
Soit dans un bois qu'emplit cette chanson sonore
Que le petit oiseau chante à la jeune aurore,
Soit dans le carrefour bruyant et fréquenté,
30   — Car Paris et la foule ont aussi leur beauté,
Et les passants ne sont, le soir, sur les quais sombres,
Qu'un flux et qu'un reflux de lumières et d'ombres[3] ; —
Toujours, au fond de tout, toujours dans son esprit,
Même quand l'art le tient, l'enivre et lui sourit,
35   Même dans ses chansons, même dans ses pensées
Les plus joyeusement écloses et bercées,
Il retrouve, attristé, le regret morne et froid
Du passé disparu, du passé, quel qu'il soit !

Novembre 1831.

---

1. C'est-à-dire que la cheminée, mieux ramonée ou mieux utilisée, tire mieux : autre image étonnamment audacieuse dans sa trivialité, appliquée au génie poétique.   2. *Cf.* dans notre Dossier (p. 421), ce texte où Baudelaire admire en Hugo « une forte constitution spirituelle qui lui permet de travailler en marchant, ou plutôt de ne pouvoir marcher qu'en travaillant ».   3. Ces trois vers font partie de ceux qui, dans ce recueil notamment, inventent ou préfigurent la poésie de la ville moderne.

XXXVII

LA PRIÈRE POUR TOUS [1]

Ora pro nobis [2] !

I

Ma fille [3] ! va prier. — Vois, la nuit est venue.
Une planète d'or là-bas perce la nue ;
La brume des coteaux fait trembler le contour :
À peine un char [4] lointain glisse dans l'ombre... Écoute !
5   Tout rentre et se repose ; et l'arbre de la route
Secoue au vent du soir la poussière du jour !

Le crépuscule, ouvrant la nuit qui les recèle,
Fait jaillir chaque étoile en ardente étincelle ;
L'occident amincit sa frange de carmin ;

---

1. Déploiement du thème, déjà rencontré, de l'enfant dont l'innocence le charge de la mission (du poids ?) de soulager la culpabilité inhérente à l'âge adulte. La prière, parole poétique autant que religieuse, a souvent inspiré le lyrisme romantique, dans laquelle il a pu voir un véritable *modèle*. Au reste, P. Albouy a raison de rappeler que « toute sa vie, Hugo a prié, beaucoup prié, éprouvé les effets bienfaisants de la prière, cru, en dehors de tout dogme, aux pouvoirs de la prière d'intercession ».   2. « Priez pour nous ! » Dans la tradition catholique, cette formule s'adresse à la Vierge, aux anges ou aux saints ; ici, le poète l'adresse à sa fille.   3. Léopoldine, la fille aînée de Hugo, a alors à peine six ans. On sait que de nombreux autres poèmes lui seront consacrés et/ou adressés, surtout après sa mort accidentelle en 1843 (*cf.* notamment, dans *Les Contemplations*, « À Villequier », « Demain, dès l'aube... », « À celle qui est restée en France »).   4. *Cf.* p. 366, note 1.

10 La nuit de l'eau dans l'ombre argente la surface ;
Sillons, sentiers, buissons, tout se mêle et s'efface ;
Le passant inquiet doute de son chemin [1].

Le jour est pour le mal, la fatigue et la haine.
Prions : voici la nuit ! la nuit grave et sereine !
15 Le vieux pâtre, le vent aux brèches de la tour,
Les étangs, les troupeaux avec leur voix cassée,
Tout souffre et tout se plaint. La nature lassée
A besoin de sommeil, de prière et d'amour !

C'est l'heure où les enfants parlent avec les anges.
20 Tandis que nous courons à nos plaisirs étranges,
Tous les petits enfants, les yeux levés au ciel,
Mains jointes et pieds nus, à genoux sur la pierre,
Disant à la même heure une même prière,
Demandent pour nous grâce au père universel !

25 Et puis ils dormiront. — Alors, épars dans l'ombre,
Les rêves d'or, essaim tumultueux, sans nombre,
Qui naît aux derniers bruits du jour à son déclin,
Voyant de loin leur souffle et leurs bouches vermeilles,
Comme volent aux fleurs de joyeuses abeilles,
30 Viendront s'abattre en foule à leurs rideaux de lin !

Ô sommeil du berceau ! prière de l'enfance !
Voix qui toujours caresse et qui jamais n'offense !
Douce religion, qui s'égaye et qui rit !
Prélude du concert de la nuit solennelle !
35 Ainsi que l'oiseau met sa tête sous son aile,
L'enfant dans la prière endort son jeune esprit !

II

Ma fille, va prier ! — D'abord, surtout, pour celle
Qui berça tant de nuits ta couche qui chancelle,
Pour celle qui te prit jeune âme dans le ciel,

---

1. Ces deux premières strophes poursuivent l'inspiration de « Soleils couchants ».

Et qui te mit au monde, et depuis, tendre mère,
5   Faisant pour toi deux parts dans cette vie amère,
Toujours a bu l'absinthe[1] et t'a laissé le miel !

Puis ensuite pour moi ! j'en ai plus besoin qu'elle !
Elle est, ainsi que toi, bonne, simple et fidèle !
Elle a le cœur limpide et le front satisfait.
10   Beaucoup ont sa pitié, nul ne lui fait envie ;
Sage et douce, elle prend patiemment la vie ;
Elle souffre le mal sans savoir qui le fait.

Tout en cueillant des fleurs, jamais sa main novice
N'a touché seulement à l'écorce du vice ;
15   Nul piège ne l'attire à son riant tableau ;
Elle est pleine d'oubli pour les choses passées ;
Elle ne connaît pas les mauvaises pensées
Qui passent dans l'esprit comme une ombre sur l'eau.

Elle ignore — à jamais ignore-les comme elle ! —
20   Ces misères du monde où notre âme se mêle,
Faux plaisirs, vanités, remords, soucis rongeurs,
Passions sur le cœur flottant comme une écume,
Intimes souvenirs de honte et d'amertume
Qui font monter au front de subites rougeurs !

25   Moi, je sais mieux la vie ; et je pourrai te dire,
Quand tu seras plus grande et qu'il faudra t'instruire,
Que poursuivre l'empire et la fortune et l'art,
C'est folie et néant ; que l'urne aléatoire
Nous jette bien souvent la honte pour la gloire,
30   Et que l'on perd son âme à ce jeu de hasard !

L'âme en vivant s'altère ; et, quoique en toute chose
La fin soit transparente et laisse voir la cause,
On vieillit sous le vice et l'erreur abattu ;

---

1. Plante, symbole d'amertume (et non pas, bien sûr, l'alcool violent issu de cette plante, et qui fit des ravages à la fin du XIXᵉ siècle).

À force de marcher l'homme erre, l'esprit doute.
35 Tous laissent quelque chose aux buissons de la route,
Les troupeaux leur toison, et l'homme sa vertu[1] !

Va donc prier pour moi ! — Dis pour toute prière :
— Seigneur, Seigneur mon Dieu, vous êtes notre père,
Grâce, vous êtes bon ! grâce, vous êtes grand ! —
40 Laisse aller ta parole où ton âme l'envoie ;
Ne t'inquiète pas, toute chose a sa voie,
Ne t'inquiète pas du chemin qu'elle prend !

Il n'est rien ici-bas qui ne trouve sa pente.
Le fleuve jusqu'aux mers dans les plaines serpente ;
45 L'abeille sait la fleur qui recèle le miel.
Toute aile vers son but incessamment retombe,
L'aigle vole au soleil, le vautour à la tombe,
L'hirondelle au printemps, et la prière au ciel !

Lorsque pour moi vers Dieu ta voix s'est envolée,
50 Je suis comme l'esclave, assis dans la vallée,
Qui dépose sa charge aux bornes du chemin ;
Je me sens plus léger ; car ce fardeau de peine,
De fautes et d'erreurs qu'en gémissant je traîne,
Ta prière en chantant l'emporte dans sa main !

55 Va prier pour ton père ! — Afin que je sois digne
De voir passer en rêve un ange au vol de cygne,
Pour que mon âme brûle avec les encensoirs !
Efface mes péchés sous ton souffle candide,
Afin que mon cœur soit innocent et splendide
60 Comme un pavé d'autel qu'on lave tous les soirs !

---

1. *Cf.* p. 303, note 4.

III[1]

Prie encor pour tous ceux qui passent
Sur cette terre des vivants !
Pour ceux dont les sentiers s'effacent
À tous les flots, à tous les vents !
5   Pour l'insensé qui met sa joie
Dans l'éclat d'un manteau de soie,
Dans la vitesse d'un cheval !
Pour quiconque souffre et travaille,
Qu'il s'en revienne ou qu'il s'en aille,
10 Qu'il fasse le bien ou le mal !

Pour celui que le plaisir souille
D'embrassements jusqu'au matin,
Qui prend l'heure où l'on s'agenouille
Pour sa danse et pour son festin,
15 Qui fait hurler l'orgie infâme
Au même instant du soir où l'âme
Répète son hymne assidu,
Et, quand la prière est éteinte,
Poursuit, comme s'il avait crainte
20 Que Dieu ne l'ait pas entendu !

Enfant ! pour les vierges voilées !
Pour le prisonnier dans sa tour !
Pour les femmes échevelées
Qui vendent le doux nom d'amour !
25 Pour l'esprit qui rêve et médite !
Pour l'impie à la voix maudite
Qui blasphème la sainte loi ! —
Car la prière est infinie !
Car tu crois pour celui qui nie !
30 Car l'enfance tient lieu de foi !

---

1. La longueur de cette pièce et son organisation en sections dis-
tinctes invitent aux variations formelles (métriques et strophiques).

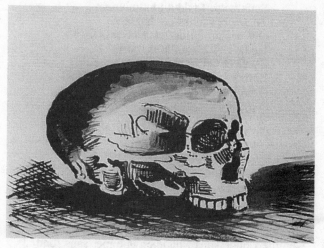

« Sentent dans leur œil vide une larme germer ! »
Victor Hugo, *Tête de mort*, 1856, plume et lavis.

Prie aussi pour ceux que recouvre
La pierre du tombeau dormant,
Noir précipice qui s'entr'ouvre
Sous notre foule à tout moment !
35 Toutes ces âmes en disgrâce
Ont besoin qu'on les débarrasse
De la vieille rouille du corps.
Souffrent-elles moins pour se taire ?
Enfant ! regardons sous la terre !
40 Il faut avoir pitié des morts[1] !

IV

À genoux, à genoux, à genoux sur la terre
Où ton père a son père, où ta mère a sa mère,
Où tout ce qui vécut dort d'un sommeil profond !
Abîme où la poussière est mêlée aux poussières,
Où sous son père encore on retrouve des pères,
5 Comme l'onde sous l'onde en une mer sans fond[2] !

Enfant ! quand tu t'endors, tu ris ! L'essaim des songes[3]
Tourbillonne, joyeux, dans l'ombre où tu te plonges,
S'effarouche à ton souffle, et puis revient encor ;
Et tu rouvres enfin tes yeux divins que j'aime,
10 En même temps que l'aube, œil céleste elle-même,
Entr'ouvre à l'horizon sa paupière aux cils d'or !

Mais eux, si tu savais de quel sommeil ils dorment !
Leurs lits sont froids et lourds à leurs os qu'ils déforment.
Les anges autour d'eux ne chantent pas en chœur.
15 De tout ce qu'ils ont fait le rêve les accable.
Pas d'aube pour leur nuit ; le remords implacable
S'est fait ver du sépulcre et leur ronge le cœur[4].

---

1. *Cf.* la fin des pièces VI et XIII.   2. Quelque chose de l'inspiration de « La Pente de la rêverie » passe dans ces trois vers.   3. *Cf.* la pièce XX.   4. Version du manuscrit : « Ils sont là jusqu'au jour où tous se lèveront ; / Pas d'aube dans leur nuit, pas de feux, pas de lampe ; / Le remords qui s'est fait ver du sépulchre et rampe, / Traîne éternellement sa bave sur leur front ! » *Cf.* Baudelaire, « Remord post-

Tu peux avec un mot, tu peux d'une parole
Faire que le remords prenne une aile et s'envole !
20 Qu'une douce chaleur réjouisse leurs os !
Qu'un rayon touche encor leur paupière ravie,
Et qu'il leur vienne un bruit de lumière et de vie,
Quelque chose des vents, des forêts et des eaux !

Oh ! dis-moi, quand tu vas, jeune et déjà pensive,
25 Errer au bord d'un flot qui se plaint sur sa rive,
Sous des arbres dont l'ombre emplit l'âme d'effroi,
Parfois, dans les soupirs de l'onde et de la brise,
N'entends-tu pas de souffle et de voix qui te dise :
— Enfant ! quand vous prierez, prierez-vous pas pour
                                              [moi ? —

30 C'est la plainte des morts ! — Les morts pour qui l'on prie
Ont sur leur lit de terre une herbe plus fleurie.
Nul démon ne leur jette un sourire moqueur.
Ceux qu'on oublie, hélas ! — leur nuit est froide et sombre,
Toujours quelque arbre affreux, qui les tient sous son
35 Leur plonge sans pitié des racines au cœur[1] ! [ombre,

Prie ! afin que le père, et l'oncle, et les aïeules,
Qui ne demandent plus que nos prières seules,
Tressaillent dans leur tombe en s'entendant nommer,

---

hume » : « — Et le ver rongera ta peau comme un remords », ou « L'Ir-
réparable » : « Pouvons-nous étouffer le vieux, le long Remords, / [qui]
se nourrit de nous comme le ver des morts ? » *(Les Fleurs du Mal)*.
1. Version du manuscrit, et des éditions de 1831 et 1834 : « Ils
entendent du ciel le cantique lointain ! / Ceux qu'on oublie, hélas !
— leur nuit est plus épaisse, / Un ver dans leur cercueil les dévore sans
cesse, / Et l'orfraie à côté fait l'hymne du festin ». Cette angoisse
macabre et violemment concrète du cadavre se retrouve à plusieurs
reprises dans l'œuvre poétique de Hugo, par exemple dans « Pleurs
dans la nuit » (*Les Contemplations*) : « Il entend des soupirs dans les
fosses voisines : / Il sent la chevelure affreuse des racines / Entrer dans
son cercueil ; / Il est l'être vaincu dont s'empare la chose ; / Il sent un
doigt obscur, sous sa paupière close, / Lui retirer son œil. »

Sachent que sur la terre on se souvient encore,
40   Et, comme le sillon qui sent la fleur éclore,
Sentent dans leur œil vide une larme germer[1] !

                              V

Ce n'est pas à moi, ma colombe,
De prier pour tous les mortels,
Pour les vivants dont la foi tombe,
Pour tous ceux qu'enferme la tombe,
5   Cette racine des autels !

Ce n'est pas moi, dont l'âme est vaine,
Pleine d'erreurs, vide de foi,
Qui prierais pour la race humaine,
Puisque ma voix suffit à peine,
10   Seigneur, à vous prier pour moi[2] !

Non, si pour la terre méchante
Quelqu'un peut prier aujourd'hui,
C'est toi, dont la parole chante,
C'est toi ! ta prière innocente,
15   Enfant, peut se charger d'autrui !

Ah ! demande à ce père auguste
Qui sourit à ton oraison[3]
Pourquoi l'arbre étouffe l'arbuste[4],
Et qui fait du juste à l'injuste
20   Chanceler l'humaine raison ?

---

1. « Que pourrais-je répondre à cette âme pieuse, / Voyant tomber des pleurs de sa paupière creuse ? » (Baudelaire, « *La servante au grand cœur dont vous étiez jalouse...* », *Les Fleurs du Mal*).   **2.** On peut se demander si ce doute religieux n'emporte pas avec lui un doute poétique : celui qui avoue ne pouvoir « prier pour tous les mortels », et qu'à peine pour lui-même, ne doute-t-il pas aussi de sa capacité à « chanter » pour tous, et à chanter tous (et tout), en se chantant lui-même ? Or telle est l'ambition du lyrisme romantique. Voir notre Présentation.   **3.** Prière d'action de grâces.   **4.** *Cf.* p. 258, note 2.

Demande-lui si la sagesse
N'appartient qu'à l'éternité ?
Pourquoi son souffle nous abaisse ?
Pourquoi dans la tombe sans cesse
25 Il effeuille l'humanité[1] ?

Pour ceux que les vices consument,
Les enfants veillent au saint lieu ;
Ce sont des fleurs qui le parfument,
Ce sont des encensoirs qui fument,
30 Ce sont des voix qui vont à Dieu !

Laissons faire ces voix sublimes,
Laissons les enfants à genoux.
Pécheurs ! nous avons tous nos crimes,
Nous penchons tous sur les abîmes,
35 L'enfance doit prier pour tous !

VI

Comme une aumône, enfant, donne donc ta prière
À ton père, à ta mère, aux pères de ton père ;
Donne au riche à qui Dieu refuse le bonheur,
Donne au pauvre, à la veuve, au crime, au vice
[immonde.
5 Fais en priant le tour des misères du monde ;
Donne à tous ! donne aux morts ! — Enfin, donne au
[Seigneur !

— « Quoi ! murmure ta voix qui veut parler et n'ose,
Au Seigneur, au Très-Haut manque-t-il quelque chose ?
Il est le saint des saints, il est le roi des rois !
10 Il se fait des soleils un cortège suprême !
Il fait baisser la voix à l'océan lui-même !
Il est seul ! Il est tout ! à jamais ! à la fois ! » —

---

1. Dans « À Villequier », le poète sur la tombe de sa fille reprendra
et développera ces questions sans réponse, cette fois adressées directement à Dieu.

Enfant, quand tout le jour vous avez en famille,
Tes deux frères et toi, joué sous la charmille,
15   Le soir vous êtes las, vos membres sont pliés,
Il vous faut un lait pur et quelques noix frugales,
Et, baisant tour à tour vos têtes inégales,
Votre mère à genoux lave vos faibles pieds.

Eh bien ! il est quelqu'un dans ce monde où nous sommes
20   Qui tout le jour aussi marche parmi les hommes,
Servant et consolant, à toute heure, en tout lieu,
Un bon pasteur qui suit sa brebis égarée,
Un pèlerin qui va de contrée en contrée.
Ce passant, ce pasteur, ce pèlerin, c'est Dieu !

25   Le soir il est bien las : il faut, pour qu'il sourie,
Une âme qui le serve, un enfant qui le prie,
Un peu d'amour ! Ô toi, qui ne sais pas tromper,
Porte-lui ton cœur plein d'innocence et d'extase,
Tremblante et l'œil baissé, comme un précieux vase
30   Dont on craint de laisser une goutte échapper !

Porte-lui ta prière ! et quand, à quelque flamme
Qui d'une chaleur douce emplira ta jeune âme,
Tu verras qu'il est proche, alors, ô mon bonheur,
Ô mon enfant ! sans craindre affront ni raillerie,
35   Verse, comme autrefois Marthe, sœur de Marie,
Verse tout ton parfum sur les pieds du Seigneur [1] !

VII [2]

Ô myrrhe ! ô cinname !
Nard [3] cher aux époux !

---

1. Dans l'Évangile, c'est en fait Marie et non pas Marthe qui versa le parfum sur les pieds du Christ (Luc, X, 38-42 et Jean, XI, 2). 2. Cet hymne aux parfums est l'occasion de réintroduire, après la déploration du Mal et de la mort, l'idée d'une vitalité religieuse de la nature, que le poème suivant reprendra de façon plus explicite. 3. Parfums orientaux et précieux, souvent évoqués dans le Cantique des cantiques.

Baume ! éther ! dictame[1] !
De l'eau, de la flamme,
5   Parfums les plus doux !

Prés que l'onde arrose !
Vapeurs de l'autel !
Lèvres de la rose
Où l'abeille pose
10   Sa bouche de miel !

Jasmin ! asphodèle[2] !
Encensoirs flottants !
Branche verte et frêle
Où fait l'hirondelle
15   Son nid au printemps !

Lis que fait éclore
Le frais arrosoir !
Ambre que Dieu dore !
Souffle de l'aurore,
20   Haleine du soir !

Parfum de la sève
Dans les bois mouvants !
Odeur de la grève
Qui la nuit s'élève
25   Sur l'aile des vents !

Fleurs dont la chapelle
Se fait un trésor !
Flamme solennelle,
Fumée éternelle
30   Des sept lampes d'or[3] !

---

1. Autre parfum oriental, mais aussi utilisé pour calmer la douleur, d'où sa présence en compagnie de « baume » et d'« éther ».   **2.** Avec cette plante de la famille des lys et réputée pour la beauté de ses fleurs, le registre biblique glisse vers la Grèce païenne, où l'on plantait d'asphodèles les tombeaux. On parle parfois du pré d'asphodèles pour désigner le royaume des morts (*cf. Odyssée*, XI, 539).   **3.** Dans la liturgie catholique, l'autel est entouré de sept chandeliers.

Tiges qu'a brisées
Le tranchant du fer !
Urnes embrasées !
Esprits des rosées
35   Qui flottez dans l'air !

Fêtes réjouies
D'encens et de bruits !
Senteurs inouïes !
Fleurs épanouies
40   Au souffle des nuits !

Odeurs immortelles
Que les Ariel[1],
Archanges fidèles,
Prennent sur leurs ailes
45   En venant du ciel !

Ô couche première
Du premier époux[2] !
De la terre entière,
Des champs de lumière
50   Parfums les plus doux !

Dans l'auguste sphère,
Parfums, qu'êtes-vous,
Près de la prière
Qui dans la poussière
55   S'épanche à genoux !

Près du cri d'une âme
Qui fond en sanglots,
Implore et réclame,
Et s'exhale en flamme,
60   Et se verse à flots !

---

1. Il s'agirait plutôt d'Uriel, nom d'un des archanges de Dieu dans la tradition chrétienne. Ariel est le nom d'une idole moabite, ou, dans certaines traditions, de mauvais anges. Ajoutons que le plaisant génie de *La Tempête*, de Shakespeare, se nomme Ariel.   2. Adam.

Près de l'humble offrande
D'un enfant de lin
Dont l'extase est grande
Et qui recommande
65   Son père orphelin[1] !

Bouche qui soupire,
Mais sans murmurer !
Ineffable lyre !
Voix qui fait sourire
70   Et qui fait pleurer !

VIII

Quand elle prie, un ange est debout auprès d'elle,
Caressant ses cheveux des plumes de son aile,
Essuyant d'un baiser son œil de pleurs terni,
Venu pour l'écouter sans que l'enfant l'appelle,
5   Esprit qui tient le livre où l'innocente épèle,
Et qui pour remonter attend qu'elle ait fini.

Son beau front incliné semble un vase qu'il penche
Pour recevoir les flots de ce cœur qui s'épanche ;
Il prend tout, pleurs d'amour et soupirs de douleur ;
10 Sans changer de nature il s'emplit de cette âme,
Comme le pur cristal que notre soif réclame
S'emplit d'eau jusqu'aux bords sans changer de couleur.

Ah ! c'est pour le Seigneur sans doute qu'il recueille
Ces larmes goutte à goutte et ce lis feuille à feuille !
15 Et puis il reviendra se ranger au saint lieu,
Tenant prêts ces soupirs, ces parfums, cette haleine,
Pour étancher le soir, comme une coupe pleine,
Ce grand besoin d'amour, la seule soif de Dieu !

_____

1. *Cf.* « À M. Louis B. »

Enfant ! dans ce concert qui d'en bas le salue,
20 La voix par Dieu lui-même entre toutes élue,
C'est la tienne, ô ma fille [1] ! elle a tant de douceur,
Sur des ailes de flamme elle monte si pure,
Elle expire si bien en amoureux murmure,
Que les vierges du ciel disent : c'est une sœur !

IX

Oh ! bien loin de la voie
Où marche le pécheur,
Chemine où Dieu t'envoie !
Enfant, garde ta joie !
5   Lis, garde ta blancheur !

Sois humble ! que t'importe
Le riche et le puissant !
Un souffle les emporte.
La force la plus forte
10 C'est un cœur innocent !

Bien souvent Dieu repousse
Du pied les hautes tours ;
Mais dans le nid de mousse
Où chante une voix douce
15 Il regarde toujours !

Reste à la solitude !
Reste à la pauvreté !

---

1. « Je vous supplie, ô Dieu ! de regarder mon âme, / Et de considérer / Qu'humble comme un enfant et doux comme une femme, / Je viens vous adorer ! // Considérez encor [...] / Que je ne pouvais pas m'attendre à ce salaire, / Que je ne pouvais pas // Prévoir que, vous aussi, sur ma tête qui ploie, / Vous appesantiriez votre bras triomphant, / Et que, vous qui voyiez combien j'ai peu de joie, / Vous me reprendriez si vite mon enfant ! » (« A Villequier », Les Contemplations).

Vis sans inquiétude,
Et ne te fais étude
20 Que de l'éternité [1] !

Il est, loin de nos villes
Et loin de nos douleurs,
Des lacs purs et tranquilles,
Et dont toutes les îles
25 Sont des bouquets de fleurs !

Flots d'azur où l'on aime
À laver ses remords !
D'un charme si suprême
Que l'incrédule même
30 S'agenouille à leurs bords !

L'ombre qui les inonde
Calme et nous rend meilleurs ;
Leur paix est si profonde
Que jamais à leur onde
35 On n'a mêlé de pleurs !

Et le jour, que leur plaine
Reflète éblouissant,
Trouve l'eau si sereine
Qu'il y hasarde à peine
40 Un nuage en passant !

Ces lacs que rien n'altère,
Entre des monts géants
Dieu les met sur la terre,
Loin du souffle adultère
45 Des sombres océans,

Pour que nul vent aride,
Nul flot mêlé de fiel

---

1. C'est, si l'on en croit le dernier mouvement de « La Pente de la rêverie », engager l'enfant à affronter l'épouvante.

N'empoisonne et ne ride
Ces gouttes d'eau limpide
50   Où se mire le ciel !

Ô ma fille, âme heureuse !
Ô lac de pureté !
Dans la vallée ombreuse,
Reste où ton Dieu te creuse
55   Un lit plus abrité !

Lac que le ciel parfume !
Le monde est une mer[1] ;
Son souffle est plein de brume,
Un peu de son écume
60   Rendrait ton flot amer !

X

Et toi, céleste ami qui gardes son enfance[2],
Qui le jour et la nuit lui fais une défense
        De tes ailes d'azur !
Invisible trépied[3] où s'allume sa flamme !
5   Esprit de sa prière, ange de sa jeune âme,
        Cygne de ce lac pur !

Dieu te l'a confiée et je te la confie !
Soutiens, relève, exhorte, inspire et fortifie
        Sa frêle humanité !
10   Qu'elle garde à jamais, réjouie ou souffrante,
Cet œil plein de rayons, cette âme transparente,
        Cette sérénité

---

1. *Cf.* « À M. de Lamartine » et « À***, trappiste à La Meilleraye ».
2. L'ange de la section VIII. Le poème s'achève donc par une adresse directe à un être divin, comme si l'invitation à la prière avait rendu (presque) possible la prière. **3.** Dans l'Antiquité grecque, c'est assise sur un trépied que la Pythie de Delphes transmettait aux hommes les paroles d'Apollon.

Qui fait que tout le jour, et sans qu'elle te voie,
Écartant de son cœur faux désirs, fausse joie,
   Mensonge et passion,
Prosternant à ses pieds ta couronne immortelle,
Comme elle devant Dieu, tu te tiens devant elle
   En adoration[1] !

15

         Juin 1830[2].

---

1. Cet ange céleste en adoration devant une créature terrestre, aussi innocente et enfantine soit-elle, est bien peu orthodoxe. Le sentiment religieux des romantiques, depuis *Le Génie du christianisme* de Chateaubriand, n'est que rarement respectueux du dogme, — soit qu'il l'ignore, soit qu'il le rejette.   2. Le manuscrit de ce poème est accompagné de deux feuillets de notes autographes, dont nous extrayons cet essai de définition de la prière : « L'âme prie entre le monde / réel qu'elle quitte et le monde invisible / où elle va s'enfoncer sans le corps. / La prière est une limite d'où elle / jette un regard en arrière ».

XXXVIII

PAN[1]

῞Ολος νόος, ῞ολος φῶς, ῞ολος ὀφθαλμός.
CLÉM. ALEX[2].

Si l'on vous dit que l'art et que la poésie
C'est un flux éternel de banale ambroisie[3],
Que c'est le bruit, la foule, attachés à vos pas,

---

    1. Initialement protecteur des troupeaux et des bergers, dieu-bouc à la sexualité brutale et aux apparitions terrifiantes, aimant les bois profonds et sombres, Pan est ici avant tout le dieu de cette totalité naturelle que le poète, en cela « sacré », a pour mission d'interpréter, de traduire dans la langue des hommes. *Cf.* « Le Satyre », long poème central de la première série de *La Légende des siècles*, et dont le dernier vers est « Place à Tout ! Je suis Pan ; Jupiter ! à genoux. » P. Albouy a raison de noter que ce poème « n'exprime pas expressément une doctrine panthéiste : la nature est seulement "le temple" de Dieu, qui est "seul" et "un" ». Remarquons cependant que le passage du poème précédent, d'inspiration chrétienne, à celui-ci, peut étonner. Ne serait-ce qu'en raison de cette tradition née de Plutarque (*Décadence des oracles*, XVII) et souvent reprise par les romantiques (*cf.* par exemple Nerval, *Voyage en Orient*, Introduction, XX), qui relate que sous le règne de l'empereur Tibère (début du Ier siècle), un vaisseau s'immobilisa soudain près des côtes de Thessalie et qu'une voix demanda aux marins de répéter partout « Le grand Pan est mort », — ce qui, pour les auteurs chrétiens, annonçait la mort du paganisme et son remplacement par le christianisme.   2. « Tout entier esprit, tout entier lumière, tout entier œil » ; *Stromates*, Clément d'Alexandrie (père de l'Église grecque, IIe siècle). Citation modifiée : l'original dit : « Dieu, si l'on peut ainsi parler, est tout entier ouïe et tout entier œil ». Mais Hugo, qui lit mal le grec, a sans doute trouvé cette citation inexacte dans l'*Histoire de Louis XI* de Pierre Mathieu, qu'il a lue pour *Notre-Dame de Paris* (information de J. Seebacher). *Cf.* Préface, p. 247, et la note 1.   3. *Cf.* p. 291, note 5.

Ou d'un salon doré l'oisive fantaisie,
5   Ou la rime en fuyant par la rime saisie,
            Oh ! ne le croyez pas !

Ô poètes sacrés, échevelés, sublimes,
Allez, et répandez vos âmes sur les cimes,
Sur les sommets de neige en butte aux aquilons [1],
10 Sur les déserts pieux où l'esprit se recueille,
Sur les bois que l'automne emporte feuille à feuille [2],
Sur les lacs endormis dans l'ombre des vallons [3] !

Partout où la nature est gracieuse et belle,
Où l'herbe s'épaissit pour le troupeau qui bêle,
15 Où le chevreau lascif mord le cytise en fleurs [4],
Où chante un pâtre, assis sous une antique arcade,
Où la brise du soir fouette avec la cascade
            Le rocher tout en pleurs ;

Partout où va la plume et le flocon de laine ;
20 Que ce soit une mer, que ce soit une plaine,
Une vieille forêt aux branchages mouvants,
Îles au sol désert, lacs à l'eau solitaire,
Montagnes, océans, neige ou sable, onde ou terre,
Flots ou sillons, partout où vont les quatre vents ;

25 Partout où le couchant grandit l'ombre des chênes,
Partout où les coteaux croisent leurs molles chaînes,
Partout où sont des champs, des moissons, des cités,
Partout où pend un fruit à la branche épuisée,
Partout où l'oiseau boit des gouttes de rosée,
30   Allez, voyez, chantez [5] !

---

1. *Cf.* p. 165, note 1.   **2.** Nouvelle justification du titre du recueil.
3. Automne, lac et vallon... Ces deux vers s'arrangent pour « citer » les
titres de trois des plus célèbres *Méditations poétiques*, incluant de la sorte
Lamartine dans les « poètes sacrés » évoqués dans cette strophe, et destinataires du poème (*cf.* « À M. de Lamartine »).   **4.** Le cytise est une sorte
de genêt ; ce vers et les suivants sont d'une tonalité très virgilienne.
5. Version du manuscrit : « Rêvez, chantez ! » Hésitation significative : si
voir et rêver ne s'opposent pas (*cf.* « La pente de la rêverie »), le propos du
poème est ici d'affirmer que le lyrisme le plus « haut », le plus inspiré, le
plus sacré, peut et doit s'appuyer sur l'observation la plus matérielle du réel
concret.

Allez dans les forêts, allez dans les vallées.
Faites-vous un concert des notes isolées !
Cherchez dans la nature, étalée à vos yeux,
Soit que l'hiver l'attriste ou que l'été l'égaye,
35   Le mot mystérieux que chaque voix bégaye.
Écoutez ce que dit la foudre dans les cieux !

C'est Dieu [1] qui remplit tout. Le monde, c'est son temple.
Œuvre vivante, où tout l'écoute et le contemple !
Tout lui parle et le chante. Il est seul, il est un.
40   Dans sa création tout est joie et sourire ;
L'étoile qui regarde et la fleur qui respire,
     Tout est flamme ou parfum [2] !

Enivrez-vous de tout ! enivrez-vous, poètes,
Des gazons, des ruisseaux, des feuilles inquiètes,
45   Du voyageur de nuit dont on entend la voix,
De ces premières fleurs dont février s'étonne,
Des eaux, de l'air, des prés, et du bruit monotone
Que font les chariots qui passent dans les bois [3] !

Frères de l'aigle ! aimez la montagne sauvage :
50   Surtout à ces moments où vient un vent d'orage,
Un vent sonore et lourd qui grossit par degrés,
Emplit l'espace au loin de nuages et d'ombres,
Et penche sur le bord des précipices sombres
     Les arbres effarés !

55   Contemplez du matin la pureté divine,
Quand la brume en flocons inonde la ravine,
Quand le soleil, que cache à demi la forêt,
Montrant sur l'horizon sa rondeur échancrée,
Grandit, comme ferait la coupole dorée
60   D'un palais d'Orient dont on approcherait [4] !

---

1. Version du manuscrit : « C'est *Pan* qui ». *Cf.* p. 390, note 1.   **2.** *Cf.* « La Prière pour tous », septième section.   **3.** Ce motif auditif, éminemment concret, du bruit sourd et grinçant des chariots, voitures, canons sur affûts... est récurrent dans la poésie hugolienne ; voir par exemple la fin d'« Enthousiasme » dans *Les Orientales*.   **4.** *Cf.* « Rêverie », dans *Les Orientales*.

Enivrez-vous du soir ! à cette heure où, dans l'ombre,
Le paysage obscur, plein de formes sans nombre,
S'efface, de chemins et de fleuves rayé ;
Quand le mont, dont la tête à l'horizon s'élève,
65 Semble un géant couché qui regarde et qui rêve,
            Sur son coude appuyé !

Si vous avez en vous, vivantes et pressées,
Un monde intérieur d'images, de pensées,
De sentiments, d'amour, d'ardente passion,
70 Pour féconder ce monde, échangez-le sans cesse
Avec l'autre univers visible qui vous presse !
Mêlez toute votre âme à la création[1] !

Car, ô poètes saints ! l'art est le son sublime,
Simple, divers, profond, mystérieux, intime[2],
75 Fugitif comme l'eau qu'un rien fait dévier,
Redit par un écho dans toute créature[3]
Que sous vos doigts puissants exhale la nature,
            Cet immense clavier !

                                    Novembre 1831[4].

---

1. La vie « intérieure » d'un individu, aussi riche, profonde et mystérieuse soit-elle, ne suffit pas à la poésie : c'est toute une acception étroite, « égotiste » du lyrisme qui est ici refusée, parce que potentiellement stérile.   2. *Cf.* p. 359, note 4.   3. Reprise de la métaphore de l'« écho sonore », développée dans le poème liminaire, et de l'affirmation que « toute créature » est, au moins virtuellement, poète (*cf.* p. 334, note 3, et notre Présentation).   4. Avant l'envoi (XXXIX) et le post-scriptum (XL), cette sorte d'art poétique, écrit moins d'un mois avant la publication et deux semaines avant la Préface, constitue peut-être la principale conclusion du recueil.

XXXIX[1]

Amor de mi pecho,
Pecho de mi amor !
Arbol, que has hecho,
Que has hecho del flor ?

Romance[2].

Avant que mes chansons aimées[3],
Si jeunes et si parfumées,
Du monde eussent subi l'affront,
Loin du peuple ingrat qui les foule,
5   Comme elles fleurissaient en foule,
Vertes et fraîches sur mon front !

De l'arbre à présent détachées,
Fleurs par l'aquilon[4] desséchées,
Vains débris qu'on traîne en rêvant,
10   Elles errent éparpillées,
De fange ou de poudre souillées,
Au gré du flot, au gré du vent[5].

---

1. Poème qui reprend le thème de l'adieu au livre qui échappe à son auteur pour être livré à la foule, au public ; thème inauguré, pour la culture classique, par *Les Tristes* d'Ovide (« Petit livre — je n'en suis pas jaloux — tu iras sans moi à Rome » [I, I, 1]). Mais la publication n'est pas seulement ici dépossession : elle apparaît, dans une mélancolie qui contraste brutalement avec l'énergie exaltée du poème précédent, comme un flétrissement, une dévitalisation de l'œuvre. 2. « Amour de mon cœur, / Cœur de mon amour ! / Arbre, qu'as-tu fait, / Qu'as-tu fait de la fleur ? » On n'a pas identifié la source de ces vers ; Hugo peut fort bien en être l'auteur. 3. Toute la pièce reprend la métaphore-titre : poèmes-feuilles d'automne. Comparer notamment au début du cinquième mouvement du poème liminaire. 4. *Cf.* p. 165, note 1. 5. *Cf.* le troisième mouvement du poème liminaire.

Moi, comme des feuilles flétries,
Je les vois, toutes défleuries,
15   Courir sur le sol dépouillé ;
Et la foule qui m'environne,
En broyant du pied ma couronne,
Passe et rit de l'arbre effeuillé[1] !

Septembre 1828[2].

1. Reprise donc, en final ou presque, du thème du génie bafoué par la foule, thème développé dans les pièces IX à XI. À bien des égards le romantisme, art de combat dont les succès mêmes furent toujours âprement disputés et discutés, ouvre l'ère de l'ambivalence systématique dans les rapports de l'artiste et du public, — et peut-être surtout de l'artiste et de la critique.   2. Une des plus anciennes « feuilles d'automne ». H. Meschonnic pense que « cette petite pièce a été écrite au sujet des *Odes et Ballades* dont l'édition définitive vient de paraître », et que Hugo a peut-être « pris dans ce poème l'idée de son futur recueil ».

XL [1]

Toi, vertu, pleure si je meurs !

ANDRÉ CHÉNIER [2].

Amis [3], un dernier mot ! — et je ferme à jamais
Ce livre, à ma pensée étranger désormais.
Je n'écouterai pas ce qu'en dira la foule.
Car, qu'importe à la source où son onde s'écoule ?

---

1. La dernière des *Ballades* annonçait *Les Orientales*, et la dernière des *Orientales* annonçait *Les Feuilles d'automne*. Ce poème final introduit aux *Chants du crépuscule*, déjà annoncés dans la Préface (écrite ce même mois). En apparence, changement d'inspiration ; mais le recueil l'a dit à plusieurs reprises : sphère intime et sphère historico-politique s'interpénètrent par bien des zones. Hugo choisit ici d'évoquer la situation internationale après la révolution de 1830, témoignant de l'intérêt, de l'enthousiasme parfois, de l'opinion française pour les causes libérales et nationales en Europe : le siècle des nationalismes est aussi celui des internationalismes. L'effet énumératif joue à plein pour brosser un tableau désastreux d'un système européen chaotique. La préface des *Orientales* le disait déjà : le *statu quo* européen issu des traités de 1815 est intenable (*cf.* p. 53, et les notes 3 et 4).   2. *Iambes*, X, dernier vers. Chénier, guillotiné sous la Terreur, est un des héros du romantisme contre-révolutionnaire des années 1820. Sa présence en tête d'un poème « libéral », voire révolutionnaire, peut étonner : signe d'une fidélité poétique sur fond d'évolution politique, mais aussi affirmation du noyau dur des convictions politiques hugoliennes : liberté avant tout et intangibilité de la vie humaine.   3. Le recueil s'achève par cette adresse à un « public » privilégié, déjà plusieurs fois invoqué, ici à la fois familier et anonyme, toujours à la fois intime et « professionnel » (les amis étant tous des artistes). Après la dénonciation du public dans le poème précédent, se dégage ainsi la question, essentielle au poète lyrique : à qui parler vraiment, en poésie ?

5   Et que m'importe, à moi, sur l'avenir penché,
    Où va ce vent d'automne au souffle desséché
    Qui passe, en emportant sur son aile inquiète
    Et les feuilles de l'arbre et les vers du poète[1] ?

    Oui, je suis jeune encore, et quoique sur mon front,
10 Où tant de passions et d'œuvres germeront,
    Une ride de plus chaque jour soit tracée[2],
    Comme un sillon qu'y fait le soc de ma pensée,
    Dans le cours incertain du temps qui m'est donné,
    L'été n'a pas encor trente fois rayonné.
15 Je suis fils de ce siècle[3] ! Une erreur, chaque année,
    S'en va de mon esprit, d'elle-même étonnée,
    Et, détrompé de tout, mon culte n'est resté
    Qu'à vous, sainte patrie et sainte liberté[4] !

    Je hais l'oppression d'une haine profonde[5].
20 Aussi, lorsque j'entends, dans quelque coin du monde,
    Sous un ciel inclément, sous un roi meurtrier,
    Un peuple qu'on égorge appeler et crier ;
    Quand, par les rois chrétiens aux bourreaux turcs livrée,

---

1. Reprise de XXXIX et, surtout, de la Préface (p. 248).   **2.** Le vieillissement est toujours là, mais l'idée mélancolique d'une vie précocement tarie, finie (*cf.* I : « Le livre de mon cœur à toute page écrit »), est repoussée.   **3.** *Cf.* le premier vers du recueil. L'origine (et la vérité) d'un sujet n'est pas seulement individuelle et familiale, mais au moins autant collective et historique.   **4.** Allusion à l'évolution politique de Hugo, de la « droite » vers la « gauche », sensible depuis 1826-1827 et qui s'accentue en ce début des années 1830. Le vieillissement change de valeur : il n'est plus dépérissement mais progression vers la vérité. *Cf.* « Écrit en 1846 » où un vieux marquis ami de sa mère reproche au poète d'avoir abandonné ses opinions de jeunesse (« Quand j'étais royaliste et quand j'étais petit »), et reçoit cette explication : « J'ai grandi » (*Les Contemplations*). La nostalgie du passé, si présente dans ce recueil, doit donc être conjurée au moins dans ses applications politiques. Et ce dernier poème suggère peut-être le danger que fait courir, même « limité » à la vie individuelle, le regret « du passé, quel qu'il soit » (XXXVI).   **5.** On a dit souvent que ce vers était surtout annonciateur de l'avenir de Hugo. C'est faire bon marché de ces appels à la libération que sont, par exemple, *Bug-Jargal, Le Dernier Jour d'un condamné*, ou *Marion de Lorme*, — et de l'attitude personnelle de l'écrivain lors de la censure de cette dernière.

La Grèce, notre mère, agonise éventrée[1] ;
25   Quand l'Irlande saignante expire sur sa croix[2] ;
     Quand Teutonie aux fers se débat sous dix rois[3] ;
     Quand Lisbonne, jadis belle et toujours en fête,
     Pend au gibet, les pieds de Miguel sur sa tête[4] ;
     Lorsqu'Albani gouverne au pays de Caton[5] ;
30   Que Naples mange et dort[6] ; lorsqu'avec son bâton,
     Sceptre honteux et lourd que la peur divinise,

---

1. Début de l'énumération. Allusion aux *Orientales*. Et le traité d'Andrinople (1830), qui mettait fin aux hostilités gréco-turques, laissait sous administration ottomane plusieurs provinces (régions du Nord et île de Chypre) que le nouvel État revendiquait (certaines lui revinrent plus tard, d'autres sont encore aujourd'hui l'objet de contestations).   2. L'Irlande catholique voulait obtenir de l'Angleterre protestante son autonomie, voire son indépendance ; le conflit était endémique depuis plusieurs décennies, et sporadiquement violent. Comme la précédente, cette lutte « nationale » était très populaire en France.   3. Teutonie : archaïsme pour Allemagne. Depuis 1815, l'Allemagne, ou plutôt la Confédération germanique, comprenait trente-huit États, dont la majorité étaient des monarchies absolues. Le plus souvent, la revendication d'unité nationale allait de pair avec celle de libéralisation politique.   4. En 1828, Miguel, oncle de la reine légitime Marie II, avait usurpé le trône et rétabli la monarchie absolue. Il sera chassé en 1834. En juillet 1831, le gouvernement français avait envoyé une flotte devant Lisbonne pour obtenir réparation de préjudices subis par des Français et pour faire pression sur le régime migueliste.   5. Début du « panorama » de l'Italie : celle-ci partage avec l'Allemagne le morcellement politique et une dominante absolutiste ; elle est en outre soumise au nord à l'occupation autrichienne, et doit compter avec le problème particulier du pape, souverain temporel, et absolu, de Rome et du centre de la péninsule. Durant cette période, la volonté de libération et d'unité nationales s'associe à celle de libéralisation politique pour animer de nombreuses tentatives révolutionnaires. Le cardinal Albani venait de réprimer violemment les troubles révolutionnaires de Bologne et des Légations. L'agitation gagnant tous les États du pape, l'Autriche allait intervenir, et la France envoyer un corps expéditionnaire à Ancône pour lui faire pièce. Caton (« l'Ancien »), modèle du « vieux Romain », défenseur des principes de la république romaine ; son arrière-petit-fils (Caton « d'Utique ») se suicida pour ne pas assister au triomphe de Jules César, qui mettait fin au système républicain.   6. Fils du roi de « Rêverie d'un passant... » (III), Ferdinand II était monté sur le trône de Naples en 1830. Modèle de ces souverains absolus hostiles à toute nouveauté, gouvernant avec l'aide de l'armée et d'une police toute-puissante. De plus en plus impopulaire, il sera surnommé par ses sujets *Bomba* (bombe) à cause du bombardement de Messine qu'il ordonnera pendant la révolution de 1848.

L'Autriche casse l'aile au lion de Venise [1] ;
Quand Modène étranglé râle sous l'archiduc [2] ;
Quand Dresde lutte et pleure au lit d'un roi caduc [3] ;
35 Quand Madrid se rendort d'un sommeil léthargique [4] ;
Quand Vienne tient Milan ; quand le lion belgique,
Courbé comme le bœuf qui creuse un vil sillon,
N'a plus même de dents pour mordre son bâillon [5] ;
Quand un Cosaque affreux, que la rage transporte,
40 Viole Varsovie échevelée et morte,
Et, souillant son linceul, chaste et sacré lambeau,
Se vautre sur la vierge étendue au tombeau [6] ;

---

1. La Vénétie (comme le Milanais, *cf. infra*) était depuis 1815
sous domination autrichienne. Le mouvement patriote y sera puissant
surtout à partir de 1848, animé par le républicain Manin. Le lion
ailé, symbole de saint Marc l'évangéliste, est l'emblème de
Venise.   2. Souverain particulièrement réactionnaire et absolu,
François IV d'Este avait rétabli la torture, fermé les universités, et
s'était considérablement enrichi au détriment de ses États. Chargé
par l'Autriche de la haute police en Italie. Il s'était enfui à l'annonce
de l'insurrection de Bologne (février 1831), mais revint un mois
plus tard derrière les Autrichiens et organisa une répression sanglante
autant qu'arbitraire.   3. Monté sur le trône de Saxe en 1827 à
l'âge de 72 ans, Antoine Ier était dévot et catholique dans ce royaume
d'Allemagne du Nord majoritairement protestant. Contrecoups de la
révolution parisienne, de violentes émeutes secouèrent les grandes
villes saxonnes en septembre 1830, demandant une libéralisation du
régime et l'arrivée au pouvoir du neveu d'Antoine. Les émeutiers
obtinrent en partie satisfaction, mais la situation était encore confuse
en novembre 1831.   4. En 1823, Ferdinand VII d'Espagne avait
été contraint d'accepter la constitution libérale de 1812, mais une
expédition militaire française, mandatée par la Sainte-Alliance, avait
rétabli son pouvoir absolu (Chateaubriand était alors ministre des
Affaires étrangères et le jeune Hugo avait célébré l'événement dans
une ode, « La Guerre d'Espagne »). Depuis, le *statu quo* régnait ; il
allait se rompre deux ans plus tard, à la mort de Ferdinand VII.
5. Rattachée en 1814 à la Hollande protestante, la Belgique catholique et pour partie francophone fit sa révolution en août 1830 et
obtint son indépendance. Mais en août 1831 les troupes hollandaises
envahissaient la jeune nation, ne rencontrant qu'une faible résistance.
Immédiatement la France intervenait, et son armée repoussait les
Hollandais. Le lion figure dans l'emblème de la Belgique.   6. Depuis les partages du XVIIIe siècle, l'essentiel de la Pologne, dont
Varsovie, relevait de l'Empire russe. En novembre 1830, les Polonais
se révoltent et, dans un premier temps, l'emportent sur les Russes.
Mais le 8 septembre 1831 les armées du Tsar entrent dans Varsovie,
et une répression sanglante se déchaîne : pillages, viols, exécutions,

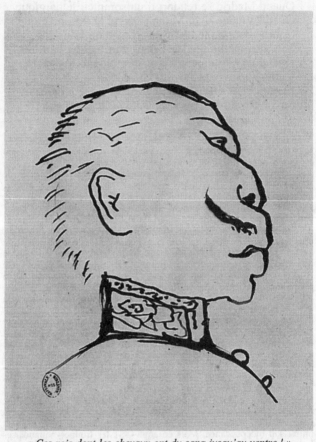

« Ces rois dont les chevaux ont du sang jusqu'au ventre ! »
Victor Hugo, *Tigre ou Czar*, 1869, plume.

Alors, oh ! je maudis, dans leur cour, dans leur
                           [antre,
Ces rois dont les chevaux ont du sang jusqu'au
                           [ventre !
45 Je sens que le poète est leur juge ! je sens
Que la muse indignée [1], avec ses poings puissants,
Peut, comme au pilori, les lier sur leur trône
Et leur faire un carcan de leur lâche couronne,
Et renvoyer ces rois, qu'on aurait pu bénir,
50 Marqués au front d'un vers que lira l'avenir !
Oh ! la muse se doit aux peuples sans défense.
J'oublie alors l'amour, la famille, l'enfance,
Et les molles chansons, et le loisir serein,
Et j'ajoute à ma lyre une corde d'airain !

                                Novembre 1831.

---

déportation systématique en Sibérie de l'élite polonaise, puis russifi-
cation forcée de la province. La cause polonaise était très populaire
en France, et l'annonce de la prise de Varsovie provoqua une émeute
de trois jours à Paris, — d'autant plus violente que le gouvernement
français refusait d'intervenir et que le ministre des Affaires étrangères avait lancé à la Chambre cette phrase malheureuse : « L'ordre
règne à Varsovie ». *Cf.* « *Seule au pied de la tour...* » dans *Les
Chants du crépuscule*.

   1. Rappel de Juvénal (*cf.* p. 301, note 2) : « *facit indignatio versum* »
(*Satires*, I, 79) et annonce de *Châtiments* : « Muse indignation,
viens ! » (« Nox »).

Achille Deveria, *Victor Hugo*, lithographie, 1829.

Victor Hugo, *Autoportrait* (?).

DOSSIER

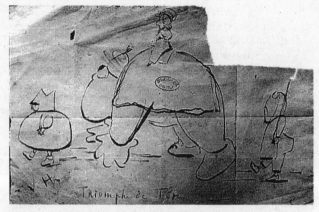

Victor Hugo, *Triomphe de Toto*
Toto était le petit nom donné à François-Victor,
second fils de Hugo, né en 1828.

1. SAINTE-BEUVE : « PROSPECTUS POUR LA SOUSCRIPTION AUX ŒUVRES COMPLÈTES DE VICTOR HUGO »
(Gosselin et Bossange éd., janvier 1829)

L'éditeur Gosselin prévoyant une édition des Œuvres complètes de Victor Hugo en dix volumes (grande première pour un si jeune écrivain), Sainte-Beuve[1] fut chargé d'écrire le prospectus d'appel à souscription (sous le pseudonyme E. T.). Celui-ci parut le mois de la publication des Orientales. *De cette présentation par Sainte-Beuve d'une œuvre déjà vaste (poésie, roman, théâtre), nous extrayons un passage consacré au lyrisme hugolien, qui voit dans* Les Orientales *une continuation-mutation des* Odes *et des* Ballades, *tente une classification de la poésie lyrique, et attribue au jeune Hugo un rôle déterminant dans le renouveau de la poésie française.*

Il a débuté par l'ode, disons-nous, et il l'a véritablement créée en France. [...] Victor Hugo, le premier peut-être depuis Pindare[2], et précisément parce qu'il n'a songé nullement à l'imiter, a conçu l'ode dans toute sa naïveté et dans toute sa splendeur, et en a fait, non pas une œuvre de cabinet, une étude ingénieuse et artificielle, mais un cri de passion, un chant solennel et inspiré. C'est surtout dans ses odes politiques que cette impérieuse passion, cette croyance à ce qu'on aime, à ce qu'on admire, cette colère généreuse contre ce qui semble funeste et méchant, éclate avec une vigueur irrésistible et déborde avec ivresse ; il est

---

1. Sur Sainte-Beuve et ses rapports avec Hugo à cette époque, voir notre Présentation. **2.** Poète lyrique grec du Ve siècle avant J.-C. Modèle originel de l'ode « héroïque », comme Anacréon (VIe siècle avant J.-C.) est celui de l'ode amoureuse.

telle de ces pièces de jeune homme qui pourrait s'intituler
la Marseillaise de la Restauration. L'art même n'y semble
pour rien d'abord, tant la conviction envahit tout ; [...] Victor Hugo, en effet, ne conçoit l'ode politique que comme
un cri violent de passion, et puisque aujourd'hui, grâce à
Dieu, les passions violentes, même les plus nobles par leurs
motifs, s'apaisent au sein de l'ordre dans notre belle
France, le poète est le premier à briser sur sa lyre une corde
désormais inutile. Mais dès la première jeunesse de l'auteur, et à côté de l'ode politique, une autre espèce d'ode
prend naissance, dont il est aussi l'inventeur parmi nous. Je
veux parler de l'ode d'imagination et de fantaisie, de l'ode
pittoresque, de la ballade. Et là encore, on peut dire qu'il a
passé par tous les progrès et qu'il les a épuisés. [...]

Désormais il serait difficile de prévoir des progrès nouveaux dans cette manière d'artiste dont *le Feu du ciel*,
Mazeppa et *les Fantômes*[1] sont le dernier mot. Nous
venons de constater deux espèces d'odes dont la création
en France appartient à notre auteur : il s'est encore exercé
dans une troisième espèce, pour laquelle il rencontre d'illustres et chers rivaux parmi les contemporains, dans l'ode
personnelle et rêveuse. Non pas que Victor Hugo ait pris
soin d'isoler ses odes politiques et pittoresques de tout
sentiment personnel, rêveur et mélancolique. Sa muse, au
milieu de sa fatigue et de ses luttes civiles, ou bien au sein
des régions éclatantes et sous le soleil de l'imagination et
de la féerie, revient souvent se replonger aux sentiments
les plus intimes de l'âme, et y puise une fraîcheur nouvelle : témoin son délicieux *Novembre*[2]. Mais aussi quelquefois elle ne sort pas de l'âme : elle s'y renferme
absolument, et nous en révèle par des chants plus doux
les plus secrets mystères. Une telle espèce d'ode tient au
cœur même du poète, et doit durer tant que ce cœur continuera de battre. Victor Hugo s'y est livré dès les premiers
temps, il n'y renoncera jamais ; ce sera pour lui comme
l'asile du foyer domestique auquel on revient toujours
avec plus de bonheur après une excursion plus longue.

Pour nous résumer sur le talent lyrique de Victor Hugo,
nous dirons que, l'ode politique étant close par lui, l'ode

---

1. *Les Orientales*, I, XXXIV et XXXIII.   2. *Les Orientales*, XLI.

rêveuse lui étant commune avec d'illustres rivaux, et en particulier avec Lamartine [1], sa spécialité la plus propre et la plus glorieuse est l'ode pittoresque ou d'imagination, dont *les Orientales* lui assurent le sceptre parmi les contemporains.

Une remarque importante, et qui ne peut trouver place ici qu'en passant, s'applique à ces trois espèces d'odes, telles que les a exécutées Victor Hugo. C'est qu'indépendamment du fond d'idées et de sentiments qui les distingue, une seule et même forme poétique, inépuisable en richesses et infinie en variétés, les embrasse et les caractérise. En fait d'odes, Victor Hugo a créé la forme et le fond. On a dit, et avec raison, que depuis Ronsard aucun poète français n'avait inventé autant de rythmes que notre jeune contemporain [2]. C'est un savant architecte en constructions lyriques ; et sous ce rapport il est difficile de dire où il s'arrêtera ; car les combinaisons sont à l'infini, et les difficultés d'exécution qui les limitent semblent nulles et disparaissent devant sa souplesse puissante.

2. PIERRE LEROUX : « DU STYLE SYMBOLIQUE »
(*Le Globe* du 8 avril 1829)

Cet article de Pierre Leroux [3] n'est ni exclusivement ni directement consacré aux Orientales. Le Globe *avait rendu compte du recueil dès le 21 janvier, dans un bref*

---

1. Allusion aux *Méditations poétiques* (1820) et aux *Nouvelles Méditations poétiques* (1823). **2.** Sainte-Beuve, qui venait de publier son *Tableau de la poésie française au xvie siècle* (1828), avait quelque autorité pour établir cette comparaison. Rappelons qu'avant le Romantisme, on n'estimait ni même ne lisait guère les poètes antérieurs à Malherbe. Le rapprochement des poètes romantiques et des poètes de la Pléiade (puis des Baroques) tendra à se banaliser par la suite. **3.** Né en 1797. Rédacteur au *Globe*, il se convertit au saint-simonisme après Juillet 1830 et fait du journal l'organe de la « religion nouvelle ». Il appelle alors les artistes, et notamment Victor Hugo, à se mettre au service de la rénovation sociale. C'est notamment à lui que répond la préface des *Feuilles d'automne*. Dans les années 1840, il devient l'une

article plutôt hostile. Pourtant Leroux illustre son propos de très nombreux exemples empruntés au dernier livre de Hugo, considéré comme la pointe la plus actuelle et la plus extrême d'une mutation littéraire commencée près de trente ans plus tôt, avec les premiers ouvrages de Chateaubriand. Son projet est de montrer que la jeune littérature « romantique » s'est engagée dans une véritable révolution du régime de l'image, et que cette innovation n'est pas strictement rhétorique, ornementale, accessoire. Au contraire elle doit « avoir, sur la langue elle-même, des conséquences heureuses ou fatales, mais en tout cas très graves » ; elle modifie nécessairement, et radicalement, les pouvoirs de représentation et de pensée de la littérature, poésie et prose. Après tant de déclamations vagues et vaines sur « l'obscurité » et « l'absurdité » des romantiques, Leroux est peut-être le premier à tenter d'analyser quelques-uns des procédés innovants des écrivains de la génération montante. La précision de son étude poétique, grosse d'une théorie, à peine implicite, de la forme-sens, *demeure d'une pertinence et d'une modernité remarquables.*

Il faut qu'on nous accorde que toute poésie vit de métaphore, et que le poète est un artiste qui saisit des rapports de tout genre par toutes les puissances de son âme, et qui leur substitue des rapports identiques sous forme d'images, de même que le géomètre substitue au contraire des termes purement abstraits, des lettres qui ne représentent rien de déterminé, aux nombres, aux lignes, aux surfaces, aux solides, à tous les corps de la nature, et à tous les phénomènes. [...]

Or, cela étant, supposez qu'il s'introduise tout à coup dans une langue une figure qui permette de substituer

---

des principales figures du socialisme dit « utopique » (*De l'Humanité*, 1840 ; *De l'Égalité*, 1848). Adepte d'une religion de l'Homme, féministe, il est très proche de George Sand avec laquelle il anime *La Revue indépendante* (1841-1848). Député socialiste sous la Seconde République, il est comme Hugo proscrit après le coup d'État de Louis-Napoléon. Lors de son séjour à Jersey, ses relations avec Hugo deviennent vite particulièrement aigres. Il rentre en France en 1869, et meurt au début de la Commune, le 11 avril 1871.

continuellement à des termes abstraits des images, à l'expression propre une expression vague et indéterminée ; et voyez-en l'effet. L'abstraction disparaîtra de la poésie de ce peuple, et le mystère y naîtra.

C'est précisément ce qui est arrivé par l'introduction dans notre langue d'une forme de style que nous appellerions volontiers *comparaison symbolique*, ou, pour être plus bref, *symbole*.

L'artifice de cette forme de langage consiste à ne pas développer l'idée que l'on veut comparer à une autre, mais à développer uniquement cette seconde idée, c'est-à-dire l'image. C'est donc une forme intermédiaire entre la comparaison et l'allégorie proprement dites, plus rapide que la comparaison et moins obscure que l'allégorie. C'est un véritable emblème. De même qu'on remplace le mot propre par une métaphore, ici l'idée est remplacée par son emblème : on a pour ainsi dire la métaphore d'une idée. [...]

Maintenant, nous le répétons, si l'on fait attention que l'élément de toute poésie est la comparaison plus ou moins prolongée, on concevra quel immense changement a dû résulter de l'introduction d'une forme de style qui, par sa rapidité, permet de multiplier les comparaisons et de les répandre partout. Qu'on relise le début de la pièce de M. Hugo intitulée *Les Fantômes*[1] :

> Hélas ! que j'en ai vu mourir de jeunes filles !
> C'est le destin. Il faut une proie au trépas.
> Il faut que l'herbe tombe au tranchant des faucilles ;
> Il faut que dans le bal les folâtres quadrilles
> 5   Foulent des roses sous leurs pas.
>
> Il faut que l'eau s'épuise à courir les vallées ;
> Il faut que l'éclair brille, et brille peu d'instants ;
> Il faut qu'avril jaloux brûle de ses gelées
> Le beau pommier, trop fier de ses fleurs étoilées,
> 10   Neige odorante du printemps.

---

1. *Les Orientales*, XXXIII.

Oui, c'est la vie. Après le jour, la nuit livide.
Après tout, le réveil, infernal ou divin.
Autour du grand banquet siège une foule avide ;
Mais bien des conviés laissent leur place vide
15   Et se lèvent avant la fin.

Voilà une même idée sous vingt formes différentes,
et presque autant de comparaisons que de vers. Il aurait
fallu deux cents vers dans l'ancien système pour répandre
toutes ces images ; ou plutôt il aurait été impossible de
les accumuler ainsi : l'habitude même de la forme aurait
empêché le poète d'y songer ; car l'ancienne forme répu-
gnait tellement à cette profusion, que jamais vous ne
trouverez dans un poète du dix-septième ou du dix-hui-
tième siècle plus de deux comparaisons pour une même
idée. [...]
Ainsi ce grand changement dans le style, et par suite
dans la langue, n'est pas dû à une puérile imitation, mais
à des besoins bien sentis. Il ne s'est pas opéré par l'acces-
sion de quelques idiotismes étrangers [1], mais par une force
intérieure de développement, et par une sorte de croissance naturelle. Le besoin de poésie, de rénovation des
idées morales et religieuses, et l'étude de la nature et de
ses mystérieuses harmonies, voilà ce qui l'a engendré.
Après cela, mille causes accessoires y ont concouru : on
a pris goût au style poétique de la Bible, qui était pour
Voltaire un sujet d'ineffables risées, on a pris goût aux
littératures étrangères ; on a étudié l'Orient ; on a eu
besoin d'émotions nouvelles ; le sentiment de la liberté et
de l'individualisme s'est montré partout, s'est appliqué
à tout ; enfin on retrouve ici, comme dans mille autres
questions, l'influence de tout ce qui compose ce qu'on
appelle l'esprit du siècle. Et, comme s'il y avait synchro-
nisme pour la propagation des procédés de l'art dans le
monde européen, ainsi que pour tout le reste, on voit à la
fois ce style naître et se développer en France, en Angleterre, en Allemagne, et toujours sous la plume d'écrivains
amoureux de la nature et profondément méditatifs. [...]

---

1. Emprunts aux langues et aux littératures étrangères, principalement anglaise et allemande.

Mais il semble qu'il soit impossible d'affectionner davantage cette manière que ne fait notre nouvelle école poétique, qui se dit fille d'André Chénier [1]. On retrouve sans cesse ce procédé non seulement dans ses vers mais dans sa prose. Ouvrez la préface des *Orientales*. M. Hugo veut caractériser la variété qu'il aime à trouver dans les productions d'un artiste, et qu'il désirerait voir dans ses propres ouvrages. « Pourquoi, dit-il, n'en serait-il pas d'une littérature dans son ensemble, et en particulier de l'œuvre d'un poète, comme de ces belles vieilles villes d'Espagne, par exemple, où vous trouvez tout. » Et il part de là pour décrire en deux ou trois pages une ville espagnole, avec ses promenades d'orangers le long d'une rivière, ses églises chrétiennes, ses minarets arabes, sa prison, son cimetière, et tout ce qui la compose. Et dans ce long symbole, chaque trait a un sens. Les églises chrétiennes veulent dire des sujets du moyen âge ; les minarets, des orientales ; et ainsi du reste. On sent combien cette manière, qui est le dernier degré du symbolisme de style, est compréhensive, poétique, précisément parce qu'elle est indéfinie, mais en même temps vague et obscure.

La comparaison symbolique n'avait jamais été répandue dans des vers français avec beaucoup d'audace avant M. Hugo. C'est par là que le style de M. Hugo diffère essentiellement de celui de M. de Lamartine. Je ne sais si je m'abuse, mais il me semble que cette force de représenter tout en emblèmes, exagérée jusqu'au point de ne pouvoir souffrir l'abstraction, est le trait caractéristique de la poésie de M. Hugo : il lui doit ses plus grandes beautés et ses défauts les plus saillants ; c'est par là qu'il s'élève quelquefois à des effets jusqu'ici inconnus, et c'est là aussi ce qui le fait tomber dans ce qu'on prendrait pour de misérables jeux de mots. On pourrait définir une partie de sa manière, la profusion du symbole. Avec cette tournure de génie, il devait être entraîné, même à son insu, vers l'étude du style oriental. Le sujet et jusqu'au titre de son dernier recueil sont un indice de son talent.

Ce n'est point seulement dans le détail que les poètes

---

1. *Cf.* p. 86, note 2.

de cette école cultivent le symbole : ils ont quelquefois jeté dans ce moule une pièce toute entière et de grande étendue. Quelques-uns des plus beaux ouvrages de M. Hugo et quelques-uns de ses plus défectueux, *les Deux îles*[1], *Mazeppa*, *Canaris*[2], etc., sont d'un bout à l'autre des symboles. [...]

Mais le *Mazeppa* surtout est un parfait symbole, et, sous ce rapport, on peut le regarder comme une création qui n'avait pas de modèle dans notre langue. [...] M. Hugo a en vue non seulement la vie intérieure de l'homme de génie, mais les chutes et les combats au prix desquels il gagne sa couronne comme un athlète. [...]

Il s'élance avec Mazeppa ; il peint au long son supplice et son triomphe : on dirait même qu'il n'a pas voulu faire autre chose ; on le dirait, car il est déjà aux trois quarts de son œuvre. Il ne s'arrête pas non plus tout à coup, et, par un trait soudain, il ne se contente pas d'écrire le mot *génie* sur le piédestal de son symbole. Mais insensiblement il anime, il spiritualise cette grande image physique qu'il s'est plu à décrire ; il ne la refait pas, il ne la transforme pas, mais il en fait en quelque sorte l'intérieur, l'âme. Ainsi la statue de Pygmalion[3] prend vie et devient Galatée sans changer de forme. Ce n'est plus Mazeppa, c'est le génie, mais sous les traits de Mazeppa enchaîné à son coursier et roulant dans les déserts. Les *pieds d'acier*, les *froides ailes*, toutes les expressions qui étaient prises au propre reviennent au figuré. Toutes les parties de l'objet spirituel que l'artiste contemple maintenant se produisent, non pas abstraites, mais sous la forme même des parties similaires de l'image, comme autant d'emblêmes harmonieux qui se répondent entre eux et au tout. Ainsi s'opère la fusion de l'idée morale dans l'image physique ; l'assimilation est parfaite. Le génie, ses tourments intérieurs, les blasphèmes qui le poursuivent d'abord, les adorations qui succèdent aux blasphèmes, toutes ces

---

1. *Odes et Ballades*, III, 6 (poème composé en 1825).   2. *Les Orientales*, XXXIV et II.   3. Pygmalion est un roi mythique de Chypre qui s'était fait faire une statue d'ivoire représentant son idéal de beauté. Il en tomba amoureux et Aphrodite, prenant pitié de lui, donna vie à la statue. Cette « femme » fut nommée Galatée.

pures conceptions de l'intelligence, sont devenus visibles. Nous avons un symbole, et non pas une comparaison.

Nous avons voulu montrer l'origine et les progrès du style symbolique, plutôt pour expliquer que pour juger. Nous ne ferons donc aucune réflexion sur l'abus de ce style. Surtout nous ne prétendons rien préjuger sur une très grave question qui ne peut manquer de s'élever bientôt, savoir, si ce n'est pas errer que de cultiver exclusivement l'image. Si cet article n'était pas déjà trop étendu, nous essaierions d'exposer quelques conséquences qui, suivant nous, se déduisent assez naturellement des idées que nous venons d'émettre.

Ainsi il nous semble qu'on pourrait expliquer par là comment la nouvelle école, et M. Hugo en particulier, ont encouru le reproche de faire de la poésie pour les yeux et d'introduire une sorte de matérialisme poétique.

3. SAINTE-BEUVE : « *LES FEUILLES D'AUTOMNE* PAR M. VICTOR HUGO » (*Revue des Deux Mondes* du 15 décembre 1831)

Publié [1] *« à chaud » (*Les Feuilles d'automne *sont sorties en librairie quinze jours auparavant), cet article, globalement très élogieux, ne se ressent pas encore tout à fait de l'assombrissement des relations entre les deux hommes. Sainte-Beuve y met l'accent, pour finir, sur l'atmosphère de scepticisme spirituel, de doute religieux qui se dégage du recueil. Le critique pouvait être particulièrement sensible à cette dimension : après la Révolution de Juillet il s'était, comme beaucoup d'intellectuels, enthousiasmé pour la « religion » saint-simonienne, — avant de s'en détacher, durablement déçu. Sainte-Beuve voit dans cette maladie du doute un trait d'époque, — et de fait* Les Feuilles d'automne *constituent l'une des premières grandes illustrations de ce thème du présent crépusculaire*

---

1. Voir notre Présentation.

*(« entre la ruine d'une société qui n'est plus et l'ébauche
d'une société qui n'est pas encore », selon l'expression de
la Préface), — thème qui va marquer profondément la
sensibilité intellectuelle et artistique des premières années
de la Monarchie de Juillet.*

Le récent ouvrage de M. Victor Hugo, *les Feuilles
d'Automne* nous paraissent, comme à tout le monde, son
plus beau, son plus complet, son plus touchant recueil
lyrique. Nous avons entendu prononcer le mot de *nouvelle
manière ;* mais, selon nous, dans *les Feuilles d'Automne*,
c'est le fond qui est nouveau chez le poète plutôt que la
manière. Celle-ci nous offre le développement prévu et
l'application au monde moral de cette magnifique langue
de poésie, qui, à partir de la première manière, quelquefois
roide et abstraite, des *Odes politiques*, a été se nourrissant,
se colorant sans cesse, et se teignant par degrés à travers
les *Ballades* jusqu'à l'éclat éblouissant des *Orientales*. Il
est arrivé seulement que, durant tout ce progrès merveilleux de son style, le poète a plus particulièrement affecté
des sujets de fantaisie ou des peintures extérieures, comme
se prêtant davantage à la riche exubérance dont il lui plai-
sait de prodiguer les torrents, et qu'il a, sauf quelque
mélange d'épanchements intimes, laissé dormir cette por-
tion si pure et si profonde dont sa jeune âme avait autrefois donné les plus rares prémices [...]

Il restait donc à M. Victor Hugo, ses excursions et
voyages dans le pays des fées et dans le monde physique
une fois terminés, à reprendre son monde intérieur, invisible, qui s'était creusé silencieusement en lui durant ce
temps, et à nous le traduire profond, palpitant, immense,
de manière à faire pendant aux deux autres ou plutôt à
les réfléchir, à les absorber, à les fondre dans son réser-
voir animé et dans l'infini de ses propres émotions. Or,
c'est précisément cette œuvre de maturité féconde qu'il
nous a donnée aujourd'hui. [...]

Il y a donc, en ce livre de notre grand poète, progrès
d'art, progrès de génie lyrique, progrès d'émotions appro-
fondies, amoncelées et remuantes ; mais de progrès en
croyance religieuse, en certitude philosophique, en résul-
tats moraux, le dirai-je ? il n'y en a pas. C'est là un

mémorable exemple de l'énergie dissolvante du siècle et de son triomphe à la longue sur les convictions individuelles les plus hardies. On les croit indestructibles, on les laisse sommeiller en soi comme suffisamment assises, et un matin on se réveille, les cherchant en vain dans son âme : elles s'y sont affaissées comme une île volcanique sous l'Océan. On a déjà pu remarquer un envahissement analogue du scepticisme dans les *Harmonies*[1] du plus chrétien, du plus catholique de nos poètes, tandis qu'il n'y en avait pas trace dans les *Méditations*, ou du moins qu'il n'y était question du doute que pour le combattre. Mais l'organisation intime, l'âme de M. de Lamartine, est trop encline par essence au spiritualisme, au Verbe incréé, au dogme chrétien, pour que même les négligences de volonté amènent chez lui autre chose que des éclipses passagères : dans M. Victor Hugo, au contraire, le tempérament naturel a un caractère précis à la fois et visionnaire, raisonneur et plastique, hébraïque et panthéiste, qui peut l'induire en des voies de plus en plus éloignées de celles du doux Pasteur[2]. L'intuition libre, au lieu de le réconcilier insensiblement par l'amour, engendre familièrement en son sein des légions d'épouvantes. Il n'y avait donc qu'une volonté de tous les instants qui pût le diriger et le maintenir dans la première route chrétienne où sa muse de dix-neuf ans s'était lancée. Or le poète, qui possède cependant une vertu de volonté si efficace et qui en donne chaque jour des preuves assez manifestes dans le cours de son infatigable carrière, semble en être venu, soit indifférence pratique, soit conscience de l'infirmité humaine en ces matières, à ne plus appliquer cette volonté à la recherche ou à la défense de certaines solutions religieuses, à ne plus faire assaut avec ce rocher toujours instable et retombant. Il laisse désormais flotter son âme et reçoit, comme un bienfait pour la muse, tous les orages, toutes les ténèbres, et aussi tous les rayons, tous les parfums. Assis dans sa gloire au foyer domestique, croyant pour dernière et unique religion à la famille, à la paternité, il accepte les doutes et les angoisses inséparables d'un

---

1. Les *Harmonies poétiques et religieuses* étaient parues l'année précédente.   2. Jésus.

esprit ardent, comme on subit une loi de l'atmosphère ; il reste *l'heureux et le sage* dans ce qui l'entoure, avec des anxiétés mortelles aux extrémités de son génie ; c'est une plénitude entourée de vide. [...]

Nous avons essayé de caractériser, dans la majesté de sa haute et sombre philosophie, ce produit lyrique de la maturité du poète ; mais nous n'avons qu'à peine indiqué le charme réel et saisissant de certains retours vers le passé, les délicieuses fraîcheurs à côté des ténèbres, les mélodies limpides et vermeilles qui entrecoupent l'éternel orage de la rêverie. Jamais jusqu'ici le style ni le rythme de notre langue n'avaient exécuté avec autant d'aisance et de naturel ces prodiges auxquels M. Victor Hugo a su dès longtemps la contraindre ; jamais toutes les ressources et les couleurs de l'artiste n'avaient été à ce point assorties. Exquis pour les gens du métier, original et essentiel entre les autres productions de l'auteur, qu'il doit servir à expliquer, le recueil des *Feuilles d'Automne* est aussi en parfaite harmonie avec ce siècle de rénovation confuse. Cette tristesse du ciel et de l'horizon, cette piété du poète réduite à la famille, est un attrait, une convenance, une vérité de plus, en nos jours de ruine, au milieu d'une société dissoute, qui se trouve provisoirement retombée à l'état élémentaire de famille, à défaut de patrie et de Dieu. Ce que le poète fait planer là-dessus, d'indéterminable, d'éperdu en rêverie, ne sied pas moins à nos agitations insensées. Ce livre, avec les oppositions qu'il enferme, est un miroir sincère : c'est l'hymne d'une âme en plénitude qui a su se faire une sorte de bonheur à une époque déchirée et douloureuse, et qui le chante.

4. CHARLES NODIER : « FEUILLES D'AUTOMNE »
(*Revue de Paris*, décembre 1831)

Charles Nodier (1780-1844), auteur de nombreux contes fantastiques (Jean Sbogar, *1818 ;* Smarra, *1821 ;* Trilby, *1822 ;* La Fée aux miettes, *1832...*), *est l'une des*

*figures centrales du premier romantisme. Critique
influent, animateur du Cénacle de l'Arsenal (du nom de
la bibliothèque dont il est conservateur à partir de 1824),
il a fait beaucoup pour soutenir la réputation des poètes
de la génération de 1820, — et notamment celle de Victor
Hugo. Mais Nodier n'apprécie guère l'évolution politique
de Hugo vers le libéralisme, sensible dès 1827-1828 (il
reste quant à lui royaliste et légitimiste). L'évolution littéraire de son ancien protégé ne lui plaît guère davantage :
il se refuse à écrire un article sur* Les Orientales, *— tout
en glissant à l'occasion d'un article sur Byron et Moore*
(La Quotidienne *du 1ᵉʳ novembre 1829) une phrase sur
« l'orientalisme laborieux » qui, en France, n'arrive pas
à la cheville des « admirables compositions » des poètes
d'outre-Manche. Hugo s'en était plaint dès le lendemain :
« Et vous aussi, Charles ! » Les deux amis sont quelque
peu réconciliés au moment de la parution des* Feuilles
d'automne, *et l'article de Nodier est élogieux, tout en
persistant à regretter les récents errements du poète. Une
certaine idée de la poésie y est défendue, tout entière
sentimentale et contemplative, intime et privée, ne pou-
vant que se perdre à fréquenter le monde des idées et
surtout l'arène politique. Lecture hâtive ou critique voilée, le propos ne s'accorde guère, sur ce point au moins,
avec la leçon d'une part importante du recueil, et pas
seulement de sa dernière pièce.*

Feuilles d'automne ! Que ce titre serait heureux pour
les dernières poésies d'un vieillard, pour ces pensées
assujetties au mètre et à la prosodie, qu'il laisse tomber
une à une autour de sa fosse avec les dernières fleurs et
les dernières feuilles des arbres qu'il y a plantés ! [...] Il
fallait, Victor, laisser ces feuilles d'automne à vos vieux
amis ! Vous avez pris assez à la postérité pour ménager
un peu cette génération qui s'efface, et qui aimait votre
gloire, dont elle ne jouira pas long-temps[1]. Il faut des
couronnes plus fraîches à vos vingt-neuf ans, déjà
comblés de tant de succès, encore pleins de tant d'espé-

---

1. À cette date, Nodier a 51 ans.

rance. Est-ce la rose, le chêne ou le laurier ? Choisissez
et prenez.

Ce titre postiche et fortuit n'exprime en rien d'ailleurs
le caractère général du nouveau recueil de Victor Hugo ;
et comment pourrait-on exprimer ce qu'il y a d'immense,
de divers et d'universel dans la profusion de ces idées du
poète, qui s'adressent à toutes les sympathies du genre
humain, et qui n'effleurent jamais le cœur sans le faire
vibrer tout entier ? C'est que c'est ici la pensée intime
d'un homme, qui dit bien plus de choses à la pensée de
tous les hommes que l'inspiration factice des événements[1] ne lui en aurait jamais suggéré ; c'est que c'est
l'émotion du philosophe absorbé dans la contemplation
de la nature, la rêverie du sage qui médite au coin du
foyer, le retentissement de quelque songe de féerie et de
merveilles, qui lui est survenu dans les hautes régions où
son génie familier l'emporte, à travers le silence des
nuits ; c'est que ce n'est plus le chantre des fêtes et des
solennités, qui marche à la suite des héros, ou qui fait
résonner sa harpe sous la voûte des palais, mais la voix
d'un ami, d'un amant, d'un époux, d'un père (et c'est là
qu'est tout le poète), qui épanche ses idées en effusions
passionnées, mais naïves et faciles, plus attentif au sentiment qui les fait naître qu'à l'expression qui les décore,
et toutefois heureux de relever des charmes de la parole
et des prestiges de l'art les pures affections qui font son
bonheur sur la terre. Oh ! ce doit être un enchantement
qui passe tous les enchantements, celui d'illustrer ce
qu'on admire, celui d'embellir encore ce qu'on aime,
celui de déployer dans quelque beau cadre d'or le peu de
fleurs qui émaillent de loin en loin les rudes chemins de
la vie ! Et c'est ce qu'a fait Victor en nous ouvrant cette
nouvelle mine de poésie, qu'il épuise en passant. Vous
ne l'y verrez plus, couché à l'abri de la tente des pachas,
errant avec le klephte du désert sur les flancs de la monta-

1. Des événements politiques, et d'abord de la révolution de Juillet.
Nodier songe sans doute à la pièce « À la jeune France », par laquelle
Hugo saluait cette Révolution, publiée le 19 août 1830 dans *Le Globe*
et recueillie dans *Les Chants du crépuscule* (1835), sous le titre « Dicté
après Juillet 1830 ».

gne [1], fumant de la poudre et du sang des batailles, au milieu des escadrons, ou remuant d'une main téméraire le bronze encore bouillant de la colonne [2]. Vous l'y verrez dans l'intérieur d'un ménage riant, pressé d'un cercle d'artistes et de poètes, qui l'embrassent comme une riche ceinture, et livré, comme nous, aux simples penchants d'une âme simple. Vous l'y avez attendu, peut-être, à son retour des mondes qu'il vient de parcourir. — Et moi aussi. [...]

Le prix serait difficile à décerner entre tant de compositions rivales, qui font passer l'esprit d'admirations en admirations. Je crois que le plus grand nombre des lecteurs sera en faveur de la *Prière pour tous* [3], dithyrambe évangélique où s'épanchent, dans une poésie miraculeuse, toutes les idées bienveillantes qui ont fait tressaillir le cœur de l'homme, depuis qu'il a palpité une fois au sentiment de la pitié. À ceux-là qui s'occupent spécialement de l'art et des formes les plus imposantes qu'ait revêtues la parole, il faut citer cette ode à notre grand statuaire David [4], où la poésie répand à poignées sur ses triples rimes les trésors de l'harmonie, sans coûter un effort à la pensée. Il faut leur citer ce chant incomparable à Lamartine [5], où la métaphore inépuisable se déroule aussi ample et aussi majestueuse que l'océan, théâtre de cette naumachie [6] doublement victorieuse dont les juges n'auront que des palmes à donner. La gloire doit être belle ainsi ; et si la gloire est belle quand on l'obtient entre tous, que doit-elle être, grand Dieu, quand on la partage avec un ami !

Ce que j'ai dit jusqu'ici de ce livre équivaut peut-être à une analyse. J'ai dû faire comprendre qu'il différait des *Odes* et des *Orientales* par un caractère d'individualité qui lui prêtera, aux yeux de certains lecteurs dans le nombre desquels je me range, un vif intérêt de plus. Ici c'est l'impression personnelle qui anime la lyre, et l'impression d'un homme de génie est de toutes les révéla-

---

1. Allusion aux *Orientales*. 2. Allusion aux poèmes napoléoniens de Hugo, et notamment à la seconde ode « À la colonne », écrite en octobre 1830 et recueillie dans *Les Chants du crépuscule*. 3. Pièce XXXVII. 4. Pièce VIII. 5. Pièce IX. 6. Représentation d'un combat naval, dans le cadre des jeux du cirque de l'Antiquité romaine.

tions celle dont je suis le plus avide. Que m'importent ses jugements sur ces faits misérables de l'histoire des peuples, gloires vaines, popularités, révolutions inutiles, qui ne sont pas dignes de détourner le sage de la contemplation d'une fourmi ! Jamais le mouvement de ces populations insensées, qui se précipitent les unes sur les autres en se disputant de sottes chimères dont elles ne savent que faire quand elles les ont saisies, n'occupera mon cœur d'une rêverie aussi solennelle que la confusion harmonieuse et brillante des milliards d'atomes qui dansent dans le rayon du soleil dont je suis éclairé. [...]

Ce sont là des méditations dignes de l'homme, et dont aucune âme élevée ne descendra sans dégoût aux ignobles et vains débats de la place publique. Est-ce un peuple qui se révolte ? Est-ce une ruche qui est en colère ? Lequel est tombé sur les parois du palais, du trône des empereurs ou du nid de l'hirondelle ? Belle question pour le passant oisif, qui ne sait où prendre ailleurs sa pensée ! Le domaine du poète n'est pas placé à un si bas étage dans notre Babel sociale. [...]

Tous les mondes, tous les soleils, toute la création pour une pensée, et toutes les pensées de l'homme avec tout le reste pour un sentiment ! La poésie du vulgaire, ce n'est pas cela peut-être, mais la poésie du poète, la voilà ! [...]

J'aurais donc fait grâce, pour ma part, à Victor Hugo, moi qui ne lui ferais pas grâce volontiers du moindre de ses vers, de cet épilogue[1] haineux et colère où il traîne l'Europe monarchique de gémonies en gémonies. Poète, que vous font les rois, à vous devant qui les rois et les peuples eux-mêmes ne sont qu'un accident passager de la forme sociale, illusion d'un rêve de la nuit, qui se dissout au matin ? N'est-ce pas une belle occasion à consumer son génie que la lutte de deux pouvoirs fantastiques, dont l'un n'existe plus, et dont l'autre n'existera jamais[2] ? [...]

Le débat de l'avenir et du passé est une question à deux faces opposées, qui s'agite entre des convictions également consciencieuses et puissantes, et où la poésie n'a rien à voir, elle dont le caractère distinctif est de s'adres-

---

1. « *Amis, un dernier mot !...* », pièce XL.   **2.** Respectivement le pouvoir des rois, et le pouvoir des peuples.

ser aux sentiments les plus universels de l'homme, et qui perd le plus essentiel de ses privilèges quand elle ne sait pas tirer du clavier de la multitude un accord unanime qui lui répond comme un écho. C'est encore une chose fort difficile à décider que de savoir dans quelle hypothèse politique les intérêts des peuples ont été jusqu'ici le mieux garantis, et ce n'est pas la poésie qui la décidera : c'est l'expérience. [...]

Ceci n'est pas une critique, et cette critique, si c'en était une, s'appliquerait moins qu'à tout autre au livre admirable de Victor Hugo, dans lequel il n'y a heureusement pas trente vers du même genre d'actualité. Qu'il se tranquillise donc sur les vaines récriminations des partis et sur les absurdes caprices de la popularité ; car ce n'est ni du stuartiste, ni du libéral, ni du républicain, ni du cavalier [1], que la postérité s'occupera, quand elle recueillera ces *Feuilles d'automne* pour lui en composer une couronne immortelle, ou pour les suspendre en guirlandes à son laurier toujours vert. Elle ne verra en lui que le poète, peu à peu dépouillé par la sagesse des siècles de son inutile bagage d'opinion, et vivant seulement pour elle des seules qualités qui fassent vivre à jamais une légitime renommée, l'imagination et le sentiment.

5. CHARLES BAUDELAIRE : « VICTOR HUGO »
(*Revue fantaisiste* du 15 juin 1861, recueilli dans *L'Art romantique : Réflexions sur quelques-uns de mes contemporains*, I)

En 1861 Baudelaire fait paraître la deuxième édition de ses Fleurs du Mal, *augmentée de trente-cinq nouveaux poèmes, — dont « Le Cygne », « Les sept vieillards » et « Les petites vieilles », dédiés à Victor Hugo. La même année, il donne à la* Revue fantaisiste *de Catulle Mendès une série de notices sur dix poètes contemporains (Hugo, Barbier, Desbordes-Valmore, Gautier, Borel, Moreau,*

----

1. *Cf.* p. 250, note 3.

*Banville, Dupont, Leconte de Lisle, Le Vavasseur),
notices qui devaient initialement prendre place dans une
vaste anthologie de la poésie française, dirigée par
Eugène Crépet. À tout seigneur, tout honneur, la première est consacrée à Victor Hugo. L'hommage est
sonore, et précis. Tendu vers l'éloge des grands recueils
poétiques alors tout récents* (Les Contemplations, La
Légende des siècles)*, l'étude prend en compte l'ensemble
de l'œuvre, affirmant son unité profonde et la persistance,
« dès le principe », d'une sorte de* complexion *propre à
Hugo. Nous choisissons quelques extraits du début du
texte, qui, rappelant le Hugo d'avant l'exil, cherchent à
cerner la spécificité de son inspiration. Baudelaire note
ainsi que l'attention portée à la nature extérieure amène
insensiblement Hugo à la Vision du « mystère », que sa
nature le pousse à excéder toute spécialisation, et que sa
propension à interroger les énigmes du monde, à énoncer
les questions encore sans réponse, en fait un poète
authentique et total, — à l'opposé des poètes didactiques,
qui, mettant en vers le* déjà-connu, *sont anti-poétiques.*

Depuis bien des années déjà Victor Hugo n'est plus
parmi nous [1]. Je me souviens d'un temps où sa figure était
une des plus rencontrées parmi la foule ; et bien des fois
je me suis demandé, en le voyant si souvent apparaître
dans la turbulence des fêtes ou dans le silence des lieux
solitaires, comment il pouvait concilier les nécessités de
son travail assidu avec ce goût sublime, mais dangereux,
des promenades et des rêveries. Cette apparente contra-
diction est évidemment le résultat d'une existence bien
réglée et d'une forte constitution spirituelle qui lui permet
de travailler en marchant, ou plutôt de ne pouvoir marcher
qu'en travaillant. Sans cesse, en tous lieux, sous la
lumière du soleil, dans les flots de la foule, dans les sanctuaires de l'art, le long des bibliothèques poudreuses
exposées au vent, Victor Hugo, pensif et calme, avait l'air

---

1. La formule s'applique habituellement à un mort ; elle désigne ici
un exilé : Hugo a quitté la France depuis dix ans. De fait, « Un proscrit
est une espèce de mort » (lettre de Victor Hugo à Edmont About, le
23 décembre 1856).

de dire à la nature extérieure : « Entre bien dans mes yeux pour que je me souvienne de toi. » [...]

Quand aujourd'hui nous parcourons les poésies récentes de Victor Hugo, nous voyons que tel il était, tel il est resté ; un promeneur pensif, un homme solitaire mais enthousiaste de la vie, un esprit rêveur et interrogateur. Mais ce n'est plus dans les environs boisés et fleuris de la grande ville, sur les quais accidentés de la Seine, dans les promenades fourmillantes d'enfants, qu'il fait errer ses pieds et ses yeux. Comme Démosthène [1], il converse avec les flots et le vent ; autrefois, il rôdait solitaire dans des lieux bouillonnant de vie humaine ; aujourd'hui, il marche dans des solitudes peuplées par sa pensée. Ainsi est-il peut-être encore plus grand et plus singulier. Les couleurs de ses rêveries se sont teintées en solennité, et sa voix s'est approfondie en rivalisant avec celle de l'Océan. Mais là-bas comme ici, toujours il nous apparaît comme la statue de la Méditation qui marche. [...]

Victor Hugo était, dès le principe, l'homme le mieux doué, le plus visiblement élu pour exprimer par la poésie ce que j'appellerai le *mystère de la vie*. La nature qui pose devant nous, de quelque côté que nous nous tournions, et qui nous enveloppe comme un mystère, se présente sous plusieurs états simultanés dont chacun, selon qu'il est plus intelligible, plus sensible pour nous, se reflète plus vivement dans nos cœurs : forme, attitude et mouvement, lumière et couleur, son et harmonie. La musique des vers de Victor Hugo s'adapte aux profondes harmonies de la nature ; sculpteur, il découpe dans ses strophes la forme inoubliable des choses ; peintre, il les illumine de leur couleur propre. Et, comme si elles venaient directement de la nature, les trois impressions pénètrent simultanément le cerveau du lecteur. De cette triple impression résulte la *morale des choses*. Aucun artiste n'est plus universel que lui, plus apte à se mettre en contact avec les forces de la vie universelle, plus disposé à prendre sans cesse un bain de nature. Non seulement il exprime nette-

---

1. Orateur et homme politique athénien du IVe siècle avant J.-C., qui s'opposa à l'hégémonie des rois macédoniens sur les cités grecques démocratiques, et qui connut l'exil.

ment, il traduit littéralement la lettre nette et claire ; mais il exprime, avec l'*obscurité indispensable*, ce qui est obscur et confusément révélé. Ses œuvres abondent en traits extraordinaires de ce genre, que nous pourrions appeler des tours de force si nous ne savions pas qu'ils lui sont essentiellement naturels. Le vers de Victor Hugo sait traduire pour l'âme humaine non seulement les plaisirs les plus directs qu'elle tire de la nature visible, mais encore les sensations les plus fugitives, les plus compliquées, les plus morales (je dis exprès sensations morales) qui nous sont transmises par l'être visible, par la nature inanimée, ou dite inanimée ; non seulement, la figure d'un être extérieur à l'homme, végétal ou minéral, mais aussi sa physionomie, son regard, sa tristesse, sa douceur, sa joie éclatante, sa haine répulsive, son enchantement ou son horreur ; enfin, en d'autres termes, tout ce qu'il y a d'humain dans n'importe quoi, et aussi tout ce qu'il y a de divin, de sacré ou de diabolique. [...]

De cette faculté d'absorption de la vie extérieure, unique par son ampleur, et de cette autre faculté puissante de méditation est résulté, dans Victor Hugo, un caractère poétique très particulier, interrogatif, mystérieux et, comme la nature, immense et minutieux, calme et agité. Voltaire ne voyait de mystère en rien ou qu'en bien peu de choses. Mais Victor Hugo ne tranche pas le nœud gordien des choses avec la pétulance militaire de Voltaire ; ses sens subtils lui révèlent des abîmes ; il voit le mystère partout. Et, de fait, où n'est-il pas ? De là dérive ce sentiment d'effroi qui pénètre plusieurs de ses plus beaux poèmes ; de là ces turbulences, ces accumulations, ces écroulements de vers, ces masses d'images orageuses, emportées avec la vitesse d'un chaos qui fuit ; de là ces répétitions fréquentes de mots, tous destinés à exprimer les ténèbres captivantes ou l'énigmatique physionomie du mystère.

Ainsi Victor Hugo possède non seulement la grandeur, mais l'universalité. Que son répertoire est varié ! et, quoique toujours *un* et compact, comme il est multiforme ! Je ne sais si parmi les amateurs de peintures beaucoup me ressemblent, mais je ne puis me défendre d'une vive mauvaise humeur lorsque j'entends parler d'un paysagiste (si parfait qu'il soit), d'un peintre d'animaux ou d'un peintre de fleurs, avec la même emphase qu'on mettrait à louer un peintre universel (c'est-à-dire un vrai peintre), tel que Rubens, Véronèse, Vélasquez ou Delacroix. Il me paraît en effet que celui qui ne sait pas tout peindre ne peut pas être appelé peintre. [...]

Il en est de même dans la littérature en général et dans la poésie en particulier. Celui qui n'est pas capable de tout peindre, les palais et les masures, les sentiments de tendresse et ceux de cruauté, les affections limitées de la famille et la charité universelle, la grâce du végétal et les miracles de l'architecture, tout ce qu'il y a de plus doux et tout ce qui existe de plus horrible, le sens intime et la beauté extérieure de chaque religion, la physionomie morale et physique de chaque nation, tout enfin, depuis le visible jusqu'à l'invisible, depuis le ciel jusqu'à l'enfer, celui-là, dis-je, n'est vraiment pas poète dans l'immense étendue du mot et selon le cœur de Dieu. Vous dites de l'un : c'est un poète d'*intérieurs*, ou de famille ; de l'autre, c'est un poète de l'amour, et de l'autre, c'est un poète de la gloire. Mais de quel droit limitez-vous ainsi la portée des talents de chacun ? Voulez-vous affirmer que celui qui a chanté la gloire était, *par cela même*, inapte à célébrer l'amour ? Vous infirmez ainsi le sens universel du mot *poésie*. Si vous ne voulez pas simplement faire entendre que des circonstances, qui ne viennent pas du poète, l'ont, *jusqu'à présent*, confiné dans une spécialité, je croirai toujours que vous parlez d'un pauvre poète, d'un poète incomplet, si habile qu'il soit dans *son* genre.

Ah ! avec Victor Hugo nous n'avons pas à tracer ces distinctions, car c'est un génie sans frontières. Ici nous sommes éblouis, enchantés et enveloppés comme par la vie elle-même. La transparence de l'atmosphère, la coupole du ciel, la figure de l'arbre, le regard de l'animal, la silhouette de la maison sont peints en ses livres par le pinceau du paysagiste consommé. En tout il met la palpitation de la vie. [...]

Quant à l'amour, à la guerre, aux joies de la famille,

aux tristesses du pauvre, aux magnificences nationales, à tout ce qui est plus particulièrement l'homme, et qui forme le domaine du peintre de genre et du peintre d'histoire, qu'avons-nous vu de plus riche et de plus concret que les poésies lyriques de Victor Hugo ? Ce serait sans doute ici le cas, si l'espace le permettait, d'analyser l'atmosphère morale qui plane et circule dans ses poèmes, laquelle participe très sensiblement du tempérament propre de l'auteur. Elle me paraît porter un caractère très manifeste d'amour égal pour ce qui est très fort comme pour ce qui est très faible, et l'attraction exercée sur le poète par ces deux extrêmes tire sa raison d'une origine unique, qui est la force même, la vigueur originelle dont il est doué. La force l'enchante et l'enivre ; il va vers elle comme vers une parente : attraction fraternelle. Ainsi est-il emporté irrésistiblement vers tout symbole de l'infini, la mer, le ciel ; vers tous les représentants anciens de la force, géants homériques ou bibliques, paladins [1], chevaliers ; vers les bêtes énormes et redoutables. Il caresse en se jouant ce qui ferait peur à des mains débiles ; il se meut dans l'immense, sans vertige. En revanche, mais par une tendance différente dont la source est pourtant la même, le poète se montre toujours l'ami attendri de tout ce qui est faible, solitaire, contristé ; de tout ce qui est orphelin : attraction paternelle. Le fort qui devine un frère dans tout ce qui est fort, voit ses enfants dans tout ce qui a besoin d'être protégé ou consolé. C'est de la force même et de la certitude qu'elle donne à celui qui la possède que dérive l'esprit de justice et de charité. [...]

L'excessif, l'immense, sont le domaine naturel de Victor Hugo ; il s'y meut comme dans son atmosphère natale. Le génie qu'il a de tout temps déployé dans la peinture de *toute la monstruosité* qui enveloppe l'homme est vraiment prodigieux. Mais c'est surtout dans ces dernières années qu'il a subi l'influence métaphysique qui s'exhale de toutes ces choses ; curiosité d'un Œdipe obsédé par d'innombrables Sphinx. Cependant qui ne se souvient de

---

1. Chevaliers errants du Moyen Âge, en quête de prouesses et d'actions généreuses. Une section de *La Légende des siècles (Première série)* s'intitule « Les Chevaliers errants ».

La pente de la rêverie[1], déjà si vieille de date ? Une grande partie de ses œuvres récentes semble le développement aussi régulier qu'énorme de la faculté qui a présidé à la génération de ce poème enivrant. On dirait que dès lors l'interrogation s'est dressée avec plus de fréquence devant le poète rêveur, et qu'à ses yeux tous les côtés de la nature se sont incessamment hérissés de problèmes. Comment le père *un* a-t-il pu engendrer la dualité et s'est-il enfin métamorphosé en une population innombrable de nombres ? Mystère ! La totalité infinie des nombres doit-elle ou peut-elle se concentrer de nouveau dans l'unité originelle ? Mystère ! La contemplation suggestive du ciel occupe une place immense et dominante dans les derniers ouvrages du poète. Quel que soit le sujet traité, le ciel le domine et le surplombe comme une coupole immuable d'où plane le mystère avec la lumière, où le mystère scintille, où le mystère invite la rêverie curieuse, d'où le mystère repousse la pensée découragée. Ah ! malgré Newton et malgré Laplace[2], la certitude astronomique n'est pas, aujourd'hui même, si grande que la rêverie ne puisse se loger dans les vastes lacunes non encore explorées par la science moderne. Très légitimement, le poète laisse errer sa pensée dans un dédale enivrant de conjectures. [...]

En décrivant ce qui est, le poète se dégrade et descend au rang de professeur ; en racontant le possible, il reste fidèle à sa fonction ; il est une âme collective qui interroge, qui pleure, qui espère, et qui devine quelquefois.

---

1. *Les Feuilles d'automne*, XXIX.   **2.** Célèbres mathématiciens, physiciens et astronomes, le premier anglais (1642-1727), le second français (1749-1827).

Victor Hugo, *M. Planche devant un poëte. (— je ne
comprends pas ! dit-il.)* plume et lavis.

Gustave Planche, critique très influent dans les années 1830-1850,
fut un infatigable détracteur du romantisme,
et spécialement de Victor Hugo.

BIBLIOGRAPHIE

Principales éditions récentes des *Orientales*

Les Orientales, texte établi et présenté par Élisabeth Barineau (introduction, notices, variantes et notes), Librairie Marcel Didier, 1952-1954, 2 vol.

Les Orientales, dans les *Œuvres poétiques* de Victor Hugo, I « Avant l'exil », texte établi et présenté par Pierre Albouy (introduction, notices, variantes et notes), Gallimard, coll. « Bibliothèque de la Pléiade », 1964.

Les Orientales, dans l'édition chronologique des *Œuvres complètes* de Victor Hugo dirigée par Jean Massin, tome III, présentation et notes par Henri Meschonnic, Le Club français du livre, 1968.

Les Orientales, dans l'édition des *Œuvres complètes* de Victor Hugo sous la direction de Jacques Seebacher et de Guy Rosa, volume « Poésie I », notices et notes par Gabrielle Chamarat-Malandain, Robert Laffont, coll. « Bouquins », 1985.

Principales éditions récentes des *Feuilles d'automne*

Les Feuilles d'automne, dans les *Œuvres poétiques* de Victor Hugo, I « Avant l'exil », texte établi et présenté par Pierre Albouy (introduction, notices, variantes et notes), Gallimard, coll. « Bibliothèque de la Pléiade », 1964.

Les Feuilles d'automne, dans l'édition chronologique des *Œuvres complètes* de Victor Hugo dirigée par Jean

Massin, tome IV, présentation et notes par Henri Meschonnic, Le Club français du livre, 1968.

Les Feuilles d'automne, dans l'édition des *Œuvres complètes* de Victor Hugo sous la direction de Jacques Seebacher et de Guy Rosa, volume « Poésie I », notices et notes par Nicole Savy, Robert Laffont, coll. « Bouquins », 1985.

SUR VICTOR HUGO

I. *Biographies*

DECAUX (Alain), *Victor Hugo*, Librairie académique Perrin, 1984, 2 vol.

HUGO (Adèle), *Victor Hugo raconté par Adèle Hugo*, texte établi et annoté sous la direction d'Annie Ubersfeld et de Guy Rosa, Plon, coll. « Les Mémorables », 1985.

JUIN (Hubert), *Victor Hugo*, Flammarion, 1980-1984, 2 vol.

LASTER (Arnaud), *Victor Hugo*, Belfond, 1984.

MAUROIS (André), *Olympio ou la vie de Victor Hugo*, Hachette, 1954.

ROSA (Annette), *Victor Hugo : l'éclat d'un siècle*, Messidor, 1985.

II. *Études sur l'œuvre (cette liste privilégie les ouvrages et articles traitant au moins pour partie de la poésie d'avant l'exil)*

ALBOUY (Pierre), *La Création mythologique chez Victor Hugo*, José Corti, 1963 ; « Hugo ou le Je éclaté », *Romantisme*, n° 6, 1971 ; « Hugo fantôme », *Littérature*, n° 13, 1974.

BARRERE (Jean-Bertrand), *La Fantaisie de Victor Hugo*, José Corti, 1949, et Klincksieck, 1972.

BENICHOU (Paul), *Le Sacre de l'écrivain* (VIII, 2), José Corti, 1985 ; *Les Mages romantiques* (III), Gallimard, coll. « Bibliothèque des idées », 1988.

BLONDEL (Michel) et GEORGEL (Pierre) (textes réunis par),

Victor Hugo et les images (19-20 oct. 1984), Dijon, Aux Amateurs de Livres, 1989.

BUTOR (Michel), « Babel en creux », dans *Répertoire II*, éditions de Minuit, 1964.

CHARLES-WURTZ (Ludmila), *Poétique du sujet lyrique dans l'œuvre de Victor Hugo*, Champion, 1998.

GEORGEL (Pierre) (sous la direction de), *La Gloire de Victor Hugo*, éditions de la Réunion des musées nationaux, 1985.

GLEIZE (Jean-Marie) et ROSA (Guy) : « L'ouverture lyrique : *Voix intérieures* », *Europe*, n° 671, 1985.

GLEIZE (Jean-Marie), « Le lyrisme en question : Victor Hugo », dans *Poésie et figuration*, Seuil, coll. « Pierres vives », 1983.

GOHIN (Yves), *Victor Hugo*, Paris, P.U.F., coll. « Que sais-je ? », 1987.

GUILLEMIN (Henri), *Hugo*, Paris, Seuil, coll. « Écrivains de toujours », 1951.

JOURNET (Robert) et ROBERT (Guy), *Des* Feuilles d'automne *aux* Rayons et les ombres, Les Belles Lettres, 1957.

LAURENT (Franck), « L'Europe dans l'œuvre de Victor Hugo avant l'exil », *Revue des Sciences humaines*, n° 231, 1993 ; « La question du grand homme dans l'œuvre de Victor Hugo », *Romantisme*, n° 100, 1998.

LEUILLIOT (Bernard), « L'exil avant l'exil. Figures et stratégies du moi », *Cahiers de l'Association Internationale des Études Françaises*, n° 38, 1986.

MESCHONNIC (Henri), *Pour la poétique, IV. Écrire Hugo*, Gallimard, coll. « Le Chemin », 1977.

MILLET (Claude) (sous la direction de), *Les Orientales*, Lettres modernes Minard, Série « Victor Hugo », n° 5 (à paraître).

RICHARD (Jean-Pierre), « Victor Hugo », dans *Études sur le romantisme*, Seuil, coll. « Pierres vives », 1970 et « Points », 1998.

RIFFATERRE (Michael), « La vision hallucinatoire chez Victor Hugo », dans *Essais de stylistique structurale*, Flammarion, 1971.

VADÉ (Yves), « L'émergence du sujet lyrique à l'époque romantique », dans *Figures du sujet lyrique* (sous la direction de Dominique Rabaté), P.U.F., coll. « Perspectives littéraires », 1996.

Sur l'orientalisme à l'époque romantique

Grossir (Claudine), *L'Islam des Romantiques*, Maisonneuve et Larose, coll. « Islam et Occident », 1984.

Saïd (Edward W.), *L'Orientalisme*, Seuil, coll. « La Couleur des idées », 1978-1997.

Schwab (Raymond), *La Renaissance orientale*, Payot, 1950.

CHRONOLOGIE

1802. Naissance à Besançon de Victor Hugo (26 février), fils de Léopold Hugo et de Sophie née Trébuchet. Ses frères Abel et Eugène sont nés respectivement en 1798 et 1800.

1803. Naissance d'Adèle Foucher, future femme de Victor Hugo. Les enfants Hugo suivent leur père en Corse où il tient garnison ; leur mère, restée à Paris, se lie avec le général Lahorie, parrain de Victor Hugo.

1804. Retour et installation à Paris des enfants Hugo avec leur mère. Napoléon est sacré empereur par le pape à Notre-Dame de Paris (2 décembre).

1808. Séjour en Italie des enfants Hugo avec leur mère. Ils rejoignent Léopold qui est gouverneur de la province d'Avellino. Départ du père pour l'Espagne, à la suite de Joseph Bonaparte.

1809. Retour en France des enfants Hugo avec leur mère et installation à Paris aux Feuillantines. À Madrid leur père est nommé général.

1810. Le général Lahorie, qui a conspiré contre Napoléon et est caché par Mme Hugo aux Feuillantines, est arrêté par la police impériale. Le général Hugo reçoit de Joseph Bonaparte, roi d'Espagne, le titre de comte.

1811. Séjour en Espagne des enfants Hugo et de leur mère.

1812. Eugène et Victor rentrent à Paris avec leur mère. Campagne et retraite de Russie. À l'occasion du désastre, une conspiration dirigée par Malet tente de renverser Napoléon. Le général Lahorie, compromis dans cette conspiration, est fusillé.

1813. Défaite de Vitoria. Le roi Joseph, l'armée française et le général Hugo quittent l'Espagne.

1814. Procédure de divorce des époux Hugo. Première Restauration des Bourbons (Louis XVIII).

1815. Premiers poèmes de Victor Hugo. Retour de Napoléon (1er mars), fuite de Louis XVIII et reprise de la guerre ; défaite de Waterloo (18 juin). Seconde Restauration.

1818. Séparation légale des époux Hugo ; Eugène et Victor sont confiés à leur mère ; fin de leurs études secondaires.

1819. Victor fonde avec ses frères la revue *Le Conservateur littéraire*, dans le sillage du *Conservateur*, journal politique animé par Chateaubriand. Fiançailles secrètes avec Adèle Foucher.

1820. Bug-Jargal (première version).

1821. Mort de Sophie, mère de Victor Hugo. Fin du *Conservateur littéraire*. Début de la guerre d'indépendance grecque.

1822. Odes et poésies diverses. Hugo reçoit une pension royale. Mariage avec Adèle Foucher.

1823. Han d'Islande. Hugo collabore à la fondation de la revue *La Muse française*. Il renoue avec son père ; son frère Eugène sombre définitivement dans la folie ; son fils Léopold meurt à trois mois. Chateaubriand est ministre des Affaires étrangères ; expédition d'Espagne.

1824. Nouvelles Odes. Fin de *La Muse française*. Naissance de Léopoldine. Chateaubriand quitte le ministère. Mort de Louis XVIII. Mort de Byron à Missolonghi, aux côtés des insurgés grecs. Delacroix : *Les Massacres de Scio*.

1825. Hugo est invité au sacre de Charles X, il y assiste en compagnie de Nodier. Voyage dans les Alpes avec Nodier. Amitié avec Vigny. Rédaction de la première des *Orientales* (XXIII).

1826. Bug-Jargal (deuxième version). *Odes et Ballades*. Naissance de Charles Hugo.

1827. Cromwell. Amitié avec Sainte-Beuve. Bataille de Navarin.

1828. Amy Robsart ; *Odes et Ballades* ; rédaction de la plupart des *Orientales* et de neuf pièces de *Feuilles d'automne*. Mort de Léopold, père de Victor Hugo. Naissance de son fils François-Victor.

1829. Les Orientales ; *Le Dernier Jour d'un condamné* ; *Marion de Lorme*, interdite de représentation par la censure royale.

1830. Hernani. Rédaction de la plupart des *Feuilles d'automne*. Naissance d'Adèle Hugo. Crise conjugale et amicale : Sainte-Beuve amoureux de Mme Hugo. Révolution des « Trois Glorieuses » (27-29 juillet), exil de Charles X, Louis-Philippe Ier roi des Français : monarchie de Juillet.

1831. Notre-Dame de Paris ; *Les Feuilles d'automne*. La crise conjugale et amicale se poursuit, liaison secrète de Sainte-Beuve et d'Adèle. Émeutes populaires à Paris et à Lyon (révolte des Canuts). Insurrections en Italie. Le soulèvement polonais est écrasé par les troupes russes.

1832. Le Roi s'amuse, interdit par le ministère après la première représentation. La famille Hugo s'installe place Royale (actuelle « Maison Victor Hugo », place des Vosges). Insurrection républicaine à Paris (qui prendra place dans *Les Misérables*).

1833. Lucrèce Borgia ; *Marie Tudor*. L'actrice Juliette Drouet devient la maîtresse de Victor Hugo.

1834. Littérature et philosophie mêlées ; *Claude Gueux*.

1835. Angelo, tyran de Padoue ; *Les Chants du crépuscule*.

1836. La Esmeralda (opéra d'après *Notre-Dame de Paris*, musique de Louise Bertin, livret de Hugo).

1837. Les Voix intérieures. Mort d'Eugène Hugo à l'asile de Charenton.

1838. Ruy Blas.

1839. Rédaction des trois premiers actes des *Jumeaux*, drame qui restera inachevé. Voyage avec Juliette aux bords du Rhin, en Suisse et en Provence.

1840. Les Rayons et les Ombres. Voyage avec Juliette dans l'Allemagne rhénane. Crise internationale, rumeurs de guerre. Retour des cendres de Napoléon, salué par Hugo dans *Le Retour de l'Empereur*.

1841. Élection de Hugo à l'Académie française, après trois échecs.

1842. Le Rhin.

1843. *Les Burgraves.* Mariage de Léopoldine Hugo et de Charles Vacquerie. Voyage en Espagne avec Juliette. Sur le chemin du retour, à Rochefort, Hugo apprend par le journal la mort de Léopoldine et de son mari, noyés dans la Seine, près de Villequier. Le député Lamartine passe à l'opposition pour fédérer les gauches.

1845. Hugo est nommé Pair de France par Louis-Philippe. Surpris en flagrant délit d'adultère avec Léonie Biard. Commence à écrire un roman qui deviendra *Les Misérables.*

1848. La Révolution des 22-24 février chasse Louis-Philippe et proclame la Seconde République. Jusqu'à l'été, Lamartine est le principal ministre du gouvernement. Du 22 au 26 juin à Paris une émeute ouvrière d'ampleur sans précédent est atrocement réprimée ; c'est la fin des espoirs de république sociale et « fraternitaire ». Le 10 décembre Louis Napoléon Bonaparte est élu triomphalement président de la République. Hugo, élu à l'Assemblée constituante, siège à droite. Il fonde avec ses fils le journal *L'Événement.*

1849. Hugo élu à l'Assemblée législative, toujours à droite. Discours sur la misère, applaudi par la gauche, sifflé par la droite.

1850. Hugo est passé à gauche. Discours contre l'enseignement catholique (loi Falloux) ; discours contre la restriction du suffrage universel.

1851. Discours contre la révision de la constitution, demandée par Louis Napoléon Bonaparte. Interdiction de *L'Événement.* Les fils Hugo emprisonnés pour délit de presse (6 et 9 mois). Coup d'État de Louis Napoléon Bonaparte (2 décembre). Hugo fait partie des quelques députés qui tentent d'organiser la résistance dans les faubourgs parisiens. Recherché par la police, il gagne Bruxelles, déguisé en ouvrier et muni d'un faux passeport (11 décembre).

1852. Hugo est proscrit par décret, avec 65 autres députés (9 janvier). Installation à Jersey (Marine-Terrace) avec sa famille et accompagné de Juliette Drouet. Proclamation du Second Empire. *Napoléon le petit.*

1853. *Châtiments* (rigoureusement interdits en France, leur vente et même leur possession sont passibles de poursuites). Début des séances spirites (tables parlantes) à Marine-Terrace, en famille.

1854. Hugo commence *La Fin de Satan*, épopée qui restera inachevée.

1855. Hugo commence *Dieu*, épopée qui restera inachevée. Fin des séances spirites. Expulsé de Jersey, il s'installe à Guernesey avec sa famille et Juliette.

1856. *Les Contemplations.* Achat de Hauteville House (actuelle Maison Victor Hugo à Guernesey).

1857. Hugo écrit *L'Âne, La Pitié suprême, La Révolution.*

1859. *La Légende des siècles (Première série).* Victoires en Italie de Magenta et de Solferino. L'Empire cherche à négocier son virage « libéral ». Décret accordant l'amnistie aux condamnés du coup d'État. Hugo refuse (« Quand la liberté rentrera, je rentrerai »).

1862. *Les Misérables.*

1863. Publication anonyme de *Victor Hugo raconté par un témoin de sa vie*, biographie rédigée par Adèle et revue par le « clan Hugo » (Meurice, Vacquerie, etc.). Adèle (la fille de Victor Hugo) s'embarque clandestinement pour le Canada où elle espère rejoindre le lieutenant anglais Pinson qu'elle a connu quand il était en poste à Guernesey ; début d'une errance qui la mènera jusqu'aux Antilles, et à la folie.

1864. *William Shakespeare.*

1865. *Chansons des rues et des bois.* Lassés par l'exil guernesiais, les membres de la famille Hugo vont s'installer à Bruxelles. Restent Juliette et une belle-sœur, Julie Chenay. Écriture de *La Grand-mère.*

1866. *Les Travailleurs de la mer.* Écriture de *Mille Francs de récompense.*

1867. *Paris.* Écriture de *Mangeront-ils ?* et de *L'Intervention.*

1868. Naissance de Georges, fils de Charles Hugo. Mort d'Adèle (la femme de Victor Hugo) à Bruxelles.

1869. *L'Homme qui rit.* Achèvement de *Torquemada.* Fondation à Paris, par les fils Hugo, du journal républicain *Le Rappel.* Naissance de Jeanne, fille de Charles Hugo.

1870. Guerre franco-prussienne. Défaite de Sedan, Napoléon III prisonnier du roi de Prusse. Le 4 septembre, la république est proclamée. Le 5, Hugo rentre à Paris (il a 68 ans, son exil a duré 19 ans et 9 mois). Il demeure dans la capitale assiégée, soutenant le moral des troupes, multipliant les lectures de ses œuvres au profit de la Défense nationale (deux canons seront financés de la sorte).

1871. Armistice et capitulation de Paris (28 janvier). Hugo est élu député de Paris à l'Assemblée nationale de Bordeaux. Il siège parmi la gauche républicaine et radicale (8 février). L'Assemblée est dominée par la droite monarchiste. Le 8 mars, Hugo démissionne pour protester contre l'invalidation de l'élection de Garibaldi, et contre la cession de l'Alsace-Lorraine à la Prusse. Mort de Charles Hugo, enterré à Paris le 18 mars, jour de l'insurrection parisienne (Commune de Paris). Sur le passage du convoi, les insurgés se découvrent devant Hugo et forment une haie d'honneur. Départ pour Bruxelles, pour régler la succession de Charles. Depuis la Belgique, Hugo s'élève contre la guerre civile et renvoie dos à dos Parisiens et Versaillais. Mais *Le Rappel* désigne le gouvernement de Versailles comme l'agresseur. Du 21 au 28 mai la Commune est noyée dans le sang. Le gouvernement belge ayant refusé l'asile politique aux Communards, Hugo offre publiquement de les recevoir chez lui, à Bruxelles (27 mai). Le soir même, sa maison est attaquée par une bande conduite par le fils du ministre de l'Intérieur. Hugo est expulsé de Belgique, il s'installe à Vianden (Luxembourg). Adèle, ramenée folle d'Amérique, est internée à Paris.

1872. Hugo commence sa campagne pour l'amnistie des Communards. Est battu à Paris à une élection législative partielle.

1873. Retour à Paris. Hugo intervient auprès du ministre de l'Intérieur pour que Rochefort ne soit pas déporté en Nouvelle-Calédonie ; refus du ministre. Mort de François-Victor Hugo.

1874. *Quatrevingt-treize* ; *Mes Fils*.

1875. *Actes et paroles* (premier et deuxième volumes :

« Avant l'exil », « Pendant l'exil »), avec les préfaces « Le Droit et la loi » et « Ce que c'est que l'exil ».

1876. Élu sénateur, siège à l'extrême gauche (radicale). Dépose un projet de loi pour l'amnistie des Communards, qui est rejeté. Troisième volume d'*Actes et paroles* (« Depuis l'exil »).

1877. La Légende des siècles (Nouvelle série) ; *L'Art d'être grand-père.* Le président Mac-Mahon entre en conflit avec la Chambre. Rumeurs de coup d'État visant à une restauration monarchique (16 mai). *Histoire d'un crime* (récit du Deux-Décembre 1851) : publication de combat.

1878. Le Pape. Congestion cérébrale, convalescence à Guernesey.

1879. Malgré proposition et discours de Hugo, le Sénat ne vote qu'une amnistie partielle des Communards. Installation avenue d'Eylau.

1880. Religions et religion. La Chambre des députés vote l'amnistie complète des Communards.

1881. Discours au Sénat. Vote de l'amnistie complète des Communards. L'avenue d'Eylau devient l'avenue Victor-Hugo.

1882. Réélection triomphale au Sénat. À l'occasion des 80 ans du poète, plusieurs dizaines de milliers de Parisiens défilent avenue Victor-Hugo. Publication de *Torquemada.*

1883. La Légende des siècles (Dernière série). Mort de Juliette Drouet.

1885. Hugo meurt le 22 mai à l'âge de 83 ans. Il est enterré au Panthéon, nationalisé pour la circonstance. Plus d'un million de personnes suivent le convoi funèbre. Dernières volontés : « Je donne cinquante mille francs aux pauvres. Je désire être porté au cimetière dans leur corbillard. Je refuse l'oraison de toutes les églises ; je demande une prière à toutes les âmes. Je crois en Dieu. »

1886. La Fin de Satan. Théâtre en liberté.
1888. Toute la lyre.
1891. Dieu.

1898. Les Années funestes.
1902. Dernière Gerbe.
1934. Mille Francs de récompense.
1951. L'Intervention.

Table des titres et des incipits

Table des illustrations

Table

LES ORIENTALES

LES FEUILLES D'AUTOMNE

Table   447

DOSSIER

Le Livre de Poche s'engage pour
l'environnement en réduisant
l'empreinte carbone de ses livres.
Celle de cet exemplaire est de :

450 g éq. CO$_2$

Rendez-vous sur
www.livredepoche-durable.fr

PAPIER À BASE DE
FIBRES CERTIFIÉES

Composition réalisée par NORD COMPO

Achevé d'imprimer en avril 2018, en Italie par
Grafica Veneta
Dépôt légal 1re publication : avril 2000
Édition 14 – mai 2018
LIBRAIRIE GÉNÉRALE FRANÇAISE – 31, rue de Fleurus – 75278 Paris Cedex 06

31/6059/5